KARL OVE KNAUSGÅRD

Das Amerika der Seele

KARL OVE KNAUSGÅRD

DAS AMERIKA DER SEELE

ESSAYS

Aus dem Norwegischen
von Paul Berf und Ulrich Sonnenberg

Luchterhand

INHALT

ZEHN JAHRE

VOR DER TOILETTENSCHÜSSEL KNIEND versuche ich, mich möglichst lautlos zu übergeben, was sich jedoch als unmöglich erweist; die Krämpfe, die meine Bauchmuskeln zusammenpressen, lassen mich aufstöhnen. Erbrochenes spritzt gelb auf den weißen Porzellanrand. Aus dem Wohnzimmer dringen Schritte an mein Ohr, und ich beeile mich abzuziehen. Als er die Tür öffnet, stehe ich über das Becken gebeugt und wasche mir mit kaltem Wasser das Gesicht. Er sieht zunächst mich an, lässt dann den Blick durch den Raum schweifen. Ich halte die Luft an, schaue auf das Wasser hinunter, das in den Abfluss rinnt. Wortlos schließt er die Tür. Seine Schritte entfernen sich die Treppe hinab, ich drehe das Wasser ab und trockne mein Gesicht mit einem Handtuch. Dann ziehe ich den Vorhang am Fenster auf. Die Schneehaufen entlang der Straße sind im Laufe des Tages langsam eingesunken. Der schwarze Asphalt glänzt regennass. Auf der gegenüberliegenden Straßenseite ist auf dem gepflasterten Hof ein Mülleimer umgekippt. Einige Elstern sind dabei, Löcher in eine der Plastiktüten zu reißen, mit flatternden Flügeln und hackenden Schnäbeln wühlen sie sich durch den Müll: Kaffeesatz, Verpackungen, Eierschalen, Brotkanten.

Als er unter mir die Tür öffnet und zum Auto geht, fliegen sie auf, steigen in der Luft mühelos zu den Telefonleitungen hoch, die in Schwingung geraten, als die Vögel sich auf ihnen niederlassen.

Noch lange, nachdem er gefahren ist, bleibe ich stehen und beobachte sie. Die schwarzen Augen, ihre im matten Regenlicht glänzenden Krallen, ihre Schnäbel, die sich bei jedem ihrer Rufe heben. Vollkommen regungslos hocken sie dort, wenn der hässliche Laut in die Landschaft hinausschallt, als würden sie sich erst durch ihn ihrer selbst gewahr werden, und dass dies der Ort ist, an dem sie sich befinden.

ALLES, WAS AM HIMMEL IST

VOR EINIGEN TAGEN VERÖFFENTLICHTEN einige Zeitungen im Internet ein Bild, das aus einer ärztlichen Untersuchung stammte, es war eine Ultraschallaufnahme der Hoden eines Mannes; klar und deutlich war darin ein Gesicht zu erkennen mit Augen, Nase und Mund, eindeutig ein Kind, das unruhig aus seiner Dunkelheit in der Tiefe des Körpers starrte. Das Phänomen ist nicht ungewöhnlich, häufig wird es mit Christus in Zusammenhang gebracht, wohl auch deshalb, weil es sich nur bei seinem Abbild lohnt, es an andere weiterzuvermitteln. Das Antlitz von Jesus kann sich in einer Marmorplatte zeigen, einer verkohlten Scheibe Toast, auf einem fleckigen Kleidungsstück. Im Herbst wurde ich in Göteborg auf der Straße von einer Frau aufgehalten, die mir ein Foto geben wollte, es zeigte Jesus Christus in einer Felswand irgendwo in Schweden. Diese kursierenden Bilder sind nicht bloß Andeutungen, die unsere Fantasie vervollständigt, sondern völlig überzeugend; was aus den Hoden herausstarrt, ist ohne jeden Zweifel ein Kind, und der männliche Körper, der sich im Fels zeigt, die Hand in einer fast einladenden Geste ausgestreckt, ist tatsächlich ein Bild von Jesus Christus, wie es zu einer Ikone geworden ist. Dies ist so, weil die Formen des Universums begrenzt sind, und das menschliche Gesicht und der menschliche Körper bilden eine der Formen in der Natur. Sie können sich ebenso gut in einem Sandhaufen wie in einem Zellhaufen zeigen.

Liegt man an einem Sommertag auf dem Rücken und schaut in den Himmel hinauf, vergehen nur wenige Minuten, bis man in den Wolken über einem vertraute Formen sieht. Einen Hasen, eine Badewanne, ein Felsplateau, einen Baum, ein Gesicht. Beständig sind diese Bilder nicht; sie verwandeln sich vielmehr langsam und werden zu etwas anderem, im Gegensatz zu dem, der sie liegend betrachtet und dessen Gesicht und Körper unverändert bleiben, sowie im Gegensatz zu der Umgebung, von wo aus sie erblickt werden, die Böschung mit ihrem Gras und den Bäumen, die auf ihr wachsen, die ebenfalls unverändert bleiben. Doch diese Unveränderlichkeit trügt, auch das Gesicht, der Körper, das Gras und die Bäume wandeln sich; kehrt man fünfzehn Jahre später an dieselbe Stelle im Wald zurück, wird sie ganz anders sein, wird ihre Form neu sein, und auch das Gesicht und der Körper werden sich verändert haben, wenngleich nicht bis zur Unkenntlichkeit. In einem größeren zeitlichen Rahmen wird allerdings auch das der Fall sein; über einen Zeitraum von zweihundert Jahren hinweg betrachtet, werden Gesicht und Körper entstanden, geformt, deformiert und aufgelöst worden sein, in Formveränderungssequenzen, die denen von Wolken nicht einmal so unähnlich sind, nur wesentlich langsamer, da sie sich im kompakten Fleisch abspielen und nicht im luftigen Äther.

Wenn wir die Welt nicht so sehen, als Materie in der Gewalt alles umwälzender Kräfte, so liegt es nur daran, dass uns dieser Blickwinkel verschlossen bleibt, wir sind in unserer eigenen, menschlichen Zeit eingeschlossen und sehen jede Veränderung aus ihr heraus. Die Veränderungen der Wolken nehmen wir wahr, die der Berge nicht. Das bildet den Ausgangspunkt für unsere Auffassung von Beständigem und Beständigkeit, von Veränderung und Veränderlichkeit. Wir behalten die Form des Berges von jenem Tag an in Erinnerung, an dem wir vor ihm standen, nicht jedoch die Form der Wolken, die in diesem Moment über dem Berg hingen. Unser Körper befindet sich an einem Ort zwischen diesen Vergänglichkeitsmonitoren, die das Tempo unseres Lebens wiedergeben. Unsere eigene Zeit, die Veränderung, die wir selbst hier, mitten in der Welt stehend überblicken können, ist, abgesehen von den Bewegungen des Körpers, fast immer mit Wasser und Wind verbunden. Die Tropfen, die sich von der Dachrinne lösen, das Blatt, das in die Luft gewirbelt wird, die Wolken, die über den Bergkamm gleiten, das Wasser im Bach, das zum Fluss hinabfließt, der Fluss, der ins Meer mündet, die Wellen, die dort in einem immerwährend veränderlichen Reich einmaliger Formen entstehen und vergehen. Das können wir sehen, denn die Zeit der Bewegungen verläuft synchron zur Zeit unseres eigenen Seins. Jener Zeit, die wir den Augenblick nennen. Und was in diesem Augenblick in uns selbst vorgeht, ist nicht ohne Gleichheitszeichen zu den Bewegungen außerhalb: Auch in uns gibt es etwas, was kontinuierlich entsteht und einstürzt und dessen Bewegungen niemals aufhören, solange wir leben: Gemeint sind die Gedanken. Am Himmel des

Selbst segeln sie heran, jeder einzelne von ihnen einzigartig, schieben sich über den Rand des Vergessens und verschwinden, um in genau dieser Form niemals wiederzukehren.

Die Vorstellung von einer Verbindung zwischen Gedanken und Wolken, zwischen Seele und Himmel, ist alt, und ihre Entsprechung, oder Verankerung, bestand stets in der Verbindung zwischen Körper und Erde. Das Flüchtige, Ätherische, Freie ist das Ewige gewesen; das Beständige, Materielle, Gebundene ist das Vergängliche gewesen. Als der modernen Wissenschaft im siebzehnten Jahrhundert der Durchbruch gelang und sie die Grenzen des menschlichen Auges durch Mikroskop beziehungsweise Teleskop erweiterte und in der westlichen Welt schließlich Körper seziert wurden, bestand eine der größten Herausforderungen in der Frage, was in diesem System aus Zellen und Nerven das Denken war. Was war in dem mit Muskellinien bespannten Puppenkörper die Seele? Der französische Philosoph Descartes öffnete in seinen Amsterdamer Wohnungen Tierleiber, er wollte die Seele lokalisieren, die er in einer der Drüsen vermutete, und er wollte die Gedanken lokalisieren, von denen er annahm, dass sie durch die winzig kleinen Röhrchen des Gehirns wehten. In den gut dreihundert Jahren, die seit Descartes vergangen sind, ist die Wissenschaft einer genauen Bestimmung von Gedanken und Seele nicht näher gekommen, denn der Unterschied zwischen einem Ich, das *Ich denke, also bin ich* sagt, und einem, in dem der Satz zuerst gedacht, anschließend von dort kommend ausgesprochen wird, das biologisch-mechanische Gewirr des Gehirns aus Zellen, Chemie und Elektrizität, ist unüberwindlich, wie einer von Descartes' Zeitgenossen, nur ein paar Häuserblocks entfernt, der Maler Rembrandt, in einem seiner Gemälde von Obduktionen zeigt, auf dem der obere Teil einer Schädeldecke abgehoben und von einem Assistenten wie eine Tasse gehalten wird, während der Arzt vorsichtig in das freigelegte Gehirn der Leiche schneidet. Keine Gedanken, nur die Gefäße der Gedanken, keine Seele, nur die Hülle der Seele. Was waren die Gedanken und die Seele? Das, was sich darin bewegte.

In seinem Essay *Der cartesische Taucher*, einer inhaltsreichen und fast schon wütend zu nennenden Verteidigung Descartes', schreibt Durs Grünbein über eine der Obduktionen des französischen Barockphilosophen, und zwar von einem Ochsen, bei der Descartes im Auge des Ochsen ein Bild dessen erblickte, was der Ochse in seinem letzten Moment auf Erden gesehen hatte. Descartes schreibt: »Wir haben uns dieses Bild in dem Auge eines toten Tiers angesehen, und zweifellos erscheint es im Auge eines lebenden Menschen ganz ähnlich auf der inneren Haut.« Über diesen eigentümlichen Gedanken schreibt Grünbein: »Descartes, der sich die Netzhaut wie ein Stück Papier vorstellt, dünn und lichtdurchlässig wie eine Eierschale, glaubt denn auch wirklich, das Gesehene sei auf ihr gleichsam aufgedruckt.«

Wir sehen nicht die Welt, wir sehen das Licht, das sie zurückwirft, und der Gedanke, dass dieses Licht irgendwie im Inneren des Auges festgehalten oder fixiert wird, ist nicht so weit hergeholt, denn wenn wir die Augen zumachen und das Licht der Welt ausschließen, können wir in der Dunkelheit des Schädels problemlos ein Bild von ihr heraufbeschwören. Dass dies nicht so geschieht, wie Descartes es sich vorstellte, als eine Art Vexierbild auf der Hornhaut, ändert nichts daran, dass die Welt in uns in Gestalt von Bildern festgehalten ist, denn von den Lichtwürfen aller Dinge und Phänomene, die uns durchströmen, wird der Abdruck mancher immer bleiben, und dass diese Abdrücke eine objektive Existenz haben sollen, sichtbar für andere, nicht nur für das innere Ich, ist auch keine abwegigere Vorstellung, als zu sagen, die Seele führe eine eigene, selbständige Existenz in dem Körper, durch den sie sich ausdrückt.

Im Barock existierte das mechanische Bild, also die Fotografie, die Fixierung des Lichts in der Zeit, noch nicht, die von Descartes' verkleinertem Bild im Auge des Ochsen in gewisser Weise vorweggenommen wurde und von der das Leichentuch von Turin eine Variante bildete; nein, der Weg aller Abbildungen führte über das Menschliche im Sinne seiner inneren Welt aus Bildern, Gedanken, Gefühlen, Wahrnehmungen, Intuition, Erfahrung, umgesetzt und objektiviert in Gestalt von Farben auf einer Leinwand. Was dem Äußeren und was dem Inneren angehört, hängt vom sehenden Auge ab. Auch darum geht es in Rembrandts Obduktionsbild. Das Auge sieht nur die Oberflächen, alles, was das Licht reflektiert, und diese Oberfläche ist der Gegenstand und die Begrenzung der Malerei. Die Gedanken und die Seele gehören zum Inneren und lassen sich als solche unmöglich abbilden, sie sind unsichtbar. Wenn sie gezeigt werden sollen, müssen sie als etwas anderes repräsentiert werden, das heißt als Oberfläche. Im Mittelalter und in der frühen Renaissance wurden heilige Menschen, die im Kontakt zum Göttlichen standen oder gestanden hatten, mit einer Glorie um den Kopf gemalt. Engel, die Boten des Heiligen, Gottes Stellvertreter, wurden mit Flügeln gemalt. In vielen dieser Bilder öffnet sich der Himmel, und Körper mit Flügeln und Glorien wälzen sich über die Erde, in Kaskaden aus Licht und Wolken. Im Mittelalter verkörperten die heiligen Gesichter Gesichter, verkörperten die heiligen Körper Körper, verkörperte das Licht Licht. Jeder Körperteil und jeder Gesichtszug war formalisiert, und diese Verneinung des Individuellen wurde zusätzlich noch dadurch verstärkt, dass das Licht nicht spezifisch war, denn so gehörte es zu keinem speziellen Augenblick, sondern zu allen Augenblicken, und damit zur Ewigkeit. Was diese ikonischen Bilder ausdrückten, war das Unveränderliche und ewig Gültige. In der Renaissance wird das Licht, das die Form der Zeit ist, immer deutlicher bestimmt, kommen die Gesichter bestimmten Gesichtern, die Körper bestimmten Körpern, die Landschaften bestimmten Landschaften immer näher. Die Malerei tritt in die menschliche Zeit ein und verkörpert das Heilige in ihr: Christus wirft einen Schatten. Noch immer öffnet sich der Himmel voller Körper aus dem Göttlichen, aber der Himmel ist nicht mehr unbestimmt, er gleicht dem Himmel, wie wir ihn kennen, mit seinem langsamen Wirbel aus Wolken, Grautönen, Licht und Dunkel, und gemeinsam mit den anatomisch korrekten Körpern, die ihn bevölkern, wird er immer weiter zur Wirklichkeit herabgezogen, also zur Welt, wie sie sich für unsere Augen darstellt, die nicht die

Ewigkeit kennen, nur den Augenblick, und das, was sich genau hier, genau jetzt, vor uns entfaltet.

Das Bild *Anatomische Vorlesung des Dr. Deyman*, das Rembrandt 1656 malte und das später bei einem Feuer beschädigt wurde, so dass nur der Mittelteil des Gemäldes erhalten geblieben ist, muss wohl als der Endpunkt dieser Bewegung betrachtet werden, aber nicht, weil es eine Obduktion zeigt, sondern weil der Sezierte in der gleichen Pose, mit der gleichen radikalen Verkürzung abgebildet ist, wie es in Mantegnas Gemälde *Beweinung Christi* geschieht. Der sezierte Mensch ist nicht Christus, aber Christus-ähnlich, und mit diesem Bild ist das Christus-Ähnliche nicht nur auf die Erde und in die unbarmherzige Fesselung des Körpers an die Materie gebracht worden, sondern auch sein Inneres liegt entblößt, und nicht etwa nur das Innere in Gestalt der lebenserhaltenden Organe im Torso, sondern der Sitz der Gedanken, das Gehirn. Schau her, keine Seele. Schau her, keine Gedanken. Was anderes sind die Seele und die Gedanken als der Himmel des Einzelnen? In der schwindelerregenden Verdichtung dieses Bilds ist sowohl der Himmel des Toten als auch unser aller Himmel fort, geblieben ist allein das nichttranszendente, weltliche Leben: die Welt, wie sie sich jemandem zeigt, der sieht.

Zu den interessantesten Merkmalen der Gemälde Rembrandts gehört, dass kaum eines Wolken oder Himmel enthält. Motive, die nicht in Interieurs abgebildet sind, werden unter einem schwarzen Nachthimmel gezeigt. Es gibt Ausnahmen, aber typisch für die wenigen Wolken, die Rembrandt malte, ist das Vage und Unbestimmte an ihnen, im Gegensatz zu vielen seiner zeitgenössischen Kollegen, für welche die Landschaft außerhalb der vier Wände ihres Ateliers eine große Verlockung darstellte und offenbar auch von einer befreienden Kraft erfüllt war, denn sie malen ihre Landschaften, als wären sie die Ersten, die diese Welt sehen.

Die Bilder Jacob van Ruisdaels werden vom Himmel dominiert, ihr auffälligstes Element sind Wolken, so etwa in dem grandiosen Landschaftsgemälde *Die Bleichen bei Haarlem*, acht Jahre vor Rembrandts Obduktionsgemälde entstanden, auf dem der Himmel mit seinen gewaltigen, sich vorüberwälzenden Wolken zwei Drittel der Bildfläche einnimmt. Es gibt ein Gewässer, es gibt einen Wald, es gibt Häuser, und es gibt Türme, verteilt in der vollkommen flachen Ebene, aber sie bilden, so scheint es jedenfalls, nur den Grund, in dem das eigentliche Anliegen des Bildes verankert ist. Der Himmel ist wie ein Saal, ein Schauplatz, ein Schlachtfeld, aber nicht für etwas Göttliches oder Mythologisches, sondern für die unterschiedlichen Formen des Wasserdampfes, wie sie sich in diesem ganz bestimmten Moment, an einem Tag im siebzehnten Jahrhundert, über der niederländischen Stadt Haarlem zeigten. Die Barockmaler, die weiter südlich auf dem Kontinent tätig waren wie Claude Lorrain, malten auch Wolken, aber die Landschaften, über denen sie vorüberzogen, waren archaisch oder religiös. In ihnen war die Vorstellung dem Anblick übergeordnet, der Gedanke dem Auge. In Ruisdaels Landschaften treten die Vorstellung und der Gedanke in den Hintergrund und überlassen die Manege dem Auge. Dieses Auge, dessen Eindruck die Hand wiedergibt, sieht das, was ist, die Ebene mit ihren verstreut stehenden Häusern und Bäumen, mit dem Blau des Himmels und den weißen, aufgetürmten Wolken in ihm. Wenn das Auge in dieser Weise den Vorrang hat, lautet die Frage des Bildes nicht nur, was die Welt ist, sondern auch, was ein Auge ist. Die Wolken, die Ruisdael malte, mag man sich vorstellen, hätten sich auch in den Augen eines Toten zeigen, hätten auch als ein schwacher Widerschein über alle reflektierenden Flächen der Landschaft gleiten können. Die in jener Zeit einsetzende Mechanisierung der Optik und des Körpers befreite in gewisser Weise den Blick von der Seele, als könne das Gesehene etwas in sich selbst sein. Als August Strindberg seine Kamera auf die Erde legte und sie Bilder von den Wolken am Himmel machen ließ, war es diese Bewegung, die er weiterführte und zu vollenden trachtete, hin zur Welt außerhalb des Menschlichen, wie sie in sich selbst ist, betrachtet von einem seelenlosen Auge. Damit war die jahrhundertelange Leerung des Himmels vollendet: Die Wolken waren nicht gemalt, nicht komponiert, nicht einmal gesehen, nur registriert worden, von einem mechanischen Apparat ohne Willen oder Denken, von einer Willkürmaschine, die das Willenloseste, Gedankenloseste und Willkürlichste von allem abbildete: die Formen der Wolken. In diesem Bild zeigt sich ein Ort, aber es ist nicht die Welt, sondern der Mensch, der sich zeigt, denn die Welt ist nicht das, was ist, die Welt ist das, was wird, und alle Bilder von der Welt, wie sie ist, sind deshalb im eigentlichen Wortsinn utopisch: Sie sind Nicht-Orte. Also Kunst.

Eine der Aufnahmen des schwedischen Fotografen Thomas Wågström zeigt ein Flugzeug unter einer großen Wolkenformation. Das Flugzeug befindet sich etwa in der Bildmitte. In gleicher Höhe, jedoch am rechten Bildrand, sieht man einen Vogel. Er ist groß, sieht aus wie ein Raubvogel und muss dem Standort des Fotografen bedeutend näher sein als das Flugzeug, denn auf dem Bild sind Vogel und Maschine ungefähr gleich groß. Das Wolkenmassiv ist riesig, das Flugzeug klein. Dennoch lassen sich einzelne Details erkennen, zum Beispiel, dass der Kondensstreifen sich rechts hinter ihm befindet und das Flugzeug auf dem Weg nach links ist, mit hoher Geschwindigkeit am Himmel, vor dem Hintergrund des gewaltigen Wolkenmassivs. So sehe ich dieses Bild, ein Flugzeug, unterwegs am Himmel, eingefangen im Augenblick. Und so muss es auch in der Wirklichkeit gewesen sein, der Fotograf muss das Flugzeug und den Vogel und die Wolkenmassen gesehen, die Kamera ans Auge gehoben und ein Bild von diesem Motiv gemacht haben, und als er sie wieder senkte, setzte die Maschine ihren Weg fort, schon bald außer Sichtweite, während der Vogel vielleicht noch eine Weile auf den Luftströmungen weiterschwebte, ehe auch er verschwand. Nichts davon gehört jedoch zu diesem Bild. Tatsächlich steht das Flugzeug vollkommen still. Ja, es hängt regungslos unter dem Wolkenmassiv, und der Vogel hängt regungslos gleich dahinter. Andererseits lässt sich unmöglich erkennen, dass die Maschine stillsteht. Die Erwartungen an das Flugzeug sind so mächtig, dass sie die Fakten des Fotos übertrumpfen. Ich sehe das Flugzeug auf seinem Weg. Ich sehe den nächsten Augenblick. Er ist in mir, nicht in dem Bild, denn auf ihm steht die Maschine vollkommen still. Auf dem Foto gibt es keinen nächsten Augenblick. Und in der Wirklichkeit gab es nicht den Augenblick des Bilds, denn nie ist die Welt oder etwas in ihr unbeweglich gewesen. Jedes Foto, jedes Gemälde ist ein Fall, und woraus es fällt, das ist die Welt. Ich weiß nicht, wie Descartes sich das Verhältnis zwischen Licht und Netzhaut vorstellte, aber er dachte sicher nicht, dass sich jeder einzelne Augenblick einbrannte wie die Miniaturfotografie, die er im Auge des Ochsen sah; vermutlich stellte er sich eher etwas Fließendes und Fluktuierendes vor, das erst im Tod fixiert wurde. Eine solche Vorstellung ist dem Wesen der Fotografie verwandt, die das Licht nur in einem Bild dessen festhalten kann, was bereits vergangen ist.

In der norwegischen Bibel wird der Name Gottes mit »ich bin, der ich bin« und »ich bin« übersetzt; er könnte auch mit »ich bin, was ich bin« übertragen werden. Der kanadische Literaturwissenschaftler Northrop Frye schreibt, manche Forscher seien der Ansicht, eine korrektere Übersetzung laute in etwa »ich werde werden, was ich werden werde«. Das ist eine präzise Formel für das Universum. Die uns umgebende Regungslosigkeit ist nur scheinbar, also etwas, was innerhalb der Grenzen unserer Sinne existiert, außerhalb dagegen nicht. Außerhalb der Grenzen unserer Sinne ist alles in Bewegung. Manches da draußen bewegt sich so schnell, anderes so langsam, dass wir unfähig sind, diese Bewegungen wahrzunehmen. So wie wir auch Töne nicht hören können, die ober- oder unterhalb unseres Frequenzbereichs liegen, oder Objekte nicht sehen können, die kleiner sind als das, was unser Auge erfasst. Das Wachsen des Baumes, das Faulen des Obstes im Gras, die Verwitterung des Gebirges sind unsichtbare Prozesse, die uns nur mit Hilfe der Erinnerung bekannt sind, der eigenen oder der kollektiven. Und die Moleküle, die Atome, die Elektronen: unfassbar wild sind ihre Bahnen. Wir leben in einem Ausschnitt der Welt, wir leben in einer Nische der Wirklichkeit, in der sich ihre fortwährende Neuordnung, ihre laufenden Entstehungsprozesse und Zusammenbrüche in Mustern zeigen, die wir als vorhersehbar erleben. Das Sinnbild dafür, das sich unser Leben lang tagtäglich einige hundert Meter über uns zeigt, sind die Wolken. Langsam zieht Gebilde für Gebilde vorüber, sie nehmen verschiedene Muster und Formen an, die sich nie, kein einziges Mal wiederholen. Ihre Zeit ist unsere Zeit. Das sehen wir nicht in ihnen, da sie für uns nichts an sich sind, sondern in unserem Bild von ihnen.

Sommer 1985, Kjevik, der Flughafen von Kristiansand. Ich bin sechzehn Jahre alt und gehe den Mittelgang des Flugzeugs entlang, das mich nach Bergen bringen soll, bleibe an einer der hintersten Sitzreihen stehen und setze mich auf den Fensterplatz. Ich bin in meinem Leben so selten geflogen, dass ich mich an jeden einzelnen Flug erinnere. Alle haben mich von Kristiansand nach Bergen und zurück geführt. Ich fürchte mich an Bord eines Flugzeugs, da ich denke, dass es abstürzen könnte, und sitze deshalb ganz hinten, weil ich einmal gehört habe, dort seien die Überlebenschancen am größten. Gleichzeitig ist es aber auch ein Abenteuer, eine Busfahrt im Himmel, und ich liebe alles, was dazugehört, vom Wiegen und Einchecken des Gepäcks über die Präsentation der Sicherheitsvorkehrungen durch die Stewardessen, während die Maschine sich auf das Ende des Rollfelds zubewegt, bis zu dem flauen Gefühl im Magen, wenn die Kräfte der Motoren entfesselt werden und die große Maschine zitternd und bebend den Asphaltstreifen hinabrollt, um sich auf ihre wundersame Art plötzlich vom Boden zu lösen und in der Luft zu sein. Dann ist meine Angst am größten, denn der Mittelgang verläuft nicht mehr eben, sondern aufwärts, und meine Freude am intensivsten, denn wir sind in der Luft, und die gesamte mir bekannte Welt, durch die ich täglich gehe, radele, mit Bus oder Auto fahre, bleibt zurück. Der Strand an der Flussmündung, der Campingplatz dahinter, und hinter diesem die Siedlung. Die Brücke über den Sund, die Häuser, die das rechtwinklige Straßennetz der Stadt säumen, die Vorstädte, die sie umringen.

Das Flugzeug steigt, dann wendet es langsam. Mein Blick folgt dem Fluss, um das Haus zu sehen, in dem ich wohne und das nun leer steht, es liegt am Waldrand, da!

Wir steigen weiter, höher und höher geht es, kleiner und kleiner wird die Landschaft unter uns, bis alle Details in ihr verschwunden sind und sie nur noch aus Wald, Wasser, Bergen, Tälern, Meer besteht. Über uns ist der Himmel blau, unter uns schweben Wolken, leichte Sommerwolken, zwischen denen grün und blau die Landschaft in das Licht der riesigen Sonne getaucht liegt.

Ich sehe sie, die Wolken, die Landschaft unter ihnen, und in mir geschieht etwas.

Ich empfinde etwas, was ich so nie zuvor empfunden habe.

Wenn man sechzehn ist, gibt es vieles, was man nicht gedacht, und vieles, was man nicht verstanden hat. Dagegen gibt es nicht viel, was man nicht gefühlt hat, weil es nun einmal nicht so viele unterschiedliche Gefühle gibt. Im Alter von fünf Jahren durchströmen uns dieselben Gefühle wie mit fünfzig, möglicherweise etwas ungeordneter, aber im Grunde sind es dieselben. Freude, Trauer, Betrübnis, Zufriedenheit, Ohnmacht, Stärke. Eifersucht, Wut, Angst, Lust, Begierde. Alle Gefühle sind Nuancen und Variationen derselben Grundgefühle. Ein neues Gefühl ist deshalb eine Sensation. Damals, mit sechzehn, fühlte ich zum letzten Mal etwas, was ich nie zuvor gefühlt hatte. Und das war wirklich eine Sensation. Ich blickte aus dem Fenster, sah die Wolken, die Landschaft unter ihnen, und bekam ein intensives Gefühl für die Welt. Es kam mir so vor, als hätte ich sie vorher nie gesehen. Die Welt war ein Planet, der von Gasen umgeben war. Diese Erkenntnis, die unbeschreiblich bleibt, erfüllte mich mit Glück, aber auch mit Ungeduld und Verlangen. Der Augenblick ging vorüber, das Flugzeug landete, und ich nahm das Boot zu meinen Großeltern hinaus, aber ich habe ihn nie vergessen. Insgeheim nannte ich ihn »das Weltgefühl«. In meinen Gedanken war es ein »künstlerisches« Erlebnis gewesen, mein erstes. Deshalb verband ich es mit dem Schreiben. So muss ich schreiben, dachte ich. Ich musste etwas schreiben, das mit »dem Weltgefühl« verbunden war.

Fünfundzwanzig Jahre später habe ich noch mehrere solcher Weltgefühlerlebnisse gehabt, aber keines ist so intensiv gewesen wie dieses erste, und im Unterschied zu ihm wurden die späteren von Bildern der Welt ausgelöst, nicht von der Welt selbst. Das ist nicht weiter verwunderlich, denn dieses erste Weltgefühl enthielt zwei unterschiedliche, in ihre jeweilige Richtung ziehende Größen. Es ging zum einen um eine Präsenz im Augenblick, im Hier und Jetzt, das sich in seiner wahren Form zeigte, ohne Vergangenheit oder Zukunft, während es zum anderen um das Gegenteil ging, also um Abstand und darum, sich außerhalb von etwas zu befinden und es als abgetrennt zu betrachten, und folglich kein Teil davon zu sein. Und das, die Gleichzeitigkeit von Präsenz im Augenblick und Abstand von der Welt, ist der Ort der Kunst.

Das meditativ und religiös gefärbte Erlebnis des Jetzt, diese ungeheure Konzentration auf den Augenblick, die enorme Wellen von Verbundenheitsgefühlen mit der Welt auslöst, und vielleicht nichts weiter sagt als »ich existiere«, ist nur möglich, wenn die Welt sichtbar wird als Welt und nicht als die Welt des Ichs, und das tut sie nur, wenn dieses Ich außerhalb von ihr steht. In ein und derselben Bewegung entfernt die Kunst uns von der Welt und führt uns näher zu ihr heran, zu dieser himmelumspannten und sich langsam bewegenden Materie, aus der auch unsere Träume sind.

AUGEN

IN DEN WINTERFERIEN 2008 WAREN WIR IN BERLIN und besuchten unsere Freunde Axel und Linn, die eine Wohnung in der Kantstraße gemietet hatten. Sie haben wie wir kleine Kinder, so dass wir nie den Ehrgeiz entwickelten, mehr von der Stadt zu erleben, als einem möglich ist, wenn man einen Kinderwagen schieben muss, also die Atmosphäre in den Straßen aufzunehmen, ein paar historische Bauten an den Fenstern der S-Bahn vorbeiziehen zu sehen, vielleicht in einer nahe gelegenen Kneipe abwechselnd ein Bier trinken zu gehen, sobald die Kinder schliefen. Was ich für den Höhepunkt für die Kinder gehalten hatte, die wilden Tiere im Zoo, interessierte sie so gut wie gar nicht. Dem Löwengehege kehrten sie den Rücken zu, stattdessen weckte ein Teich mit ein paar kleinen Goldfischen ihre Neugier. Vielleicht lag es daran, dass die Tiere ihnen aus den vielen Bilderbüchern vertraut waren, die wir gelesen hatten, und sie noch nicht alt genug waren, um den Unterschied zwischen der Welt in den Bildern und der Welt in der Wirklichkeit zu würdigen. Oder es liegt daran, dass Fische sie tatsächlich am meisten begeistern. Jedenfalls quengelte die Älteste in dem idiotischen Bollerwagen sitzend, den wir uns geliehen hatten und den ich hinter mir herzog, während wir an Elefanten und Giraffen, Bergziegen und afrikanischen Hunden vorbeigingen, sie sei hungrig, sie wolle etwas Süßes haben, sie wolle ein Eis essen, sie wolle den kleinen Eisbären Knut sehen, sie friere, sie wolle »nach Hause in die Wohnung«. Als wir dann jedoch ins Aquarium kamen, vergaß sie das alles. Zusammen mit den anderen Kindern lief sie von Becken zu Becken, presste ihr Gesicht gegen das Glas, starrte, lachte, zeigte, redete wie ein Wasserfall. Am hinteren Ende der Halle, neben den Haien, die zu ihrer großen Freude immer im Kreis schwammen, und den Rochen, die mit langsamen, flatternden Bewegungen über den Grund glitten, lag ein Aquarium mit Fischen aus Südamerika. Darunter eine Art, die ich nie zuvor gesehen hatte und von der ich einfach nicht die Augen lassen konnte. Es schien sich bei ihnen um eine Art Urfische zu handeln. Sie waren mehr als menschengroß, ihre Körper waren von teils blanken, teils grünspanfarbigen Schuppen bedeckt und verjüngten sich jäh zum Kopf hin, der mit seiner langgestreckten, schmalen Form mit dem restlichen Körper kaum in Verbindung gebracht werden konnte. Über den Nacken und den oberen Teil des Kopfs verlief eine Reihe von Linien, zwischen denen sich kleine Flecken abzeichneten, auch sie grünspanfarbig und so geformt, dass sie einem handgemacht vorkamen, als wären diese Köpfe in Bronze gegossen worden. Und das von einem Meister seines Fachs, irgendwann im siebzehnten Jahrhundert, denn der Kontrast zwischen den kolossalen Körpern und diesen feinen Ziselierungen an den Köpfen brachte einen unwillkürlich auf den Gedanken, dass diese lebendigen Formen von Menschenhand erschaffen worden waren, und zwar im Barock. Das Prunkvolle erhielt den Vorzug vor dem Eleganten, das Überbordende vor dem Feingeschnittenen, es ging um die Bündelung aller Zeit in einem Punkt: Die Geschichte der Art war uralt, sie reichte bis in die Urzeit zurück, aber die Exemplare, die sie heute vertraten, waren in meiner Lebensspanne geboren worden.

Ich war nicht der Einzige, der wie gebannt vor ihnen stand, auch die Kinder starrten immer wieder minutenlang diese eigentümlichen Riesenfische an, die hinter der Glaswand vollkommen regungslos im Wasser lagen. Oh, sie waren schön. Nach einer Weile bemerkte ich eine Bewegung unter der Decke, wo einer der Angestellten über die Bretter dort ging. Er hielt einen Eimer in der Hand und begann im nächsten Moment, Fische in das Becken zu werfen. Die schweren Fische bewegten sich blitzschnell, ihre Schwanzflossen peitschten das Wasser, und wir wichen einen Schritt zurück. Die Kleinen kreischten. Dann entdeckte ich, dass die raubtierhafte Präzision, die ich ihnen zugeschrieben hatte, nur scheinbar zutraf, denn sie verschlangen die Fische gar nicht sofort, ihre Kiefer schlossen sich mehrere Meter von ihnen entfernt, so dass sie zwei oder drei Versuche benötigten, bis sie die Tiere erwischten, wodurch mir bewusst wurde, dass sie fast blind waren. Ich betrachtete ihre Augen. Sie waren weiß und blass. Im Gegensatz zu Tieraugen verströmen Fischaugen nichts von dem Leben, dem sie angehören. In Fischaugen zu schauen ist wie ein Blick in gefärbtes Glas, sie enthalten nicht mehr als sich selbst. Sieh dagegen einem Affen in die Augen, und du siehst ein ganz bestimmtes Geschöpf. Nur eine halbe Stunde zuvor waren wir in dem großen Affenhaus gewesen, wo ich zwei fünfzig Jahre alte Schimpansen beobachtet hatte, die mit dem Rücken zum Publikum jeder auf einem Felsbrocken saßen, und die wenigen Male, die sie kurz zu den Leuten herüberblickten, leuchtete in ihren Augen das Unbehagen darüber auf, beobachtet zu werden. Katzen, Hunde, Kühe, Pferde, Schweine, sie alle treten in ihren Augen in Erscheinung. Für Vögel gilt dies dagegen ebenso wenig wie für Fische. Die Augen dieser Fische besaßen nicht einmal die Klarheit anderer Fischaugen, sie waren eher verschwommen. Anfangs dachte ich, sie wären degeneriert, und es erschien mir einigermaßen grotesk, dass diese riesigen Körper, so geschmeidig und motorisch effektiv, im Besitz solch großer Schönheit, fast blind und kaum in der Lage sein sollten, auch nur einen toten Fisch zu fangen. Degeneration war jedoch der falsche Ausdruck, es ging eher darum, dass die Entwicklung ihrer Augen auf einer bestimmten Stufe aufgehört hatte, die für die Umgebung, in der sie lebten, völlig ausreichte. Vielleicht sahen sie Schatten, das schwache Schimmern von Licht, Bewegungen. Das Sehvermögen gehört zum Primitiven, zu dem, woran alle heute lebenden Geschöpfe teilhaben, mit Ausnahme jener, die es nicht benötigen, weil sie in absoluter Dunkelheit leben, und jener, die in absoluter Unbeweglichkeit leben wie Pflanzen und Bäume.

Was will ein Baum auch mit Augen? Sich tagaus, tagein dasselbe anschauen, ohne die Möglichkeit zu haben, darauf reagierend zu handeln? Nein, Bäume haben keine Augen, aber alle Tiere, die sich in ihm aufhalten, selbst die kleinsten Insekten, haben Augen. Die Fähigkeit zu sehen, ist nicht selbstverständlich, aber als sie erst einmal entstanden war, ist es angesichts der vielen Vorteile, die das Sehvermögen bot, nicht weiter verwunderlich, dass es sich ausbreitete. So wurde auch die Aufklärung erst möglich, als Teleskop und Mikroskop erfunden wurden. Wir sahen mehr vom Großen und vom Kleinen, und wir verstanden mehr. Worauf die Evolutionstheorie einem jedoch keine Antwort gibt und womit sich die Aufklärung niemals beschäftigte, ist das andere, was in den Augen liegt, und das man sieht, wenn man dem Blick eines anderen Menschen oder Tiers begegnet, das, was die Augen »senden«. Was ist es? Wenn ich in einer halben Stunde diesen Raum verlasse, in dem ich schreibe, um die Kinder abzuholen, den Aufzug sieben Stockwerke nach unten nehme, die Haustür öffne und in das Menschengewimmel auf dem Platz hinaustrete, wird es das sein, was auf mich einströmt. Überall werden Augen vorbeigleiten, sie leuchten wie kleine Laternen in den ansonsten steifen, grobschlächtigen Gesichtern, und wenn ich in eines von ihnen blicke, werde ich jedes Mal das Gefühl einer besonderen Gegenwart bekommen. Selbst wenn die Gefühle dies völlig übertünchen mögen und die Augen sich vor Wut verfinstern oder vor Freude leuchten können, senden die Augen dennoch keine Gefühle aus und ganz bestimmt keine Gedanken, sondern etwas anderes. Der Gedanke, dass die Augen der Menschen, die über den Platz gehen, wie die von Fischen sein könnten, oder so weiß wie an antiken Statuen, ist ein Alptraum. Dennoch werden zu einem bestimmten Zeitpunkt alle, die dort gehen, so werden, denn das geschieht, wenn man stirbt, das Licht in den Augen erlischt, was sie aussenden, hört auf. War es also das Leben, was sie aussendeten? Nein, die Insekten, Fische, Vögel, Amphibien leben auch. Es war *dieses*

Leben, ob nun dumm oder klug, brutal oder sanft, geizig oder großzügig, gierig oder genügsam, gut oder schlecht, groß oder klein, was sich zeigte, so wie es genau *dort*, genau *da* war, unterwegs in einer Menschenmenge auf einem Platz in einer schwedischen Stadt, als es sich ungesehen wähnte.

WILLKOMMEN
IN DER WIRKLICHKEIT

BILDER FRANCESCA WOODMANS SAH ICH ZUM ersten Mal in einem Fotoband, den Linda gekauft und im Wohnzimmer in das Regal mit den Kunstbüchern gestellt hatte. Auf dem Schutzumschlag war eine junge Frau abgebildet, die am Bildrand hockte, das Kinn auf eine Hand gestützt, und mich direkt anstarrte. Die Wand hinter ihr war weiß, aber schäbig, voller Risse und Flecken, und auf dem Holzboden, grob und uneben, lagen abgebröckelter Putz, Staub, abgeblätterte Farbe. Der Blick der Frau war einerseits fragend, andererseits abschätzend. So, so, du siehst mich an? Sie trug ein unifarbenes Kleid mit einem Muster aus kleinen und großen schwarzen Punkten. Oder sagte ihr Blick »ach, mach schon, guck einfach«? In diesen Augen lagen eine Selbstsicherheit und Offenheit, der das Fragende in ihrem Blick eine Grenze setzte.

Ich schlug das Buch auf und blätterte darin. Das erste Bild zeigte eine nackte Frau, sie saß mit gespreizten Beinen, eine Glasscheibe gegen ihren Bauch und den behaarten Schoß gepresst, auf einem schmutzigen Stuhl, den Kopf vorgebeugt, vollständig verdeckt von langen Haaren. Ich blätterte weiter und sah eine Frau, nur mit Strümpfen und Schuhen bekleidet, die mit gespreizten Beinen neben einer

Pflanze saß, hängende Brüste, ein bleicher, teigiger Bauch, das Gesicht der trompetengleichen Blüte zugewandt, die Nase beinahe in ihr, die Augen geschlossen. Am rechten Bildrand, neben einem abgeschnittenen Spiegel, hing dasselbe Kleid wie auf dem Umschlagbild. Am linken Bildrand eine durch Feuchtigkeit beschädigte Tür, ganz unten dunkel, als würde sie schon faulen. Ich blätterte weiter, sah ein Bild von einer unscharfen Gestalt, die unter eine Art Möbel gekrochen war, in einem verfallenen Zimmer, in dem die Tapete in Fetzen hing. Das reichte mir, jetzt war es gut, gereizt schlug ich das Buch zu und stellte es fort, erfüllt von etwas, was an Abscheu erinnerte. Dieses Frauenzeug, das mir direkt ins Gesicht geschleudert wurde, ging mir auf die Nerven.

Am ersten Mai dieses Jahres sah ich in New York zum zweiten Mal Bilder von Francesca Woodman. Da hatte ich nicht nur ihre Bilder, sondern auch ihren Namen längst vergessen und verband nichts mit ihm, als Asbjørn vorschlug, ins Guggenheim zu gehen, um sich dort eine Fotoausstellung anzusehen. Asbjørn ist Experte für alles, was in der Welt der Kunst und Literatur vor sich geht, so dass ich wusste, wenn er eine solche Empfehlung aussprach, war die Ausstellung einen Besuch wert. Auf dem Weg dorthin erzählte er mir, sie habe sich mit nur zweiundzwanzig Jahren das Leben genommen. Ich sah eine Sarah Kane-artige Bildwelt vor mir, dunkel und chaotisch und unschön, und meine Lust verflüchtigte sich ein wenig. Dennoch ging ich mit. Jill, Lektorin in dem amerikanischen Verlag, der meine Bücher herausgibt, begleitete uns und sagte, sie habe eine Freundin, die Woodman gekannt habe, und offen für die hohe Qualität und große Bedeutung der Bilder ging ich von Wand zu Wand und starrte sie an. Ein steter Zusammenprall von Körper und Raum. Offenbar seit langem verlassene Räume, darin ein stehender, sitzender, liegender, kriechender oder hängender Körper, häufig nackt, häufig gesichtslos, in mehr oder weniger verdrehten, oft auffallend inszenierten Posen. Sie gaben wenig preis, hingen fast stumm vor mir, waren nur, was sie waren, aber ich sah trotzdem, dass sie mir gefielen, und versuchte, mich der Welle der Begeisterung anzuschließen, mit der die anderen hinterher über die Bilder sprachen. In der Museumsbuchhandlung kaufte ich ein Buch von Woodman. Erst als ich im Hotelzimmer darin blätterte, erkannte ich die Bilder wieder. Ich rief Linda an, hatten wir zu Hause eventuell ein Buch von Woodman? Linda lachte und antwortete, das hätten wir, was los sei, interessierte ich mich jetzt plötzlich für sie?

Zwei Tage später kehrte ich in das Museum zurück und sah mir die Bilder allein an. Anschließend ging ich in die ständige Ausstellung in der ersten Etage hinunter, wo Gemälde vom Anfang des 20. Jahrhunderts hängen, ausschließlich Klassiker, Pissarro, Picasso, Manet, Monet, Cézanne, van Gogh, Gauguin, und diese Gemälde, so farbsprühend, erschienen mir plötzlich wie etwas aus einer anderen Zeit, ohne jede Relevanz für das, was in mir und um mich herum vorging. Sie waren Museumsobjekte, sagte mir mein Gefühl. Es war ein intensives Gefühl, und es war neu, denn die Bilder der Impressionisten und Post-Impressionisten haben mich immer sehr angesprochen, sie bildeten nicht nur einen Höhepunkt in der Geschichte der Malerei, zwischen Altem und Neuem oszillierend, voller Leben, sondern hatten eine persönliche Bedeutung für mich besessen, weil sie sich immer mit meinen Gefühlen verbunden, meinen Augenblick mit dem ihren gefärbt hatten. Jetzt waren sie tot. Selbst Monets Bilder, die trotz des hohen Kitschfaktors, den die zahllosen Poster und Reproduktionen seinen Werken verliehen haben, dem bestimmten Augenblick so nahe gewesen waren, dem Licht darin, zum Beispiel an einem Sommernachmittag an der Küste der Normandie, dass sie stets die Zeit überbrückten, die zwischen dem Augenblick des Bildes und dem Augenblick des Betrachters lag, denn wir alle kennen das Licht über dem Meer an einem Sommernachmittag, es ist auch unser Licht, das jederzeit in uns aufsteigen und auf diese Weise die Verbindung zwischen der Vergangenheit, unserer eigenen und der geschichtlichen einerseits, und der Gegenwart andererseits herstellen kann, durch die Gefühle, die das sind, wodurch wir die Welt am tiefsten erleben. Wir waren, und wir sind, und wir werden, das sind die Gefühle, die Monets Bilder in mir ausgelöst haben. Allerdings nicht vorbehaltlos, denn im Registrieren von Licht und Farben des Augenblicks liegt immer auch etwas Fremdes, eine Art Versachlichung der Welt, etwas Fernes und Objektives, das wir nicht mit uns verknüpfen können, weder im Augenblick selbst noch in seiner Wiedererschaffung durch die Kunst, und das große Verdienst des Impressionismus bestand darin, dass er, möglicherweise, ohne es überhaupt zu wissen, diesen Abgrund im Licht zeigte und nicht im Dunkeln, wie es etwa die Gemälde des Barock taten. Der Tod im Licht, der Tod im grünen Laub, der Tod im blauen Himmelsgewölbe. Das war die Relevanz Monets und seiner Zeitgenossen: Durch die Einkreisung des Augenblicks verbanden sie uns mit ihm, ließen sie uns seine Schönheit sehen und erfüllten uns mit einem Gefühl dafür, was es heißt, zu leben, aber auch dafür, was es heißt, nicht zu leben.

Diese Relevanz ist universell, sie hat nichts damit zu tun, was in der gesellschaftlichen und politischen Sphäre entstehen mag; die Lichtreflexe auf einer Wasserfläche glitzern unabhängig davon, ob wir das Essen salzen oder es im Kühlschrank aufbewahren, ob wir Sozialdemokraten oder Neokonservative sind, ob wir zu Pferde reiten oder Auto fahren, ob wir Briefe verschicken oder Textnachrichten. Jedenfalls habe ich das immer gedacht, aber an jenem Nachmittag im Guggenheim-Museum in New York war diese Relevanz verschwunden.

Ich verließ die Museumsräume und ging die 5th Avenue hinunter, erst an dem großen Park entlang, danach unter den gewaltigen Wolkenkratzern, so traumgleich in ihrer Unzugänglichkeit, und dachte dabei die ganze Zeit an das, was ich soeben erlebt hatte: Warum empfand ich plötzlich Francesca Woodmans Fotografien, so jugendlich schlicht, als relevant, und warum schienen mir die großen Maler des frühen 20. Jahrhunderts plötzlich irrelevant zu sein? Hatten Woodmans Bilder mich auf etwas aufmerksam gemacht, was es bei Monet oder van Gogh nicht gab und was demnach ausschließlich zu uns gehören musste, zu dieser Welt aus gelben Taxis mit Fernsehbildschirmen in den Rückenlehnen der Sitze, schwebenden Hubschraubern und Menschen, deren Blicke auf ihren Mobiltelefonen klebten, zwischen denen ich an diesem Nachmittag im Mai hindurch gehastet war, während die Sonne am Himmel über den Wolkenkratzern immer tiefer stand und schon bald hinter ihnen untergegangen sein würde? Oder war es so, dass der Gedanke an die Universalität mit dem verbunden ist, was bereits etabliert ist, und mit diesem erstarrt, und deshalb ständig neu erobert werden muss, um gültig zu bleiben, und ständig neues Territorium erobern muss, um uns mit seiner vollen, lebendigen Kraft zu treffen?

Ein Bild von einem schlanken Körper in einem schwarzweißgepunkteten Kleid, die nackten Arme an den Seiten herabhängend, in der einen Hand ein zylinderförmiger Gegenstand, der sich bei genauerem Hinsehen als ein Birkenholzscheit erweist, das ungefähr die gleiche Länge und den gleichen Durchmesser hat wie der Unterarm. Der Körper ist an Schultern und Beinen beschnitten, so dass weder das Gesicht noch die Füße sichtbar sind. Menschen identifizieren wir durch das Gesicht, ohne es wird der Körper zu einem beliebigen Körper, und durch das Gesicht lesen wir andere Menschen. Sehen wir ein Gesicht, stellen wir eine Verbindung zu ihm her. Dieses Foto verweigert uns eine solche Identifikation und zwingt den Blick so, sich auf die Suche nach anderen Identifikationsangeboten zu machen, sie bewegen sich von, wer sie ist, der ersten Frage, die wir dem Gesicht stellen, dazu, was sie ist. Oder besser, was das ist. Ein Torso, mit Stoff bekleidet, zwei nackte Arme, ein Birkenholzscheit? Das Muster auf der Rinde ähnelt dem auf dem Kleid, die Verbindung ist ebenso unumgänglich wie simpel, dieser Körper ist wie ein Baum.

Die Aufnahme, entstanden 1980 in der MacDowell Colony in New Hampshire, gehört zu einer Serie von Bildern, die um dasselbe Thema kreist, Körper und Baum.

Acht nebeneinander gestellte Bilder von einer Reihe heller Birkenstämme vor einem dunklen Waldhintergrund. Auf einem ist ein langgestreckter, unscharfer Körper mit hochgereckten Armen als direkte Verlängerung des Stamms hineingeschnitten worden. Auf einem anderen streckt sich ein in Birkenrinde gewickelter Arm den Stamm hinauf, und auf dem letzten, dunkel und fast lichtlos, steht eine entkleidete Gestalt, dem Betrachter den Rücken zukehrend und die Arme hochgestreckt, auch sie in einer Weise in Rinde gehüllt, die es auf den ersten Blick schwierig macht zu erkennen, was die Arme der Gestalt und was die Stämme der Bäume sind. Und schließlich eine letzte Variante: Die Arme in Rinde gewickelt und eng an den Körper angelegt, steht Francesca Woodman vor einer Wand in einem Zimmer, die Augen geschlossen und den Kopf zur Seite geneigt, wie eine Krone.

Wie sollen wir diese Bilder verstehen?

Sie sind verspielt, und sie sind jugendlich, ich kann mir kaum vorstellen, dass ein erfahrenerer Künstler es wagen würde, sich in eine so schlichte Verschiebung hineinzubegeben, aber Woodman war erst einundzwanzig, hatte kein Prestige zu verlieren, war somit frei. Sie interessierte sich für das Stoffliche, Kleider sind ein Thema, das sie immer wieder aufgreift, und vielleicht war ihr einfach ins Auge gefallen, welches Muster die Rinde hatte und wie schlank die Stämme waren. Aber ihr Name, Woodman, enthält sowohl Holz als auch Wald und Mensch, und die Selbsterforschung spielt eine so zentrale Rolle in ihren Bildern, dass sie natürlich auch daran gedacht haben muss, als sie ihre Arme in Rinde wickelte und im Wald himmelwärts streckte. Das Motiv weckt zudem kunstgeschichtliche Assoziationen; der Wald der Romantik kann dadurch, dass Menschen in ihm verschwinden, ein Bild für den Tod oder das Universum (Friedrich), für das Leben, die Beharrlichkeit, die Kraft der Natur (J. C. Dahl), oder aber für das rätselhafte Andere (Hertervig) sein. Woodman konkretisiert die symbolische Verknüpfung von Baum und Mensch und macht sie materiell, das heißt unüberwindbar. Auffallend viele ihrer Bilder beschäftigen sich mit dieser unüberwindbaren Grenze zwischen Materiellem und Immateriellem. Bild für Bild arbeitet Ähnlichkeiten heraus – eines zeigt zwei gespreizte Beine auf einem Stuhl, die sich in einem gleichartigen Muster aus zwei Rissen im steinernen Fußboden spiegeln, auf einem anderen sieht man Woodman selbst, nackt auf einem Stuhl sitzend, annähernd wiederholt in einem schattenhaften, körperähnlichen Muster auf dem Fußboden, ein drittes zeigt eine gesichtslose Frau in einem weißen Kleid neben einem großen, weißen Vogel im Dunkeln, einen Arm lässt sie an ihrer Seite herabhängen, die Hand leicht gebeugt, so dass er einem Schnabel gleicht, die andere hält sie über den Vogelkopf – doch obwohl diese Korrespondenzen, die an manchen Stellen spielerisch und ironisch erscheinen, an anderen belastet von einer Art Verzweiflung, und die sich auf allen Ebenen der Bilder finden lassen, offensichtlich in einer Verbindung zur Romantik stehen, wird diese Affinität niemals eingelöst, kommt sie niemals in einer Form von Gleichheit oder Versöhnung zur Ruhe, im Gegenteil, die Kraft der Bilder entspringt zu einem Großteil der Unvereinbarkeit, der Differenz zwischen der Ordnung der Dinge und der des Menschen. Die eigenständige Kraft der Dinge ist auf diesen Bildern so groß, dass kein Blick oder Wille sie sich unterordnen kann.

Die Vorstellung von Engeln, diesen ebenso schönen wie furchterregenden Geschöpfen, die sich einst zwischen dem Menschlichen und Göttlichen aufhielten, untersucht Woodman in einer Serie von Bildern, die auch um die körperliche Ähnlichkeit kreist: Auf einem liegt sie von Papier bedeckt auf einem Tisch, die nackten Beine sichtbar, aber unscharf, wie in Bewegung. Neben ihr liegt ein toter schwarzer Vogel. Die Zusammenführung von menschlichem Körper und Vogelkörper ist so einfach wie die von menschlichem Körper und Baum. Doch da der Engel in der Kunst tatsächlich einen Körper besessen hat und in der Kunst nicht wie Baum und Wald bloß ein vages Bild für eine Sehnsucht im Menschen gewesen ist, bleibt der Abstand zwischen der Realität, bestehend aus den beiden biologisch-materiellen Geschöpfen, Mensch und Vogel, und dem Traum von der Realität, bestehend aus der Vorstellung vom Engel, in diesem Foto wesentlich brutaler und akuter. In derselben Engelserie liegt sie über den Tisch gelehnt, nackt, wir sehen ihren Rücken, die Wirbelsäule tritt unter der Haut deutlich hervor, ihren Nacken, ein wenig von den Haaren, einen ausgestreckten Arm, von dem ein schwarzes Kabel, wahrscheinlich zum Selbstausloser, ausgeht. Folgt man ihm mit den Augen über den Tisch, fällt der Blick auf ein Blatt Papier mit aufgeklebten Vogelfedern. Es ist, als liefe der Wille, das Materielle zu überschreiten, den diese Inszenierung zum Ausdruck bringt, und damit der Glauben an die Kunst, entlang dieses Kabels.

Aber das Immaterielle, das in der Vorstellung, das im Blick liegt und damit eine innere Größe ist, existiert nicht nur in den offensichtlich existenziellen und ästhetischen Anziehungskräften, denn dieselbe Spaltung vollzieht sich im Verhältnis zwischen dem Körper, so wie er an sich ist, materiell und biologisch, und den Erwartungen des Betrachters an ihn, die in den Rollen sichtbar werden, in die er schlüpft, den Posen und Zusammenhängen, in die Francesca Woodman sich selbst stellte, als die Bilder aufgenommen wurden – etwa in dem Moment, in dem sie sich vorbeugte und eine Glasplatte gegen Bauch und Schoß presste.

Warum empfand ich Abscheu, als ich das sah? Das ist eine heftige Reaktion. Wodurch wurde sie ausgelöst? In meinem Gefühl verbarg sich offenbar der unbewusste Wunsch, das Gegenteil zu sehen, also etwas Schönes und Kontrolliertes, und da ich das von der Kunst an sich nicht erwarte, kann es nicht die Hässlichkeit der Kunst gewesen sein, auf die ich reagierte und von der ich mich innerlich distanzierte, sondern das spezifisch weiblich Hässliche. Dem männlich Hässlichen stehe ich neutral gegenüber, es bedroht mich nicht, ist Teil meiner selbst. Dem weiblich Hässlichen stehe ich nicht neutral gegenüber, ich weise es von mir, wenn ich es sehe. Ich verweigere mich ihm. Warum? Offenbar wirkt es bedrohlich. Aber warum? Worin besteht die Bedrohung? Und was bedroht es?

Während ich dies schreibe, wird mir bewusst, dass mich das Wort »hässlich« beschützt, einen Filter vor das schiebt, was ein Wort wie »Ekel« ans Licht gebracht hätte. Ekel ist der wahre Gegensatz des Heiligen, denn die Reaktion auf das Ekelhafte gehört zum Körper, dem Körperlichen, der Erde und dem Irdischen. Stuhlgang (noch so ein Euphemismus) – also Scheiße, ist ekelhaft, Kotze ist ekelhaft, Körpersäfte sind ekelhaft, verdorbenes Essen ist ekelhaft. All das stoßen wir von uns, rein körperlich, aber auch, indem wir nicht darüber sprechen oder Bilder davon zeigen. Wir verabscheuen es. Der Gegensatz zur Abscheu ist die Lust, und wenn wir begehren und vögeln, verändern sich die Leiber, Körpersäfte und Abführkanäle werden durch das Licht der Lust gesehen und werden zu etwas zutiefst Begehrenswertem. Eine ähnliche Doppelung gibt es im Tod, der einerseits eine abstrakte Größe ist, etwas Dunkles und zuweilen auch Anziehendes, vergoldet von der Romantik all der jungen Toten, und der andererseits das Abstoßendste und Ekelhafteste von allem ist, so voller verwesendem und zerfließendem Fleisch, Gestank und Maden, wie der tote Körper nun einmal ist. In dieser Doppelung, zwischen dem Blick und seinem verschönernden Himmel aus Bildern einerseits, und dem Körper andererseits führen wir unser Leben.

Ich erwartete mit anderen Worten, eine Frau zu sehen, nicht einen Körper. Und die Erwartung des Weiblichen kollidiert in diesen Bildern in ähnlicher Weise mit dem Körper der Wirklichkeit wie die Erwartung des Engels oder des Baums, etwas, dem sich der biologische Körper nähern oder von dem er sich entfernen kann. Er nähert sich im Bild eines Frauenkörpers auf einer Couch, nur mit Hüfthaltern und Strümpfen bekleidet, mit dem Rücken zum Betrachter, in körniges Licht getaucht, das es zum einen einer erotischen Fotografie vom Beginn des vorigen Jahrhunderts, zum anderen einer von Man Rays Arbeiten ähneln lässt. Er nähert sich in dem Bild eines unscharfen, sitzenden Frauenkörpers, die Arme hinter den Kopf gehoben, den Kopf zur Seite gewandt, die Brust herausgedrückt, was an die Pose erinnert, in der Munch sein Madonnenbild malte. Und er entfernt sich in den vielen Bildern, auf denen der oft gesichtslose Frauenkörper verrenkte, gelegentlich fast groteske Posen einnimmt, oder in den Bildern, auf denen der Körper gleichsam neutral dargestellt wird, nicht offensichtlich ästhetisiert oder inszeniert, sondern bloß liegend oder sitzend oder stehend, ein Körper in einem Raum, Natur in Kultur, ein junges, vorgebeugtes Mädchen mit langen Haaren, das eine Glasplatte auf seinen Schoß presst.

In dem beeindruckendsten und verstörendsten Bild Francesca Woodmans werden diese Themen und Bewegungen in einem Punkt gebündelt: ein unscharfer, auf dem Fußboden liegender Körper, so beschnitten, dass ihm Kopf und Füße fehlen, neben dessen Hüftkurve eine Schüssel platziert wurde, aus der sich der Po hochzuwölben scheint. In der Schüssel liegt ein zusammengerollter Aal. Die Kraft in dieser Zusammenführung ist schier unbeschreiblich, da sie ganz dem Bild angehört, das direkt in den Körper des Betrachters eindringt, im Gegensatz zur Sprache, die den Umweg über das Denken nimmt. Bedrohlich ist das, weil es unmöglich ist, den scharf konturierten Aal an der Seite des unscharfen Frauenkörpers zu sehen, ohne an Penetration zu denken, was ein grotesker Gedanke ist, denn der Aal gehört zu einer gänzlich anderen Ordnung als der Mensch. Außerdem stellt es die anderen Objekte auf den Kopf, neben die sich dieser Körper metonymisch gestellt hat und bei denen die Bewegung, also die Sehnsucht, vom Körper ausgeht – zum Baum, zum Wald, zum Vogel, zum Engel, zur Dunkelheit, zum Tod hin –, während sie hier vom Objekt, dem Aal ausgehend in den Körper führt. Es ist eine andere, absolut unerhörte Vereinigung. Doch auch diese Vereinigung ist nicht Teil des Bildes, sie ist ein Teil von mir, ich bin es, der an die Penetration denkt und den Körper des Aals als Biologie, den menschlichen Körper als Biologie sieht, zwei Körper, und ich bin es, der denkt, dass dies ungeheuerlich, monströs, grotesk ist.

In Woodmans Bildern ist eine starke Inspiration durch den Surrealismus spürbar, und gerade er schuf eine Instabilität im Raum zwischen den Kategorien, indem er Objekte aus verschiedenen Sphären nebeneinander stellte wie Dalí, wenn er einen Hummer zu einem Telefonhörer werden lässt, oder Meret Oppenheim, wenn sie Tassen und Teller in Pelz kleidet. Das ist humoristisch, verspielt, was für Woodmans Bild jedoch nicht zutrifft, das sich nicht nur zum biologischen Abgrund der Sexualität öffnet, sondern auch zu dem des Todes, in dem der Körper buchstäblich von Maden und Ungeziefer penetriert wird. Dies geschieht mit einer Art Unschuld in der Bildsprache, mit der Schlichtheit der Jugend, in der die Grenzen, zu denen es den Körper zieht oder zu denen er gezogen wird, nicht verdunkelt oder in Zwielicht getaucht werden, wie sie es gegenüber dem Wald oder dem Überirdischen werden, sondern in ein grelles und realistisches Licht getaucht sind: ein Aal, ein Po.

Die meisten dieser Fotos machte Woodman als Jugendliche. Ich selbst war als Jugendlicher blind für die Zusammenhänge, von denen ich ein Teil war, blind für all das, was mich bestimmte, voller Gefühle und Sehnsüchte, die ich mir nicht eingestand und so von dem Hunger nach Erkenntnis trennte, der mich in das Land der banalen und allgemeinen Wahrheiten trieb. Ein achtzehnjähriges Mädchen, das sich und seinen Körper in so ausgeklügelter und erkenntnisfördernder Weise inszenieren konnte, dass einem die Bilder noch heute, dreißig Jahre nach ihrer Entstehung, aktuell, wichtig und relevant erscheinen, ist aus diesem Blickwinkel betrachtet im Grunde unfassbar. Dass ich mich als Achtzehnjähriger ausgezogen, mich auf einen Stuhl gesetzt, eine Glasplatte gegen meinen Schwanz gepresst, dies fotografiert und das Bild anschließend ausgestellt hätte, so dass all meine Freunde und Bekannten es sich hätten anschauen können, wäre nicht nur unvorstellbar, sondern buchstäblich unmöglich gewesen, ebenso unmöglich wie das Verfassen von Gedichten auf dem Niveau eines Rimbaud, wenngleich auf andere Art, denn die Mauer aus Konventionen, die mich daran hinderte, meinen Körper zu exponieren und mich im Verhältnis zu ihm so gehemmt sein ließ, war in erster Linie eine soziale, reguliert von Scham, während das, was mich bis heute daran hindert, auf Rimbauds Niveau zu schreiben, eine intellektuelle Unfreiheit war und ist. In ihren Bildern befreite sich Francesca Woodman von den sozialen und intellektuellen Begrenzungen, und gerade in dieser Freiheit werden die Begrenzungen der Kultur, und welche Auswirkungen sie auf unsere Identität haben, sicht- und identifizierbar, gleichzeitig wird aber auch die Sehnsucht nach ihrer Überschreitung, die Transzendenz, gestaltet, und irgendwo dort, zwischen der Freiheit der Kunst, den Zwängen des Lebens und der Sehnsucht nach deren Überwindung, die in letzter Konsequenz der Tod ist, bewegen sich diese Fotografien. Die Freiheit, die diese Bilder ermöglichte, war die Freiheit vom Blick des anderen, und diese Freiheit, also die Freiheit der Kunst, verlangt Einsamkeit.

Dieser Gedanke ermöglichte es mir, ihre Bilder plötzlich zu sehen. Sie ist es, die betrachtet wird und zugleich betrachtet. Alle Blicke sind in ihr. Dass die Räume, in denen sich dieses Drama zwischen Blick und Körper, Körper und Identität abspielt, so verfallen und allem Anschein nach unbewohnt sind, verstärkt das Gefühl von Vereinsamung noch, doch unter einem der Bilder im Guggenheim-Museum las ich, dass Woodman tatsächlich in ihnen wohnte. Francesca Woodman zog in die Kunst ein und lebte in ihr. Sie allein mit allen Blicken. Als würde sie sich in der Erwartung in sie hinauswerfen, dass jemand sie auffängt. Und dieser jemand, das sind wir, die wir sehen.

DER MONOFONE MENSCH

HEUTE VOR EINEM JAHR ZÜNDETE EIN mit einer Polizeiuniform bekleideter Mann zunächst eine Bombe im Regierungsviertel von Oslo und fuhr anschließend, während die katastrophalen Bilder des Attentats in alle Welt übertragen wurden, nach Utøya hinaus, um im Laufe eines einstündigen Massakers neunundsechzig junge, wehrlose Teilnehmer des dort stattfindenden Sommercamps abzuschlachten. Die Tat war politisch motiviert, der Täter erklärte, wir befänden uns im Krieg, er bekämpfe die Auflösung traditioneller Werte, des männlichen Rollenverständnisses und des Nationalstaats, der Feind seien die Muslime und der Multikulturalismus, und die Abschlachtung von Mitgliedern der Jugendorganisation der Norwegischen Arbeiterpartei sei als Weckruf zu verstehen. Er wolle Norwegen retten. Nur wenige Stunden, bevor er das Auto vor dem Regierungsviertel parkte und die Bombe detonieren ließ, hatte er an über tausend Empfänger ein Manifest gesandt, in dem er detailliert seine Ansichten und seine Haltung darlegte. Außerdem hatte er ein Video gedreht, das mit propagandistischer Einfachheit und in der Bildsprache der vierziger Jahre zeigte, was angeblich in Europa vorging, die Invasion der Muslime. Ganz Norwegen stand unter Schock. Nichts hatte das Land auf etwas Derartiges vorbereitet, diese Möglichkeit hatte in den Köpfen der Menschen schlichtweg nicht existiert: Die schwerwiegendste politisch motivierte Tat nach Kriegsende waren bis dahin die sogenannten Hadelands-Morde gewesen, bei denen zwei junge Männer in einem kleinen faschistischen Untergrundmilieu, »Germanische Armee Norwegens« genannt, hingerichtet worden waren. Diese Morde ereigneten sich 1981 und waren damals eine große Sache gewesen, aber das hier war etwas radikal anderes. Es war so unerhört, dass es alle Schutzmechanismen durchbrach. Die Berichterstattung des Fernsehens von der Katastrophe war chaotisch, die Journalisten und Moderatoren standen genauso unter dem Eindruck der Ereignisse wie die Menschen, die sie interviewten, in ihren Augen und ihrer Körpersprache las man Ungläubigkeit, Schock, Verwirrung. Die gewöhnlich herrschende Distanz, mit der Nachrichten vermittelt werden, war aufgehoben worden. Alles war nah, für alle. Ja, die Welt schien in jenen Tagen offen zu stehen.

Heute ist das kaum noch zu glauben. Nach dem Schock der ersten Tage und den Nachwehen der Trauer in den folgenden Wochen schlossen sich die Ereignisse des 22. Juli, sie wurden zu etwas, worüber man sprach und worauf man verwies; sie wurden vielleicht nicht unbedingt normalisiert, aber doch zu etwas, woran wir uns gewöhnten. Breiviks Leben, durchleuchtet bis ins kleinste Detail, wurde zu etwas, was Zeitungen verkaufte, sein Gesicht zu einem Teil des kollektiven Bewusstseins. In den Medien bewegte sich der Fall rasch vom Kern der finsteren Tat zu ihren politischen und ideologischen Implikationen. Breivik wurde zu einem Symbol für etwas.

Was ist ein Symbol? Ein der Wirklichkeit beraubtes Ereignis, eine Schale aus Sinn. In Schweden sind im Laufe des vergangenen Jahres nicht wenige Persönlichkeiten des öffentlichen Lebens mit Breivik verglichen worden, was nur möglich ist, wenn man den Namen Anders Behring Breivik von der Person entkoppelt, die am Nachmittag des 22. Juli in einem der Gebäude auf Utøya stand und den Jugendlichen, die sich darin aufhielten, in den Kopf schoss. Einige von ihnen standen an der Wand, andere lagen zusammengerollt wie Föten auf dem Boden, alle waren vor Furcht wie gelähmt, und die Kugeln schlugen in ihre Körper ein, sie starben dort, in Blut schwimmend, und er, Anders Behring Breivik, trat näher heran und schoss ihnen in den Kopf, ehe er sich umdrehte und auf der Suche nach weiteren Menschen, die er abschlachten konnte, das Haus verließ. Dass ihn manche mit Persönlichkeiten des öffentlichen Lebens vergleichen, die eine andere Meinung vertreten als sie, ist nicht völlig unverständlich, denn wir leben in einer Zeit, in der alles, was geschieht, in Bilder verwandelt wird, die losgelöst von ihren konkreten Umgebungen am Himmel über unseren Köpfen schweben, als dieses endlose Gewimmel aus neuesten Nachrichten und prominenten Gesichtern, Leben und Schicksalen, an denen wir tagtäglich unverbindlich teilhaben, da ihre Gegenwart in unserer Wirklichkeit abstrakt ist und ebenso wenig Konsequenzen hat wie Fiktionen. Für alle außer den Betroffenen ist Utøya heute ein Teil dieser Welt.

Das Auffälligste an dem neun Wochen dauernden Prozess, bei dem wir den Mörder zum ersten Mal zu Gesicht bekamen und sein ganzes Leben und alle Milieus, in denen er sich bewegte, dokumentiert und analysiert wurden, war die Tatsache, wie sehr er selbst und seine schreckliche Tat normalisiert wurden. Es kam einem vor, als würde die Tatsache, dass er ein Mensch war wie du und ich, der Argumente für seine Sichtweise vorbrachte, das Unfassbare unter sich begraben: Plötzlich wurde der Mensch Breivik zum Maßstab, nicht seine Tat. Eines der Opfer nannte Breivik in der Zeitung einen »Trottel«, mehrere Kommentatoren beschrieben ihn als klein, beschränkt, armselig. Manche konzentrierten sich darauf, die Lücken in seiner Argumentation herauszuarbeiten, andere schrieben über Fehler, die er begangen, und Dinge, die er falsch verstanden hatte, und diese Verharmlosung und Verkleinerung des Täters ist nachvollziehbar, denn der Mensch an sich ist klein, aber das hilft uns nicht, besser zu verstehen, wie sein Handeln möglich war; im Gegenteil, nach dem Prozess hat man den Eindruck, dass die beiden Größen, die unerhörte Tat, die in der norwegischen und europäischen Nachkriegsgeschichte ihresgleichen sucht, und der Mann, der sie beging, nicht in Übereinstimmung zu bringen sind.

Wie können wir verstehen, was geschah? Was kann einen relativ gut funktionierenden Mann dazu bringen, eigenhändig und aus nächster Nähe neunundsechzig Menschen abzuschlachten, von denen die meisten Jugendliche waren? Mitten in einem politisch stabilen, reichen und gut organisierten Land? Was kann einen Menschen so weit treiben, diesen Schritt zu machen? Ist es überhaupt möglich, das zu verstehen?

Der norwegische Schriftsteller Jan Kjærstad äußerte in der schwedischen Tageszeitung *Dagens Nyheter* den Gedanken, dass Breivik uns etwas bislang Unbekanntes oder vollkommen Neues im Menschen unserer Zeit zeige und deshalb nicht in einer der uns bekannten Kategorien erfasst werden könne. »Ich frage mich, ob Breivik nicht ein Mensch ist, für den wir das Ergebnis nicht kennen«, schreibt Kjærstad. Ergebnis ist die absolut korrekte Antwort, ein Begriff, den wir normalerweise in Verbindung mit mathematischen Aufgaben benutzen, und ich glaube nicht, dass wir für irgendeinen Menschen das Ergebnis kennen. Das Menschliche ist keine exakte Wissenschaft, wie könnte es das sein, wir sind ja nicht einmal fähig, uns selbst und unsere eigenen Motive restlos zu ergründen. Ich glaube nicht, dass Breivik etwas Neues im Menschlichen verkörpert, wie Sigrid Undset denke ich vielmehr, dass das menschliche Herz unveränderlich ist. Darüber hinaus glaube ich, dass der einzige Weg zum Verständnis genau dort verläuft, über das eigene Ich, das heißt, über die Gefühle, die wir selbst empfinden, und die Erfahrungen, die wir selbst gemacht haben. Falls Breivik etwas anderes ist als wir, will sagen, das böse Andere, hat er im Verbund mit etwas in seiner eigenen Natur gehandelt. Dann befinden wir uns in der Nacht der Pathologie und des Determinierten, und dort gibt es keinen freien Willen, und ohne freien Willen keine Schuld. Ganz gleich, wie kaputt ein Mensch sein mag, ganz gleich, wie sehr seine Seele deformiert wurde, er ist und bleibt doch auch immer ein Mensch, der eine Wahl hat. Diese Wahl macht uns zu Menschen. Sie allein verleiht dem Begriff Schuld einen Sinn.

Warum er es tat, was ihn antrieb, diesen Entschluss zu fassen, wissen wir nicht, nur dass er ihn ganz allein fasste. Er selbst gibt an, er habe ideologische Gründe gehabt. Ich habe mit Journalisten gesprochen, die den gesamten Prozess verfolgt und Breivik neun Wochen lang täglich gesehen haben, und ausnahmslos alle erklären, dass Breivik zweifellos meint, was er sagt. Er ist der festen Überzeugung, dass er das Richtige getan und die siebenundsiebzig Menschen im Dienste einer guten Sache ermordet hat. Breivik ist offensichtlich ein Fanatiker, aber auch das erklärt nichts, denn was trieb seinen Fanatismus an, und was trieb ihn so weit? Das weiß ich natürlich nicht, aber eines weiß ich: Ideologien sind groß, Menschen sind es nicht.

Das Thema Unzurechnungsfähigkeit war für das Gerichtsverfahren von zentraler Bedeutung, so dass es nicht zuletzt auch um Breiviks Charakter ging. Trotzdem wurden die beiden vielleicht wichtigsten und folgenschwersten Größen bei der Charakterentwicklung, seine Sexualität und die Beziehung zu den Eltern, bemerkenswert selten berührt. Weder Vater noch Mutter sagten vor Gericht aus, ebenso wenig wie der Psychologe, der die Familie im Auftrag des Jugendamts begutachtet hatte, als Breivik vier Jahre alt war. Die meisten Nachrichtenredaktionen in Norwegen besitzen Kopien seines Gutachtens, und viele kennen zudem den Inhalt der polizeilichen Vernehmung seiner Mutter am Tag nach dem Terroranschlag. Auf eine Veröffentlichung wurde jedoch aus Rücksicht auf die Privatsphäre der Betroffenen verzichtet. Über die familiäre Situation wissen wir, dass seine Eltern sich früh scheiden ließen, der Vater während der Kindheit und Jugend Breiviks wenig bis gar keinen Kontakt zu ihm hatte und der Psychologe in seinem Gutachten im Falle des vierjährigen Jungen eine »schwerwiegende Fehlentwicklung« befürchtete.

Ein Gutachten des Jugendamts wird nicht ohne Grund in Auftrag gegeben, in dieser Familie muss etwas gründlich im Argen gelegen haben, aber es blieb bei dieser einen Episode, danach und bis zu jenem 22. Juli 2011 tauchen weder die Familie noch Breivik selbst in einer ähnlichen Angelegenheit wieder auf. Breivik sagt, er habe eine völlig normale und glückliche Kindheit und Jugend gehabt. Es schien ihm sehr wichtig zu sein, dieses Bild während des Prozesses zu unterstreichen und aufrechtzuerhalten. Es gibt andere kleine Risse in seinem Leben, die erst durch seine hartnäckigen Versuche, sie zu übertünchen, sichtbar wurden, zum Beispiel, dass er depressiv gewesen sein soll, worüber sich einige seiner Freunde besorgt zeigten, als er bei seiner Mutter einzog und jeden Kontakt zu ihnen abbrach, was er jedoch abstritt, ebenso wie zum Beispiel, dass er sich geschminkt haben soll, wie einer seiner Freunde berichtete, was er nachdrücklich leugnete, es habe sich um einen Abdeckstift für Pickel gehandelt, nicht um Make-up; einen solchen zu benutzen, sei auch für einen Mann vollkommen normal. Er verlebte eine glückliche Kindheit, er litt nie an Depressionen, er schminkte sich nie. Es gibt gute Gründe zu glauben, dass es sich genau umgekehrt verhielt; er hatte eine schwierige Kindheit, er litt an einer schweren Depression, er schminkte sich. Das sind Kleinigkeiten, Details aus einem Leben, die scheinbar nichts mit dem unmenschlichen und grausamen

Massaker auf Utøya zu tun haben. Und wenn sich hinter diesen kleinen, winzig kleinen Rissen ein Abgrund verbirgt? Und wenn er eine Mutter hatte, die keine Grenzen kannte und emotional labil war und ihn im einen Moment mit ihrer Liebe fast erdrückte und dicht neben ihm schlief, um im nächsten Moment zu brüllen, sie würde sich wünschen, er wäre nie geboren worden, und dass er ihr Böses wolle, sie kaputtmachen wolle, und das von Anfang an, seit seinem ersten Tritt in ihrem Bauch? Und wenn er in einem Elternhaus mit einer geradezu unbändigen emotionalen Ambivalenz aufwuchs, welche Auswirkungen könnte das dann auf seine Identität und sein Verhältnis zu anderen Menschen gehabt haben? Was ist, wenn sein Vater ihn in dieser Situation im Stich ließ? Was ist, wenn er wusste, was dort vorging, und nichts tat, als sich fernzuhalten? Zu den wichtigsten Dingen, die man in der Kindheit lernt, gehört die Fähigkeit, seine Gefühle zu beherrschen. Wird in dieser Phase nicht adäquat auf die Gefühle reagiert, werden sie zurückgewiesen oder ignoriert, dann sind sie für dich irgendwann nichts mehr, und du ziehst es vor, ihnen aus dem Weg zu gehen und sie abzuwürgen, weil sie einfach zu schmerzhaft werden. Am Ende stehst du deinen Gefühlen fremd gegenüber, sie sind etwas, was man unbewusst immer in etwas Anderes und Äußerliches kanalisiert. Ich kenne einige Menschen, die so sind, stark von äußerer Motivation getrieben, jeder von ihnen ist auf die eine oder andere Art monoman, manche sind zusammengebrochen und psychisch krank geworden, aber die meisten kommen gut zurecht und führen ein normales, funktionierendes Leben. Ich bin mir sicher, dass Breivik ein solcher Mensch ist und schon früh seine Gefühle unterdrückte, weil sie zu schwierig für ihn wurden. Eine der Journalistinnen, die seine Auftritte vor Gericht verfolgten, meinte, Breivik sei der am leichtesten zu kränkende Mensch, den sie jemals erlebt habe. Für ihn gebe es keine Unterschiede, wenn ihn etwas kränke, fehle ihm jeglicher Sinn für Proportionen, potenziell könne ihn alles gleich hart treffen. So reagiert nur ein Mensch ohne stabile und gefestigte Persönlichkeit, mit einem extrem schwachen Selbstwertgefühl.

Im letzten Frühjahr schrieb ich über Adolf Hitlers Leben, in dessen Jugend der vielleicht charakteristischste Zug an ihm war, dass er ausnahmslos alles nach außen wendete, über alles außerhalb seiner selbst ununterbrochen redete, und darüber hinaus, dass er so unglaublich leicht zu kränken war. Wegen jeder Kleinigkeit brauste er auf. Sein Buch, *Mein Kampf*, ist eines der gekränktesten Bücher, die jemals geschrieben wurden. Hitler war seiner Umwelt gegenüber bis zur Schmerzgrenze monoman, und er irrte sich nie und hatte auf alles eine Antwort. Er hatte einen Vater, der ihn manchmal so brutal misshandelte, dass der Bruder glaubte, er wäre tot, und der früh starb, er hatte einen kleinen Bruder, der ebenfalls starb, und eine Mutter, die von ihrer Trauer geprägt war und ihn gleichzeitig über alle Maßen liebte. Zurückweisung, Misshandlung, Ambivalenz. Er hatte Angst vor Intimität, Angst vor Frauen, er war schnell gekränkt, mit Anfang zwanzig lebte er völlig ohne andere Menschen in seiner Nähe und entwickelte einen extremen Fanatismus, dessen wichtigstes Element sein fanatischer und irrationaler Hass auf die Juden war. Wie ein roter Faden zieht sich die Angst vor dem Grenzenlosen durch *Mein Kampf*.

Hitler lebte in einer chaotischen und politisch instabilen Zeit, sein inneres Chaos, das nach äußerer Stabilität suchte, befand sich in Übereinstimmung mit den Sehnsüchten eines ganzen Volks, und die Fantasien von Größe, denen er sich als junger Mensch hingegeben hatte, die grandiosen Vorstellungen von seinen eigenen Fähigkeiten, gingen auf eine seltsame Art in Erfüllung, er wurde Reichskanzler und führte das ganze Land in den Abgrund. Breivik, den ich in nichts anderem mit Hitler vergleichen möchte, nur in diesen Charakterzügen, die ihnen gemeinsam sind, den Persönlichkeitsmerkmalen von Fanatikern, gab sich ebenfalls hochtrabenden Fantasien hin. Das ist ein Bestandteil des schwachen Selbstvertrauens. Ein Mensch, der in den eigenen Augen nichts ist, muss etwas werden, das ist seine einzige Chance. Ich weiß genau, wovon ich rede, denn ich bin genauso und habe unzählige Abende im Bett gelegen und von künftiger Größe geträumt, um ihnen, allen, der ganzen Welt zu zeigen, dass ich jemand bin. Das haben sicher alle irgendwann getan, bis die Wirklichkeit den Traum eingeholt und das Leben einen mit der Realität konfrontiert hat. Aber was ist, wenn diese Konfrontation unmöglich ist, was ist, wenn diese zukünftige Größe alles ist, weil es kein eigenes, fundiertes Selbst gibt?

Breiviks Traum von Größe handelte von Geld. Er wuchs in einer armen Familie in der wohlhabendsten Gegend Oslos auf, er war umgeben von Geld, Reichtum und Erfolg, darin suchte er seine Identität. Er brach seine Schullaufbahn im Handelsgymnasium Oslo ab, um sich selbständig zu machen und reich zu werden. Damit scheiterte er. Irgendwann muss er erkannt haben, dass es ihm niemals gelingen würde, dass er es niemals schaffen würde, und was war er dann wert? Nichts. Sich das einzugestehen war für ihn unmöglich. Nicht zugegebene Gefühle, eine nicht zugegebene Niederlage: Er war jemand, der sich selbst betrog, jemand, dessen Identität auf Lügen beruhte. Und der größte Selbstbetrug von allen betrifft seine Sexualität. Anders Behring Breivik ist ohne jeden Zweifel homosexuell, denke ich, was er sich selbst gegenüber jedoch leugnet, obwohl er sexuelle Beziehungen mit Männern hatte. Das ist sein Geheimnis. Oh, es ist ein kleines Geheimnis, aber es ist in ihm gewachsen und unkontrollierbar geworden, immer wieder verneint, aber stets gegenwärtig.

Sexuelle Unsicherheit und Ambivalenz gehören zur Pubertät, ich erinnere mich, welch große Angst ich selbst mit vierzehn, fünfzehn Jahren vor meinen offensichtlich femininen Seiten hatte. Ich machte mich gern schön, schminkte mich sogar gern, mit zwölf hatte ich das im Karneval getan, ich hatte mich geschminkt, eine Bluse und einen Rock angezogen, hatte eine Handtasche getragen und war mit wippenden Hüften durch den Raum gegangen und völlig darin aufgegangen, als wäre es eigentlich etwas ganz Natürliches, und nicht nur das, sondern auch etwas Begehrenswertes. Selbst heute erlebe ich manchmal abends kurz vor dem Einschlafen noch Identitätsverschiebungen, ich liege da und bin eine Frau, bis ich mit einem erschreckten Zucken auffahre, nein, nein, ich bin ein Mann, ich bin ein Mann, als ein Echo jener wüsten Furcht, die mich als Teenager beschlich, dass ich vielleicht nicht so war wie die anderen, mich nicht zu Mädchen hingezogen fühlte, sondern zu Jungen. Diese Furcht war abgrundtief. Wenn im Fernsehen oder in einem

Gespräch das Wort homosexuell fiel, lief ich aus Angst, ich könnte auch so sein, feuerrot an. Hätten Männer mich tatsächlich sexuell angezogen, hätte ich mich umgebracht. So schrecklich war der Gedanke. Das mag sich übertrieben anhören, aber man darf nicht vergessen, dass man als Jugendlicher mit Gedanken dieser Art allein ist, vollkommen allein, und dass die Sexualität, die sich in diesen Jahren zum ersten Mal zeigt, eine so unglaublich mächtige Kraft im Leben ist, die alles dominieren und sich entscheidend darauf auswirken kann, wie es einem geht.

Ich habe einen Bekannten, den damals, als wir uns anfreundeten, unübersehbar irgendetwas quälte, mit ihm stimmte etwas nicht, er wirkte irgendwie verzweifelt, und als ich einmal neben ihm im Auto saß, es war Nacht, die Straße leer, und er fuhr schnell, war ich mir sicher, dass er den Wagen gegen eine Felswand lenken und uns beide umbringen würde. So war seine Ausstrahlung. Er hatte eine Freundin, sie war schön, und er war ein auf asketische Art gläubiger Mensch mit strengen Moralvorstellungen. Vor allem die Homosexualität verurteilte er scharf. Wir verloren uns aus den Augen, Jahre später traf ich ihn wieder, da war er ein anderer Mensch, er hatte sich geoutet, das war es, was ihn damals so gequält hatte, und er erzählte mir, dass er neben seiner Freundin auch sexuelle Beziehungen zu Männern unterhalten hatte, und dass er dies damals so empfunden habe, als sei es einerseits passiert und andererseits nicht passiert. Es war ihm gelungen, es völlig zu verdrängen, es passierte, und dann passierte es nicht, existierte es nicht, außer als eine Art Schatten. Ich glaube, Anders Behring Breivik ist es ganz ähnlich ergangen. Ich denke, dass er so lebte, mit einem inneren, für ihn unzugänglichen Chaos und einem Selbstbild, das viele Jahre auf Lügen basierte. Ich glaube, dass er sich selbst verleugnete, sich selbst Gewalt antat, allerdings ohne es zu wissen, denn er war so verwirrt, dass er nicht wusste, was er selbst war, kein Gefühl dafür hatte. Ich glaube, dass er alles so hinbog, dass an allem, was schieflief, andere als er selbst schuld waren, und damit war er aufgewachsen, und die rechte Ideologie, die ihn zwischen zwanzig und dreißig so faszinierte, anfangs noch in relativ moderater Form, als Mitglied der rechtspopulistischen Fortschrittspartei, dann aber immer extremer, passte perfekt zu dem Menschen, der er war, und zu den Problemen, die er hatte: Der Faschismus ist eine Identitätsideologie, in der er es um feste Grenzen, Ordnung, Autorität, Zugehörigkeit und Größe geht.

Breivik hasst den Feminismus, denn er bedroht die maskuline Identität, indem er den ambivalenten Raum zwischen dem Weiblichen und dem Männlichen öffnet, und er hasst den Multikulturalismus, denn er bedroht die nationale Identität, die Einheit zwischen Volk und Land. All das, was in ihm fließt, all das, was nicht fest und stabil ist, all das, was sich in den Zwischenräumen bewegt, bedroht ihn, davon will und kann er nichts wissen, aber er kann sich auch nicht innerlich davon abgrenzen, weil er keinen Zugang zu seinem Inneren hat, alles muss im Äußeren geschehen, und was er dort sucht, Standhaftigkeit, Härte, Eindeutigkeit, sind Dinge, die traditionell ein Vater vermittelt, und für die er sich in Ermangelung ihrer schließlich fanatisch einsetzte. Das Reine, Schlichte, Wahre, die Sehnsucht nach der absoluten Identität, und damit eng verbunden der Hass auf das andere, das ist der Kern des Faschismus. Seine Welt ist durch und durch maskulin, durchsetzt von Gewaltfantasien und Waffenfetischismus und nicht ohne homoerotische Elemente, die von Anfang an dazugehört haben, es reicht völlig, sich eine von Hitlers Reden anzusehen, damit einem die sexuelle Ambivalenz ins Auge sticht. Nicht, dass ich glauben würde, dass Breivik daran oder an die Sehnsucht nach einem Vater gedacht hat, die im Autoritären liegt, oder an die psychologischen Muster, die mit dem Ideologischen einhergehen, im Gegenteil; Breivik war und ist ein Gläubiger, das ist die Wahrheit, das einzig Richtige, so und nur so verhält es sich. Und wie bei allen Fanatikern, religiösen oder politischen, bekräftigt jeglicher Widerstand, auf den sie stoßen, nur die Richtigkeit ihres Glaubens. Doch der Schritt davon, gegen den Islam, gegen den Marxismus, gegen den Feminismus zu sein, sowie davon, sich im Internet politisch zu äußern, dahin, ein groteskes politisches Attentat durchzuführen und eigenhändig neunundsechzig Menschen zu ermorden, ist gigantisch. Es dürfte in Norwegen Tausende geben, die Breiviks Ansichten grundsätzlich teilen. Er allein hat für sie getötet. Also muss etwas passiert sein, muss etwas in ihm zusammengebrochen sein, irgendetwas muss sein Leben unerträglich gemacht haben, und dieser Gedanke, ein politisches Attentat, eine Terroraktion auszuführen, muss ihm plötzlich und wie eine Befreiung als ein Ausweg aus allem vor Augen gestanden haben. Er muss mit diesem Gedanken gespielt haben, und er ließ sich von ihm berauschen. Er muss niemand gewesen sein, will sagen, tot, denn nur als ein Niemand, als absoluter Niemand, konnte er Gefallen an dem Gedanken gewinnen, aus dem dann im Laufe der Zeit Ernst, eine realistische Möglichkeit wurde, denn nur als ein Niemand hatte er nichts zu verlieren, und genau das ist der Sprung, der Faktor, den Jan Kjærstad unbekannt nennt. Plötzlich steht er auf der anderen Seite, wo es nichts mehr zu verlieren gibt, denn er ist tot, er ist niemand, und indem er das Undenkbare tut, das auf der anderen Seite auf einmal denkbar ist, wird er zu jemand. Er wollte gesehen werden, das wollte er wirklich – nur ein paar Tage vor seinem Anschlag suchte er einen Verwandten auf und erzählte ihm, er werde bald etwas tun, was den Verwandten stolz auf ihn machen werde.

Ich glaube, so ist es gewesen. Der kleine innere Konflikt in Breivik wurde nach außen, in die große Ideologie getragen, die plötzlich, als das für ihn unerreichbare innere Chaos und der durch den Selbstbetrug entstandene Druck unerträglich wurden, einen Ausweg präsentierte. Ich kann das wirklich tun, muss er gedacht haben. Ich brauche es nur zu tun. Das ist die kleine Erklärung. Die meisten, die wie er in einer solchen Sackgasse enden, in der alles unerträglich ist und aus der es keinen Ausweg mehr zu geben scheint, nehmen sich das Leben. Das hätte ich getan. Andere bringen zuerst ihre Familie um, ehe sie dem eigenen Leben ein Ende setzen, auch das kommt vor. Breivik tat weder das eine noch das andere, er war ein Gläubiger. Das ist kein Mysterium, das ist kein Rätsel, das ist menschlich.

Angesichts der unmenschlichen Konsequenzen reicht diese kleine Erklärung jedoch nicht aus. Deshalb muss man den Blick heben. Die Gesellschaft sollte über Sicherheitssysteme verfügen, die das, was Breivik getan hat, verhindern. Ich denke dabei nicht an das Jugendamt oder das Schulwesen oder eine der Sozialbehörden, auch nicht an die Polizei, ich denke an die engen Bindungen zwischen Menschen, ich denke an die Gegenwart des anderen in uns selbst, an die Einfühlsamkeit, die das Fundament aller Gesellschaften und Kulturen bildet, und die sich im Gebot des Gesichts zeigt: Du sollst nicht töten.

Könntest du, der du diese Zeilen liest, dir vorstellen, einen Menschen zu töten? Wärst du dazu überhaupt in der Lage?

Nein?

Die meisten der relativ wenigen Morde, die in Skandinavien verübt werden, geschehen im Rausch oder in einem starken Affekt, meist in schwierigen sozialen Verhältnissen, und sind den meisten anderen Staatsbürgern zutiefst fremd. Die Gesetze halten uns vom Morden ab, die Strafe, die bodenlose Scham und die Schuld halten uns ab. Die Geschichte lehrt uns jedoch, unter bestimmten Umständen, das heißt, wenn die gesellschaftlichen Institutionen zerfallen und eine Krise eintritt, kann im Grunde jeder töten, ja, selbst die grausamsten Gräueltaten begehen wie in Deutschland während des Zweiten Weltkriegs. Darüber schreibt Hannah Arendt in *Eichmann in Jerusalem*:

> Denn so wie das Recht in zivilisierten Ländern von der stillschweigenden Annahme ausgeht, daß die Stimme des Gewissens jedermann sagt: »Du sollst nicht töten«, gerade weil vorausgesetzt ist, daß des Menschen natürliche Begierden unter Umständen mörderisch sind, so verlangte das »neue« Recht Hitlers, daß die Stimme des Gewissens jeder-

mann sage: »Du sollst töten«, und zwar unter der ausdrücklichen Voraussetzung, daß des Menschen normale Neigungen ihn keineswegs zum Mord treiben.

Mit anderen Worten: Zu töten widerspricht zwar der menschlichen Natur, aber diese kann im sozialen Raum überwunden werden, sobald das Wir, zu dem du gehörst, es gebietet oder dazu auffordert. Während ich dies schreibe, haben Norwegen, Schweden und Dänemark Soldaten nach Afghanistan entsandt, die in unserem Namen Afghanen töten. Ein Freund von mir, Geir Angell Øygarden, veröffentlichte 2011 das Buch *Bagdad Indigo*, es handelt vom Krieg und greift unter anderem die Frage auf, was erforderlich ist, um zu töten. Einen Menschen so weit zu bringen, gehört ihm zufolge zum Schwierigsten überhaupt. Selbst wenn man ihnen Uniform und Gewehr aushändige und ihnen die Erlaubnis erteile, den Feind zu töten, weigerten sich die meisten Menschen.

»Im Zweiten Weltkrieg stellte sich heraus, dass nur fünfzehn bis zwanzig Prozent der amerikanischen Soldaten schossen, um zu töten«, schreibt er. »Achtzig bis fünfundachtzig Prozent machten das also nicht, sie taten nur so.« Das amerikanische Militär zog daraus seine Konsequenzen, erforschte das Thema systematisch und entwickelte neue Trainingsmethoden, die sich als äußerst effektiv erwiesen: Der Prozentsatz bei amerikanischen Soldaten im aktiven Dienst liegt heute bei fünfundneunzig Prozent. Man fand heraus, dass die allerwenigsten Soldaten letztlich in der Lage wären, für eine Idee oder Ideologie oder auf Grund negativer Gefühle wie Hass oder Furcht zu töten. Dave Grossman, der Autor des

Buchs *On Killing – The Psychological Cost of Learning to Kill in War and Society*, der vor amerikanischen Soldaten Vorlesungen zu diesem Thema hält, schreibt, die Soldaten motiviere: »Gruppendruck und Prozesse, die (1) Rücksicht auf die anderen Soldaten, (2) Respekt vor den Vorgesetzten, (3) den Gedanken an den eigenen Ruf bei diesen beiden Gruppen und (4) einen starken Willen, zum Erfolg der Gruppe beizutragen, umfassen.« Sie motiviert mit anderen Worten das Soziale im Sinne von Menschen in ihrem konkreten näheren Umfeld. Die Kraft enger persönlicher Bindungen ist enorm. Der innere Schutzmechanismus dagegen, einen anderen Menschen zu töten, ist jedoch noch stärker, es erfordert mehr als ein Wir und eine Verantwortung auflösende Hierarchie, wenn man dem Gesicht des anderen gegenübersteht, um das Leben dieser Augen auszulöschen. Diese entscheidende Erkenntnis führte beim Militär zu dem, was Øygarden eine Tirade aus Methoden mit dem Ziel nennt, diesen Schutzmechanismus zu durchbrechen: 1) Desensibilisierung – das Undenkbare denken, 2) Konditionierung – das Undenkbare tun, 3) Schutzmechanismen – das Undenkbare leugnen. Gemeinsam ist diesen Methoden Abstand. Je geringer der Abstand, desto schwieriger ist es, jemanden so weit zu bringen, dass er tötet. Es ist eine Sache, Bomben über einem bestimmten Areal abzuwerfen, eine ganz andere, dieselben Menschen aus nächster Nähe, von Angesicht zu Angesicht zu töten. Was ist anders? Das Gesicht, die Augen, das Licht in ihnen.

Bei ihren Schießübungen feuern die Soldaten nicht auf Zielscheiben mit Zahlen, denn dann wären die wirklichen Gesichter auf dem Schlachtfeld ein Schock für sie, sondern auf Scheiben, die wie Menschen aussehen, aber keine sind, also auf Masken. Diese Dehumanisierung greift auf dem Schlachtfeld, die Soldaten sehen Masken, Bilder, keine Menschen. Einer der vielen amerikanischen Soldaten, die Øygarden im Irak interviewte, drückte es so aus: »Mein Feind hat kein Gesicht. Er hat kein Gesicht. Er hat stattdessen sozusagen eine Zielscheibe übergestülpt. Auf die ziele ich. Ich sehe da keinen Menschen. Ich kann keinen Menschen sehen.«

Es gibt keinen Grund anzunehmen, dass es Anders Behring Breivik weniger schwerfiel zu töten. Vor Gericht hat er das auch mehrfach betont. So sagte er am fünften Prozesstag: »Norwegische Soldaten sehen in Afghanen keine gleichwertigen Menschen. Sie betrachten die Afghanen als minderwertige Höhlenbewohner. Wenn sie das nicht so sähen, würden sie es niemals schaffen, sie zu töten. Das ist das grundlegende Prinzip, das in der Kriegsführung verwendet wird.« Und: »Wenn man jemanden töten soll, hat man im Grunde keine Wahl. Man schafft es nur, wenn man sich mental sehr gründlich vorbereitet. Das erfordert zwei Jahre Training, und selbst mit diesem Training ist es extrem schwierig.« Und: »Begegnet man dem Feind von Angesicht zu Angesicht, wird man nicht in der Lage sein, ihn zu töten.«

Breivik wusste also, dass es nahezu unmöglich ist, einen Menschen kaltblütig, von Angesicht zu Angesicht zu töten, und dass einen dazu nur jahrelanges Training mit dem Ziel befähigt, sich zu desensibilisieren und den anderen zu dehumanisieren. Vor Gericht hat er berichtet, wie er vorgegangen ist, nämlich exakt so systematisch wie ein

Soldat. Tag für Tag legte er Märsche zurück, hörte Musik, die er als heroisch empfand, und ging in einer Art selbsthypnotischem Motivationsprogramm alles durch, was er zu tun beabsichtigte, und berichtete darüber hinaus, dass er viele Jahre systematisch Computerspiele gespielt habe, bei denen die Aufgabe darin bestand, Menschen zu töten, die keine Menschen waren, sondern Bilder von Menschen, und dass er zielstrebig Substanzen eingenommen habe, die seine Aggression und Ausdauer steigerten und seine Sensibilität schwächten. Das Ganze war so sorgfältig geplant, dass er zum Beispiel zwei Kanister Wasser nach Utøya mitnahm, da er wusste, dass die genannten Substanzen ihn dehydrieren würden. Trotz dieser jahrelangen Selbsthypnose und systematischen Desensibilisierung und Dehumanisierung stieß er in den Sekunden, bevor er auf der Insel den ersten Menschen erschoss, den Polizeibeamten Trond Berntsen, auf inneren Widerstand: »Und da dachte ich: Jetzt oder nie. Entweder muss ich mich jetzt verhaften lassen, oder wir müssen durchführen, was wir geplant haben. Und die Minute, die das dauerte, kam mir vor wie ein Jahr. Ich dachte irgendwie … Also, wirklich, mein ganzer Körper versuchte, dagegen anzukämpfen, als ich die Waffe in die Hand nahm. Da waren irgendwie hundert Stimmen in meinem Kopf, die sagten, ›tu das nicht‹. Und dann …«

Die Gräueltaten während des Zweiten Weltkriegs und in neuerer Zeit, zum Beispiel auf dem Balkan, lassen sich als Erdrutsch im Kollektiven erklären, nach dem das Gewissen, das die Stimme des Wir ist, nicht länger *Du sollst nicht töten* sagte, sondern *Du sollst*. In Breiviks Fall gab es kein solches Kollektiv. Er handelte allein. (Das Wir, das er in dem obigen Zitat nennt, ist allem Anschein nach eine Ausgeburt seiner Fantasie.) Aber der Raum, in dem er allein war und der es ihm ermöglichte, a) unkorrigiert zu bleiben, und b) einen ausreichenden Abstand zu anderen lebenden Menschen aufzubauen, um sie hinrichten zu können, dieser Raum entstand mitten in unserer Kultur, und genau das ist so beängstigend. Der Abstand in diesem Menschen ist mitten unter uns entstanden, er existiert hier, jetzt.

In einem Dialog vor Gericht bestritt Breivik, keine sozialen Kontakte mehr gepflegt zu haben, nachdem er zu seiner Mutter gezogen war, er erklärte, er habe soziale Kontakte im Internet gehabt. Das heißt, er hatte Verbindung zu anderen Menschen, aber nicht physisch, sondern virtuell. Der virtuelle Mensch korrigiert einen aber nicht, denn wenn er es tut, klickt man ihn einfach weg. Außerdem hat der virtuelle Mensch keinen Körper, kein Gesicht und keine Augen, die sagen, *töte mich nicht*. Auch die Menschen in Spielen wie World of Warcraft, das Breivik über ein Jahr lang rund um die Uhr spielte, haben das nicht. Im Gegenteil, man knallt sie ab, und dieses Abknallen hat keinerlei Konsequenzen, der Tod ist virtuell. All diese Filme, die wir sehen, der Tod in ihnen, keine Konsequenzen. Es war ein bemerkenswerter Augenblick, als Breivik vor Gericht beschrieb, wie er vor den jungen Menschen an der Wand stand und sie töten wollte und ihm der Gedanke kam, wie seltsam es doch war, dass sie sich nicht bewegten, nicht flohen, sondern einfach dastanden, denn so etwas hatte er in einem Film noch nie gesehen. Ja, auf der Insel bewegte er sich wie in einem Film oder einem

Computerspiel, aber der Heroismus, den er in seinen Augen verwirklichte, und der Tod, den er herbeiführte, spielten sich eben nicht an einem anderen Ort ab, abgekoppelt von Zeit und Ort seines eigenen Körpers; er war wirklich, konkret, absolut. Jeder Schuss schlug in Fleisch ein, jedes Auge, das erlosch, war ein wirkliches Auge, es gehörte einem Menschen, der ein wirkliches Leben hatte. Angesichts seiner Fähigkeit zur Verdrängung, seiner Fähigkeit, die Welt da draußen nach seinem Bild umzugestalten, verzog er keine Miene, als er im Gerichtssaal von seinen Taten sprach, obwohl alle Zuhörer, die Richter genauso wie die Journalisten und Angehörigen, weinten.

Die Opfer sind für ihn Bilder geblieben. Er weiß, was er getan hat, er ist völlig zurechnungsfähig, aber er versteht es nicht, weil er in Beziehung dazu nichts empfindet. Nur ein eigenes Selbst kann etwas für ein anderes empfinden, und er hat keines mehr, es ist tot. Seine Identität, mühsam aufgebaut, mit einem neuen Körper, kräftig und muskulös, mit neuer Psyche, desensibilisiert, rücksichtslos, ist die Identität des Soldaten, die Identität des Helden, und diese widerspricht allem, was er war, ja, sie bekämpft es, als habe er ein Bild körperlich werden lassen und das Relative absolut gemacht, zu Fleisch und Blut, während er das wahrhaft Absolute, die Körper der jungen Menschen, in Bilder, Pixel, Zahlen verwandelte.

*

In Gustave Flauberts Erzählung *Die Legende von Saint Julien dem Gastfreundlichen* gibt es eine Szene, in der die Hauptfigur, die auf der Jagd ist, jede Kontrolle über sich verliert und alle Tiere tötet, die ihr über den Weg laufen.

Rehe, Dachse, Iltisse, Füchse, Igel, Eulen, Biber, ein endloser Strom von Tieren. Er wird nicht müde zu töten und denkt an nichts, kann sich an nichts erinnern. In diesem Zustand gelangt er in ein arenaförmiges Tal voller Hirsche. Die Aussicht auf ein solches Blutbad nahm ihm vor Freude minutenlang die Luft, schreibt Flaubert, und er fährt fort:

> Als der erste Pfeil zischte, wandten alle Hirsche zugleich den Kopf. In ihrem Haufen entstanden Lücken; klagende Stimmen erhoben sich, und durch das Rudel ging eine große Bewegung.
>
> Der Rand des kleinen Tals war zu hoch, um ihn zu überqueren. Sie sprangen in dem Kessel umher und versuchten zu fliehen. Julien zielte, schoß; und die Pfeile gingen nieder wie Blitze in einem Gewitterregen. Die rasend gewordenen Hirsche schlugen sich, bäumten sich auf, stiegen einer auf den anderen; und ihre Leiber mit den großen Geweihen bildeten eine breite Erhebung, die immer wieder einstürzte, während sie sich weiterwälzte.
>
> Endlich starben sie, auf dem Sande hingestreckt, Geifer an den Nüstern, mit heraushängenden Eingeweiden und immer flacher werdendem Wogen ihrer Bäuche. Dann war alles still.
>
> Die Nacht zog herauf; und hinter dem Wald, zwischen den Zweigen, war der Himmel rot wie ein blutiges Tuch.
>
> Julien lehnte sich an einen Baum. Er betrachtete mit aufgerissenen Augen die Ungeheuerlichkeit des Gemetzels und begriff nicht, wie er solches vermocht hatte.

In den fünfzehn Jahren, die vergangen sind, seit ich diese Zeilen zum ersten Mal las, habe ich dieses Bild in mir getragen. Es erfüllte mich damals mit Entsetzen, es erfüllt mich heute mit Entsetzen. Wie so vieles, was Flaubert schrieb, scheint es mir ungeheuer wichtig zu sein, es kommt mir vor, als würde er etwas beschreiben, was ich nie zuvor gesehen habe, aber dennoch kenne, irgendwo in der Tiefe, nicht meiner selbst, sondern des Gefühls, was es heißt zu existieren: Dies zu tun ist möglich, es ist möglich, in diesen Zustand zu gelangen, wenn die letzte Grenze aufgehoben wurde und nichts mehr von Bedeutung ist. Flaubert schrieb seine Novelle 1877, und ich glaube nicht, dass ihm jemals der Gedanke kam, diese Szene könne sich in der menschlichen Sphäre tatsächlich abspielen.

Nun ist es geschehen, denn wir leben in einer Zeit, in der das möglich ist, und das Grauen dieser Gewissheit dürfen wir nicht in Abstand auflösen, denn es ist dieser Abstand, der gefährlich ist.

SANDHORNET

Imagination, the supreme delight of the immortal and the immature …

VLADIMIR NABOKOV

WENN ICH AN EINEN ANDEREN ORT REISE, mache ich mir jedes Mal ein Bild davon, wie es dort aussieht. Selbst wenn ich dazu auf kein visuelles Material zurückgreifen kann, tauchen die Landschaften in meinem Kopf konkret und realistisch gestaltet auf, so als existierten sie wirklich. Es ist nicht so, dass ich sie in Gedanken heraufbeschwören würde, sie *sind* einfach und bleiben erhalten, bis die Wirklichkeit, die ein ganz anderes Gewicht besitzt, sie verdrängt.

Als ich vor fast einem Jahr das Angebot erhielt, nach Bodø im Norden Norwegens zu reisen, um dort einen Berg namens Sandhornet zu besteigen und anschließend darüber zu schreiben, nahm in meinem Inneren augenblicklich ein imaginärer Berg Gestalt an. Alle Informationen, die mir der Auftraggeber zur Verfügung stellte – *Der Berg Sandhornet liegt auf einer Insel, eine Stunde Autofahrt von Bodø entfernt, er ist tausend Meter hoch, für den Aufstieg benötigt man ein paar Stunden, aber er ist nicht besonders anstrengend* –, waren mit Hilfe unterschiedlicher Assoziationen in ein Bild übersetzt worden, ergänzt um etwas Kleinkram von der Baustelle der Erinnerungen. Dieser Pseudoberg, dieser Sandhornet zweiten

Grades, erhob sich an der Ostseite einer flachen, kargen, fast sandbankartigen Insel, zunächst sanft, dann immer steiler ansteigend, bis er in einer gewaltigen Krümmung zum Meer im Westen hin endete. Von dort aus konnte man sehen, wie die See bei Flut das sandige Land tief unten überschwemmte, sowie die blinkenden Positionslichter von Schiffen, die am Horizont vorbeizogen.

Selbst heute, ein halbes Jahr, nachdem ich den Sandhornet hinaufstieg, wie er in der Wirklichkeit aussieht, hat sich dieses Bild in meinem Inneren gehalten. Und es ist nicht allein. Mein Bewusstsein ist voller solcher Nicht-Orte, und es benötigt nicht mehr als einen unbekannten Namen, von nah oder von fern, um mit der Produktion eines neuen zu beginnen. Im Laufe eines Lebens mag sich eine ganze Welt solcher Orte im Bewusstsein herausbilden, denke ich, eine Art Schattenkontinent aus Gegenwarten, die nicht sind, Vergangenheiten, die niemals waren, Zukünften, die niemals sein werden. Dass sie von demselben Bewusstsein heraufbeschworen werden, das nachts die Landschaften erschafft, in denen sich unsere Träume abspielen, dürfte eine naheliegende Vermutung sein. Gleichzeitig stehen ihre Formen denen der Erinnerungen deutlich näher als der Gestalt von Träumen, und sie hätten eventuell als eine Art vorausdeutende Erinnerungen kategorisiert werden können, wäre da nicht ihr charakteristischstes Merkmal, das frei Erfundene, das auch ihr größtes Problem ist, sowohl im Hinblick auf ihre Klassifizierung – da jegliche wissenschaftliche Annäherung an das Phänomen augenblicklich den Charakter einer Spekulation bekäme – als auch sozial: Nur Kinder können über Orte sprechen, die sie erfunden haben, ohne sich zu schämen. Für uns besitzt dagegen nur die Wirklichkeit Gültigkeit. Für frei Erfundenes haben wir Reservate abgesteckt – die Welt des Kindes, die Welt der Kunst –, zu denen wir uns begeben können, um es zu bewundern; diese unverbindlichen Sonntagsausflüge ins Unbekannte, die zu unserer Entspannung beitragen und uns genügend Inspiration schenken, um weiter unseren Alltag zu bewältigen. Sobald sich das Erfundene jedoch außerhalb seines Geheges zeigt und dort auf sein Recht pocht, wollen wir nichts davon wissen, werden wir unsicher und ängstlich.

Was würde wohl passieren, wenn du deinen Freunden von einem Urlaub in einer frei erfundenen Landschaft erzähltest? Eine gewisse Verwunderung würde sich einstellen, so viel ist sicher. *Du sagst, es gibt sie nicht? Aber warum erzählst du uns das dann?* Wenn du dann weiter darauf bestehen würdest, von diesen Nicht-Landschaften zu erzählen, müsstest du mit Verdächtigungen rechnen, denn es muss schließlich einen *Grund* dafür geben – soziale Inkompetenz? Fehlgeleitete Eitelkeit? Unreife? Eine künstlerische Laune? Ein Wort oder ein Begriff, etwas, das die kleine Beunruhigung besänftigen kann, die dein Fantasiegebilde ausgelöst hat. Wenn es keinen Grund dafür gegeben hätte, wenn der Unterschied zwischen dem Fiktiven und dem Realen in dir aufgehoben worden wäre, du also selbst glauben würdest, die eingebildete Landschaft wäre die wirkliche, dann wärst du an die Grenzen des Normalen gestoßen.

Eine solche Erfahrung beschreibt der Dichter Olav H. Hauge in seinem Tagebuch vom Juni 1948:

Ich erinnere mich folglich, dass ich im Krankenhaus Valen am Fenster stand und auf den Sund und die Inseln in Sunnhordland hinausblickte. Tag für Tag stand ich an derselben Stelle und schaute. Ich war in Trance. Das Land und die See waren blau und überirdisch, ein Land jenseits von Zeit und Raum. Der Anblick kam mir in den Sinn, als ich über Hertervigs Kunst las. Ansonsten kam es während meiner Krankheit häufig vor, dass ich Alpträume hatte, in denen mich der Anblick der Natur völlig in ihren Bann schlug, eine solche Welt hatte ich nie zuvor gesehen. Ich ging von Fenster zu Fenster und schaute nur immer weiter, tage- und wochen- und monatelang.

Damit sind wir im Pathologischen angekommen. Doch sind wir das wirklich? Hauge selbst, mit seinen Wurzeln in der speziellen Variante der Romantik im Norwegen der Zeit zwischen den Kriegen, meinte, diese Visionen seien eine Gnade, die Quelle, aus der alle große Kunst entspringe, was sich wohl nur so deuten lässt, dass es für ihn mehrere Wirklichkeiten gab, von denen ihm die konkreteste, die man die Wirklichkeit ersten Grades nennen könnte, vermutlich am wenigsten wahr erschien. Heutzutage mutet eine solche Sichtweise seltsam, um nicht zu sagen verschroben an. Wir wissen schließlich, dass er psychotisch war. Wir wissen schließlich, dass die wilde, überwältigende Schönheit dieser Landschaft nur in seinem Kopf existierte. Wir wissen, wie die Welt aussieht. Wir können sie umdichten, wie Hauge und Hertervig, Nietzsche und Hölderlin sie umdichteten, ob nun verrückt oder nicht, ohne dass deshalb etwas verändert worden wäre: Der Berg steht so, wie er immer gestanden hat, unveränderlich, unvergleichlich, sich selbst genug. Der Berg existiert. Ist das nicht der Grund dafür, dass wir uns auf ihn hinaufbegeben, weil wir dort, in seiner Stille und Majestät, der Natur näherkommen und damit auch der Natur in uns selbst?

Doch, so ist es.

Diese Art, den Berg zu betrachten, so typisch für uns und unsere Zeit, verdeutlicht besser als alles andere, welche Veränderungen die Vorstellungskraft in den letzten Generationen durchlaufen hat. Zu Beginn des 20. Jahrhunderts war der Berg ein Bild für etwas, das außerhalb unserer Reichweite lag – die Naturgewalt, das Übermenschliche, das Ideale, das Unbekannte –, während es heute, zu Anfang dieses Jahrhunderts, ein Bild für das Gegenteil ist: das Nahe und das Echte. Eine ähnliche Verwandlung hat die Politik durchlaufen, auch sie hat ihren gesamten Überbau verloren, ebenso die Religion, die dem Druck genauso wenig standgehalten hat, sondern alles Fremde in dem Versuch beiseitegedrängt hat, sich an die Welt anzupassen, wie sie ist. Denn das ist die Wirklichkeit heute: Alles ist, wie es ist!

Wie unangemessen diese Wirklichkeitsauffassung ist, wird deutlich, wenn man darüber nachdenkt, wie die Welt *ohne* Vorstellungskraft aussehen würde. Die Vergangenheit, deine eigene und die der Welt, wäre verschwunden. Genauso wenig wärst du fähig, dir die Zukunft zu denken. Du könntest schlichtweg nichts von all dem, was die nächste Stunde, den nächsten Tag, den nächsten Monat oder das nächste Jahr betrifft, vor dir sehen. Eingeschlossen zwischen den zwei Wänden der Gegenwart, würdest du dich nur im Raum orientieren können, an den Augenblick gefesselt wie ein Hund an sein Herrchen, außer Stande, zu etwas anderem in Beziehung zu treten als zu deinen Bedürfnissen hier und jetzt. Des Weiteren ließe sich die Menge von Elementen um dich herum nicht länger zu einem überschaubaren und verständlichen Ganzen sortieren und klassifizieren, der Schwerpunkt der Aufmerksamkeit würde sich vom Ganzen zu den einzelnen Teilen verschieben, ähnlich wie ein Stein in Splitter zerplatzt, wenn ihn der Hammer trifft, und diese gewaltigen Abstraktionen, die wir unter den Namen »Berg«, »Meer«, »Himmel«, »Wolken« und »Wald« kennen – die ja für jeden einzelnen Berg und jeden einzelnen Wald gelten, unabhängig davon, zu welcher Tages- oder Jahreszeit er betrachtet wird, in Regen und Nebel genauso wie in strahlendem Sonnenschein, von oben oder von unten betrachtet, in Bewegung oder Ruhe, durch ein Fernglas oder mit dem bloßen Auge, von Jungen oder Alten, Männern oder Frauen, Laien oder Fachleuten, unabhängig von der besonderen Form der Landschaft, der geographischen Platzierung, von Erdreich, Klima, geologischen Verhältnissen, Flora oder Fauna – würden keine Gültigkeit mehr besitzen. In einer solchen zeit- und namenlosen Welt, unzusammenhängend und veränderlich, würdest du umherwandern, mal hierhin und mal dorthin getrieben, abhängig davon, ob du nun Hunger, Durst, Angst oder Begierde empfändest.

Durst?

Dann trittst du mit vorsichtigen Schritten in das sumpfige Gelände oberhalb des Bachs hinaus, der vom Berg herabfließt, bleibst an seinem Rand stehen und suchst die Landschaft wachsam nach Bewegungen ab, ehe du den Kopf senkst und trinkst. Du weißt nicht, wer du bist, du weißt nicht, wo du bist, nur dass es in der näheren Umgebung reichlich Nahrung gibt, und das genügt. Das Rauschen des Bachs füllt die Luft mit Geräuschen. Das kalte Wasser gleitet die warme Kehle hinab. Von Zeit zu Zeit hebst du den Kopf und schaust dich um. Ein schmales Tal, bedeckt von moosdurchsetztem, dünnem, blassgrünem Gras, struppigen Büschen, dem einen oder anderen hochragenden Stein. Unterhalb wächst ein Gürtel aus niedrigen windgepeitschten Bäumen, über denen sich der Berg, übersät von lose liegenden Steinbrocken, in eine dichte Wolkenschicht hinein erhebt, die von hier betrachtet treibendem Rauch gleicht. Die feuchte Luft hat das Grün des Mooses dunkel verfärbt, es schimmert in dem grauen Regenlicht, das auf die Steine seltsamerweise keine Auswirkung hat; ihr Widerschein ist trocken und neutral.

Nach einer Weile drehst du dich um und läufst einen kleinen Hügel hinauf. Die Anstrengung lässt dein Herz schneller schlagen. Das warme Blut pocht im Hals. Hoch über dir schwebt ein Seeadler auf den Luftströmungen, starr und unbeweglich wie der Drachen eines Kindes. Du senkst den Kopf zur Erde, zupfst Flechten ab und bewegst dich gleichzeitig langsam weiter. Vielleicht vergehen so ein, zwei Stunden, vielleicht auch nur einige Minuten, jedenfalls nimmt plötzlich irgendwo in der Nähe eine Bewegung Gestalt an. Du erstarrst und schaust in die Ferne. Etwas Rotes, etwas Grünes und etwas Blaues kommen den Berghang herauf. Rascheln in den Büschen, ein Gurgeln in Moos und Erdreich, Atemzüge, leise Stimmen. Und dieser Geruch! Mit einer jähen, ruckartigen Kopfbewegung rennst du los, mit leichten Schritten, den steilen Hang hinauf: Binnen weniger Sekunden bist du außer Sichtweite.

Was in aller Welt hat dich so in die Flucht geschlagen?

Ich fürchte, das waren wir. Zusammen mit Karl A. Boe und Trygve Breivik, beide ehemals Bergführer in dieser Region, sowie Arve, dem Schwiegersohn des Letztgenannten, bestieg ich den Sandhornet, diesen eigentümlich geformten Berg nahe Bodø, mit dem Ziel, ihn ausreichend zu studieren, um ihn später angemessen und überzeugend beschreiben zu können, als auf einmal dieses Rentierkalb in unserem Blickfeld auftauchte. Im Gegensatz zu mir waren meine Begleiter bergerfahrene Menschen, die rasch erklärten, es müsse sich bei dem Tier um ein einjähriges Kalb handeln, das wahrscheinlich erst kürzlich das Muttertier verlassen habe. Das erklärt die unbeholfenen Bewegungen, dachte ich: Es war noch so jung, dass ein wenig Furcht es alles vergessen ließ, was es über das Laufen gelernt hatte, ähnlich einem unerfahrenen Taucher, der sich, wenn etwas schieflief, nicht mehr an die Prozeduren beim Auftauchen erinnerte und stattdessen in blinder Panik aufwärtsruderte.

Zwei Stunden zuvor hatten wir die Autos neben dem Fähranleger am Fuß des Berges geparkt, waren an dem hochwasserschmalen Sandstreifen entlang in einen Birkenwald gegangen, dessen Bäume mit ihren schlanken, weiß schimmernden Stämmen und ihrem leichten, hellen Laub vollkommen regungslos standen, als schliefen sie, so dass unsere Bewegungen ihre Träume sein mochten, ehe wir auf einem schmalen, steilen und matschigen Pfad den eigentlichen Anstieg in Angriff nahmen, der uns erstaunlich schnell in höhere Regionen brachte: Wenn ich mich umdrehte, war das Land unter uns jedes Mal dramatisch gewachsen. Berg für Berg, Insel für Insel wurden in einer Landschaft hinzugefügt, in der das so besondere nordische Licht alle Farben und Konturen mit nahezu obszöner Präzision hervortreten ließ. Mit Ausnahme des Berges, den wir bestiegen. Denn über dem Sandhornet hing schon den ganzen Tag eine dichte Wolkendecke, und obwohl der Wind immer stärker auffrischte, je höher wir kamen, deutete nichts darauf hin, dass sie verschwinden würde. Das machte mir Sorgen. War ich nicht die weite Strecke von Bergen aus mit dem einzigen Ziel hierher geflogen, diesen Berg zu sehen? War nicht gerade seine Form so charakteristisch, dass er Generationen von Fischern und Seeleuten als Landmarke gedient hatte? Blickten nicht die Einwohner Bodøs Tag für Tag direkt auf diesen Berg? War seine eigentümliche Form, mit der sie aufgewachsen waren, nicht ein Teil ihrer Identität? Und bildeten die Bürger Bodøs nicht einen wichtigen Teil der Zielgruppe für dieses Buch?

Allerdings.

Doch die spezielle Form des Berges wurde von Wolken verhüllt, als ich an diesem Morgen in Bodø aufbrach, sie wurde von Wolken verhüllt, als wir die Autos beim Fährhafen an seinem Fuß parkten, und sie wurde von Wolken verhüllt, als wir uns, ungefähr auf halbem Weg, unter einigen massiven Felsplatten im Berghang niederließen, um verschwitzt und mit roten Wangen an einem Lagerfeuer zu rasten, das im Wind wild flackerte, umgeben von allen Requisiten einer Gebirgswanderung – Rucksäcke, Sitzunterlagen, Plastiktassen, Proviant, Orangen, ein rußiger Kaffeekessel aus Aluminium. Die drei anderen hatten alle irgendeinen Bezug zu dieser Landschaft, den ganzen Weg über hatten sie kommentiert, was wir unterwegs sahen, wobei es sowohl um botanische als auch geologische und gesellschaftliche Zusammenhänge gegangen war, so dass sie den Berg, der für mich anfangs irgendeine Erhebung gewesen war, schon bald in einen historischen und kulturellen Zusammenhang eingeordnet hatten – da hinten wohnte Snorri Sturluson zufolge Raud der Tüchtige; dort wuchs der Kirchenlieddichter und Beamte Elias Blix auf, dessen Ruhm mit einem Gedenkstein vor seinem Elternhaus gleich unterhalb des Sandhornet belohnt wurde, den er natürlich besungen hatte; diese Gewässer passierte die Fischereiflotte im Winter auf ihrem Weg zu den Lofoten; dort sank im Krieg ein norwegisches U-Boot, da hinten lag ein verlassenes Fischerdorf nach dem anderen; die Gemeinde dort hatte in den letzten Jahren eine Selbstmordwelle unter Jugendlichen erlebt – was zusammen mit dem, was ich selbst sah, nach und nach das vage und ungenaue Bild von der nordnorwegischen Natur verdrängte, das ich mitgebracht hatte und das vor allem auf Hamsuns Romanen mit ihren ewigen Nächten, öden Eilanden, einsamen Wanderern und mysteriösen Schüssen basierte, die zwischen Berghängen rollten, während mir allmählich der ganze Ernst meines Auftrags aufging: Das war ihr Berg, das war ihre Landschaft. Hatte es nicht etwas geradezu Schamloses, nach Bodø zu fliegen, auf die Schnelle einen Berg zu besteigen, zurückzufliegen – und dann zu glauben, dass man in der Lage sein würde, ihm gerecht zu werden? Das war ja, als würde man sich willkürlich das Eigentum eines anderen Mannes aneignen, dachte ich, und warf erneut einen Blick zum

Gipfel hinauf. Wüsste ich doch nur, wie er aussah! Dann könnte ich wenigstens *das* beschreiben, in einem nüchternen, objektiven und risikolosen Stil. Aber nichts da. Die Wolkendecke war unverändert dicht. Und sie schien sich auch nicht so bald auflösen zu wollen.

Nach einer Weile packten wir zusammen und gingen den letzten Anstieg hinauf. Es fühlte sich an, als würden wir vom Dunst verschluckt. Selbst die Farben auf dem Erdboden, diese verstreuten Einsprengsel von Grün zwischen grauen, flachen Steinen, wurden vage und unklar. Gleichzeitig schienen die Geräusche schärfer zu werden. Ganz deutlich hörte ich das Rascheln in der Kleidung der anderen, die Steine, die unter dem Druck der Stiefel knirschten, den plötzlichen Ruf eines Schneehuhns irgendwo in unserer Nähe. Das Rauschen des Baches, mal lauter, mal leiser, je nachdem, ob wir uns ihm näherten oder von ihm entfernten. Als wäre man in einem Traum gegangen, denke ich heute. Nicht nur, weil sich in dem Grau alle Formen auflösten und um uns herum verschwammen, sondern auch, weil damit die vertrauten Proportionen ihre Gültigkeit verloren. Denn hier war die Landschaft mit ihren schwindelerregenden Bergen, dem offenen Meer und dem sich ständig wandelnden Himmel zugedeckt worden, so dass sich die Aufmerksamkeit völlig auf das ganz Nahe konzentrierte, wie es auch im Traum geschieht, in dem Details, die dir nie zuvor aufgefallen sind, plötzlich so ungeheuer wichtig erscheinen, während das, was du sonst als wesentlich empfunden hast, aus dem Blickfeld verschwindet. Nicht die reinen Linien und die glatte Wasseroberfläche in dem schalenförmigen Tal auf der anderen Seite des Fjords, sondern die Streifen in dem kantigen Stein neben deinem Fuß, das komplizierte Muster des Pilzes, der auf ihm wächst, wie die kleinen Krater aus Grün und Gelb und Schwarz sich immer weiter nach innen drehen, je länger du hinschaust. Nicht die Stadt oder die vorgelagerten Inseln, nicht der diesige Himmel oder das silberfarbene Meer darunter, sondern das morsche Stück Holz, das unter der Gipfelmarkierung liegt, neben der du sitzt, die Finger, die danach greifen, die Augen, die Buchstaben lesen, die irgendwann einmal jemand hineingeschnitzt hat. Denn so war es. Die Wolken über dem Sandhornet lösten sich an diesem Tag niemals auf; als wir endlich auf dem Gipfel standen, konnte ich kaum die Hand vor Augen sehen. Ich wusste, dass der Berg tausend Meter senkrecht abfiel, ich wusste, dass da draußen eine überwältigende Landschaft lag, konnte aber nichts erkennen als ein kleines Steinplateau, eine Gipfelmarkierung, ein morsches Holzschild.

Das war alles.

Das war der Berg Sandhornet.

Bis heute habe ich keine Ahnung, wie er aussieht. Aber ich bin dort gewesen. Eine halbe Stunde lang saßen im Juli 2001 vier erwachsene Männer auf ihm und aßen Orangen, in einer Wolke tausend Meter über dem Meer, im Auftrag des Landbezirks Nordland. Es war, als hätten wir uns, eingerahmt von Nebel, in einem Tableau oder Gemälde befunden, denke ich jetzt, und sehe vor mir, wie Steine, Gipfelmarkierung und Holzschild zurückblieben, als wir eine halbe Stunde später den Gipfel verließen und den Berghang hinunter verschwanden, unbeweglich, unveränderlich, ungesehen, als wären wir niemals dort gewesen. Aus dieser Perspektive betrachtet, der Zeit des Bergs, muss das

Wachstum der Bäume auf dem Hang zur See hinab gewirkt haben wie eine Explosion in Grün, deren Splitter in alle Richtungen schossen, um anschließend, im nächsten Moment, bedeckt von einer hohen weißen Schneedecke, wieder zu verschwinden, um danach erneut zu explodieren, zu verschwinden, zu explodieren, zu verschwinden, während sich die Landschaft ringsum langsam verändert; der Bach wühlt sich immer tiefer in den Grund, der Fjord gräbt sich immer weiter ins Land, der Berg erhebt sich immer höher, nachdem der Druck des eben erst geschmolzenen Gletschers verschwunden ist. In der Zeit des Berges – die unsere Zeit ist, bevor wir geboren wurden und nachdem wir gestorben sind, und damit unmöglich, weil es bedeutet, dass unser kostbares und unverzichtbares Ich, an das wir uns klammern wie ein Schiffbrüchiger an ein Wrackteil, nicht existieren wird, aber dennoch real in all der Zeit, die der Berg und der Tod sind – muss die Stadt auf der anderen Seite des Fjordes wie eine wütende Wespe wirken, wenn sie für einen Moment durch die Landschaft taumelt, bis sie all ihre Energie verbraucht hat und von ihr nur ihre Hülle geblieben ist.

Und unsere Wanderung? Vergangen während des Flügelschlags eines Insekts. Oder eher noch während des Bruchteils eines Flugelschlags. Vier Schatten, die in einer wilden Hatz den Berg hoch und hinunter schießen, eine Handlung, die für alle anderen außer den Schatten selbst unbemerkt bleibt, vielleicht mit Ausnahme des Rentierkalbs, dem wir unterwegs begegneten und das wahrscheinlich noch lebt – vielleicht kämpft es sich in diesem Augenblick dort oben durch den Schnee und versucht, Stellen zu finden, an denen der Wind den Fels freigeweht hat, so dass es an Flechten gelangen kann, es sei denn, es hat sich anderen Rentieren angeschlossen und steht nun, in dieser Novembernacht, mitten in einer Herde im Windschutz einer Felswand, regungslos, wie in Trance. Die kompakte Dunkelheit, der Wind, der sich durch das schmale Tal presst und den Schnee von den Vorsprüngen losreißt und durch die Luft schleudert, die wirbelnden Schneekörner wie Nadeln auf den Lidern. Die unmenschliche Geduld, mit der ihre Herzen schlagen, während du dies hier liest.

DAS AMERIKA DER SEELE

ZWEI MÄNNER KAMEN VOM NACHBARHOF HER, sie hatten beide dunkle Gesichter und dünne graue Bärte, der eine von ihnen trug eine Drehorgel auf dem Rücken.

Niemand hier in der ganzen Gegend hatte sich wohl an diesem Tag etwas Besonderes erwartet, nun aber tauchten diese Fremden auf, nahmen einen in die Augen fallenden Platz zwischen den Häusern ein, befestigten die Drehorgel auf einem Stock und begannen zu spielen. Alle Leute der nächsten Umgebung strömten hinzu, Kinder und Frauen, Halberwachsene und Hinkende, ein ganzer Kreis umringt die Musik. Jetzt im Winter gab es so wenig zu erleben, alle Männer waren auf dem Lofot, keiner tanzte und keiner sang, die ganze Gemeinde war arm und elendig, diese beiden fremden Spielleute bildeten daher ein großes Ereignis, ein Abenteuer, es gab wohl niemand, der dieses Abenteuer später in seinem Leben vergaß.

Der eine Mann drehte. Sein eines Auge hatte einen Fehler, es schien blind zu sein. Der andere trug einen Sack, tat im übrigen aber nichts, er war nur Begleiter, er stand da und sah auf seine abgetragenen Schaftstiefel hinunter. Plötzlich riß er den Hut vom Kopf und hielt ihn den Leuten hin. Aber wie konnte er sich wohl Geld erwarten an diesem elenden Ort hier, wo alle Menschen nur gerade das Leben fristeten, bis die Männer im Frühjahr vom Fischfang zurückkamen! Er erhielt nichts und setzte den Hut wieder auf. Er blieb eine Weile stehen und begann mit seinem Kameraden in einer fremden Sprache zu sprechen, nach und nach immer lauter und härter, es schien, als wollte er den anderen im Vorspielen aufhalten und zum Weitergehen veranlassen. Aber der Musiker fuhr fort zu spielen, er legte ein neues Stück ein und drehte eine stille und ernste Melodie, die die Umstehenden ergriff. Eine junge Frau, die sich's vielleicht eher leisten konnte als die anderen, wandte sich rasch um und wollte anscheinend ins Haus gehen, um ein Geldstück zu holen. Dies mußte der Begleiter wohl mißverstanden haben, er schien zu glauben, sie wolle fortgehen, er rief hinter ihr her und schnitt eine Grimasse. Ruhe! sagte der Musiker zu ihm. Ruhe? Der Begleiter war nicht der Mann, dem man Ruhe gebieten konnte, er wurde wütend, sprang auf den Kameraden los und schlug auf ihn ein. Das mochte noch angehen, aber der halbblinde Musiker konnte sich nicht wehren, er mußte auf seine Drehorgel achten, die auf einem Stock schwankte, seine Hände waren in Anspruch genommen, er zog nur den Kopf ein. Durch die Zuhörer ging bei diesem unerwarteten Überfall ein Stöhnen, der Kreis erweiterte sich plötzlich, Kinder wurden ängstlich und begannen zu schreien.

Da sprang Edevart, ein halberwachsener Bub von dreizehn Jahren, sommersproßig und blond, vor, seine Augen blitzten vor Erregung. Alles um sich vergessend, hätte er vielleicht sein Leben aufs Spiel gesetzt. Er stellte dem Angreifer ein Bein, es mißglückte, er versuchte es noch einmal, und nun gelang es ihm und der andere stürzte zu Boden. Der Junge keuchte wie ein Blasbalg, seine Mutter schrie ihm zu und wollte ihn fort haben, aber Edevart blieb stehen. Er war wie von Sinnen, verzog den Mund und bleckte die Zähne. Sofort kommst du heim! rief die Mutter wieder in Angst. Sie war mager und krank, nur ein grauer Staub von einem Menschen sozusagen, immer still und gottesfürchtig, aber sie besaß keine Gewalt über ihn.

Der Fremde erhob sich vom Boden, er schielte zu dem Jungen hin, tat ihm jedoch nichts, im Gegenteil, er sah flau aus und schlug den Schnee mit angenommener Sorgfalt von den Kleidern. Dann sprach er wieder zu seinem Kameraden, drohte ihm mit beiden Fäusten und schlich sich davon, verschwand.

Der Musiker stand allein. Er schnupfte ein wenig auf und weinte. Es lief ein roter Strich über eine Wange herab, eine merkwürdige, bläuliche Farbe von Blut, aber das kam wohl daher, daß er aus einem fremden Land stammte und eine so dunkle Haut hatte.

So beginnt Knut Hamsuns Roman *Landstreicher* von 1927. Im Anschluss streicht der blutende Drehorgelmann von diesen armen Bauersleuten eine Menge Geld ein. Der junge Bub Edevart folgt ihm, als er aufbricht, in den Wald, wo er zu seinem Erstaunen den Angreifer mit dem Drehorgelmann zusammenstehen und warten sieht. Sie lachen. Der Drehorgelmann wischt sich das Blut aus dem Gesicht. Dann nicken sie Edevart zu und ziehen zum nächsten Weiler weiter. Die Episode schwingt im weiteren Roman mit, ständig tauchen neue und ähnliche Episoden auf, die das gleiche Thema variieren: Jeder betrügt jeden. Alles ist ein Spiel. Nichts ist, wie es zu sein scheint.

Als Edevart Uhren für den jüdischen Uhrenhändler Papst verkauft, heißt es: »Edevart kam heim in sein Logis und ging nicht mehr aus. Er hatte genug. Wiederum hatte er über einen Zaun gelugt, es waren da kein großer Spiegel und keine goldenen Dinge zu sehen, es war eine Welt, wo ein jeder einen jeden hinters Licht führt...« Auch die Metapher, über einen Zaun zu lugen, wird in dem Roman mehrfach wiederholt. Edevart tritt in das Leben des großen Handelsmannes Knoff, und es passiert dasselbe, er lugt über einen Zaun, und sieht dort das Gleiche.

Hamsun war fast siebzig, als er *Landstreicher* schrieb. Was wir lesen, hätte folglich die lebensmüde Erkenntnis eines alten Mannes sein können, würden nicht zwei Punkte dagegen sprechen: zum einen, dass sich die Leere dieses menschlichen Spiels in einem Roman entfaltet, der das Leben und alles Lebendige, selbst das kleinste Leben und am wenigsten Lebendige darin, mit einer Kraft, Intensität und Freude beschreibt, die so groß sind, dass selbst dieses verlorene, traurige, jahrmarktartig Leere, das unablässig auf die Leere und Sinnlosigkeit der Existenz verweist, in gewisser Weise schimmert. Auch das Wertlose scheint einen Wert, auch das Sinnlose einen Sinn zu haben, und zwar allein dadurch, dass es existiert und ein Teil des Lebens ist. Zweitens war das Thema für den älteren Hamsun nichts Neues, sondern hatte ihn durch sein gesamtes Werk hindurch begleitet und war möglicherweise bereits in seinem zweiten Buch, *Mysterien*, erschienen 1892, also fünfunddreißig Jahre vor *Landstreicher*, am aktuellsten, als Hamsun noch ein relativ junger Mann von dreiunddreißig Jahren war. Deshalb ist es auch kein Zufall, dass Martin Heidegger, der nicht unbedingt dafür bekannt war, aufs Geratewohl Schriftsteller und Philosophen zu zitieren, in seinem Buch *Einführung in die Metaphysik* bei seiner Erörterung des Nichts ausgerechnet Hamsun heranzieht. Das von ihm gewählte Zitat stammt aus *Nach Jahr und Tag*, dem letzten Buch in der Trilogie, die *Landstreicher* einleitete. Neben Edevart haben die drei Bücher bekanntlich eine zweite Hauptperson, August. Über diese Figur ließe sich vieles sagen, was ich hier nicht tun werde, ich werde mich vielmehr auf das in diesem Zusammenhang Notwendigste beschränken: August ist an vielen Orten gewesen, er hat viele Dinge gemacht, selbst wenn er an Land ist, bleibt er stets Seemann, und in dieser Szene, in der er sich dem Ende seiner Lebensbahn nähert, sitzt er auf einem Berg, blickt auf die Landschaft hinaus und denkt. Was er denkt? Nun:

> Eigentlich hörte er nicht hier herauf. Wenn er sich so umsah, fand er sich in einer fremden Welt mit einem Überfluß an Gipfeln und Einschnitten überall, einer Verschwendung von grauem Fels. Was sollte er damit anfangen? Er war ein tätiger Mann, er handelte. Da es hier nichts gab, was sich rührte – nein, nicht einen Busch und nicht einen Halm – so gab es hier auch keinen Laut, nur Schweigen mitten ins Gesicht hinein. Er sitzt hier mitten zwischen seinen beiden Ohren und hört die wahre Leere. Ganz komisch, ein Hirngespinst.
>
> Auf dem Meer rührte sich etwas, und dort gab es einen Laut, etwas Hörbares, einen Wasserchor. Hier trifft Nichts auf Nichts und ist nicht da, ist nicht einmal ein Loch. Man kann nur ergebungsvoll den Kopf schütteln.

Hier endet das Zitat bei Heidegger, diese Zeilen reichen ihm für das, was er diskutieren will, das Verhältnis zwischen dem Nichts und dem Sein. In diesem Gespräch nimmt der Schriftsteller laut Heidegger eine überlegene Stellung ein. Über das Nichts zu sprechen, bleibt immer ungewöhnlich und für die Wissenschaft ein Gräuel und eine Sinnlosigkeit, notiert er, man könne über das Nichts nicht sprechen wie über ein Ding, wie beispielsweise über den Regen oder einen Berg oder irgendeinen Gegenstand. Das Nichts bleibe für die Wissenschaft grundsätzlich unzugänglich. Wenn man über das Nichts sprechen wolle, müsse man unwissenschaftlich werden. Was in diesem Zusammenhang bedeutet, als ein Philosoph oder Dichter zu sprechen. In der Dichtung des Dichters und dem Denken des Denkers werde immer so viel Weltraum ausgespart, dass darin alle Dinge – ein Baum, ein Berg, ein Haus, ein Vogelruf – ganz ihre Gleichgültigkeit und Gewöhnlichkeit verlören. Das Reden vom Nichts bleibe immer ungewöhnlich. Es lasse sich nicht gemein machen. Es zerrinne freilich, schreibt Heidegger, wenn man sich ihm mit Logik und Scharfsinn nähere. Um zu demonstrieren, dass ein solches Sprechen über das Nichts gleichwohl möglich ist, zitiert Heidegger Hamsun.

Bei Dostojewski, der nie weit weg sein sollte, wenn man Hamsun diskutiert, obwohl die beiden grundverschieden sind und sich diametral gegenüberstehen – bei Dostojewski ist das Nichts, nihil, der Abgrund, die Sinnlosigkeit, eine ausgesprochene Größe, es wird diskutiert, reflektiert und ausgespielt, es ist die Größe, die alles andere in Dostojewskis Universum aufs Spiel setzt. Dostojewskis

Charaktere handeln in Relation zur Frage nach Sinn und Sinnlosigkeit, Gott und dem Göttlichen, Liebe und Nächstenliebe, Gnade und Erlösung. Dostojewskis Universum ist ein religiöses Universum. Das ist bei Hamsun anders. Bei Hamsun gibt es keinen Gott. Es gibt auch keine Figuren, die sich die Frage nach dem Sinn des Lebens stellen, was sie nicht tun, weil es bei Hamsun nichts außerhalb des Lebens gibt, weil es nichts gibt, was größer ist als das Leben, wie es gelebt wird. Dostojewskis Charaktere sind Adlige, Studenten, Geistliche, Bürokraten – also Menschen, die mit Begriffen, Gedanken, Abstraktionen, Systemen arbeiten. Hamsuns Charaktere sind Fischer, Bauern, Vertreter, Kaufleute, und ihre Arbeit, die körperliche, konkrete Arbeit wird oft ausführlich und detailliert geschildert, so etwa, wenn Edevart alle Wiesen auf dem Hof Doppen im Laufe einer Nacht schlägt, oder wenn Ezra den großen Sumpf trockenlegt oder die große Scheune baut, oder wenn Joakim einen großen Heringsfang einholt. Es mag sein, dass diese Szenen romantisierend sind, eine Verherrlichung der manuellen Arbeit im Gegensatz zur industrialisierten, das trifft sicher zu, doch sie spielen noch eine andere Rolle, denn es ist diese Arbeit, in der die Menschen ihr Leben führen. Das ist ihr Horizont, und alle Fragen, selbst die größten, selbst jene, die den Sinn des Ganzen betreffen, und die in Pollen niemals irgendwer stellen würde, werden innerhalb dieses Horizonts sichtbar. Außerhalb davon existiert schlichtweg nichts. Hamsuns Charaktere denken nicht an Moral, sie *haben* eine Moral. Gut oder schlecht, sinnvoll oder sinnlos ist nicht der Punkt. Hamsuns Menschen handeln, und ihr Handeln wird einerseits vom sozialen Spiel bestimmt, wie es sich dort entfaltet, wo sie sich aufhalten – in *Landstreicher* ist der Zeitgeist so stark, dass er fast als ein eigenständiger Charakter betrachtet werden kann, wenn der Kapitalismus, der Fortschritt, die Industrie das kleine Bauerndorf überschwemmen –, andererseits von den Charakterzügen, Trieben und Begierden der Figuren selbst. Sie sind gewissermaßen im Leben gefangen. Dies soll Hamsuns Charaktere im Verhältnis zu Dostojewskis nicht verringern – wer einen Satz streicht, ist genauso gefangen wie jemand, der ein Segel streicht, und Leere ist gleich Leere, ob sie nun artikuliert wird oder nicht. Der große Unterschied zwischen Dostojewski und Hamsun besteht im Fehlen jeglicher Transzendenz in Hamsuns Welt, in der Abwesenheit des Göttlichen, und der vielleicht wichtigste Ausdruck für diesen Unterschied ist die Tatsache, dass Hamsuns Bücher voller Humor sind, man lacht über Hamsun, über Dostojewski hingegen lacht man nicht, das kommt einem ehrlich gesagt fast undenkbar vor. Um zu lachen, muss man einen Schritt zurücktreten; bei Dostojewski gibt es einen solchen Schritt zurück nicht, alles ist innig. Natürlich gibt es eine religiöse *Dimension* bei Hamsun, wenn er sich dem Pantheismus, der Naturreligion, nähert, aber das ist eben nicht transzendent, sondern so, wie die Welt nun einmal ist – und zwischen den Bergen hallt Gelächter wider. Dass eine religiöse Dimension im Sinne von Transzendenz abwesend ist und alle existenziellen Fragen unausgesprochen bleiben, macht Augusts Reflexionen in den Bergen so besonders, und, da sie eine Ausnahme bilden, so bedeutungsschwer. Es ist natürlich kein Zufall, dass er seinen Gedanken ausgerechnet im Gebirge nachhängt. Der Berg, das ist ein Platz über der Welt, das ist der privilegierte Ort eines Zarathustra und Moses, der Ort der heiligen Eingebungen.

Was denkt August über die Berge? »Was sollte er damit«, denkt er. »Er war ein tätiger Mann, er handelte«, denkt er. August ist immer in Bewegung, den ganzen Roman hindurch ist er das, hier aber sitzt er. Und was sieht er? Was wird in dem Augenblick sichtbar, in dem Geschäftigkeit und Tatkraft aufhören? Nun, »hier trifft Nichts auf Nichts und ist nicht da«. Doch nur Heidegger bricht an dieser Stelle ab, Augusts Gedankengang geht dagegen weiter:

> Er dachte auch jetzt nicht viel darüber nach, es war nur ein Aufflackern in ihm, da er jedoch keineswegs ohne Phantasie war, gab es wohl einen Augenblick für ihn, in dem er seiner selbst nicht klar bewußt war. Das kann gut sein. Wenn diese Stille einen Sinn hatte so war es dieser: Ich bin die Leere! Von allen Dingen in der Welt bin ich die Leere! Man empfindet sie, als sei man in etwas drin, etwas Gewaltigem, einer Unmöglichkeit, für die es keinen Besitzer gibt und die niemand gesandt hat, aber es ist eine Irrheit. Ich bin die Leere.

Ich bin die Leere, das Wort und das Leben – das ist eine Möglichkeit, den Kern in Hamsuns *Landstreicher* zu formulieren. Kurz nach dieser Szene in den Bergen stirbt August. Seine Sterbeszene ist berühmt, und das mit Recht: Er geht in einem Meer aus Schafen unter, was natürlich gnadenlos ironisch ist, denn Schafe, das sind doch die, die immer hinterhertrotten, Schafe, das ist die Masse, eine Inkarnation des Hangs zur Unselbständigkeit. In diesem Sinne sind alle in *Landstreicher* Schafe, sie folgen ausnahmslos den Anweisungen, die ihnen der Zeitgeist eingibt, aber gleichzeitig werden alle mit großer Individualität beschrieben, alle in dieser Masse, die allen Bewegungen der Masse folgen, sind einzigartig, und in dieser Idiosynkrasie liegt ihr menschlicher Wert. Diese Doppelung ist typisch für Hamsun: Er verachtet die Masse, aber nicht die Menschen in der Masse. Die Masse, das ist eine Abstraktion, und in seinen Romanen scheut Hamsun Abstraktionen wie die Pest. In seinen Artikeln, in denen er seine Ansichten formuliert, operiert er dagegen ganz und gar im Abstrakten, weshalb er sich einerseits zu Wort melden und fordern kann, dass eine Frau, die ihr Kind getötet hat, erhängt werden solle – hängt sie! hängt sie! schrie er tatsächlich –, während er andererseits in einem Roman in der Lage ist, eine Frau, die genau das tut, einfühlsam, mitfühlend und verständnisvoll zu schildern.

Es gibt eine klare Tendenz in *Landstreicher*, eine durchgängig reaktionäre Haltung, eine deutliche Botschaft, dass man bleiben soll, wo man ist, und sich mit dem zufriedengeben soll, was man hat, beispielhaft illustriert durch die kleine Geschichte von Edevarts Bruder Joakim über die fünf kleinen Espen. Vier von ihnen wucherten üppig und hingen voller Blätter, die fünfte dagegen war klein und zerzaust, so dass Joakim sich ihrer erbarmte, sie gut düngte, nur um festzustellen, dass die kleine Espe im nächsten Jahr die Krätze bekommen und ihre Blätter verloren hatte und generell in einem wesentlich erbärmlicheren Zustand war als zuvor.

Siehst du, sie war in etwas Fremdes gekommen und konnte dort nicht gedeihen.

Sie gedieh aber auch vorher nicht?

Doch, doch, sie gedieh für ihre Verhältnisse, sie war nur kleiner im Wuchs. Es können nicht alle gleich groß sein.

Ja, *Landstreicher* ist ein materialismuskritischer, fortschrittsfeindlicher Roman, er will das Schlichte und Sesshafte, verachtet alles Moderne und Unstete, doch auch das geschieht mit großer Ambivalenz, denn August, die Gestaltung dieses Flackernden, Entwurzelten und Modernen, wird als eine fantastische Figur, als eine schöpferische Kraft und mit einem solchen Einfühlungsvermögen geschildert, dass Hamsun offensichtlich einen großen Teil seiner selbst in ihn hineingelegt hat. Augusts Konflikt ist Nagels Konflikt ist Hamsuns lebenslanger Konflikt, zusammengefasst von Shakespeare, dem auch nichts Menschliches fremd war, als er schrieb:

I shall be gone and live
or stay and die

*

Am 18. Juni 1890, um Viertel vor sechs Uhr abends, ging Knut Hamsun, der Autor von *Hunger*, in Lillesand an Land, und obwohl er einer spontanen Eingebung gefolgt sein muss, denn seine Schiffsfahrkarte war gültig bis Bergen, blieb er fast ein halbes Jahr in dieser kleinen südnorwegischen Küstenstadt. Vielleicht beabsichtigte er, dort seinen zweiten Roman zu schreiben, den er Freunden gegenüber bereits in Briefen erwähnt hatte, aber das tat er nicht, stattdessen brachte er eine Reihe von Vorträgen über die Gegenwartsliteratur sowie einen programmatischen Artikel zu Papier, und letzterer, der den Titel »Aus dem unbewussten Seelenleben« trägt, gehört zu den wichtigsten und einflussreichsten literarischen Artikeln, die jemals auf Norwegisch verfasst wurden. Viele der in ihm enthaltenen Bilder sind bis heute gebräuchlich (das Flüstern des Bluts…), drücken aber nicht mehr die Vision eines bestimmten Autors aus, sondern sind zum Synonym für die neoromantische Strömung in Norwegen geworden, deren Beginn der Artikel im Allgemeinen ankündigt, ja, sie sind vielleicht sogar Ausdruck für den romantischen Impuls an sich. Jedenfalls gehört der Artikel zum Besten, was Hamsun je geschrieben hat. Er ist durchdacht, humorvoll, selbstironisch, erhellend und schön, und obwohl er nicht unbedingt visionär ist, blickt er doch geradewegs in eine Mentalität seiner Epoche, die noch nicht Gestalt angenommen hatte. Der Text beginnt auf denkbar einfachste Weise, mit dem Autor und dem Ort, an dem er sich befindet. »Nur eine simple Episode von vielen in meinem Leben, die letzte von ihnen, etwas, was ich hier in Lillesand erlebt habe.« Der Schriftsteller ist auf dem Kirchhof an der Molandkirche gewesen, hat dort eine eigentümliche Grabinschrift gelesen, ist durch die Stadt spaziert und dabei feindselig angestarrt worden, vor einem Fenster stehengeblieben, aus dem Musik herausströmte, hat hingerissen gelauscht, den Weg zu seiner Unterkunft fortgesetzt, ist in der Dunkelheit eine Weile auf seiner großen Terrasse auf und ab gegangen und hat das Blinken des Leuchtturms betrachtet, bis es zwölf schlägt und er hineingeht, um sich schlafen zu legen. Im Bett liest er in der Nationalökonomischen Zeitung einen Artikel über »Die Kanalisation unserer Zeit«, grübelt ein wenig über einen Namen nach, auf den er stößt, den Jesuiten Alosta, löscht das Licht und schläft ein. Als er erwacht, stellt er fest, dass die Blätter neben seinem Bett dicht beschrieben sind. Zwei verschiedene Jagdgeschichten stehen dort, an deren Niederschrift er sich nicht erinnern kann, er muss sie im Schlaf verfasst haben, und verblüfft von ihrem Einfallsreichtum und ihrer Präzision beginnt er, der Sache auf den Grund zu gehen. Den einen Text, stellt sich nach längerer Suche heraus, hat er in einer alten Zeitung gelesen, aber die Wiedergabe ist alles andere als wörtlich geraten, denn, so Hamsun, »wenn es nicht unbescheiden wäre, würde ich trotz allem sagen, dass sie stark verbessert wurde«. Von der zweiten Jagdgeschichte findet er nirgendwo eine Spur. Die Handschrift ist gleichwohl unbestreitbar seine; er hat dies also gleichsam vor sich selbst verborgen getan, aber was für eine Instanz ist das, die außerhalb des Ichs lebt und schreibt? Es ist offensichtlich, worauf Hamsun hinauswill, jeder Einzelne von uns birgt eine völlig unbekannte Welt in sich, die sich uns nur manchmal zeigt, in unerklärlichen Sinneszuständen, und sollte nicht dieser sinnliche Reichtum, dieser geheime Teil der Wirklichkeit, das Leben an den entlegenen Orten der Seele, auch in der Literatur repräsentiert sein? Oder, mit seinen Worten:

> Wie wäre es, wenn die Literatur sich generell etwas mehr mit seelischen Zuständen beschäftigen würde als mit Verlobungen und Bällen und Landpartien und Unglücksfällen? Man müsste dann sicherlich darauf verzichten, »Typen« zu schreiben – die ausnahmslos bereits geschrieben wurden, –

»Charaktere«, – wie man ihnen täglich auf dem Fischmarkt begegnet. Und damit würde man möglicherweise jenen Teil des Publikums verlieren, der liest, um zu erfahren, ob der Held und die Heldin einander bekommen. Aber dafür gäbe es in den Büchern mehr *individuelle Fälle*, und diese entsprächen dann vielleicht eher dem Sinnesleben, das reife Menschen in unserer Zeit führen.

Wenn man von der Romantik in der Argumentation absieht, von allen mimosenhaften Bewegungen der Seele, bleibt die Feststellung eines Missverhältnisses zwischen Leben und Literatur. Die Literatur ist simpel, schematisch, strukturiert, zusammenhängend, harmonisierend, erklärt; das Leben ist komplex, unsystematisch, unzusammenhängend, willkürlich, disharmonisch, unerklärt. Wie bringt man die Sprache dazu, sich aus dem System heraus und in das Leben hinein zu bewegen, wie es gelebt wird, das ist Hamsuns Frage in diesem Herbst 1890 in Lillesand. Welch zentrale Rolle sie für ihn spielte, ist uns, wohl wissend, dass er ihr in seinem gesamten Werk treu blieb, bekannt. Hamsun selbst muss es natürlich anders erlebt haben. Er hatte einen Roman geschrieben, *Hunger*, er würde einen weiteren schreiben, der damals noch im Planungsstadium war, in der Zwischenzeit schrieb er Programmerklärungen, die im Grunde nachträgliche Erklärungen lieferten, da er bereits alles getan hatte, was die Literatur seiner Ansicht nach tun musste, nämlich einen Ort zu erschaffen, an dem das Vorhersehbare und Festgelegte aufgehoben werden konnte und literarische Freiheit möglich wurde, jedoch nicht, weil sie ein Wert an sich war, sondern weil die Literatur nur so zur Welt durchdringen, also eine Form erschaffen konnte, die eine ausreichend sensible Sprache ermöglichte, um sich in die Welt zu bewegen, *bevor* der Sinn entsteht, *bevor* die Zeichen gedeutet werden, also im stets noch Unerklärten, und dies tat er, indem er die üblichen Anforderungen an einen Roman eliminierte: In *Hunger* gibt es keine Handlung – oder nur in dem Maße, wie sie unbedingt erforderlich ist, um alles an Ort und Stelle zu halten, in diesem Fall einen hungernden Mann, der verschiedene, mehr oder weniger demütigende Dinge tun muss, um seinen Hunger zu stillen – und ebenso wenig eine erzählerische Entwicklung, außer jener von den Stufen des Hungers abhängigen.

Eine andere Freiheit schaffende Prämisse für das Schreiben von *Hunger*, ermöglicht durch die starke Verankerung in der materiellen Welt über den titelgebenden Hunger, war der Gedanke, sich mit *allem* beschäftigen zu können, was sich an Gedanken, Gefühlen und Wahrnehmungen im Geist der Hauptperson regt. In diesem Raum, in dem die Begrenzungen und Öffnungen, also die Form, anders zusammengesetzt war als in anderen Romanen jener Zeit, konnte Hamsun fast so weit gehen, wie er nur wollte, und der Roman wirkt bis heute »modern«, weil noch keiner so weit gegangen ist, wie Hamsun es in seinem Text tat. In seine Fußstapfen tretend, gewiss, aber das Entscheidende in *Hunger* ist ja gerade, dass vorher noch niemand dort gewesen war. Wiederholt man es, wird es zu einer Manier, zu etwas, was bereits verstanden und verdaut wurde, bevor die Schrift da ist und es berührt. Die Sprache dahin zu bringen, dass sie weit reicht, weiter als das Denken, darin besteht für jeden Autor die Kunst, und schreiben heißt, sich in einen Zustand zu versetzen, sich Bedingungen zu unterwerfen, unter denen das möglich ist. Nach *Hunger* war das Hamsuns Frage, für die der Essay und die Vortragsreihe im Grunde nur ein Echo sind: Wohin geht man, nachdem man einen Roman wie diesen geschrieben hat?

*

Die Handlung in Hamsuns zweitem Roman *Mysterien*, der 1892 erschien, spielt in einer namenlosen südnorwegischen Küstenstadt, für die ganz offensichtlich Lillesand Modell gestanden hat; die Hauptfigur, Johan Nilsen Nagel, trägt Züge Hamsuns und äußert einige Ansichten des Autors, und der Erzähler des Romans propagiert eine Sicht auf das Leben und die Literatur, die identisch ist mit der Poetik, die Hamsun zwei Jahre zuvor in seinem Essay und den Vorlesungen entwickelt hatte. Als wolle er diese Gleichsetzung noch unterstreichen, trifft Johan Nilsen Nagel am 12. Juni 1891, um Viertel vor sechs Uhr abends, in der Küstenstadt ein – also zum selben Datum und zur selben Stunde, zu der Hamsun selbst ein Jahr zuvor in Lillesand an Land gegangen war. Ein Großteil der Spannung in *Mysterien* speist sich aus der Beziehung zwischen der realistischen Welt, an der das Buch mit zahlreichen Haltetauen befestigt ist, und dem, was außerhalb dieser realistischen Welt liegt, aber dennoch mitten in ihr ist: all dem, was der Roman an Phänomenen enthält, die nicht gesehen oder anerkannt werden, all dem, was sich außerhalb des Blicks der Gewohnheit, des Denkens der Gewohnheit, der Macht der Gewohnheit befindet. Johan Nilsen Nagel kommt dabei eine doppelte Rolle zu: Er ist zum einen der Agent des Schriftstellers in der Wirklichkeit, mit seinen Augen, die sich nie mit dem Scheinbaren zufrieden geben, sondern immer nach mehr suchen, sehen wir, und seinen Handlungen, mit denen die Muster aufgebrochen werden, in denen die Figuren leben, folgen wir, zum anderen ist er das Forschungsobjekt des Autors. Seine Absichten werden bereits auf den ersten Seiten offengelegt, auf denen Johan Nilsen Nagel mit einer Reihe unterschiedlicher Requisiten verbunden wird – zwei kleinen Koffern, einem Pelz, einem Geigenkasten, einem Bild, einem Giftfläschchen, einer Rettungsmedaille, drei Telegrammen – und eine Reihe unmotivierter Handlungen ausführt, so etwa, dass er sein Gepäck zum Hotel schickt, während er selbst auf dem Dampfschiff bleibt und am nächsten Tag mit Pferd und Kutsche ankommt, obwohl der natürliche Weg das Schiff gewesen wäre, dass er die Wände seines Hotelzimmers in Augenschein nimmt, sobald er es betreten hat, und befiehlt, ein Bild von der Wand abzunehmen, und die Telegramme offen auf den Tisch legt, so dass sie jeder lesen kann, am Abend aus dem Haus verschwindet und bis lange nach der Schließungszeit des Hotels fort ist, auf der Straße stehen bleibt und unverwandt eine Frau anstarrt, in Gesprächen grundlos errötet.

Der Erzähler behält beileibe nicht für sich, was das alles zu bedeuten hat: Schon in den ersten drei Sätzen des Romans tauchen die Worte und Formulierungen »außergewöhnlich«, »merkwürdig«, »eigentümlich«, »auffällig«, »geheimnisvoll«, »in Gott weiß welcher Angelegenheit« auf. Johan Nilsen Nagel wird als Figur durch eine Anhäufung von Mystifizierungen eingeführt, und es gehört zu den typischsten Charakteristika von *Mysterien*, dass kaum eine der Informationen, die der Leser über die

Hauptfigur erhält, etwas an sich bedeutet, sie sind fast immer ein Zeichen für etwas anderes. Das Problem erinnert durchaus daran, was Hamsun bei seinen Vorträgen zwei Jahre zuvor der Gegenwartsliteratur vorgeworfen hatte, dass sie nur Typen, keine Individuen beschreibe. So etwa »ein Mann der mit Pferden handelt, zum Beispiel, ein Mann der mit Pferden handelt, ist nichts anderes als ein Pferdehändler. Er ist Pferdehändler in jedem Wort. Er kann keine Märchen lesen oder über Blumen sprechen und sich für Reinlichkeit interessieren; nein, er muss immer prahlen, sich immer auf die Geldbörse klopfen, barbarisch fluchen und nach Stall riechen«. Ein Mann, der nach Stall riecht, sich auf die Geldbörse klopft, das ist ein Pferdehändler. Ein Mann in einem gelben Anzug untersucht die Wände in dem Hotelzimmer, das er bezieht – er ist nervös und merkwürdig. Ein Mann flucht barbarisch – er ist Pferdehändler. Ein Mann fragt, ob dort früher eine Apotheke gewesen sei – er ist sensibel und merkwürdig. Doch während der Pferdehändler Teil einer größeren Geschichte ist und die Absicht des Autors, die sichtbar wird, indem er simple, »vielsagende« Zeichen benutzt, nicht groß oder bedeutsam genug ist, um das Hauptanliegen des Romans oder des Schauspiels zu stören, ist in *Mysterien* Nagel selbst das Hauptanliegen, so dass die Absicht des Autors, von der ersten Zeile an so stolz gegenwärtig, und eher mehr denn weniger »vielsagend« als der Pferdehändlererzähler, nicht in dem Gewimmel verschwindet, das die Handlung generiert, sondern beharrlich ihr blendendes Licht auf den gesamten Roman wirft. Der Wille des Autors ist mit anderen Worten so gegenwärtig und manisch behauptend, dass er die ansonsten offensichtliche Forderung des Romans nach wirklichem Leben unterläuft.

Das Auftreten von Mystifizierungen ist darüber hinaus mit einem anderen Problem verbunden. Die meisten von ihnen sind nämlich nur deshalb rätselhaft, weil der Erzähler Fakten zurückhält, zum Beispiel, dass die drei Telegramme, die Nagel empfängt, von Nagel selbst abgeschickt wurden, was der Erzähler natürlich weiß. Die Aura des Mystischen umgibt diese Schreiben nur, weil der Leser erst gegen Ende des Romans auf den Sachverhalt aufmerksam gemacht wird und bis dahin Vermutungen anstellen muss. In einem Buch mit einem Icherzähler wäre dieser Trick nicht der Rede wert gewesen, darin ist der Erzähler ein Teil der Handlung, und eine solche Auslassung erhält ihre Bedeutung daraus, was sie über den Charakter des Icherzählers aussagt. In einem Roman, der in der dritten Person erzählt wird, entfällt eine solche Bedeutung jedoch. Informationen, die dem Leser vorenthalten werden, sagen nichts über Nagel, nichts über das, was auf der Handlungsebene geschieht, sondern sind ausschließlich Teil der Beziehung zwischen Erzähler und Leser, und da der Erzähler weiß, was passiert ist, und die gesamte Spannung lediglich darauf basiert, dass er es nicht sagt, handelt es sich natürlich um einen hohlen Trick.

Wirft man einen Blick auf die literarische Tradition, mit der Hamsun ja gerade abgerechnet hatte, so hat die Beziehung zwischen dem, was literarische Figuren wissen und nicht wissen, schon immer eine erzählerische Triebfeder gebildet, zum Beispiel in Sophokles' Tragödie *König Ödipus*, in der das Ungleichgewicht zwischen der Unwissenheit des Königs und dem Wissen des Betrachters den tragischen Raum etabliert, innerhalb dessen sich das Drama abspielt, und nicht nur die Strecke absteckt, die zurückgelegt werden muss, sondern sie auch mit Schicksal füllt, da die Erkenntnis seiner Herkunft, der sich Ödipus Schritt für Schritt nähert, so vermittelt wird, dass die Bewegung für ihn, der sich selbst nicht von außen betrachten kann, in Richtung Freiheit führt, während sie für den Zuschauer auf einen Sturz zuläuft. Auch bei Ibsen, der fast alles von den griechischen Dramatikern lernte, ist das Verhältnis zwischen Wissen und Unwissen von zentraler Bedeutung, wenngleich oft auf andere Weise vermittelt: In einem typischen Ibsen-Drama weiß eine der Figuren mehr als die anderen, und sobald dieses Wissen, das meist Vorgänge in der Vergangenheit betrifft und in der Regel ebenso neu für den Betrachter wie für die Figuren ist, ans Licht kommt, verschiebt sich das Gleichgewicht in den Beziehungen des Stücks, und die Bewegung in Richtung einer Auflösung, die meist katastrophaler Art ist, wird in Gang gesetzt. Bei beiden geht es um etwas, was sich entwickelt, wobei die Beziehung zwischen dem Wissenden und dem Unwissenden in unterschiedlicher Weise entscheidend ist, oder anders ausgedrückt: Die Geheimnisse, die Erkenntnisse, die Rätsel, die Einsicht, die Mysterien sind integraler Bestandteil der Handlung, deren Richtung stets in Beziehung zu dem steht, was enthüllt wird. Natürlich ist das nicht bloß eine Frage der Dramaturgie, natürlich nicht ausschließlich eine Frage der Techniken, um Texte weiterzutreiben, sondern letztlich auch eine Frage danach, was der Mensch ist.

Bei Sophokles und Ibsen richtet sich die gesamte Aufmerksamkeit auf den Austausch, darauf, was zwischen den Menschen entsteht, wie sich die verschiedenen Handlungen und Gedanken fortpflanzen, wobei immer Regulierungen wie Verheimlichung, Verschweigen, Verdrängen eine Rolle spielen.

In Hamsuns *Mysterien* richtet sich die ganze Aufmerksamkeit auf ein einzelnes Individuum, nur dort existieren die Geheimnisse, nur dort sind die Mysterien, und es stellt sich die Frage, ob Hamsun in diesem Roman scheitert, weil die einzige Form von Dramaturgie, die er somit zu bieten hat, darin besteht, den Zugang des Lesers zu Nagels Geheimnissen zu regulieren, und weil dieser Zugang auf so propagandistische Art reguliert wird, dass Nagel ganz gegen die eigentliche Absicht zu einem »Typ« wird, oder weil der Ausgangspunkt selbst, der einzigartige Mensch, eine Idee ist und folglich der Welt der Ideen und nicht der Wirklichkeit angehört, die Hamsun so begierig in der Sprache zu finden versuchte?

Den erstgenannten Einwand brachte bereits Edvard Brandes 1892 in seiner Kritik in der Zeitung *Politiken* vor, als er schrieb, dass sich »die Spannung darauf beschränkt, daß der Autor keine richtige Auskunft über die Figuren gibt, nicht die angemessenen Auskünfte, die man von ihm erwarten darf«. Hamsuns Biograph Robert Ferguson, aus dessen Buch ich zitiere, macht sich wegen dieses Einwands über Brandes lustig, denn »er attackierte Hamsun an einem der Punkte, in denen sein Einfluß auf die Erzähltechniken der Schriftsteller des zwanzigsten Jahrhunderts von entscheidender Bedeutung war. [...] Mit einem Wort: daß der Autor bei der Gestaltung seine subjektive vor der objektiven Wahrheit bevorzugt«. Dies hieße jedoch, Brandes ungenau zu lesen. Es ist nicht die subjektive Wahrheit an sich, an der Brandes etwas auszusetzen hat, sondern daran, dass diese beim Erzähler liegt und damit bei der Instanz über dem Subjekt, die ansonsten, und im Prinzip, allwissend ist. Dass die subjektive »Wahrheit« mit anderen Worten falsch, leer, ein Trick ist.

Aber ist das ein Fehler? Ist *Mysterien* nicht ein Roman von Hamsun? Und gehört er als Roman von Hamsun nicht zu den besten Werken der norwegischen, ja, der Weltliteratur?

Hamsun war zweifellos ein egozentrischer Mensch. Wenn er mit seinen Ansichten allein stand, waren sie häufig rücksichtslos und wenig nuanciert, unsensibel für anderes als ihre eigene Kraft. Wenn er seine Romane schrieb, trafen dieselben Eigenschaften auf eine Methode, oder eine Auffassung davon, was Literatur ist, befördert von einer ungewöhnlich sinnlichen Sprache und einem kontinuierlichen Beharren auf Nähe, die keinen Verlauf, ob er nun aus den Handlungen eines Menschen oder aus Argumenten bestand, für sich stehen ließen, sondern immer den Weg zu den Nuancen in ihnen oder in der Welt ringsum fanden, da sie stets das Lebendige suchten. Dies gilt auch für *Mysterien*, allerdings auf eine seltsame, umgekehrte Weise, denn in *Mysterien* brechen sich die rücksichtslosen Ansichten, wie sie von der Hauptperson gedacht und geäußert werden, in den zahlreichen Tiraden zu allem, was nach Vernunft und Nutzen, Alltag und Trott riecht, in der Freude über den hypersensiblen, einzigartigen Geist der Hauptfigur Bahn, was eine Art Tiefenströmung aus Verachtung und Satire, Hass und Burleske in den Roman einführt. So heißt es etwa über den Bauern und die Presse und die Liberalen: »Da hatten wir ihn!

Das war der Hinterwäldler, der Norweger, hehe, doch, das war der Eingeborene, mit der Stulle unterm Arm und dem Rindviech im Schlepp! Oh, welch ein Anblick! Hehehehehe, Gott steh dir bei, du trefflicher Wikinger Norwegens, wenn du den Schal ein bißchen lockerst und den Läusen Auslauf gibst! Du würdest nicht überleben, du würdest frische Luft abkriegen und sterben. Und die Presse würde deinen verfrühten Abgang beklagen und eine große Nummer daraus machen; doch um dem Wiederholungsfall vorzubeugen, würde der liberale Parlamentsabgeordnete Hein Kleinkrämer eine Novelle zur strikten Befriedung des nationalen Ungeziefers einbringen.« Über das Bürgertum: »Und die Menschen waren Bürger mittlerer Größe in dreigeschossigen Hütten; Essen und Trinken waren ihnen nur Notdurft, sie machten es sich mit Toddy und Wahlpolitik behaglich und handelten tagaus tagein mit Kernseife und Messingkämmen und Fisch.« Über die Dichter: »Was seien die Dichter, diese aufgeblasenen Wesen, die es verstanden hätten, solche Mehrheit im modernen Leben an sich zu reißen, was seien sie denn? Ausschlag doch, Krätze am Körper der Gesellschaft, geschwollne und reizbare Mitesser [...].« Über Dagny Kielland: »Ich verabscheue dein ganzes Steuerzahler-Dasein, so geordnet, gekämmt und nichtssagend, wie es ist. Ich verabscheue es, und Gott weiß wie, und ich fühle in mir eine Verbitterung wie ein geheiligtes Donnerwetter, wenn ich an dich denke.«

Nagels Verachtung gilt praktisch allem Leben in der Gegenwart, dem politischen, dem bürgerlichen, dem ländlichen, dem künstlerischen, dem medialen, nichts davon hat einen Wert, alles ist ein Schauspiel, eine Komödie,

Humbug. Gegen all das setzt er zum einen das Unvorhersehbare und Unerhörte: »Her mit zum Beispiel einem ausgereiften Verbrechen, einer hervorragenden Sünde! Aber nicht diese lächerliche und bürgerliche Abv-Verirrung, nein, die seltene und haarsträubende Ausschweifung, die delikate Ruchlosigkeit, die Kardinalsünde, voll roher Höhlen-Herrlichkeit«, zum anderen die Verzauberung der Welt, denn, wie er sagt, »welchen Gewinn bringt es im Grunde, allein rein praktisch gesprochen, daß man das Leben aller Poesie, aller Träume, aller schönen Mystik, aller Lügen beraubt.« Sein Sinnverlust ist groß, und obwohl er gelegentlich eine Art Freude daran findet, die Wertlosigkeit zu betrachten, die für ihn so grotesk ist, weil die Menschen, die in ihr leben, sie selbst nicht wahrnehmen, sondern ihr Leben im Gegenteil als sinnvoll empfinden und damit riesige, kollektive, selbstbetrügerische Felder erzeugen, kämpft er auch dagegen an, denn viele seiner Handlungen in *Mysterien* sind offenkundige Versuche, dem Nihilismus zu entfliehen, in dem seine Gedanken früher oder später immer enden. Für Nagel, so wie er geschildert wird, existieren nur vier Wege aus diesem: eine die Welt verzaubernde Liebe; die Natur, die ihn in ihr verankert und seiner Existenz an sich einen Sinn gibt; die Poesie und der Traum in der Kunst, die beide die Welt zur Welt dahinter öffnen, sowie der Selbstmord, durch den alle Ansprüche fallengelassen werden. Im Laufe des Romans schlägt Nagel jeden dieser vier Wege ein. Nur der letzte erweist sich als gangbar.

*

Während der Hunger im gleichnamigen Roman die Handlung vorantrieb und ihren Rhythmus bestimmte, wird diese Funktion in *Mysterien* von der Liebe übernommen. Mit seinen ungewöhnlichen, aber poetischen Vorstellungen weckt Nagel die Neugier des jungen Fräuleins Dagny Kielland, und er beginnt, ihr nach allen Regeln der Kunst den Hof zu machen, und versucht dabei, sich auf alle möglichen Arten als interessanten Menschen darzustellen, er spaziert mit ihr bei Mondschein durch den Wald und tritt so gefühlsbetont auf, wie man es von einer jungen, männlichen, verliebten Hamsun-Figur erwarten darf, aber gerade dieses Erwartbare ist das Problem, denn wer erwartet es eigentlich von ihm? In Beziehung zu wem handelt er eigentlich? Die Frage der Authentizität taucht in konkreter Form erst gegen Ende des Romans auf, als Nagel sich zuweilen Gedanken wie diesen macht: »Im Osten und im Westen, im Inland und im Ausland hatte er immer dieselben Menschen getroffen; alles war vulgär und unecht und jämmerlich treulos, vom Bettler, der eine gesunde Hand bandagiert trug, bis zum blauen Himmel, der von Ozon überquoll. Und er selbst, war er selbst besser? Nein, nein, er war nicht besser!«, oder wie diesen, »mein ganzes Wesen ist Humbug«, aber sie ist trotzdem die ganze Zeit gegenwärtig, am Anfang in Form von kleinen, fast unmerklichen Ereignissen und Reflexionen wie die folgende auf Seite drei: »Er erwachte aus seinen Gedanken mit einem heftigen Ruck, *einem so heftigen, daß es mutwillig sein mochte*, ganz so, als hätte er sich, *obwohl er doch allein im Zimmer war*, diesen Ruck lange zurechtgelegt«, (meine Hervorhebungen) und selbst wenn es auf den ersten Blick vielleicht seltsam anmutet, dass ein Mann, der eine schöne Lüge jederzeit einer schlichten Wahrheit vorziehen würde und der selbst eine solche Schwäche für Verstellung, Posen und Theatralik hat, das Nicht-Authentische, das Unwahrhafte und Unechte fürchten soll, ist es doch vollkommen logisch, weil über allem seine Vorstellung schwebt, dass er einmalig, originell, einzigartig ist, und wenn er als Verliebter oder Künstler, also da, wo er seiner eigenen Überzeugung nach am allermeisten er selbst, seinen innersten Gefühlen am nächsten, sein wahres Ich sein sollte, nur Rollen spielt, die andere vor ihm gespielt haben, und er die ganze Zeit ihre Gegenwart in sich spürt, unabhängig davon, was er macht, wird die Frage, wer er eigentlich ist, oder ob er überhaupt jemand ist, akut, nicht zuletzt, da er ja gerade das Konforme, das Angepasste, das Gleichartige, die Masse aus tiefstem Herzen hasst, und damit letztlich auch sich selbst hassen muss. Das ist es, was in seiner Beziehung zu Dagny Kielland auf dem Spiel steht. Sie ist mit einem Leutnant verlobt, Nagel ist kein Ortsansässiger, er ist ein Mann, über den man nichts weiß, und der sich fragwürdig benimmt, mal heroisch, mal niederträchtig (zum Beispiel, als er ein obszönes Gedicht auf den Grabstein einer jungen Frau schreibt, die beerdigt werden soll), und er weiß die ganze Zeit, muss die ganze Zeit wissen, dass er sie nicht bekommen kann. Darum geht es auch nicht unbedingt. Im Vordergrund steht die Mehrdeutigkeit. Wie soll man beispielsweise folgende Szene zwischen Nagel und Dagny verstehen?

Nagel applaudierte emsig der Musik und sagte zu Dagny:

Nicht wahr, wenn man diese Art Musik hört, dann möchte man am liebsten in einem kleinen Abstand davon sitzen, in einem Nebenzimmer oder sonstwo, mit der Hand der geliebten Person in seiner und ganz und gar schweigen! Ich weiß nicht, aber ich habe mir immer vorgestellt, daß dies himmlisch sein müsse.

Sie musterte ihn. Meinte er diesen Quatsch? In seinem Gesicht war keine Ironie, und sie stimmte deshalb in den gleichen banalen Ton ein.

Das Gespräch, das die beiden über Musik führen, erinnert an die Unterhaltung Léons und Emmas, als sie sich in Flauberts *Madame Bovary* erstmals begegnen und sich, nachdem sie über Musik gesprochen und ihr Verständnis für den berühmten Musiker bekundet haben, der es sich zur Stimulierung seiner Fantasie zur Gewohnheit gemacht hatte, vor beeindruckenden Ausblicken Klavier zu spielen, der Literatur zuwenden:

»Ganz wie ich«, fiel Léon ein. »Gibt es denn etwas Schöneres, als abends mit einem Buch am Kamin zu sitzen, während der Wind an den Läden rüttelt und die Lampe brennt? …«

»Nicht wahr?«, rief Emma und schaute ihn mit ihren großen dunklen Augen voll an.

Emma Bovary, Inbegriff eines nicht authentischen Gefühlslebens, bei der jeder Schritt von romantischen Vorstellungen aus Büchern bestimmt wird, erkennt nicht, wie klischeehaft Léons Gedanken sind, ganz im Gegensatz zu Dagnys Reaktion auf Nagel, sie sieht ihn nicht mit großen Augen an, sondern mustert ihn, denn was er sagt, erscheint ihr so banal, dass sie nicht glauben kann, er könnte es ernst meinen. Und wenn die Provinzschönheit Dagny das romantische Klischee erkennt, gibt es keinen Grund zu glauben, dass es dem wesentlich kultivierteren Nagel unbekannt sein sollte. Dennoch war keine Ironie in seinem Gesicht? Von höherer Qualität sind die Fantasien und Bilder, mit denen er sie auf den nächtlichen Spaziergängen der beiden preist, und sie lässt sich von ihnen verzaubern, lässt sich von ihnen beeindrucken, aber sobald er das erreicht hat, macht er regelmäßig eine Kehrtwende und beginnt, seine eigenen Handlungen zu demontieren: »Kurz gesagt: ich bringe Sie dazu, auf mich zu starren, ich entfache Ihre Neugier, damit Sie sich mit mir beschäftigen, ich bringe Sie dazu, sich aufzulehnen«, und das mit einer rücksichtslosen Aufrichtigkeit, die nur in einer unendlichen Regression enden kann; er sagt dies und das, um sich interessant zu machen, dann gesteht er das, und daraufhin wird er noch interessanter, und das Geständnis des Geständnisses macht ihn noch interessanter etc. etc., bis Dagny Kielland ihm eine entscheidende Frage stellt: »Sagen Sie mir jetzt: was glauben Sie eigentlich selbst von dem, was Sie sagen. Was ist *im tiefsten Herzen* Ihre Meinung.«

Die Vorstellung von der reinen und romantischen Liebe ist im Roman mit der Ebene verbunden, auf der die Vorstellung des Erzählers vom mimosenhaften Menschen angesiedelt ist, die langsam von der Frage der Authentizität unterminiert wird und in der Ambivalenz endet, die entsteht, als der in Dagny verliebte Nagel Besuch von einer mysteriösen Frau bekommt, die sich zu einem früheren

Zeitpunkt einem ähnlichen Gefühlssturm Nagels ausgesetzt gesehen hatte, und als Nagel später, von Dagny abgewiesen, dazu übergeht, im selben Stil um Martha Gude zu werben. Damit erweist sich die Liebe endgültig als Mechanik, da sie anscheinend unabhängig von ihrem Objekt existiert, das austauschbar wird. Und das Austauschbare ist das Gegenteil des Essentiellen. Eindeutig ist der Roman in dieser Hinsicht jedoch nicht, denn Nagel könnte viele Motive dafür haben, um Martha Gude zu werben, am naheliegendsten dürfte wohl sein, dass er es tut, um bei Dagny eine Reaktion auszulösen, doch selbst wenn es so sein sollte, erweist sich die Art, wie er sich ihr nähert, als eine Art Maschinerie, in die er eintritt und die bei ihrem dritten Auftreten zur Parodie geworden ist. Die Tatsache, dass sie grauhaarig und arm, bescheiden und leicht zu beeindrucken ist, verleiht der Beziehung und der Energie, die er auf sie verwendet, groteske Züge, die nicht auf sie zurückfallen, denn sie wird in ihrer Aufrichtigkeit als schön dargestellt, sondern nur auf ihn.

Es gibt allerdings noch eine weitere Unterminierung der Vorstellung von romantischer Liebe in Hamsuns Roman, die nicht mit dem blutwispernden Evangelium des Erzählers verbunden ist, sondern mit der Ebene, auf der Nagels Verachtung und Hass strömen und die vielleicht eine Konsequenz aus der Prämisse des Romans ist, den Menschen dort zu untersuchen, wo er ganz für sich ist, an den entlegenen Orten der Seele, denn die Technik, die Hamsun in *Hunger* einführte, als er sich in den Augenblick begab und dem Gedankenstrom der Hauptfigur folgte, wird in *Mysterien* weiterentwickelt, und genau daran muss Ferguson gedacht haben, als er über

Hamsuns Einfluss auf die Erzähltechnik des vorigen Jahrhunderts sprach, die Joyce dreißig Jahre später »stream of consciousness« nennen sollte und die seither mit ihm verbunden wird. In diesen Passagen lässt der Erzähler die Hauptperson los, oder vielleicht sollte man besser sagen, verschmilzt er völlig mit ihr, die beiden werden eins, jeglicher Abstand zwischen ihnen wird aufgehoben. In der Stimme, die dann entsteht, gibt es nichts Falsches, und in ihrer nahezu abenteuerlichen Elastizität, die jeder Wendung des Denkens folgt, gelingt es Hamsun, alle Hindernisse zu überwinden, die zwischen dem Bewusstsein und seiner Vermittlung stehen, und den Abstand zwischen Schrift und Gedanke zu minimieren, indem er alles andere als das eliminiert, was ihnen gemeinsam ist, was umso mehr ist, je früher man eingreift. Um das zu erreichen, um dort hineinzugelangen, muss jegliche Selbstzensur aufgehoben werden. Der Preis ist hoch, das Risiko groß, aber das Ergebnis, eine annähernd absolute Gegenwart in den Gedanken eines Menschen, die für die Schrift höchstmögliche Gegenwart in der Welt, ist grandios. Am wichtigsten ist hier jedoch, dass seine Technik, wie bei Joyce, ganz und gar nicht die hochtrabenden Bilder von der Seele vermittelt, die Hamsun in seinem programmatischen Artikel propagierte, und für die er seither bekannt ist, gemessen an den Standards seiner Zeit sind sie eher bemerkenswert roh und niedrig. Ein Beispiel:

> Aber wie wird es denn Ola Norweger ergehen, wenn keiner…?

Mag Ola Norweger zur Hölle fahren! unterbreche ich. Ola Norweger hat in dieser Welt nichts anderes zu schaffen, als, bis er schwarz wird, auf den Tod zu warten, das heißt, sich je eher, desto besser aus dem Staub zu machen. Ola Norweger ist dazu da, die Erde zu düngen, er ist der Soldat, über den Napoleon mit beschlagenem Pferd hinweggaloppiert, das ist Ola Norweger – damit Sie es wissen! Ola Norweger ist, reite mich der Teufel, nicht einmal ein Anfang, geschweige denn das Resultat von etwas; er ist nicht einmal ein Komma in dem großen Buch, sondern ein Fleck auf dem Papier. Das ist Ola Norweger …

Pst! Um Gottes willen! sagt die Frau entgeistert und sieht zum Vorsitzenden auf, ob er mich nicht hinausweisen will.

Gut! antworte ich, hehehe, gut, ich werde nichts mehr sagen. Doch in dem Augenblick bemerke ich ihren hübschen Mund, und ich sage: Gute Frau, Entschuldigung, daß ich Sie so lange mit Gerede und Geschwätz aufgehalten habe. Ansonsten muß ich mich jedoch sehr für Ihr Wohlwollen bedanken. Ihr Mund ist zauberhaft schön, wenn Sie lächeln. Adieu.

Jetzt aber errötet sie übers ganze Gesicht und lädt mich nach Hause ein. Einfach zu sich in ihr Heim, dorthin, wo sie wohnt. Hehehe. Sie wohnt in der und der Straße, die und die Nummer. Sie will mit mir gerne etwas mehr über dies hier sprechen, sie ist nicht einig mit mir und hätte wohl vielerlei einzuwenden. Wenn ich morgen abend käme, würde sie ganz alleine sein. Ob ich also morgen abend käme? Ja, gern. Also auf Wiedersehen.

Und dann wollte sie doch nichts anderes von mir, als mir eine neue, weiche Decke, ein folkloristisches Muster, ein Webstück aus Hallingdal zeigen.

Lirum larum leide, die Sonne scheint auf der Heide …

All das entspringt Nagels Fantasie, er erfindet den Kontext mit dem Vorsitzenden und allem, der bei der hypothetischen Frau einen hypothetisch schönen Mund sieht und der ihre Entgeisterung in eine offensichtlich sexuelle Offerte münden lässt, die in Hamsuns metonymischer Art in einer weichen Decke endet, vielleicht zum Bett gehörend, vielleicht auch nicht. Weiter kann man sich vom traditionellen Roman mit seinen langen Erzähllinien und seiner distanziert-kontrollierten Wiedergabe von Ereignissen nicht entfernen. Ganz ohne Vorläufer geschieht dies jedoch nicht: Nagels Probleme mit dem Wahrhaftigen, seine vielen unterschiedlichen Seinsweisen, sein Hang zu Verstellung und Fälschung, sein Wunsch, groß zu sein, seine Verachtung für das Kleine und das plötzliche Abstreifen aller Schichten in dem Versuch, einen letztgültigen Beweggrund, das Innerste, den Kern zu finden, lassen einen an den Autor denken, der für Hamsun all das symbolisierte, was ihm an der Gegenwartsliteratur missfiel, an Ibsen, und an dessen *Peer Gynt*, der auch diese wüsten, völlig von der Wirklichkeit abgekoppelten Fantasien hatte, wie Hamsun sie in *Mysterien* entwickelt. Bei Ibsen geht es jedoch um einen langen Prozess, selbst der unreife König Peer Gynt reift am Ende und kehrt heim, während der Prozess bei Hamsun kurz ist, so dass die einzig mögliche Entwicklung im Handeln liegt, nicht im Gewinn von Erkenntnissen oder in Reife. In *Mysterien* existieren die vielen verschiedenen Ebenen im Charakter gleichzeitig, und die Widersprüchlichkeit ist zu groß, um von Nagel oder dem Roman bewältigt werden zu können. Aber interessant wird es. Denn was geschieht mit der romantischen Liebe, wenn das Rohe und Niedrige, dem sich der Roman durch seine Ästhetik der Nähe öffnet, in ihr aufscheint? Wenn Nagel, der Dagny gegenüber so warm darüber sprach, in einem Nebenzimmer zu sitzen und die Hand seiner Geliebten zu halten, während sie Musik lauschten, Minute von einer Episode erzählt, die er drei Jahre zuvor in London erlebte, wo er mit einer jungen Dame unterwegs war, die ihm die Stadt zeigte, als sich bei ihm ein natürliches Bedürfnis einstellte, und er sich, da es keine Toilette in der Nähe gab, in die Hose machte? Er trug einen Mantel und setzte darauf, dass dieser verbergen würde, was geschehen war, aber dann wollte sie in eine hell erleuchtete Konditorei eintreten und sich etwas zu essen kaufen, und er weigerte sich, woraufhin sie den Grund erfahren wollte, und er erklärte, er habe kein Geld dabei, das hatte sie auch nicht, aber Moment mal, wohnte in dem Haus dort nicht eine Freundin von ihr? Doch, natürlich, und sie geht dort hinein, er bleibt stehen, Qualen leidend, aber zum Glück war die Freundin nicht zu Hause, sie konnten ihren Spaziergang im Dunkeln fortsetzen. Erst vor kurzem habe er begriffen, was sich wirklich zugetragen habe, erzählt er Minute, auch sie habe nämlich einen starken Druck verspürt, deshalb sei sie auf einen Hinterhof gehuscht und nicht, um eine »Freundin« zu sehen. Und dann sagt er:

> Sie verdächtigen mich doch wohl nicht, daß ich das Ganze schon im voraus ausgetüftelt hatte, daß ich den Spaziergang so lange wie möglich hinauszögerte, um meine Dame zum Äußersten zu zwingen, daß ich mich nicht von einer versteinerten Höhlenhyäne in einem Museum losreißen konnte, sondern daß ich dreimal dorthin zurückkehrte und daß ich gleichzeitig das Fräulein nicht aus den Augen ließ, da-

> mit sie nicht auf solche Weise in einen Hinterhof entschlüpfen könnte? Dessen verdächtigen Sie mich selbstverständlich nicht? Ich will nicht leugnen, daß jemand vielleicht so intrikat sein könnte, lieber selbst zu leiden, ja, lieber selbst vom Gürtel abwärts naß zu werden, *als sich die befremdliche Befriedigung entgehen zu lassen, zu sehen, wie sich eine junge entzückende Dame in irgendwelchen Qualen windet.* (meine Hervorhebung)

Oder wenn er im selben Gespräch mit Minute darlegt, was er sich wirklich vorstellen könnte, mit Fräulein Kielland zu machen, »scheinbar nur um sie zu demütigen und um ihr Schaden zuzufügen«:

> ... könnte ich eines Sonntags in die Kirche gehen, während ihr Vater, Pastor Kielland, Gottes Wort verkündet, durch das ganze Kirchenschiff spazieren, vor Fräulein Kielland stehenbleiben und laut sagen: Würden Sie mir erlauben, Ihnen ein bißchen an den Bausch zu fassen? Ja, was meinen Sie? Mit dem Bausch würde ich nichts Besonderes meinen, es sollte nur ein Wort sein, über das sie erröten müßte; vergönnen Sie mir doch, Sie ein bißchen an den Bausch zu fassen, würde ich sagen. Und danach könnte ich mich ihr vor die Füße werfen und sie anflehen, mich selig zu machen, indem sie mich anspuckt.

Wie der Erzähler wird auch Nagel von dem Wunsch getrieben, zum Wahren vorzudringen, so wie die Welt und das Gefühlsleben des Menschen in ihr aussehen, wenn nicht das, was man kann und soll, bestimmen darf. Die Konsequenz daraus ist, dass die Liebe zu einer Art Farce wird. Kann ich Ihnen an den Bausch fassen? Kann ich mir ansehen, wie Sie dringend pinkeln müssen? Können Sie mich anspucken? Und all diese Ebenen gleiten in der Szene ineinander, in der Nagel um Martha Gudes Hand anhält und von einer gemeinsamen Zukunft für sie träumt, an die angesichts ihrer pseudoromantischen, lebensfernen Banalität, weder sie noch er wirklich glaubt.

> Dann würden sie eine kleine Hütte kaufen und einen Fleck Erde mitten in einem Wald, einem herrlichen Wald irgendwo; das sollte dann ihr eigener Besitz sein, und sie würden ihn Eden nennen, und er wollte ihn beackern, oh, wie er ihn beackern wollte! [...] Oh, aber in ihrer Hütte sollte niemals ein hartes Wort fallen! [...] Sie müßten auch einige Tiere haben, ein paar große, blanke Kühe, die sie lehren würden, ihnen aus den Händen zu fressen, und während er grub und hackte und die Erde beackerte, würde sie die Tiere versorgen...

Ein Fleck Erde in einem Wald, die sie und er beackern würden, mit ein paar großen, blanken Tieren... Aber das ist doch *Segen der Erde*, der Roman, den Knut Hamsun fünfundzwanzig Jahre später schreiben und für den er den Literaturnobelpreis erhalten wird. Als er zum ersten Mal in seinem Werk auftaucht, geschieht dies also als Parodie. Gleichzeitig ist es, als sei Nagel sich selbst, seinem Innersten, wahrsten Ich hier am nächsten, als verkörpere dieses Kindische und leicht Dümmliche, das auch in der Madame-Bovary-artigen Szene mit Dagny aufschien, für ihn eine Art äußerster Aufrichtigkeit, und genau deshalb ist die Ambivalenz des Romans in diesen Passagen am größten, oder vielleicht eher die Ironie des Romans, denn wir sprechen hier trotz allem über den Ausnahmemenschen, den alles Überstrahlenden, und es wird dem Leser niemals die Möglichkeit gegeben, sich mit diesen plötzlichen Zügen von Banalität in seinem Seelenleben zu identifizieren oder sich in sie einzuleben. So ist *Mysterien*, all das, worüber der Autor später mit größtem Ernst schreiben sollte, die Liebe, die Natur, das Beackern der Erde, wird hier früher oder später aufgelöst, verliert hier früher oder später jeden Wert. Das Einzige, was wirklich zählt, ist das Gelächter.

Die Naturverehrung in *Mysterien*, die in Analysen des Romans häufig neben die Themen Liebe und Wahnsinn gestellt wird, bleibt immer eingeschränkt, da sie in dem Text lediglich die wenigen Szenen prägt, in denen Nagel die Stadt verlässt und sich in den Wald schlägt. Wenn er sich nicht in der Natur aufhält, bedeutet sie ihm nichts, er denkt nie an sie, seine Beziehung zu ihr ist episodisch, und er berauscht sich ebenso an sich selbst und seinen eigenen Bildern wie daran, was ihn an Bäumen und Sträuchern umgibt. Seine Wahrnehmung der Natur benutzt er in erster Linie, um Dagny Kielland zu beeindrucken, tatsächlich ist das sogar sein erfolgversprechendstes Mittel, und selbst wenn die Natur ihn für kurze Momente in ihren Bann schlägt, bleibt das Posieren mit ihr doch stets wichtiger. Ihm selbst scheint das nicht bewusst zu sein, was in seinem Verhältnis zur Kunst, dem dritten der vier Auswege des Romans, ganz anders aussieht.

Der Geigenkasten, der lange eines der kleineren Mysterien des Romans bleibt, da er zunächst ein Emblem für Nagels Künstlernatur ist, um anschließend von ihm demontiert zu werden, wenn er behauptet, er benutze ihn nur, um schmutzige Wäsche darin aufzubewahren, wird schließlich gegen Ende des Romans in einer Schlüsselszene geöffnet, als Nagel zum Abschluss eines abendlichen Basars überraschend seine Geige hervorholt und für die Einwohner der Stadt geigt. Er spielt wie der Teufel persönlich. Die Bürger sind beeindruckt und erschüttert, aber Nagel wiegelt ab. »Wenn Sie wüßten, wie verfälscht das war, wie wenig echt! Aber, nicht wahr, es sah ungeheuer echt aus?« Für die Zuschauer war es Kunst, für Nagel nur ein Trick, den er aufführte, eine Illusion, etwas der Kunst lediglich Ähnelndes. »Ich bin angeekelt von dem unsäglich rohen Triumph, die Fleischfresser klatschen zu hören …« Dass keiner dies durchschaut, mag für Nagel von entscheidender Bedeutung sein, immerhin ekelt er sich deshalb, für den Leser gilt das jedoch nicht. Für den Leser ist entscheidend, dass Nagel es durchschaut. Vielleicht auch, dass der Trick, die brillante Leere, bei deren Schilderung sich der Erzähler nicht zurückzuhalten vermag, plötzlich in ihrem ganzen nichtigen Glanz in einer Szene präsentiert wird. Vielleicht ist das die Frage, die *Mysterien* stellt: Was ist ein unechter und was ist ein echter Mensch?

Und wo steht der Autor? Es ist unübersehbar, dass zwischen ihm, seinem Leben und dem Roman ein Austausch stattfindet. Wenn sich Nagel, ursprünglich ein Ausnahmemensch in einem System, in dem die Ausnahme einen Wert an sich bildet, langsam gegen sich selbst wendet, geht dies auch gegen den Autor, etwa als das, was am Anfang des Romans und in Hamsuns Artikeln in den höchsten Tönen gepriesen wurde, der Mensch hinter dem Menschen, die Welt hinter der Welt, von der Hauptfigur plötzlich so beschrieben wird: »Zum Teufel übrigens mit dieser Welt dahinter! Immer soll eine Welt dahinter sein! Was zum Teufel geht mich das an?«

Am Ende bleibt ihm im Grunde nur noch der Tod. Er erfährt im Roman dieselbe Behandlung wie die Kunst, denn auch er taucht zunächst als Requisite auf, als das Giftfläschchen, das Nagel immer bei sich trägt, auch er ist ein Emblem für die Romantik, denn keiner kann 1892 von ihm lesen, ohne an Goethes Werther zu denken, auch ihrer Gegenwart steht Nagel ambivalent gegenüber und liest sie als Zeichen für seinen Mangel an Echtheit, wenn er an einer Stelle denkt: »Das ist Medizin, das ist Blausäure, ich bewahre sie der Kuriosität wegen auf und habe nicht den Mut, sie zu schlucken. Weshalb also trage ich sie bei mir, und weshalb habe ich sie mir besorgt? Auch das Humbug, nur Humbug, moderner Dekadenzhumbug, Reklame und Blasiertheit«, und auch das Fläschchen, und alles, was es verkörpert, wird am Ende gründlich travestiert, als Nagel, nicht ahnend, dass Minute die Blausäure gegen Wasser ausgetauscht hat, in den Wald geht, es austrinkt und sich zum Sterben hinlegt. »All das, diese Bäume, diesen Himmel, diese Erde sollte er jetzt nie mehr sehen. Wie seltsam das war! Schon schlich das Gift in ihm um, zog sich durch feines Gewebe, brach sich einen blauen Weg in seine Adern; über kurz bekam er Krämpfe, kurz danach lag er steif da.« Dann aber bereut er seine Tat, es gibt noch so viel zu tun, so viel, für das sich zu leben lohnt, und er gerät in Panik, reißt mit den Händen Heidekraut heraus, wirft sich auf den Bauch und versucht, das Gift herauszuwürgen, steckt sich den Finger in den Hals, aber nichts hilft.

Rasend vor Schrecken springt er auf und fängt an, im Wald herumzutaumeln und nach Wasser zu suchen. Und er ruft: Wasser! Wasser! so daß weit weg ein Echo erklingt. So tobt er mehrere Minuten, er läuft in alle Richtungen, prallt gegen Baumstämme, macht hohe Sätze über Wacholderbüsche und stöhnt laut. Und er findet kein Wasser. Schließlich stolpert er und fällt auf die Nase, seine Hände wühlen beim Sturz die Heideerde auf, und an der einen Backe fühlt er einen schwachen Schmerz. Er versucht, sich zu rühren, hochzukommen, der Sturz hatte ihn verwirrt, er sinkt wieder zurück, wird immer matter, und er steht nicht mehr auf.

Drei Stunden später wird er davon geweckt, dass die Sonne auf ihn scheint. Als ihm sein Vorhaben in der nächsten Nacht gelingt und er ins Meer läuft, ist es fast, als würde er von einem Traum gejagt, und auch diese Tat ist nicht sonderlich heroisch, denn einer der wichtigsten Anreize für seinen Selbstmord besteht darin, dass ihm der Abschiedsbrief einfällt, den er seiner Schwester geschickt hat, weshalb er unbedingt tot sein muss, bevor das Schreiben ankommt. Für den Verlauf von seinem Erwachen bis dazu, dass er auf dem Meeresgrund liegt, worauf alles in dem Roman hinzielt, benötigt der Autor vierzehn Zeilen. Bei der Lektüre des Endes ist mir des Öfteren der Gedanke gekommen, dass sich darin eine Art Überdruss oder Ermattung ausdrückt, so als wäre in dem Text bereits alles ausgeschöpft und die Selbsttötung nichts als eine reine Formalität, die letzte Schreibarbeit. Und das ist sicher nicht von der Hand zu weisen. Denn wohin geht man in einem Roman, wenn darin allem jeglicher Sinn genommen wurde?

Mysterien wird häufig als ein Roman über einen Menschen am Rande eines psychischen Zusammenbruchs gelesen. Die vielen unterschiedlichen, oft diametral gegensätzlichen Charakterzüge Nagels seien Ausdruck für den Wunsch des Autors, die Tiefen der menschlichen Psyche auszuloten, die in Nagel, diesem Adligen der Seele, irgendwie tiefer seien als bei anderen. Wie ich zu zeigen versucht habe, findet man diesen Aspekt in *Mysterien* jedoch ausschließlich in Form von Behauptungen auf der Ebene des Erzählers, fortlaufend konterkariert von den Erkenntnissen, die auf der Handlungsebene gewonnen werden, wo alles unaufhaltsam ins Komödiantische gezogen wird, auch das Letzte, Große, der Tod, und was stellt das mit einem Roman an, muss man sich fragen, wenn sein Held ein Leben führt, das immer wieder zur Farce wird, und dessen Tod am Ende eine Farce ist?

Wenn sich der Roman dem Innenleben seiner Hauptperson zuwendet, wird nicht dessen Tiefe sichtbar, im Sinne der Erfahrungen, Erlebnisse, Einsichten, Akte des Selbstbetrugs, Verdrängungen und Erinnerungen, die sich in seinem Inneren abgelagert haben, denn nichts in diesem Roman ist vertikal, die einzigen Linien verlaufen horizontal: Was geschieht denn in Nagels Innerem anderes als Interpretationen von allem, was ihn umgibt? Er lacht darüber, er schimpft darüber, er ist voller Verachtung und Ekel, nicht selten auch voller Freude, aber es ist immer das Außen, was ihn antreibt, und das einzig Rätselhafte an ihm liegt in den verschiedenen Arten, sein Verhalten in Beziehung dazu zu arrangieren. Zu diesem Zweck bedient er sich desselben Systems, das der Autor zuvor zum Programm erhoben hatte und das in der Form des Romans, auf diese bestimmte Art, nicht mehr ist als ein Poltern mit leeren Fässern, was sich auch darin wiederfindet, wie der Roman die von ihm geschilderte Welt bewertet: Alles ist nur ein Poltern mit leeren Fässern, es gibt nichts Wahres, Echtes oder Authentisches. Und falls es doch existieren sollte, sorgt etwas in Nagels Natur dafür, dass er unfähig ist, dorthin vorzudringen. Seltsamerweise scheint der Erzähler blind dafür zu sein, dass diese Einsicht, die überall im Roman so glasklar gegenwärtig ist, auch für ihn gelten könnte.

Oder ist das Spiel doch raffinierter? Hängen Nagels komplexe Gefühle und seine Ambivalenz allen Heucheleien gegenüber, denen er sich hingibt, um die Einwohner der Kleinstadt zu beeindrucken, auch mit der eindrucksvollen, aber falschen Flagge zusammen, die der Erzähler zu Beginn von *Mysterien* hisst? Man sollte jedenfalls nicht vergessen, dass »Aus dem unbewussten Seelenleben« nicht der einzige große Artikel war, den Hamsun in der Zeit vor *Mysterien* schrieb. Er verfasste außerdem *Aus dem Geistesleben des modernen Amerika*. Die Ähnlichkeit der beiden Titel mag unbeabsichtigt gewesen sein, ein Zufall war sie jedoch sicher nicht. Jedenfalls werden die gedanklichen Linien der beiden Texte in *Mysterien* miteinander verflochten. In seinem Essay über die Seele hob Hamsun das Einzigartige am Individuum hervor, dem die Einstellung des Realismus zu Typen nicht gerecht werde, und in *Mysterien* führt er diese Linie in zweierlei Hinsicht weiter: Erstens, indem er einen solchen einzigartigen Menschen beschreibt, zweitens, indem dieser Mensch ein Sprachrohr für dieselbe Auffassung ist. Nagel verabscheut alles, was mit Gleichheit, Konformität und Vernunft zusammenhängt, und verehrt alles, was dem widerspricht: das Einzigartige, Einmalige, das Originelle, das Individuelle. So gesehen könnte man zu dem Schluss kommen, dass Nagel ein romantischer Held ist und *Mysterien* ein romantischer Roman, was auch im Übermaß geschehen ist, aber während die Romantik als eine Reaktion auf die Rationalität und Vernunft des achtzehnten Jahrhunderts entstand, auf die Aufklärung, die alles Rätselhafte und Unerklärliche ausblendete, führt Nagel, und mit ihm Hamsun, etwas anderes zur Sehnsucht nach dem Einzigartigen: ihre Verachtung für die Masse und den Massenmenschen.

Wenn Hamsun sich um 1890 fragt, wie man die Formeln der existierenden Literatur hinter sich lassen und zu dem Leben vordringen kann, wie es wirklich gelebt wird, erscheint seine Antwort, dass die Sprache möglichst weit in das innerste Seelenleben des Individuums eindringen müsse, keinesfalls selbstverständlich, ebenso gut hätte man sich eine neue sprachliche Sensibilität den großen gesellschaftlichen Umwälzungen gegenüber vorstellen können, die ihn umgaben, also eher den Beziehungen der Seelen untereinander gegenüber als den Seelen selbst, ein anderes gesellschaftliches Engagement, als es in schematischen Beschreibungen des Lebens bestimmter Charaktere in bestimmten Klassen zum Ausdruck kam, aber in Hamsuns Augen sollte die Literatur nicht nur nach den Formen des Lebens suchen, sondern nach dem *wahren* Leben, und so, wie der Realismus in Prosa und Drama den Menschen in der Literatur reduzierte, wurde der Mensch für ihn im wahren Leben durch die Masse reduziert, sie machte ihn stereotyp, gleichförmig, vorhersehbar. Daher seine Verachtung der Masse oder des Menschen in der Masse: In seiner Logik war das unmenschlich. Wollte man dieser, Hamsuns Auffassung nach menschenverachtenden Kraft die Literatur entgegensetzen, musste man sich dem individuellen Leben zuwenden. Dieser Position blieb er in all seinen Werken treu; Mensch für Mensch, gut oder schlecht, talentiert oder schlicht, heroisch oder jämmerlich griff er auf, hob er hervor, aber nie, um das Repräsentative an diesem Menschen zu demonstrieren, sondern um das ihm Eigene, Individuelle an ihm zu zeigen, und wie die Zeit, die sie durchströmte, sie nach und nach so leicht in ihren Griff bekommen konnte. Oh, wie sehr schwankt der Mensch in Hamsuns Romanen, oh, wie sehr bewundert er jemanden, der nicht schwankt, der unerschütterlich in sich selbst ruht. Aber der unerschütterliche Mensch ist eine Idee, er ist genauso weit vom Lebendigen entfernt wie der Massenmensch, und in der Sprache, in der Form, die er entwickelte, löst auch er sich auf. In *Mysterien* steht die Idee des Einzigartigen auf dem Prüfstand. Und selbst wenn der Nihilismus im Roman das Ergebnis einer individuellen Auffassung sein und nicht unbedingt generell gelten sollte, ist er doch als eine Konsequenz der Zeit entstanden, in der dieses Individuum tätig ist, in der es verwurzelt ist. Man sollte *Mysterien* nicht nur als eine Konfrontation des exzentrischen Individuums mit der konformen Kleinstadt lesen, sondern auch als Konfrontation der Mentalitäten zweier unterschiedlicher Zeiten. Um Hamsuns erste Romane zu verstehen, muss man wissen, dass die neunziger Jahre des neunzehnten Jahrhunderts dem achtzehnten Jahrhundert näherstanden als unserer Zeit. Voltaire, Rousseau, die Französische Revolution, das waren für sie Menschen und Ereignisse, die in Zeit und Relevanz dem entsprechen, was Freud, Picasso und der Durchbruch der Moderne für uns bedeuten. Goethes Tod lag für sie so nahe wie für uns die fünfziger Jahre.

Das Leben in Lillesand während Hamsuns Aufenthalt dort, das in *Mysterien* so detailliert beschrieben wird, verlief traditionell, stabil, vorhersehbar und übersichtlich. Aber obwohl er dieses Leben gut kannte, gehörte er doch nicht dazu; er war in Armut aufgewachsen, er besaß keine Ausbildung, weder eine praktische noch eine theoretische, er gehörte keinem bestimmten Milieu an, er hatte zahllose Jobs gehabt und an unzähligen Orten gewohnt, an denen er selten länger als ein paar Monate geblieben war, und wenn man verstehen möchte, wie er schrieb, sollte man nie vergessen, dass er ein Mensch war, der nie zurückblickte, denn all seine Bücher thematisieren die Beziehung zwischen vorhandener und fehlender Zugehörigkeit, zwischen dem Stabilen und dem Fließenden. Zwischen diesen Polen existierte genügend Ambivalenz, um sechzig Jahre lang ein großes, viele Bände umfassendes, literarisches Werk anzutreiben.

Nagels Vergangenheit spielt in *Mysterien* keine Rolle, wir erfahren nicht, woher er kommt, weder geographisch noch sozial, wir erfahren nicht, welcher gesellschaftlichen Klasse er angehört oder in welchen Verhältnissen er aufwuchs, nichts über seine Familie, Freunde oder Bekannten, nichts über die Kindheit, die Jugendzeit. Plötzlich ist er einfach da, in Lillesand, wie der Erzähler in *Hunger* auf einmal in Kristiania ist. Gleiches gilt für fast alle Hauptfiguren Hamsuns. Sogar Isak, der Markgraf in Hamsuns Lied von der Erde, *Segen der Erde*, ist auf einmal einfach da. Auch er hat keine Vergangenheit, keine Familie, keine Verbindung zu Früherem. Dieses Fehlen jeglicher Geschichte, jeglichen Kontakts, jeglicher Familie, dass diese Menschen in einem solchen Maße dem Augenblick angehören und sozusagen immer wieder von vorne anfangen, ist eines der wichtigsten Merkmale von Hamsuns Figuren und natürlich ganz und gar amerikanisch. Wenn uns Isaks Geschichte an etwas erinnert, dann nicht an die Schöpfungsgeschichte, die ersten Menschen, die etwas anbauten, sondern an die Siedler in Amerika, die in ihrem Heimatland alles zurückließen, um im Unbekannten neu anzufangen. Aber Isak hat immerhin eine Mission, sein Tun hat einen tieferen Sinn; Nagel besitzt kein solches Fundament und stellt sich auch mehrmals die Frage, warum er eigentlich dort ist, einem Touristen nicht unähnlich, der in irgendeiner Ecke der Welt nicht mehr weiterweiß. Die Stadt, das ist die alte Welt, ihre Bewohner haben keine Probleme mit Zugehörigkeit oder Sinnlosigkeit, das sind allein Nagels Probleme, die sich offenbar nicht lösen lassen, denn in seinem Versuch, dem gleichförmigen und stereotypen Massenmenschen zu entgehen, wie er in der ersten Phase der Moderne entstand, entgeht er auch dem, was Zugehörigkeit schafft, und die Freiheit, die er so gewinnt, kann zu nichts anderem genutzt werden als zu der Suche nach Sinn. Und wenn ein solcher nicht existiert, da Sinn und Zugehörigkeit zwei Seiten derselben Medaille sind, kann er über das Ganze bloß lachen oder es beenden. Kein Zweifel, dieser Konflikt war Hamsuns eigener, jedenfalls wenn man die zahlreichen Formen und Variationen bedenkt, in denen er in seinen Werken gegenwärtig ist.

Amerika, mit seinen Millionen eingewanderter Europäer, seiner systematischen Ausrottung der Ureinwohner, seiner Mechanisierung der Landwirtschaft im großen Stil, seinen Fabriken und seiner Armut, seinen Großstädten und Wolkenkratzern, Amerika mit seinem ganzen gesellschaftlichen Chaos, damals um ein Vielfaches ausgeprägter als heute, diese erste wirkliche Massengesellschaft, war für den jungen Hamsun *das* Sinnbild für Entwurzelung, Raubbau, Fortschritt. War sein Verhältnis dazu schon hinsichtlich der äußeren Welt ambivalent, da es ebenso faszinierend wie abstoßend war, das alles zu beobachten, kann diese Ambivalenz jedoch nichts gegen jene gewesen sein, die in seinem Inneren ausgelöst worden sein muss, wo die Hinwendung zu Gemeinschaft und Tradition nur seinem Denken entsprang und konstant im Widerspruch zu seinen Gefühlen gestanden haben muss, oder was immer ihn auch von einem Ort zum nächsten trieb, was immer auch dazu führte, dass er sich nie länger an ein Milieu oder andere Menschen band, denn selbst, wenn er den Gedanken vielleicht nie konsequent zu Ende dachte, muss er in seinem Inneren doch stets präsent gewesen sein: Seine Seele gehörte Amerika. Was er in *Mysterien* beschreibt, sind nicht die mimosenhaften Bewegungen der Seele, sondern das Amerika der Seele, und vielleicht wirken die ersten Romane des jungen Hamsun deshalb bis heute so frisch und gegenwärtig: Die Welt, die sie schildern, ist unsere eigene, wie sie war, als sie erschaffen wurde, erfüllt von der Kraft des Unfertigen, noch nicht erstarrt in den Systemen des Fertigen. Will man Hamsuns Figuren mit jemandem vergleichen, könnte einem der Landstreicher oder Tramp in den Sinn kommen, jene Gestalt, die Chaplin, ein anderer autodidaktischer, nicht-intellektueller Künstler aus der Schar des elenden neunzehnten Jahrhunderts, berühmt machte. Auch der Landstreicher hatte keine Vergangenheit, weder Familie noch Freunde, er traf an jedem Ort ein, als wäre es der erste, befreit von allen Banden außer dem Leben im Augenblick. Wenn die hagere, namenlose Person in *Hunger* nachts in ihrem fadenscheinigen Anzug auf einer Parkbank sitzt und von ihrem elektrischen Gesangbuch fabuliert, ist der Landstreicher nicht fern, so wenig, wie er es ist, wenn Nagel slapstickartig durch den Wald stolpert und glaubt, er werde sterben, oder wenn er im Licht des Kindischen leuchtend von einer Zukunft mit Martha Gude im Wald fantasiert. Im Gegensatz zum Landstreicher, der alles in seiner Umgebung verwandeln und ihm je nach Bedarf und unabhängig davon, wie klein und unbrauchbar es ursprünglich gewesen sein mag, einen Sinn geben kann, kommt Nagel jedoch nur so weit, ihm jeglichen Sinn zu nehmen. Das letzte, überlebensnotwendige Stück, die eigentliche Voraussetzung des Lebendigen, die darin besteht, das Lebendige auf neue Art in Anspruch zu nehmen, kann er nicht schaffen oder auch nur begreifen, weil er dafür zu unfrei ist. Begriff Hamsun das?

In seinem Werk herrscht eine eigentümliche und schöne Symmetrie, in der nicht nur sein erster und sein letzter Roman, *Hunger* und *Auf überwachsenen Pfaden* zusammengehören – beide handeln von einem Mann, der davon besessen ist zu schreiben, der sich vollständig außerhalb der Gesellschaft befindet, auf ihrem Grund, aber während der erste die Zeit vor sich hat und auf dem Weg nach oben ist, hat der zweite die Zeit hinter sich, er ist ganz oben gewesen und gestürzt worden – sondern auch der zweite, *Mysterien*, und der vorletzte, *Der Ring schließt sich*. Die beiden Bücher beginnen gleich, mit der Ankunft eines Dampfers in einer kleinen Küstenstadt, aber während das Geschehen in *Mysterien* rätselhaft und mysteriös erscheint, passiert in *Der Ring schließt sich* das genaue Gegenteil, denn hier wird das Belanglose der Vorgänge betont. »Kein besonderes Erlebnis, keinen Anblick für Götter, noch sonst irgendetwas Wunderbares? Nein, nein! Etliche Menschen und Kisten gehen an Land, etliche Menschen und Kisten an Bord. Keiner sagt etwas, weder der Steuermann an der Reling, noch der Expeditor am Kai braucht auch nur ein Wort zu reden, sie schauen in ihre Papiere und nicken. Das ist alles. Und die Leute wissen jeden Tag ungefähr, was sie sehen werden, wenn sie kommen, sie kommen aber doch.«

Außerdem will die Hauptperson Abel im Gegensatz zu Nagel nichts, er tut nichts und ist zufrieden damit, an der sonnenbeschienenen Wand vor seinem Schuppen zu sitzen und einen Kohlrabi zu essen, den er gestohlen hat. Abel ist Nagels Antithese, und er soll es auch sein. Aber was in *Der Ring schließt sich* zum Ausdruck kommt, ist dennoch das Gleiche wie in *Mysterien*, nur dunkler, gefährlicher, grauenvoller, weil die Sinnlosigkeit, die einem von jeder Seite entgegenschlägt, nicht herbeiargumentiert wird und ebenso wenig das Ergebnis eines suchenden Willens ist. Im Gegenteil, es ist die Willenlosigkeit, die sie sichtbar werden lässt. Von ihr, die abgesehen von dem, was zum Überleben unbedingt erforderlich erscheint, fast absolut ist, setzt sich das Leben in der Kleinstadt, mit all seinem Streben und den ständigen Positionierungen, all seinen kleinen Aufstiegen und Niedergängen als eine Komödie der vollkommenen Sinnlosigkeit ab, und solange Abels Sehnsucht sich nicht auf das große Wahrhaftige richtet, sondern auf das Allerkleinste, Wärme und Nahrung, werden Nagels Auswege, die Kunst, die Natur, die Liebe, der Tod mit ihr verbunden. In *Der Ring schließt sich* ist die Welt schon zu Beginn des Romans sinnentleert. Und als wollte er sagen, dass dies nicht nur für seine aus allen Zusammenhängen gerissenen Menschen gilt, stattet Hamsun Abel als einen von ganz wenigen, wenn überhaupt jemand anderen in seinem Universum, mit Eltern und einer Kindheit aus. Und im Gegensatz zu den Helden seiner ersten Romane lässt Hamsun Abel nach Amerika gehen, um anschließend das Leben als Müßiggänger während des ganzen Romans in seiner ganzen Ambivalenz in seinem Bewusstsein bestehen zu lassen. Kurzum, natürlich begriff Hamsun es. Er war fast achtzig, als er *Der Ring schließt sich* schrieb, und glaubte selbst, dass dieser finsterste seiner Romane sein letzter bleiben würde. Dann kamen der Krieg, die Anklage wegen Landesverrats und *Auf überwachsenen Pfaden*. Eindeutig eine Verteidigungsschrift, aber ohne nennenswerte Handlung, ohne bedeutsame Gedanken, es gibt nur diesen alten, halbtauben Mann, der in der Nähe des Altenheims umherhumpelt, in dem er interniert ist, und aufschreibt, was er gesehen hat, was er im Tagesverlauf erlebt hat, was ihn umgibt: seine alten Galoschen, sein Stock, ein Fahrtenmesser, in dessen Besitz er gelangt, einige religiöse Zeitschriften, die kleine Fichte im Nachbargarten. Was also wird verteidigt?

Als Hamsun *Auf überwachsenen Pfaden* schreibt, befindet er sich nur wenige Kilometer von Lillesand entfernt, aber die Lebensgefühle, die in den beiden Werken zum Ausdruck kommen, liegen so weit auseinander, dass man meinen könnte, sie stammten aus zwei verschiedenen, einander gänzlich unbekannten Kulturen. Es fällt auf, dass es der Junge von beiden ist, der eine Welt voller Lebensüberdruss, Sinnlosigkeit, Todessehnsucht beschreibt, während der Alte das Leben und alles Lebendige feiert, selbst wenn es manchmal leicht resigniert geschieht. Es gibt Menschen, die *Auf überwachsenen Pfaden* hassen, weil Hamsun den Krieg und die Leiden des Krieges mit so gut wie keinem Wort erwähnt, was man für eine Bestätigung seiner menschenfeindlichen, skrupellosen, faschistischen Haltung hält. Indem er über sein eigenes Leiden und seine eigene Misere schreibe und nicht über die Leiden und den Tod von Millionen Menschen, getötet von genau den Menschen, die er schriftlich und mündlich verteidigte, verdrehe und verfälsche er die Wirklichkeit, und natürlich zieht sich eine untergründige Strömung aus Menschenfeindlichkeit und Reaktion durch Hamsuns Romane, auch durch *Mysterien*, das steht außer Frage, aber das System, zu dem diese Strömung gehört, ist weder der Nationalsozialismus noch der Faschismus, sondern das Gegenteil von beidem.

Hamsun gilt als ein großer Schriftsteller, aber bezeichnenderweise schrieb er eben keine langen Romane, keine epischen Erzählungen, die großen Linien fehlen in all seinen Werken oder sind zumindest schwer zu erkennen in dem Gewimmel aus kleinen, unbedeutenden, gewöhnlichen, alltäglichen Dingen, und verglichen mit anderen großen norwegischen Autoren seiner Zeit wie Sigrid Undset oder Olav Duun, zu denen es deutliche thematische Parallelen gibt, vor allem in dem, was man im posthistorischen Licht unserer Tage »das Reaktionäre« nennen würde, also die Verehrung einer an die Scholle gebundenen Gemeinschaft, von Natur und Vergangenheit, schreiben diese beiden »große« Romane, Erzählungen, deren Einheit äußerst selten, wenn überhaupt jemals, bedroht wird, während Hamsun, ob es nun an der besonderen Explosivität seiner Sprache liegt, die kontinuierlich den Augenblick vergegenwärtigt, oder an seiner ständigen Suche nach Details, früher oder später immer zu dem Punkt gelangt, an dem die Linien durchbrochen werden, an dem etwas zerbricht oder entsteht und bei dem die große Erzählung nur ein Traum ist, von dem jemand faselt. Selbst wenn Hamsun offenkundig harmonisieren, offenkundig das Lied von der Erde und den Menschen singen möchte, wie er es in *Segen der Erde* versuchte, entgeht er doch nicht dem Ort für die Zusammenführung, für die Harmonie, also dem Leben dort, wo es gelebt wird. Ich denke, ich meine etwas Ähnliches wie das, was Bruno Schulz einmal über Gombrowicz' Roman *Ferdydurke* schrieb: »Während wir unter der Hülle erwachsener und offizieller Formen höheren, verfeinerten Werken huldigen, findet unser tatsächliches Leben heimlich und ohne höhere Sanktionen in dieser schmutzigen heimischen Sphäre statt, und die in ihr gespeicherten emotionalen Energien sind hundertfach mächtiger als jene, die der dünnen Schicht des Offiziellen zur Verfügung stehen.«

Für Gombrowicz ist unser gesamtes Kulturerbe dank der Übertünchung des Unreifen entstanden und das Werk von aufstrebenden Menschen, die ihre Klugheit, ihren Ernst, ihren Tiefsinn und ihr Verantwortungsbewusstsein lediglich behaupten; für ihn kompromittieren Kunst und Kultur uns letztlich und wachsen uns über den Kopf, da sie stets reifer sind als wir und uns in eine Art zweites Kinderstadium stürzen. Er meint, dass es einem schwerfalle, Heideggers Gedanken vom *Dasein* wirklich ernst zu nehmen, wenn man sonntagnachmittags bei Kaffee und Kuchen zusammensitzt oder an einem Mittwochmorgen schmutzige Wäsche in die Waschmaschine stopft.

Literatur, die sich ausschließlich zum Großen in Beziehung setzt, sei tot, schreibt Gombrowicz und führt als Beispiele *Der Tod des Vergil* und *Ulysses* und mehrere von Kafkas Büchern an, weil das Bedeutsame und Große in diesen Büchern im leeren Nichts verwirklicht wird, sie erschienen uns unzugänglich und kalt, schreibt Gombrowicz, weil sie auf den Knien geschrieben worden seien, ohne einen Gedanken an den Leser, ohne einen Gedanken an die Kunst oder eine andere Abstraktion.

Hamsun war Teil und möglicherweise sogar erster Repräsentant einer anderen Moderne, einer schäbigen Moderne, einer Mitten-in-der-Welt-Moderne, zu der auch Céline und Faulkner gehören, trotz der ansonsten gewaltigen Unterschiede zu ihnen. Die großen Ideen, die Ideale und der politische und geistige Überbau zerbröseln in der Begegnung mit der Welt, legen sich wie Schuppen auf ihre Schultern, wie Staub unter ihre Couch, wie Krümel auf ihren Tisch. Das Niedrige zieht sich wie ein nie versiegender Strom durch Hamsuns Romane, nicht nur als Gegenwart der Welt und von allem Niedrigen in ihr, sondern auch als Gegenwart der niedrigen Gefühle: Verachtung,

Hass, Selbstgerechtigkeit, Egoismus, Habsucht, Eifersucht. Kaum einer seiner Romane ist frei davon, dass lächerlich gemacht, parodiert, beschimpft wird. All diese Krüppel, Greise, Kranken und Schwachen, all diese Lappen und jüdischen Uhrenhändler, all die pöbelnden Arbeiter und verdorbenen Engländer, die sie bevölkern, all der Hass auf Kapitalismus, Intellektualität, das ist niedrig, und die Präsenz dieses Niedrigen ist ein Ausdruck für die Sehnsucht nach Reinheit, nach dem Unverdorbenen, dem Unschuldigen, dem Unberührten, das aber nicht der Gegensatz des Niedrigen sein kann, da es so naiv ist, sondern vielleicht eher dessen Konsequenz.

Hamsun war nicht nur ein Vertreter der Moderne, er war auch Romantiker, und rein literarisch gesehen dürfte es kaum an der Präsenz des Niedrigen, Reaktionären und politisch Verwerflichen liegen, dass er in der Welt der Literatur nicht über den Status eines *minor classic* hinausgekommen ist, dass französische und amerikanische Intellektuelle niemals seine Bücher für ihre Analysen und Theorien heranziehen, dass es nie seine Bücher sind, mit denen sich die literarische Avantgarde auseinandersetzt, sondern an der Präsenz des romantisch Naiven. Sie ist schwerer zu ertragen. Aber Hamsuns Probleme waren die Probleme der Modernität, sie sind das Thema seiner Romane, nicht weil er das gedacht, sondern weil er es gefühlt hat, und so ist es kein Zufall, dass sein erster Roman vom Überleben handelt, der zweite dagegen von einem, der sich das Leben nimmt, denn das war seine Spannbreite, und während *Der Ring schließt sich* durch und durch fatalistisch und nihilistisch ist, geschrieben im Schatten des Todes, in der Nachfolge von *Mysterien*, wurde *Auf überwachsenen Pfaden* im Licht des Lebens geschrieben, in der Nachfolge von *Hunger*, mit dem unüberwindlichen Menschen als Autor, erfüllt von einer inneren Würde, die nichts erschüttern kann, denn die Leichtigkeit, mit der hier die Welt beschrieben wird, kann nur ein Mensch kennen, der sich über sie erhoben hat. Dieser Mensch braucht keine anderen Menschen, es sei denn als Ausdruck für das Leben, das Lebendige in seinem allgemeinsten Sinn, und damit möchte ich weder auf einen Mangel noch eine Ärmlichkeit daran hinweisen, denn was einem an dem Erzähler in *Auf überwachsenen Pfaden* auffällt, ist sein Reichtum, der wohl vor allem in der Fähigkeit besteht, alles, was ihn umgibt, mit Leben und Sinn zu füllen, selbst ein Paar Schnürsenkel, ein Flugzeug über einem Bergrücken, einen abgerissenen Fetzen Zeitung, und nie ist die Verwandtschaft zu Chaplin größer als darin, wenn man bedenkt, was Chaplin gelingt, als er in *Goldrausch* den Brötchentanz aufführt: Zwei Brötchen, zwei Gabeln und eine Tischplatte sind alles, was er braucht, um die Wirklichkeit zu verzaubern. *I can't make a speech, but I'll do a dance*, sagt er. Und genau das ist die Kunst.

AM GRUND
DES UNIVERSUMS

23. NOVEMBER 2010, 19.20. Ich bin sehr niedergeschlagen. Das Gefühl verschwindet beim Schreiben, und auch deshalb schreibe ich, es ist eine Flucht, vor mir selbst. Sogar wenn ich über mich schreibe. Wenn meine Gedanken auf die Buchstaben und Sätze treffen, geschieht etwas, ein eigener Raum entsteht, weder Gedanken noch Sätze.

Doch jedes Mal, wenn ich vom Bildschirm aufschaue und meinem Blick in der Fensterscheibe begegne, stürzt in mir etwas ein. Ich hasse mich. Aber das ist alles, was ich habe, und ich bin es meinen Kindern schuldig, auf mich aufzupassen. Ich muss möglichst lange für sie da sein. Außerdem ist dieser Hass etwas, was aufflammt, er ist nicht konstant, und wenn er aufflammt, kann er abgeleitet werden. Indem ich schreibe, aber auch, indem ich sehe. Denn was immer wir betrachten, es gehört zur Welt. Wenn wir die Augen öffnen, ist sie da. Wenn wir den Blick schweifen lassen, sehen wir immer andere Seiten von ihr. Vor zehn Minuten draußen auf dem Hof: Alles war von einer dicken Schneeschicht bedeckt. Die großen Sträucher sahen aus, als wären sie versteinert. Alles Leben war fort. Die Bäume, als einzige groß genug, um sich aus dem

Weiß zu erheben, waren ohne Blätter, schwarz und starr. Die weißen Flocken, die durch die Lichtkegel der Straßenlaternen trieben, ließen mich verstehen, dass es schneite, aber im Garten, wo sich die Dunkelheit auf das Weiß herabgesenkt hatte und nur ganz unten dessen Lichtschimmer in sich aufnahm, sah ich kein Körnchen Schnee in der Luft.

Schnee auf dem Mond.

Das war auch so eine Vorstellung.

In einer der schönsten Passagen in Leonardo da Vincis Notizbüchern geht es um den Mond. Er sieht dort oben Meere und Wälder. Der Gedanke hat mich angezogen, seit ich ihn zum ersten Mal las, keine Ahnung, warum. So geht es mir mit vielem, was Leonardo schrieb. Vermutlich ist es die Unschuld darin, die mich anzieht. Oder nein, nicht die Unschuld, sondern die Reinheit. Ja, die Reinheit des Blicks. Was er sieht, das sieht er zum ersten Mal. Körper waren in den Jahrhunderten vor ihm nur selten geöffnet und sicher nie so gründlich studiert worden wie von ihm. Seine Bilder verbinden das Große stets mit dem Kleinen, Mikrokosmos mit Makrokosmos, den Körper mit der Welt.

Die Ströme der Adern, die Seile der Sehnen, die Höhlen der Augen.

Die gewaltigen Feuer der Seele.

24. November, 01.06. In dem Haus, in dem ich schreibe, hat jemand Worte auf die Balken und unter die Fenstersimse geschrieben. Der Mann, von dem wir das Haus kauften, meinte, es habe noch viel mehr gegeben, aber das meiste hätten sie entfernt. Eine Inschrift, die sie stehen ließen, befindet sich auf dem Balken direkt über meinem Kopf. Dort heißt es: *Tage, die einen für das ganze Leben ermüden.*

Dies ist ein solcher Tag gewesen.

Aber unter dem Fenstersims, zu dem man aufschaut, wenn man an der Wand auf der anderen Seite des Raums im Bett liegt, steht: *Epiphanie.*

Angesichts der vielen Kritzeleien und Zimmer, Wände und Balken in diesen drei Häusern, stehen hier bestimmt noch weitere Botschaften. Die Wände sprechen. Eines Tages werde ich eine Runde drehen und mir anschauen, was sie zu sagen haben.

Lasst alle Hoffnung fahren, wenn ihr hier hereinkommt, steht auf dem Tor zum Eingang der Hölle in Dantes *Divina Commedia*, diesem Meisterwerk der Vertikalität, das ich zum ersten Mal als zwanzigjähriger Literaturstudent las, und am stärksten sprachen mich all diese Drachen und Echsen, die Teufel und Monster und die physische Welt an, in der sie sich bewegten, der ganze blubbernde Schlamm und stinkende Morast, der Geruch von Schwefel und Rauch, und all diese Körper, die geschlagen, verbrannt, gebissen, verbrüht, aufgeschnitten und zerstückelt werden, denn die Hölle ist vor allem ein Ort der Körper, überall, wo Dante hinkommt, sieht er Körper in Bewegung, und unter den Geräuschen, die an sein Ohr dringen, dominieren die des Körpers: Als er zu Beginn des Werks am Rand der Hölle steht und in den Abgrund starrt, steigen jammerndes Geheul, Klagerufe, wütende Schreie, laute, heisere Stimmen und Händeklatschen durch die undurchdringliche Dunkelheit zu ihm herauf, *wie Sand, den der Wind umherwirbelt.* Das Visuelle und Sinnliche an der Hölle faszinierte mich, und im Grunde las ich das Buch, wie ich Tolkiens *Der Herr der Ringe* gelesen hatte. Besonders eine Szene erregte meine Aufmerksamkeit. Es ist eine der bekanntesten, was ich damals allerdings noch nicht wusste. Sie spielt sich am Ende der abwärts führenden Wanderung durch die Hölle ab, im zweiunddreißigsten Gesang. In der Dunkelheit vor Dante und Vergil erstreckt sich ein eisbedeckter See. In diesem befinden sich, für immer festgefroren, die schlimmsten Sünder. Nur ihre Köpfe lugen aus dem Eis heraus. Sie können sich nicht bewegen, ihre Haut ist blaugefroren, die Zähne klappern vor Kälte, sogar die Tränen in ihren Augen gefrieren zu Eis. Der Mund zeugt von der Kälte, schreibt Dante, die Augen von ihrem traurigen Herzen. Doch obgleich ihre Körper unbeweglich sind, regt sich doch noch etwas in ihrem Inneren, denn während Dante und Vergil dort gehen, werden zwei dieser Köpfe von Wut gepackt und stoßen ihre Stirne gegeneinander wie Böcke. Und es ist, als sei ihre Aggression ansteckend oder als würde das absolut Böse, in dessen Nähe sich die beiden aufhalten, auch sie beeinflussen, denn als sie weitergehen, tritt Dante versehentlich auf einen der Köpfe, der ihn daraufhin ankeift, was Dantes Aufmerksamkeit erregt, so dass er stehen bleibt und es zu einem heftigen Wortgefecht kommt. Dante verlangt, den Namen des Sünders zu erfahren, dieser weigert sich, ihn zu nennen. Von plötzlicher Raserei erfasst, beugt Dante sich hinab und beginnt, dem Kopf, der vollkommen wehrlos im Eis steckt, die Haare auszureißen. Erst als einer der anderen in der Nähe herüberruft, um herauszufinden, was da vorgeht, und dabei den Namen des Mannes nennt, lässt Dante von ihm ab. Zusammen mit Vergil setzt er seinen Weg fort, als wäre nichts passiert.

Es ist eine seltsame und rätselhafte Passage. Es ist die einzige Gelegenheit im Laufe der langen Wanderung die Hänge und Schluchten der Hölle hinab, bei der Dante körperlich eingreift. Er handelt in gewisser Weise außerhalb seines Charakters und der Regeln, die er bis dahin befolgt hat. Das muss etwas bedeuten, aber was?

13.01. Es schneit wieder. Kleine, trockene Schneekörner, die in den leichten Windstößen folgsam hin und her schweben. Der Rasen ist fast vollständig weiß, nur die Spitzen der Grashalme ragen an manchen Stellen noch heraus. Es ist kalt im Haus, weil es mir bislang nicht gelungen ist, die Fußbodenheizung in Betrieb zu nehmen, ich werde mich deshalb wohl bald mit den früheren Besitzern in Verbindung setzen müssen. Aber nicht jetzt, nicht heute, ich muss Gas geben und schreiben, und in der Zwischenzeit kann ich Holz hacken und damit heizen.

Um halb zwölf wurde ich davon geweckt, dass Linda anrief, sie war unruhig. Wir redeten nicht sonderlich viel, sie war schlechter Stimmung, das ist sie mittlerweile schon seit fast zwei Wochen, und dann sagt sie nicht viel. Ich weiß, dass das Leben mit den Kindern an ihren Kräften zehrt, wenn es ihr nicht gut geht, und dass die Anwesenheit ihrer Mutter dann eher eine Belastung als die Erleichterung ist, als die sie doch eigentlich gedacht war. Es geht nicht so sehr darum, dass die Kinder ihre schlechte Stimmung bemerken, sondern darum, dass es viel Energie erfordert, den Alltag mit ihnen zu bewältigen. Hat man die nötige Kraft und Energie, ist es das Einfachste auf der Welt, dafür zu sorgen, dass sie sich anziehen, und sie anschließend zum Kindergarten zu bringen, einzukaufen, zu kochen, sie ins Bett zu bringen. Ist man kraftlos und fühlt sich schlecht, kommt es dagegen leicht zu Konflikten, bei denen aus einer Mücke schnell ein Elefant wird, und dann steht man plötzlich mitten in einem Tohuwabohu aus starken Willen und schallenden Protesten. Aber in ein paar Tagen wird es ihr allmählich besser gehen, dann wird alles kinderleicht sein. Glücklicherweise hat sie gestern und heute im Café gesessen und geschrieben. Schon als Kind war sie fasziniert von der griechischen Mythologie, ihren Göttern und Helden, und nun hat sie begonnen, in einer Art Gegenwartswirklichkeit über sie zu schreiben, wenn ich sie richtig verstehe. Sie schreibt unglaublich gut, aber auf eine für mich seltsame Art, da es mir unmöglich ist, die fantastischen Sätze mit ihr in Verbindung zu bringen, sie schreibt sie von einem Ort aus, den ich nicht kenne.

Mir selbst geht es wieder besser, was mich gestern so gepackt hielt und lähmte, ist heute verschwunden, geblieben ist nur die gleichmäßige, alltägliche Verstimmung, die darauf basiert, wer ich für mich selbst bin, ein schlechter Mensch, der an seinen besten Tagen zu jemandem wird, der nicht gut genug ist. Aber alles ist besser als die Angst, oder wie auch immer man das nennen mag, was mich verschlingt.

Nachdem ich gestern Abend über Dante geschrieben hatte, rief ich Geir Angell an. Ich hatte mir eingebildet, dass es in der besagten Textpassage um Dantes Namen ging, denn in einem Essay, den ich 1999 für die Literaturzeitschrift *Vagant* verfasst habe, hatte ich geschrieben, dies sei die einzige Stelle in Dantes Werk, in der er beim Namen genannt werde, aber das klang irgendwie schief, und da ich das Buch hier nicht zur Hand habe, bat ich Geir, es für mich herauszusuchen und mir die entsprechende Textstelle vorzulesen. Und nein, Dantes Name wurde nicht erwähnt, weder dort noch im Umfeld dieser Passage. Es ging, was ich damals, vermutlich auf Grund eines Texts der Sekundärliteratur, falsch verstanden hatte, vielmehr darum, dass es die einzige Stelle war, an der Dante augenblicklich identifiziert wird. Der Sünder, dem er auf den Kopf getreten war, erkannte Dante und erwähnte das Schlimmste, was er sich vorstellen konnte, um Dante zu verletzen, eine Schlacht zwischen Ghibellinen und Guelfen, in der die Seite von Dantes Familie verraten worden war und eine große und entscheidende Niederlage erlitten hatte. Bei dem keifenden Kopf im Eis handelte es sich um den Verräter höchstpersönlich. Diesen Verdacht hegt Dante, deshalb packt er die Haare des Mannes und reißt an ihnen. Sag deinen Namen, ruft er, aber der Sünder weigert sich, bis einer der anderen Köpfe ihn anruft, was hast du denn, Bocca!, woraufhin Dante sich aufrichtet und weitergeht.

Ich hatte beabsichtigt, etwas über das Verhältnis zwischen Namen und Körper zu schreiben, basierend auf der irrigen Annahme, dass es um Dantes Namen ging und dies die einzige Stelle war, an der er erwähnt wurde, denn fast alles in der Hölle pendelt zwischen der Kreatürlichkeit des namenlosen Körpers und seiner Eingliederung in Kultur und Geschichte durch den Namen, also zwischen

Identität und Identitätslosigkeit, Kultur und Natur, wozu die Episode im Eis einen Zugang öffnen mochte, wenn es stimmte, dass Dantes eigener Name bedroht wurde, und zwar ausgerechnet hier, in unmittelbarer Nähe des absolut Bösen, des gefallenen Engels Luzifer. Als Geir mir die Passage dann jedoch vorlas, begriff ich, dass es nicht das war, was sich hier abspielte, und der vielversprechende Zugang schloss sich. Er las in holprigem Schwedisch, weder fest noch rhythmisch, und im Hintergrund schrie sein knapp ein Jahr alter Sohn Gisle, mit dem er allein war. Dantes meisterlichen und ebenso überraschenden wie präzisen Formulierungen gelang es dennoch mühelos, mich durch die schwedische Sprache und Geirs Misshandlung des Schwedischen sowie das Zetern seines Sohnes hindurch zu erreichen. Das Geräusch der Zähne erinnerte an Störche. Die Körper standen im Eis wie Strohhalme in Glas. Am Verblüffendsten war jedoch der Gebrauch der Ichform, dass ein Ich diese Geschichte erzählte. Das hatte ich natürlich gewusst, aber es war trotzdem überraschend, unbewusst hatte ich mich wohl auf ein Epos in der großen Tradition vorbereitet, zum Beispiel die *Ilias* oder *Odyssee*, undenkbar in einer anderen Form als der dritten Person, und auf ein Werk aus dem Mittelalter, in dem das Subjekt in der Regel ebenso wenig im Vordergrund stand. Es war kein unbekanntes Phänomen, schließlich begründeten die *Bekenntnisse* des Augustinus das Genre und bildeten den Ausgangspunkt der Literatur in Ichform, und auch in seinem Text *Vom Gottesstaat* brachte er sich häufig ein, wenn er Beispiele aus dem eigenen Leben heranzog, aber das war trotzdem etwas anderes, denn Augustinus war keine literarische

Gestalt, er sprach als er selbst. Der andere große Theologe des Mittelalters, Thomas von Aquin, blieb in seinen Schriften in ganz anderer Weise zurückgezogen und neutral, und dieser Unterschied, zwischen dem Subjektiven und dem Objektiven, lässt Augustinus' Schriften wesentlich gegenwärtiger und weniger an ihre Entstehungszeit gebunden wirken als die eines Thomas von Aquin, der die Welt des Mittelalters zugleich erschafft und auf sie deutet, die uns so seltsam und verschlossen erscheint. Augustinus ist unser Mann im Mittelalter, Thomas ist der Mann des Mittelalters in unserer Zeit. Dante nutzt die ganze Vertraulichkeit, die in Augustinus' Ich liegt und lässt es in Thomas von Aquins objektiv erklärter, systematischer und wohlgeordneter Welt zur Entfaltung kommen. Dante ist ein Zeuge, jemand, der für den Leser sieht und fühlt. Aber er ist auch er selbst, ein harter und stolzer Mensch, der nicht zur Seite weicht, um einen der Toten im Totenreich aus seiner eigenen Dichtung zitieren zu lassen. Und vielleicht muss die Episode mit Bocca in diesem Licht betrachtet werden: Sie ist persönlich. Er *ist* verraten worden. Er *ist* unendlich wütend darüber. Trotzdem ist es eigenartig, denn die Situation, die er beschreibt, mit Bocca im Eis, hat sich ja nie ereignet, er denkt sie sich aus, und warum tut er es dann auf diese merkwürdige Art? So detailliert und genau, er trat auf einen Kopf, der Kopf wurde wütend und spuckte einen Namen aus, der ihn misstrauisch werden ließ, so dass er versuchte, ihm seinen Namen zu entlocken, und als das nicht gelang, zerrte er an seinen Haaren, bis sich ganze Büschel lösten. Das alles auf einer riesigen vereisten Fläche, auf der Tausende Köpfe mit klappernden Zähnen und von Tränen zugefrorenen Augen umgeben von Dunkelheit und Leere stehen. Dante verliert die Fassung, zum ersten Mal in der Erzählung greift er körperlich ein, aber er verliert die Fassung im *Text*, er *schreibt* es, wie soll man das verstehen?

Rasende Wut ist eine Sache, die Gestaltung rasender Wut eine andere. Was ging ihm durch den Kopf? Dass die Nähe zum Bösen ihn selbst böse werden ließ, ihn dazu brachte, sein Urteilsvermögen zu verlieren und gewalttätig zu werden? Bei Augustinus sind die Episoden eindeutig Beispiele, sie sollen einen Gedankengang oder eine Erkenntnis illustrieren. Im Umkreis vieler Meilen weder ein solcher Gedanke noch eine solche Erkenntnis bei Dante.

17.21. Draußen Dunkelheit und Stille und Kälte, die hellsten Sterne am Himmel sichtbar. Als ich am Nachmittag Holz hackte, fror ich an Fingern und Zehen, man unterschätzt die Kälte so leicht, wenn man normalerweise nicht in ihr lebt. Einer der wenigen wirklichen Fortschritte in meinem Leben seit der Kindheit besteht darin, dass ich nicht mehr frieren muss. Verdammt, was habe ich früher gefroren. Stechende Zehen und Finger, eiskalte Wangen und Oberschenkel. Wenn es kalt ist, halte ich mich heute nur noch sporadisch, für wenige Minuten, im Freien auf. Mein Leben spielt sich in Innenräumen ab, im Haus, im Auto, in den Supermärkten und Einkaufszentren der Stadt, den Cafés und Restaurants. Es ist eine Flucht, vor dem Schmerz und damit vor der Welt. Als ich Holz hackte, kam mir meine Kindheit ganz nah, zum Beispiel, wenn ich Vater in der feuchtkalten Herbstluft hinter dem Haus beim Holzhacken Gesellschaft leisten musste oder wenn es um das Boot ging, das hierhin oder dorthin sollte, an Land oder ins Wasser, oder wenn wir in aller Herrgottsfrühe hinausfuhren und fischten, vor der Schule oder am späten Nachmittag. Frost in der Luft, Frost im Körper, Frost in der Seele. Manchmal, wenn wir uns besonders heftig streiten, sagt Linda, ich sei ein kalter Mensch. Wenn ich sie darauf anspreche, nimmt sie das immer zurück, aber gesagt ist gesagt, und es geschieht nicht ohne Grund. In gewisser Weise hat sie recht. Ich mag es nicht, angefasst zu werden. Ich mag Situationen nicht, in denen zu viel Nähe entsteht. Intimität, ich ertrage sie nicht. Die Ausnahme ist alles, was mit meinen Kindern zu tun hat. Es gibt nur wenige Dinge, die mich glücklich machen, und zu diesen gehört, wenn sie zu mir kommen und auf meinen Schoß krabbeln, oder wenn ich sie trage, und sie legen ihren Kopf an meinen. Wie sie sich immer unter meinen Arm schieben, wenn ich ihnen vorlese, und die Beine anziehen und sich möglichst eng an mich schmiegen.

Gleichzeitig ist mir jedoch die Rolle zugefallen, ihnen Grenzen zu setzen, sie zu gutem Benehmen anzuhalten, damit ich mich auf sie verlassen kann, wenn ich mit ihnen alleine unterwegs bin, und wenn sie mir auf dem Weg zu einem Flugzeug oder einem Bus, jedes einen Koffer hinter sich her ziehend, im Gänsemarsch folgen, oder wenn wir gemeinsam durch den Supermarkt gehen und einkaufen, ist mir das gelungen, sie tun, was ich will, aber es hat seinen Preis, ich habe das geschafft, indem ich Distanz aufbaue, und wenn sie sich auf ihre Mutter stürzen und nicht genug von ihrer Liebe bekommen können und sie sich bei mir über unsere Rollenverteilung beschwert, weil ich irgendwo sitzen und in aller Ruhe Zeitung lesen kann, wenn ich mit ihnen allein bin, während die Kinder sie ständig quengelnd wegen diesem und jenem bedrängen, habe ich große Lust, die Arme gen Himmel zu heben und auszurufen: Nähe hat ihren Preis, Distanz hat ihren Preis, welchen wählst du?

Aber so ist es natürlich nicht. Wen versuche ich eigentlich zu täuschen? Ich verhalte mich so, wie ich es tue, weil ich die Distanz in mir trage. Sie bestimmt mein Handeln und mein Denken. Es ist die Nähe, *zu der ich mich analysiere*, es ist die Wärme, die berechnend ist.

In seinem Traktat *De Vulgari Eloquentia*, oder *Über die Volkssprache*, schrieb Dante, die individuellen Variationen in der menschlichen Vernunft seien so groß, dass jeder Mensch fast eine Art für sich zu bilden scheine. Er schrieb, dass kein Mensch ein anderes menschliches Wesen verstehen könne, indem er von seinen eigenen Handlungen und Gefühlen ausgehe, wie Tiere es tun können. Deshalb schenkte Gott den Menschen die Sprache, wir waren die einzigen Geschöpfe, die sie brauchten. Aufgabe der Sprache ist es zu differenzieren, also das Einmalige dadurch auszudrücken und zu *verbinden*, dass sie dieses Einmalige sichtbar werden lässt und erklärt. In einer Welt, in der das Menschliche so definiert ist, muss die Hölle der Ort sein, an dem die Menschen ihren eigenen Handlungen und Gefühlen ausgeliefert sind wie Tiere. Und so beschreibt er auch die Hölle, eine lange, lange Reihe von Körpern, gefangen in sich selbst, geschlagen und gepeinigt, ohne eine andere Sprache als Heulen und Schreien und Rufen und Stöhnen und Grunzen. Sie sind niemand, und sie sind alle, von außen betrachtet sind sie Automaten aus Fleisch und Blut, oder Tiere. Doch für sie, die geschlagen und gepeinigt werden, ist es nicht so, sie sind jemand, sie haben einen Namen und eine Geschichte, aber das bleibt in ihnen, weil es ein Teil ihrer Strafe ist, wie man sich vorstellen könnte, in einer Welt aus Niemanden Jemand zu sein und zu wissen, dass alle dieses Schicksal teilen. Auf seinem Weg durch die Kreise der Hölle bleibt Dante immer wieder vor Gestalten stehen, denen er begegnet, und fragt entweder Vergil oder die Geschöpfe selbst, wer sie sind und was sie getan haben. So gibt er ihnen ihre Namen, ihre Identität und ihre Geschichte zurück, sie werden von Neuem als dieser eine bestimmte Mensch gesehen, und unabhängig davon, wie schrecklich sie und die Taten sind, mit denen sie vorgeführt werden, ist dies, muss dies letztlich doch ein Moment der Gnade sein. Christliche Gnade ist es allerdings nicht, ich glaube eher, dass Harold Bloom recht hatte, als er schrieb, Dante sei kein christlicher Dichter. Es ist etwas anderes. Andererseits endet die *Divina Commedia* nicht in Luzifers Fängen am Grund der Hölle, die Reise geht weiter, auf ein Meer hinaus, an ein Ufer, auf einen Berg hinauf, in den Himmelsraum. Die Einteilung der Hölle in Kreise, Zonen und bestimmte Orte für bestimmte Sünden mag wie eine bürokratische Perversion wirken, ein zähnefletschendes Zerrbild der Worte, muss aber natürlich auch in Verbindung mit ihrem Gegenteil gesehen werden, dem Himmel und dem Guten, dessen Bild das Licht ist, das keine Schranken kennt, sondern ungehindert und grenzenlos auf alles hinabströmt. Das Gute ist das Offene und Unterschiedslose, das Böse ist das Eingesperrte und um sich selbst Geschlossene. Es fällt einem so schwer, Dante in den Griff zu bekommen, weil dies ein System ist, in das alles Menschliche von außen eingefügt wurde, denn die Grenzen der Dunkelheit und die Grenzenlosigkeit des Lichts sind unerschütterliche und konstante Größen, die einerseits die Grenze des Menschen zum Tier und zur sprachlosen Biologie markieren, andererseits die Öffnung zum Göttlichen hin kennzeichnen, während der Mensch an sich in etwas anderem entsteht, in seiner Individualität, dem für jeden Einzelnen ganz Eigenen.

26. November, 20.55. Letzte Nacht wurde ich von einer lauten und gellenden Sirene geweckt, sprang aus dem Bett und eilte nach unten, um herauszufinden, was los war. Mein erster Gedanke ging dahin, dass es sich um einen Feueralarm handeln musste, obwohl das Geräusch dafür eigentlich viel zu laut und kraftvoll klang. Noch schlaftrunken und mit laut pochendem Herzen sah ich, dass es keiner war. Daraufhin hastete ich zu dem Fenster am anderen Ende des Hauses, weil ich dachte, es wäre vielleicht die Diebstahlsicherung des Autos, obwohl ich eigentlich wusste, dass sie sich anders anhört, aber das Auto stand unangetastet und still im Schnee vor der Tür. Die Sirene heulte weiter, und ich war mir inzwischen sicher, dass der Lärm von außen kam. Von einem Ort in unmittelbarer Nähe. Sie hatte die Wucht eines Fliegeralarms, klang aber anders, ertönte stoßweise.

Dann verstummte sie. Ich ging zu allen Fenstern und blickte hinaus. Nichts Bemerkenswertes. Nur Schnee, der unter dem gelben Licht der Straßenlaterne durch die leere Straße trieb.

Auf der Küchenuhr war es zehn Minuten nach halb

vier. Ich ging wieder hoch, legte mich hin und schlief sofort wieder ein. Als ich das nächste Mal erwachte, war es Tag. Der Himmel hing voller Wolken, es war stürmisch, Schnee und Schneetreiben füllten die Luft. Was das für eine Sirene war, werde ich wohl nie erfahren. Dass das alles jedoch nur ein Traum war, dass ich schlafwandelte und mir das Geräusch lediglich eingebildet hatte, halte ich für ausgeschlossen. Ich schlafwandele zwar oft, aber das spielt sich anders ab, die Macht des Inneren über die Wirklichkeit ist dabei bedeutend größer, das nächtliche Signal war viel zu laut und deutlich gewesen, um aus dem Inneren gekommen zu sein.

Trotzdem war es seltsam. Schließlich herrscht hier ansonsten immer vollkommene Stille. Die einzigen Geräusche erzeugt der Wind, dieses Rauschen, wenn er über die Ebenen fährt und an den Bäumen zerrt, dass man meinen könnte, sie ständen auf Zehenspitzen, sowie das untergründige Grollen, das aus der Tiefe des Windes kommt. Ab und zu knarrt es auch im Dachstuhl, wenn der Wind sich dreht und er das Haus von außen packt wie eine etwas unsanfte Hand.

Die Fußbodenheizung funktioniert immer noch nicht. Heute Vormittag war ich in dem engen Kellerraum, unter der Luke in der Küche, wo ich mir die Armatur anschaute, die Temperatur war niedrig, lag bei gerade einmal fünf, sechs Grad, und der Druck war ebenfalls niedrig. Ich schraubte ein wenig an den Reglern, es passierte nichts. Alle Rohre, die von unten ins Haus hinaufführten, waren kalt. Ich öffnete einen blauen Hahn, und es ertönte ein Zischen, dann klatschte plötzlich Wasser aus dem Kasten, das anfangs vollkommen schwarz war, danach klar. Ich drehte schnell wieder zu, und der Strom versiegte. Was hatte das zu bedeuten? Ich holte einen Lappen und wischte auf, betrachtete den Kasten noch etwa eine Minute, gab schließlich auf und beschloss, Linda zu bitten, den früheren Eigentümer im Laufe des Tages anzurufen oder mir seine Nummer herauszusuchen, vielleicht hat er ja Zeit, sich die Sache einmal anzuschauen.

Statt zu schreiben, machte ich eine Spritztour mit dem Auto, fuhr schnell auf einer der kleinen Straßen zwischen den Feldern, sie war fast vollständig von Schnee zugeweht, der sich an manchen Stellen angehäuft hatte und mir in weißen Schleiern entgegenwehte. Es sah aus wie in den Bergen. An der Küstenstraße fuhr ich nach links, an den Hügeln entlang, über denen sich dunkelgrau und gewaltig Wolken auftürmten. Nach einigen hundert Metern sah ich, dass die eine Straßenböschung vollkommen schwarz war, und als ich näher kam, erkannte ich, dass es Vögel waren. Die gleichen schwarzen Krähen, die auch immer in dem Baum hinter dem Haus saßen. Nun hockten sie hier auf der Erde, ein riesiger Schwarm, ungefähr sechs-, siebenhundert von ihnen, geschützt vor den Windstößen vom Meer. Ich hatte so etwas noch nie gesehen und hielt am Straßenrand. Es war ein mächtiger Anblick. Die Ballung der Wolken, deren Schächte und Hohlräume an manchen Stellen mit Sonnenlicht gefüllt waren, das Meer, das der steile, vollkommen weiße Hang verbarg, der Wind, der über seinen Rand strich, der Schwarm, der einem völlig verloren vorkam, wie nach einer Katastrophe.

Inzwischen ist fast Vollmond, er scheint schwach schimmernd hinter den Wolken. Vor ein paar Tagen las ich, unser Geschlecht lasse sich zweihunderttausend Generationen zurückverfolgen. Der Mond hat für sie alle geschienen. Vor Kurzem schaute ich zu ihm hoch, als ich auf dem Hof stand, und dachte, dass Dante denselben sah. Höhlenbewohner und Savannenmenschen, Jäger und Sammler, Bauern und Waldleute. Die Ägypter, Griechen, Römer, Indianer. Meine Ahnen. Ich selbst mein Leben lang, mit drei, neun, achtzehn, siebenunddreißig. Jede Nacht hing er da oben, der Mond.

Was dieser Gedanke beschwor, wollte sich jedoch nicht einstellen. Nicht das Gefühl von historischer Tiefe, und auch nicht das Gefühl, von einem Reich der Vergangenheit umgeben zu sein. Wenn der Mond ein Auge ist, dann ist er das Auge der Toten. Er sagt, ihr seid allein, auch ihr. Ihr mögt an etwas glauben, ihr mögt an etwas anderes glauben. Das spielt keine Rolle, meine Kinder. Kämpft den Kampf, lebt das Leben, sterbt den Tod.

DER SCHWEINEMENSCH

ES GIBT EIN ABSOLUT MAGISCHES Foto von Cindy Sherman, das *Untitled #140* heißt und zur sogenannten *Fairy Tales*-Serie von 1985 gehört. Das Bild wird ganz von einem im Dunkeln schwach beleuchteten Kopf dominiert, der auf der Erde liegt. Das Gesicht ist schmutzig und feucht, und man sieht nur ein Auge, das blau ist und ausdruckslos aus dem Bild herausstarrt. Außerdem sind ein kleines Stück von der Schulter und vor dem unteren Teil des Gesichts zwei Hände zu erkennen; sie sind gekrümmt, und die eine scheint gerade etwas in den Mund stecken zu wollen. Die Haare sind dunkel und gelockt, und vom Untergrund, auf dem die Gestalt liegt, sind keine Details erkennbar, aber es scheint sich um einen Waldboden zu handeln. Die Nase ist nicht menschlich, sie hat die Form eines Schweinerüssels, und der Mund darunter hat die Form eines Schweinemauls.

Das Bild wirkt beunruhigend und anziehend zugleich, es scheint an etwas Wesentliches, ja Fundamentales zu rühren, ohne dass ich in Worte fassen könnte, was es ist. Das Motiv an sich ist uralt, und in der Kunstgeschichte wimmelt es von Pan-Gestalten, Zentauren und anderen halb menschlichen, halb tierischen Wesen, aber dieses …

Sherman gelingt es irgendwie, das Motiv zu enthistorisieren, es in unsere Zeit zu überführen und zu neuem Leben zu erwecken – denn wenn man eine stehende Pan-Gestalt beispielsweise auf einem Bild aus dem 18. Jahrhundert im Wald oder auf einer Vase aus der Antike sieht, denkt man mit Sicherheit nicht, dass sie etwas mit uns zu tun haben könnte. Sie ist Geschichte, museal, Teil der alten Welt. Dieses Bild, Shermans Schweinemensch, der amerikanische Pan von 1985, impliziert das Gleiche, steht uns jedoch weitaus näher. Vielleicht liegt es daran, dass dieses Bild uns rein körperlich näher heranführt, ganz dicht heranrückt, fast in die Intimsphäre dieses Geschöpfs eindringt, dass es sich die Finger in den Mund steckt und wir seinen Blick so gut sehen, der den Mittelpunkt des Fotos bildet, und daran, wie fern er ist, sozusagen ohne Halt in seiner Umgebung oder in sich selbst, irgendwo auf der Grenze zwischen dem Träumenden und dem Sterbenden.

Dieses Gefühl, etwas ganz nahe zu sein, ist paradox und müsste eigentlich unmöglich sein, denn der Schweinerüssel ist so offensichtlich eine Maske, die Nähte zwischen ihr und dem Gesicht, das sie trägt, sind so deutlich sichtbar, und darüber hinaus werden die meisten, die diese Fotografie betrachten, mit Shermans anderen Werken vertraut sein und wissen, dass sie auf ihren Bildern nie andere Modelle benutzt als sich selbst.

Was wir sehen, ist folglich eine leicht durchschaubare fotografische Fiktion, Cindy Sherman verkleidet als Schweinemensch, gleichwohl sind das Unbehagen und die Anziehung da, und man kann sich ihrer nicht erwehren. Denn wie bei der Fiktion in einem Roman ist es nicht die

Realität in der Geschichte, die uns berührt, sondern die Realität in den Gefühlen, die sie erweckt.

Die Serie, zu der das Foto gehört, bildet in ähnlicher Weise zahlreiche Gestalten ab, die sich am Rande des Menschlichen bewegen, in einer Welt, die eindeutig die des Märchens ist, ohne dass die Bezüge jemals konkret wären, jemals auf eine identifizierbare Vorlage verweisen würden. Auf einem, *Untitled #145*, sehen wir den Oberkörper einer auf der Erde liegenden Frau, sie hat kurze, dichte, helle und unregelmäßig geschnittene Haare, ihre Augen starren nach vorn, ins Leere, und sind halb geschlossen, über die große Nase verläuft eine Narbe, rund um die Augen scheint Sand vom Erdboden haften geblieben zu sein, und ihr halb offen stehender Mund ist voller Blut. Die unteren Zähne lassen sich erahnen, auch sie sind blutig. Auf einem anderen, *Untitled #150*, steht eine Frau im Vordergrund, sie streckt ihre Zunge heraus, die im Verhältnis zum Mund von grotesker Größe ist, das Gesicht ist voller Schweißperlen, ihr Blick ist nach oben gerichtet, Iris und Pupillen liegen in der linken Ecke der Augenhöhlen, und unterhalb von ihr befindet sich ein Platz, über den sich eine Reihe winzig kleiner Menschen so bewegen, dass wir begreifen, diese Frau überragt sie und ist demnach eine Riesin. In diesem Bild wird erst gar nicht versucht, die Illusion von Wirklichkeit zu wahren, denn die kleinen Menschen im Hintergrund sind unübersehbar Spielzeugfiguren aus Plastik.

Es ist ein Spiel, ein erwachsener Mensch, der sich als Monster verkleidet und davon Bilder macht, und zwar mit einfachsten Hilfsmitteln wie Masken und Spielzeugfiguren. Die Verwandlung, seit jeher Shermans Thema, ist in sich instrumentell und horizontal, sie geschieht an der Oberfläche, enthält aber auch immer eine Tiefe, etwas Unklares und Unbestimmtes, das sich im Übergang zeigt, in dem einen, das zum anderen wird, und wenn dieses andere ein Tier oder ein Nichtmensch ist, wird die Tiefe zu einem Abgrund. Wenn du dich von einem kleinen Kind abwendest, eine Maske anziehst und dich dann wieder zu ihm umdrehst, bekommt es panische Angst, und dann hilft es auch nicht, die Maske wieder abzusetzen, denn fortan weiß es, dass diese Verwandlung möglich ist und du jederzeit ein anderer werden kannst, ein Fremder, etwas Nichtmenschliches, du birgst diese Möglichkeit in dir, und darin liegt eine Urangst. Das ist das Grauen, das die Märchen verbreiten, denn in ihnen werden Menschen in Bären, Vögel oder Steine verwandelt, und die Grenze zwischen dem Menschlichen und dem Tierischen ist unklar, da sie nicht nur von einer Zauberformel oder einem Fluch aufgehoben werden kann, sondern darüber hinaus permanent von zahlreichen Geschöpfen überschritten wird, die am Rande des Menschlichen wandeln; Trolle, Wichtel, Kobolde, Zwerge, Geister. Die Verwandlung öffnet jedoch nicht nur einen Abgrund im Menschlichen, sie tut auch das Gegenteil und zieht das Tierische ins Menschliche hinein, als sollte so eine Vertrautheit erzeugt oder aufgezeigt werden: Die Tiere können sprechen und haben bestimmte Eigenschaften, der Fuchs ist schlau und listig, der Bär ist ein bisschen dumm und gutmütig, der Hase ängstlich und fluchtbereit.

Shermans Schweinemensch beschwört diese Welt herauf. Beides, das Beängstigende und das Vertraute, findet man in ihrem Bild, und deshalb empfinde ich es als zugleich beunruhigend und anziehend. Damit ist jedoch noch nichts über das Bild gesagt und nur ganz wenig über die Gefühle, die es auslösen kann. Was also hat es mit der Maske auf sich? Mit dem Märchen? Mit dem Tiermenschen?

*

Vor vielen Jahren, Anfang der Neunziger, arbeitete ich als Aushilfe in einer Anstalt für geistig Behinderte. Keine der Erfahrungen, die ich bis dahin gemacht hatte, bereitete mich darauf vor, was ich dort zu Gesicht bekam. Viele Bewohner waren körperlich deformiert, einer hatte verkümmerte Beine, an denen die Füße in die falsche Richtung zeigten, sodass er sich bewegte, indem er sich wie ein Affe mit den Armen vorwärtsschwang, ein anderer hatte einen riesigen Buckel, ein dritter lag verkrüppelt im Bett und war außerstande, sich verständlich zu machen, geschweige denn, alleine zurechtzukommen. Jemand schlug gelegentlich mit dem Kopf gegen die Wand, bis dieser aufplatzte, wenn man ihn nicht davon abhielt, ein anderer marschierte immer weiter, bis er schließlich zusammenbrach, wenn man nicht auf ihn aufpasste, ein dritter, unfähig, sich zu bewegen oder verständlich zu machen, wurde einmal vor einem Heizlüfter vergessen und trug Brandnarben davon. Dieser Ort war erfüllt von Aggression und Tics, verdrehten Gliedmaßen und Geheul, er war beängstigend und sehr weit von der Mittelschichtwirklichkeit entfernt, der ich entstammte, ich hatte keine Ahnung gehabt, dass es solche Orte gab. Diese Menschen wurden dort offensichtlich verborgen gehalten; die Anstalt war riesig und lag abgelegen in einem Wald, zehn Kilometer außerhalb der Stadt. Der nächste Nachbar war ein Gefängnis. Ich arbeitete dort etwa ein Jahr, gewöhnte mich jedoch nie daran; wenn ich die Schwelle zu einer der Abteilungen überschritt, kam es mir jedes Mal vor, als hätte ich eine andere Welt betreten. Ich hasste es, dort zu sein, und hatte häufig Angst, aber gleichzeitig veränderte sich dort etwas Fundamentales in mir; sich in der Anstalt aufzuhalten hieß, einen Schritt vom Normalen abzuweichen, das dadurch sichtbar und gleichzeitig infrage gestellt wurde, denn die Abscheu, die ich angesichts der Dinge empfand, die ich dort sah, konnte ich unmöglich akzeptieren oder zugeben, nicht einmal mir selbst gegenüber. Aber wenn Glieder verdreht und Körper stark deformiert sind, sieht man plötzlich Glieder als Glieder und Körper als Körper, als Teil der biologischen Wirklichkeit, also auch jene, die nicht verdreht und deformiert sind. Körper sind etwas, das wächst, das Menschliche ist biologisch, Zellen und Gewebe, und aus dem, was wir mit allem, was wächst, gemeinsam haben, mit Tieren und Pflanzen, steigt die Kultur auf. Doch die Kultur ist nicht das Menschliche, sondern nur ein Teil davon, denn an diesem Ort befanden sich Menschen, die nichts von dem begriffen, was um sie herum geschah, die Gefühle nur im Verhältnis zu den elementarsten Dingen entwickelten, Berührungen und Stimmen, Essen und Trinken, Wärme und Kälte. Wer dort arbeitete, gab sein Bestes, um den Bewohnern ein würdevolles Leben zu ermöglichen, sie bekamen Medikamente, die Aggressionen und Ängste dämpften, ihre Tage waren in verschiedene Programmpunkte unterteilt wie Frühstück, Mittagessen, Abendessen, die Gesündesten gingen arbeiten, mit den anderen wurden Ausflüge gemacht. Jeder hatte sein eigenes Zimmer, in dem sich seine privaten Sachen wie Fotos und Souvenirs befanden; selbst jene, denen solche Dinge nichts bedeuteten, besaßen Dinge dieser Art. Möbel und Gardinen waren bei allen gleich, sie trugen zudem die gleichen Kleider, und abends lief im Aufenthaltsraum der Fernseher. Da die Bewohner zu all dem jedoch keine Beziehung herstellten, sondern sich wie Fremde darin bewegten, entstand ein Abstand, der nicht nur dort galt, und plötzlich sah ich ihn auch in meinem Leben, sah ich das Willkürliche an Möbeln, Vorhängen, Fotografien, Kleidern, Gewohnheiten. Wenn die Bewohner zusammengeführt wurden, um Weihnachten oder den Nationalfeiertag zu feiern, war es, als verschwände jegliche Bedeutung dessen, was zum Fest gehörte, weil ihnen gerade diese Dinge nichts bedeuteten, es kam einem vor, als wären sie verkleidet, und dadurch sah ich auch alle anderen, außerhalb der Anstalt, als Verkleidete. Das erschütterte mich zutiefst, überall sah ich nur Glieder und Körper, und ich sah sie als Verkleidete.

Zu jener Zeit war meine Großmutter schwer krank, sie litt an Parkinson und wurde von Monat zu Monat schwächer. Gezittert hatte sie, solange ich denken konnte, aber in den letzten Jahren war ihr Leben von schweren Krampfanfällen geprägt gewesen, und selbst die einfachsten Handlungen waren jenseits ihrer Möglichkeiten. Ihr Körper hatte sie in der Gewalt, er hatte das Kommando übernommen, bestimmte alles und entzog sich ihrer Kontrolle. Wie war es dazu gekommen? Das wusste ich nicht, nur so viel, dass es physiologische Gründe dafür gab, chemische Stoffe, die in ihrem Gehirn fehlten. Diese Erfahrung, die an meine Erlebnisse in der Anstalt anknüpfte, dass der Körper in den Vordergrund trat, ließ alles andere in den Hintergrund treten, ich sah eine Art körperlichen Materialismus, den ich nicht haben wollte, aber nicht verdrängen konnte, es erschien mir wie eine Demaskierung von etwas in der Welt, aber auch von mir selbst. Denn die sabbernden Münder und gutturalen Laute, denen jede Ähnlichkeit mit Sprache fehlte, die schief gewachsenen Rücken und die verkümmerten Arme in der Anstalt fand ich ekelhaft, etwas von dem, was ich sah, erfüllte mich mit Übelkeit, und dass dieses Defekte und Verdrehte in eine Art Normalität gekleidet war, machte mich manchmal wahnsinnig wütend.

Warum so starke Gefühle? Warum Unbehagen, Übelkeit, Zorn, und nicht Mitmenschlichkeit und Humanität?

*

Vorurteile zu haben bedeutet, etwas zu sehen, was bereits vorbestimmt ist. Das Gegenteil wäre ein Blick, der alles offen sähe, der alles gleichstellte, Blut, Erbrochenes, Sonnenaufgänge, Rasenflächen, Luchse, Leichenwürmer, Fischrogen, Eulen, Herzen, Menschenmengen, Affen, Stühle, Tische. Der vorurteilslose Blick könnte keinen Zusammenhang zwischen den verschiedenen Gegenständen, Geschöpfen und Phänomenen sehen, da es bei unserem vielleicht wichtigsten Vorurteil darum geht, was zusammengehört und was nicht zusammengehört. So ordnen wir die Welt, das ermöglicht es uns, in ihr zu leben. Dies, von Foucault die Ordnung der Dinge genannt, ist etwas, was wir als gegeben hinnehmen und was sich nicht festhalten lässt – denn so *ist* die Welt –, wenn man nicht aus dieser Ordnung heraus- und in eine andere eintritt, denn nur dann wird sie als das sichtbar, was sie ist, nämlich ein im Verhältnis zu den Dingen willkürliches System. Im 17. Jahrhundert steuerten andere Parameter unseren Blick, der Ordnung und Systeme erschafft, im 20. Jahrhundert wieder andere. Sie existieren auf einer ganz elementaren Ebene wie etwa Linnés System für das Pflanzenreich oder unsere Vorstellungen davon, was sich gehört oder was sich nicht gehört, und es gibt sie in den größeren, offensichtlicher konstruierten Vorstellungen wie der vom Nationalstaat. Gemeinsam ist ihnen allen, dass sie Elemente nicht nur verbinden, sondern auch ausschließen. Die Vorstellung vom Heiligen schließt alles aus, was nicht heilig ist, schreibt Michel Serres, während die Vorstellung vom Rationalen alles ausschließt, was nicht rational ist. Der ersten Logik zufolge kann man ein Schweineherz nicht in eine Menschenbrust verpflanzen, denn das wäre unrein, eine unmögliche Grenzüberschreitung, aber nach der anderen, jener, die das Herz als eine Funktion betrachtet, wäre dies unproblematisch, denn ein Herz ist ein Herz, Hauptsache, es macht seine Arbeit, also keine Grenzüberschreitung. Ich selbst habe panische Angst vor Überschreitungen, alles, was von dem abweicht, was ich als normal empfinde, der Zustand der Dinge, die Welt, wie sie sein soll, also ein moralischer Imperativ, lässt mich heftig reagieren, häufig mit Abscheu, ich will das nicht haben. Ausgenommen in der Kunst und der Literatur, dort suche ich danach. Warum? Weil ich die Welt sehen will, wie sie ist, als etwas stets im Werden, in seiner Entstehung Begriffenes, etwas Chaotisches und Unverständliches, gesteuert von Gesetzen, die wir nicht kennen, die auch uns steuern; es ist also eine existenzielle Suche, die im Gegensatz zum praktischen Leben steht, das sich im Sozialen abspielt, wo andere Gesetze gelten. Und in diesem Licht, vor diesem Hintergrund, empfinde ich so intensiv angesichts von Cindy Shermans Schweinemensch, und was ich empfinde, ist die Lust an und das Grauen vor der Überschreitung, sowie die Anziehungskraft des Gedankens, dass das, was wir das Menschliche nennen, und das uns alles, was wir das Nichtmenschliche nennen, so heftig von uns stoßen lässt, ebenfalls willkürlich ist.

*

In Homers *Odyssee* kommen Schweinemenschen vor. Es geschieht im zehnten Gesang, als Odysseus' Mannschaft von der Zauberin Kirke verwandelt wird. »Sie aber hatten Köpfe, Stimme und auch Haare von Schweinen wie auch die Gestalt«, heißt es, »doch ihr Verstand war beständig so wie früher.« Diese Episode, eine der bekanntesten in der *Odyssee,* liegt wie eingebettet in eine Schicht aus anderen Episoden, die zum Teil märchenhafte Züge tragen – Odysseus bekommt einen Beutel voller Winde für die Heimfahrt, den seine Mannschaft, davon ausgehend, dass es sich um Schätze handelt, kurz vor dem Heimathafen öffnet, sodass sie wieder zurückgetrieben werden – und zum Teil aus einer vorzivilisatorischen Ebene der Geschichte zu stammen scheinen, etwa wenn die sechs Söhne des Königs ihre sechs Töchter heiraten oder jemand aus der Mannschaft von Riesen nicht nur getötet, sondern auch gefressen wird. Diese Grenzenlosigkeit, die in unseren Tagen vollkommen undenkbar ist, da das Inzestverbot und das Verbot, Menschenfleisch zu essen, zu unseren stärksten Tabus gehören, begegnet unterhalb von Kirkes Behausung einer anderen Art von Grenzenlosigkeit, wenn sich dort Löwen und Wölfe wider ihre Natur aufführen, in Zivilisation verwandelt sind: »Doch die drangen nicht auf die Männer ein, sondern standen auf und umwedelten sie mit den langen Schwänzen.« Die Männer werden hineingelockt und in Schweine verwandelt, sie sähen aus wie neunjährige Eber, heißt es. Odysseus rettet sie, sie werden in Menschen zurückverwandelt, aber als sie sich unten bei den Schiffen sammeln, werden sie einer weiteren Metamorphose ausgesetzt, einer weiteren Tierverwandlung, diesmal in der Sprache, in Form einer Metapher:

> Und wie wenn Kälber in einem Viehhof auf dem Lande um die Herdenkühe, die zum Stalle kommen, wenn sie sich am Grase sattgefressen, alle zugleich umherspringen, ihrer ansichtig, und keine Zäune halten sie mehr, sondern immerfort muhend laufen sie um die Mütter – so strömten jene, als sie mich mit Augen sahen, weinend heran.

Die *Odyssee* ist ein Buch der Verwandlungen und vermittelt den Eindruck einer unfertigen Welt, einer Welt im Werden, beweglich und offen, zum Tierreich, aber auch zum Totenreich und dem Reich der Götter hin, und die Menschen darin wirken ebenfalls unfertig, zum Beispiel wenn Odysseus zu seinem Herzen spricht und es bittet, langsamer zu schlagen, als wäre das Herz kein vertrauter Teil von ihm, sondern etwas mit einem eigenen Willen und einem eigenen Leben, das ihn bewohnte. Der große Gegensatz zur *Odyssee*, dessen Gegenbild, dürfte das Dritte Buch Mose in der Bibel sein, auch das ein mehrere tausend Jahre alter, archaischer Text, in dem es einzig und allein darum geht, Grenzen zu setzen, Kategorien aufzustellen, die Beziehung der Kultur zur Natur zu definieren und identifizieren, zu erzählen, was mit was zusammengehört und was auf keinen Fall zusammengeführt werden darf. »Du sollst nicht zweierlei Vieh sich begatten lassen«, spricht der Herr, »und dein Feld nicht mit zweierlei Samen besäen, und es soll kein Kleid auf deinen Leib kommen, das aus zweierlei Fäden gewoben ist.« Es geht darum, was in den Körper eingeführt werden kann –

> Und von den Vögeln sollt ihr folgende verabscheuen – man darf sie nicht essen, denn sie sind ein Gräuel –: den Adler, den Lämmergeier, den Bartgeier, die Weihe und die Falkenarten, alle Rabenarten, den Strauß, die Ohreule, die Möwe und die Habichtarten, das Käuzchen, den Sturzpelikan und den Uhu, die Eule, die Rohrdommel und den Aasgeier, den Storch, die Reiherarten, den Wiedehopf und die Fledermaus. Auch alles geflügelte Geziefer, das auf vieren geht, soll euch ein Gräuel sein. Von allem geflügelten Geziefer, das auf vieren geht, dürft ihr nur solches essen, das über den Füßen zwei Schenkel hat, mit denen es auf der Erde hüpft.

–, und es geht darum, was aus dem Körper herauskommt; Ausfluss bei Männern und Menstruationsblut bei Frauen sind unrein und machen eine Reihe von Maßnahmen erforderlich, die im Detail beschrieben werden. Es geht auch darum, mit wem man schlafen und mit wem man nicht schlafen darf. Erzählen die ersten beiden Bücher Mose davon, wie die materielle Welt erschaffen wurde, dann erzählt dieses dritte von der Erschaffung der sozialen Welt, in der eine Überschreitung der Kategorien nicht mehr möglich ist oder als unerwünscht betrachtet wird. Die Grenzen verlaufen auf der einen Seite zum Heiligen, Überirdischen hin, auf der anderen Seite zur Natur, auch im Menschen, zu der man nur durch bestimmte überschaubare Systeme Zugang hat; alles außerhalb davon ist eine Bedrohung. Jede Verwandlung und jede Überschreitung ist nicht nur unerwünscht, nicht nur beängstigend, sie ist böse; daher der Teufel der Volksmythologie mit seinen Tierattributen, Hörnern und Klauen, daher die Hexen, die zu Katzen wurden, die Menschen, die sich in Wölfe verwandelten, die Menschen, die als Tiere und Untote Blut tranken. Die Populärkultur schwelgt bis heute in diesen archaischen Überschreitungen, die in einem durchgängig rationalen Universum, in dem alles, selbst das kleinste Atom, erfasst ist und somit beherrscht wird, keine ernsthafte Bedrohung mehr darstellen, aber dennoch weiter so mit Urängsten verbunden sind, dass wir sie zu unserer Unterhaltung nutzen – denn Unterhaltung ist nichts anderes als ein Ort, an dem wir intensive Gefühle entwickeln, die jedoch zu nichts verpflichten. Liebe, Spannung, Grauen: Pseudogefühle in einer Pseudowelt. Das ist das Märchen, das ist der Film, das ist das Computerspiel. Die Kunst gehört auch in diese Reihe, denn auch sie erschafft eine Pseudowelt – ein Gemälde ist nicht die Welt, eine Fotografie ist nicht die Welt, ein Gedicht ist nicht die Welt, sie alle sind vielmehr Bilder von ihr –, und auch ihre Überschreitung ist nicht real, sondern ein Bild von einer Überschreitung, und dennoch, in der Kunst gibt es eine andere Verpflichtung, zumindest, wenn sie ihren Namen verdient hat, denn sie kann sich der Stelle nähern, an der unsere Welt aus Kategorien begründet wird, sich dorthin begeben, wo sie erschaffen wird, immer wieder, denn jeder einzelne Mensch erschafft sich seine eigene Welt und seine eigene Identität, wenngleich verschleiert, weil das etwas ist, was wir vom Moment der Geburt an annehmen, sobald wir aus der biologischen Dunkelheit heraus sind und ins Licht des Sozialen gelangen, etwas, was wir aufschnappen und in das wir hineinrutschen, was wir übernehmen und ausüben, und dann, im Tode, wieder verlassen, danach bleibt nur der Körper zurück, bis auch er, verwüstet von Maden und Insekten, durchdrungen von Bakterien und Gasen, mehr und mehr aufgelöst und verwandelt wird, zu Erde.

*

Cindy Shermans Mitte der achtziger Jahre entstandene Fotoserie knüpft an das Märchen und seinen Ton an, und ihr Thema ist die Verwandlung und der Randbereich des Menschlichen. Ob die Nahaufnahme des Schweinemenschen auf die Schweinemenschen in der *Odyssee* anspielt und ob sie als ein amerikanischer Pan gedacht ist, bleibt offen und spielt im Grunde auch keine Rolle: Entscheidend ist, dass Shermans Bild diese Vorstellungen in der Kultur berührt, sie sozusagen aufwirbelt, was auch heißt, dass es deren Fragen erneut und an uns gerichtet stellt. Dass dies erneut geschieht, ist wichtig, denn auch Formen werden verschleiert, wenn wir sie lange genug gesehen haben: Die Gewohnheit, der große Verschleierer, ist der Feind jeder Erkenntnis. Aber das Märchen ist ungefährlich, es ist auch ein Weg zu kontrollieren, und obwohl der Schweinerüssel im menschlichen Gesicht eine

Monstrosität darstellt, stößt es einen dennoch nicht ab, das tun Menschen nicht, sie ziehen uns an. Gleiches gilt für die Riesin mit der monströsen Zunge und die Frau mit dem Blut auf den Zähnen. In derselben Serie gibt es allerdings ein Bild, das sich von den anderen unterscheidet. Es heißt *Untitled #155* und zeigt eine weibliche Gestalt, die auf einem Waldboden auf dem Bauch liegt, ihr Oberkörper ist von grünen Zweigen bedeckt, und der Unterkörper, das Zentrum des Bildes, ist nackt. Das Gesicht, von dem man nur den oberen Teil sieht, ist gerötet, ihr Blick auf einen Punkt außerhalb des Fotos gerichtet. Rund um den Körper liegen Blätter in Herbstfarben, und ganz unten, neben den schmutzigen Füßen, befindet sich eine Schlange. Das Auffälligste an dieser Fotografie, was einem als Erstes ins Auge sticht, sind der Po, der aus Plastik ist, also ein künstlicher Körperteil, eine Art Prothese oder Maske, und das Haar, das unübersehbar eine Perücke ist, wohingegen der restliche Körper aus Fleisch und Blut zu sein scheint. Die Schlange verschmilzt beinahe mit dem Untergrund, auf dem sie liegt, und befindet sich in der Peripherie dessen, was im Bild vorgeht. Das Motiv, weiblicher Po und Schlange, erinnert an eine von Francesca Woodmans Fotografien, auf der sie sich selbst nackt auf dem Bauch neben einem Eimer mit einem Aal liegend abgebildet hat, und da dieses explizite Motiv so ungewöhnlich ist, liegt der Gedanke nahe, dass ihr Bild Cindy Sherman auf die Idee gebracht haben könnte, ohne dass dies etwas zu sagen hätte, da die Bedeutung radikal anders ist, vor allem auf Grund der Zusammensetzung des Wesens aus Plastik, das nichtmenschlich (aber menschenähnlich) ist, und menschlichem Fleisch, wodurch Elemente aus ganz anderen Assoziationssphären herangezogen und zusammengeführt werden. Sowohl die Pose, eine auf dem Bauch liegende Frau mit hochgerecktem Po, die das Gesicht dem Fotografen zuwendet, als auch der Aufnahmewinkel, leicht von oben, gehören zum Standardrepertoire der pornografischen Fotografie. Aber das Objekt der Begierde, der weibliche Po, ist aus Plastik, und was macht das mit der Begierde? Und warum ist der Oberkörper unter grünen Zweigen begraben? Hat sie sich damit bedeckt? Warum dann nur den Oberkörper? Oder hat das Grün sie überwuchert, wie man es sich bei einer Leiche vorstellen könnte? Die Erde, die gelben und roten Blätter, das ist die Natur, in die sich der Körper eines Tages auflösen wird. Und die Schlange, ist sie die Schlange des biblischen Sündenfalls, oder ist sie die Schlange als Schlange, will sagen als ein Waldtier, Natur als Natur, oder spielt sie auf eine Penetrierung an und damit auf eine Überschreitung des Menschlichen und des Tierischen? Und was ist das Menschliche, ist es das Artifizielle, gegenwärtig in der Pose und im Plastik, also in der oberflächlichen Verwandlung, oder im Fleisch, das zu Erde werden wird?

Das Bild ist weit vom Märchen entfernt, denn wir sehen keine mythologische Verwandlung, es findet keine Verwandlung zu einem Tier oder Monster statt und ebenso wenig zu einer mythischen Tiefe, gleichsam außerhalb der Zeit, nein, wir sehen einen Menschen, der sich in einen Menschen verwandelt, ein Körperteil, das sich in das gleiche Körperteil verwandelt. Vom Organischen zum Nichtorganischen, vom Natürlichen zum Künstlichen, vom Lebendigen zum Toten, aber innerhalb des Gleichen, des fast Identischen, so verläuft die Bewegung, die geradewegs in unsere Welt aus Oberflächen führt.

*

Seit ihrem Durchbruch mit *Untitled Film Stills*, einer Serie von über achtzig Fotos, die in den Jahren 1977 bis 1980 entstand, ist das Sichtbare an der Identität, ihre Oberfläche, Shermans Thema gewesen. Die Standfotos ähneln einander, sie zeigen alle eine Frau in einem Zimmer oder an einem Ort, an dem sonst niemand ist, festgehalten mitten in einer Handlung, für die ihre Pose und einzelne Requisiten gewisse Anhaltspunkte liefern, aber die Bilder sind trotzdem distinkt verschieden: Die Frau hat dunkle Haare, helle Haare, lange Haare, kurze Haare, sie trägt Kleid, Rock, Hose, Slip, Bluse, T-Shirt, Hemd, Mantel, Pullover, Nachtrock, Badeanzug, Hut, Sonnenbrille, Brille, Tauchermaske, Schuhe mit flachen Absätzen, hohe Absätze, Pumps, Stiefeletten, sie raucht, sie ruht, sie weint, sie ist in der Küche, auf einer Veranda, vor einem Spiegel im Badezimmer, auf einer sandigen Ebene, in einem Garten, vor einer Kirche, vor einem Bahnhof, in einem Türrahmen, vor einem Wolkenkratzer, in einem Bett, in einer Bibliothek, am Meer, in einem Hof, in einem Gang, an einem Fenster, in einem Schlafzimmer, in einem Wohnzimmer, sie watet in einem Bach, sitzt in einem Wald auf der Erde, steht mit einem Koffer vor sich alleine in der Dunkelheit auf einer Straße. Wenn man diese Fotos hintereinander betrachtet, hat man das Gefühl, in eine andere Welt zu blicken; irgendetwas in ihnen sorgt dafür, dass sie miteinander verbunden sind, selbst wenn die Umgebungen so unterschiedlich sind wie eine amerikanische Großstadt und eine Lichtung im Wald, wie ein Meer und ein Wohnzimmer.

Was für eine Welt ist das?

Auch wenn alles in ihnen realistisch ist, die Frauen offensichtlich Frauen aus Fleisch und Blut und die Umgebungen offensichtlich handfeste und real existierende Orte auf der Welt sind, ist ihnen allen etwas Unwirkliches eigen, als gäbe es die Frauen und die Orte, an denen sie abgebildet sind, in Wahrheit nicht, als wären sie fiktional.

Aber was macht sie fiktional? Oder, mit anderen Worten, was unterscheidet diese Situationen von »wirklichen« Situationen, diese Frauen von »wirklichen« Frauen?

Betrachtet man die Arbeiten eines der großen Fotografen des letzten Jahrhunderts, August Sander, und seine Serie *Antlitz der Zeit*, die aus einer Reihe von Porträts verschiedener namenloser Menschen in den ersten Jahrzehnten des 20. Jahrhunderts besteht, ist der Unterschied zu Shermans Bildern frappierend. Obwohl sie sich vor dem Fotografen aufstellen und posieren können und dadurch unterschiedlichen kulturellen Erwartungen entgegenkommen und keinen Namen haben, nur ein Gesicht und einen Körper, gibt es niemals einen Zweifel daran, dass das, was wir sehen, echt und authentisch ist, sowohl diese Menschen als auch die Welt, in der sie abgebildet werden, existierte einmal, und zwar genau so. Selbst das Mädchen, das stehend aus dem Fenster eines Jahrmarktwagens schaut, mit geschminkter Röte auf den Wangen, und Shermans fotografischer Welt vielleicht am nächsten kommt, selbst sie ist definitiv wirklich: Wir sehen ein Mädchen, das sich in der Wirklichkeit verkleidet hat, und nicht die verkleidete Wirklichkeit, die Sherman fotografiert hat.

In Sanders Bildern sehen wir den vom Fotoapparat festgehaltenen Augenblick. Dieser Augenblick existiert nicht für uns, er ist in gewissem Sinne artifiziell, nur mit mechanischen Mitteln erreichbar, aber diese mechanischen Mittel interagieren nicht mit der Wirklichkeit, sie tun nichts, als in einem bestimmten Augenblick an einem bestimmten Ort das Licht festzuhalten. In den meisten von Shermans Filmstandfotos scheint die Zeit bereits angehalten worden zu sein, bevor der Fotoapparat sie erneut anhält; man gewinnt den Eindruck, dass die Frauen in erstarrten Körperhaltungen stehen, als wohnten sie in der Bildwirklichkeit, als existierten sie in ihr und folgten ihrer Logik an einem Ort, an dem keine Bewegung möglich ist, außer als eingefrorene, mit anderen Worten als Imitation von Bewegung. Und während Sanders Menschen Typen sind, was damals hieß, dass sie bestimmten gesellschaftlichen Klassen angehörten, die ihre Kleidung und ihr Verhalten bestimmten, sind Shermans Typen anderer Art, da sie nicht in erster Linie mit Typen in der Wirklichkeit verknüpft sind, sondern mit Typen, wie sie im Film dargestellt werden. Anders formuliert: Alles in Sanders Bildern lässt sich auf die Wirklichkeit zurückführen, während sich alles in Shermans Bildern auf Bilder von der Wirklichkeit zurückführen lässt. Der Film spielt Wirklichkeit, Shermans Bilder spielen das Spiel von der Wirklichkeit und bilden damit eine Repräsentation dritten Grades von ihr.

In dieser Transformation scheinen alle Namen, und Möglichkeiten von Namen, für Orte wie Menschen, abgeschliffen worden zu sein. Wir befinden uns in Anonymia, das in der Nähe der Republik der Träume liegt. Diese

Welt, in der wir immer mehr Zeit verbringen, existierte nicht oder stand erst am Anfang ihrer Entstehung, als Sander seine Fotos machte.

Wenn wir davon ausgehen, dass die Herausbildung des Ichs in einem Schnittpunkt zwischen dem Biologischen, dem Sozialen und dem Kulturellen geschieht, war Letzteres vor hundert Jahren, als Sanders Aufnahmen entstanden, in einem ganz anderen Maße begrenzt, als es heute der Fall ist. Die Zahl der Rollen in der Gesellschaft, in die man hineingeboren wurde, war kleiner, Wahlmöglichkeiten existierten kaum. Meine Großeltern in Westnorwegen wählten ihr Leben nicht, sie waren Kleinbauern und sahen aus und benahmen sich wie ihre Eltern und deren Eltern, im Alltag trugen sie ihre Arbeitskleider, an Feiertagen ihre Sonntagskleider, und das Leben, das sie führten, grub sich in ihre Gesichter und Körper ein. Erst für meine Mutter und ihre Generation, geboren im Krieg, öffnete sich ein Spalt zur großen Bilderwelt, mit den amerikanischen Film- und Popstars in den Fünfzigern, in Form von Illustrierten, und danach folgte, mit dem Bildungsboom, auch ein ganz anderes Spektrum möglicher Rollen. Die Verschiebung war radikal und wie sehr, das sieht man, wenn man Sanders Porträts von Menschen neben Shermans legt, in denen ein und dieselbe Person von einer zur nächsten Identität gleitet, als wäre die Verbindung der Identität zum Ich plötzlich gerissen und freigesetzt.

Untitled Film Stills ist wie ein Bad in der neuen Nachkriegsbilderwirklichkeit, in der das Ich nicht kämpft, um sich über Wasser zu halten, sondern nachgibt und in der Fülle anonymer Persönlichkeitsprototypen ertrinkt. In der *Untitled Film Stills*-Serie existiert nicht das eine, nur das andere, das Band zur Wirklichkeit ist durchschnitten, die Frauen sind namenlos – wenn sie an jemanden erinnern, dann an Frauen mit fiktiven Namen, aus Filmen, derer wir uns nur vage entsinnen –, die Orte sind namenlos, und die Bilder selbst haben lediglich eine Nummer. Alles ist wiedererkennbar, aber unmöglich zu datieren, unmöglich zu verorten, unmöglich zu identifizieren.

*

Wenn die Filmstandbilder die Oberfläche des Anonymen zeichnen und die Märchenbilder die Tiefe des Anonymen ausloten, beide mit ihrem Repertoire, das unserem kollektiven Bildervorrat entstammt, treibt Sherman das Thema mit den Fotografien, die Ende der achtziger und Anfang der neunziger Jahre entstanden, radikal weiter, in eine Art alptraumhaften Raum ohne Menschen, nur mit menschenähnlichen Puppen und Körperteilen aus Plastik bevölkert, zusammengesetzt in grotesker Manier, eingefügt in Bilder von menschlichen Hinterlassenschaften wie Erbrochenem. Es ist unmöglich, diese Bilder zu betrachten, ohne Ekel zu empfinden, sie sind abstoßend und widerwärtig, zum Beispiel die Aufnahme *Untitled #263* von 1992, die einen weiblichen Unterleib mit einem haarigen Geschlechtsorgan und in der Mitte des Oberschenkels gekappten Beinen zeigt, der mit einem männlichen Unterleib zusammengesetzt ist, auch dieser mit entblößtem Geschlecht und abgeschnittenen Oberschenkeln, und zwar so, dass die weiblichen Beinstümpfe nach unten und die männlichen nach oben zeigen. Es sieht aus, als wären sie zusammengewachsen, also in einem Stück – aber Stück von was? Unterhalb des weiblichen Teils liegt ein weiblicher Puppenkopf, über dem männlichen ein männlicher Puppenkopf. Ein Fadenende, das von einem Tampon stammen könnte, kommt aus dem weiblichen Geschlechtsorgan, während sich um die Eichel des Penis ein Metallring schließt.

Was ist daran so abstoßend? Ein Mensch mit einem Schweinerüssel kann anziehend wirken, während der Anblick eines zusammengesetzten weiblichen und männlichen Geschlechtsorgans fast unerträglich ist, obwohl beide Elemente sich doch innerhalb des Menschlichen befinden, Körperteile sind, die alle haben und die zudem im Geschlechtsakt vereint werden, was die wenigsten abstoßend finden. Und trotzdem, die Grenze zwischen dem Weiblichen und Männlichen zu durchbrechen, scheint mit einem größeren Widerstand behaftet zu sein als die Grenze zwischen Mensch und Tier. Aber es ist nicht das Weibliche und Männliche an sich, als kulturelle Vorstellung, was in diesem Bild zusammengeführt wird, es ist das Konkrete, Physische und Körperliche, und es sind diese beiden Ebenen, also die Geschlechter als eine soziale Realität, in der sie umstandslos zusammengeführt, vermischt und verwandelt werden können, und die Geschlechter als eine physische Realität, in der sie nicht zusammengeführt werden können, die sich in diesem Bild in einfacher, aber dennoch komplexer Weise begegnen, denn es ist ja in sich selbst ein Bild, eine Oberfläche, und das, was es als Bild zeigt, ist nicht menschlich, gehört nicht zum Lebenden, sondern ist eine nichtorganische Nachahmung davon. Es entsteht eine Art dreifacher Fiktion, zunächst in der Wirklichkeitsimitation der Körperteile, dann in ihrer Zusammensetzung und schließlich in der Abbildung. Seltsamerweise erzeugen diese Schichten von Künstlichkeit keine Distanz, die Gefühle fernhielte, sie scheint unsere Empfindungen eher noch zu verstärken.

Ein Foto aus demselben Jahr, *Untitled #250*, ist wenn möglich noch abstoßender. Es zeigt einen Körper, der aus fünf Teilen besteht, nicht zusammengesetzt, sondern nur aneinander gelegt, als sollte ein Zusammenhang angezeigt werden: zuunterst ein weibliches Geschlechtsorgan aus Plastik, ohne Oberschenkel, mit riesigen, leuchtend roten Schamlippen, umgeben von Haaren. Über dem Geschlechtsorgan Bauch und Brüste in einem Stück, geformt als eine Platte aus Plastik, die man sich anschnallen kann; von dieser gehen ungefähr in Schulterhöhe zwei Arme ab, auch sie aus Plastik, die von einer Art medizinischer Übungs- und Demonstrationspuppe zu stammen scheinen, und darüber ein Puppengesicht, das einen älteren Menschen mit runzliger Haut zeigt, die Iris braun, die Augäpfel kreideweiß. Es fällt schwer zu entscheiden, ob es der Puppenkopf eines Mannes oder einer Frau sein soll. Die Einzelteile ruhen auf einem Bett aus Perückenhaaren. Das ist alles. Oder nein, das stimmt nicht, denn aus dem Geschlechtsorgan ragt eine Kette aus drei dicken braunen Würsten heraus, die man schwerlich nicht mit Kot assoziieren wird.

Keiner dieser Körperteile ist an sich Furcht einflößend, ekelhaft oder abstoßend. Ein Puppenkopf, zwei Puppenarme, eine Karnevalsbrust und ein medizinisches Modell eines weiblichen Geschlechtsorgans. Auch was sie repräsentieren ist nicht abstoßend, weder alte Menschen noch Brüste oder Geschlechtsorgane. Und isoliert betrachtet auch nicht die braunen Würste, die ja bloß Würste sind.

Werden sie mit einem Körper verbunden, verwandeln sie sich dagegen, sie »werden« Kot, und zwar in einem höheren Maße, wenn sie nicht nur mit einem Körper, sondern einer Körperöffnung verbunden sind. Grotesk wird das, wenn es die falsche Körperöffnung ist, nicht der Enddarm, sondern das Geschlechtsorgan. Es ist eine unmögliche Vermischung, sie ist unrein, wir reagieren mit heftigen Gefühlen, denn das finden wir abstoßend, davon wollen wir nichts wissen, obwohl uns bewusst ist, dass es nur Würste sind, vielleicht sogar nur Plastikwürste, und das Geschlechtsorgan nur eine Plastikform.

Für den Geruchs- und den Geschmackssinn ist die Verbindung zum Ekelhaften und Abstoßenden unmittelbar, wir riechen verdorbenes Fleisch, und uns wird schlecht, wir essen verdorbenes Fleisch und übergeben uns in einem heftigen körperlichen Reflex. Für das Auge ist es anders, verdorbenes Fleisch kann wie Frischfleisch aussehen, während frisches Fleisch verdorben aussehen kann. Für das Auge ist das Eklige und Abstoßende eine Vorstellung, etwas, was vor dem Blick existiert, also ein Vorurteil, aber es wird als ebenso real empfunden wie der unmittelbar abstoßende Geruch, und so verhält es sich, weil das, was überschreitet und was wir abstoßend finden, Formen sind, die mit unserem Verständnis von Wirklichkeit verbunden sind, und nicht mit der Wirklichkeit selbst im Sinne einer materiellen Realität. So gesehen ist für uns nichts sensibler als die Körperöffnungen, die der Ort sind, an dem die materielle Welt in uns eindringt oder von uns ausgeschieden wird, durch den Mund, die Nase, die Ohren, den After, das Geschlechtsorgan. Durch die Öffnungen werden die Grenzen des Körpers überschritten, und nirgendwo ist die Frage der Identität grundlegender und akuter als dort, gleichzeitig ist sie nirgendwo genereller und allgemeingültiger, wie diese Bilder von Cindy Sherman verdeutlichen, denn die Körperteile, die wir sehen, sind nicht nur anonym und ohne Identität, irgendwem gehörend, sie sind zudem künstlich und industriell produziert und machen somit den Schritt von irgendwem zu niemandem oder zu nichts, und wo sind wir dann?

Wir sind an einem Ort, an dem Grenzen gezogen werden, und Grenzen erschaffen Unterschiede, und Unterschiede erschaffen Bedeutung. Um ihn zu sehen, diesen Bedeutung erschaffenden Ort, müssen wir außerhalb stehen, ihm als Fremde gegenüberstehen, und das tun wir, wenn wir diese Bilder Shermans betrachten.

Aber was sehen wir?

Der Ort, der Unterschiede erschafft, ist selbst unterschiedslos, und für einen Menschen ist das Unterschiedslose am Bedrohlichsten von allem: Darin wird er ausgelöscht. Zu diesem Ort weisen die Körperteile, aber sie tun es in einer Fotografie, und sobald Abscheu und Übelkeit vorübergehen, fügt sie sich als eines von unzähligen Elementen in die Myriade von Bildern ein, die den Himmel über unserem Ich bilden.

DER BRAUNE SCHWANZ

ICH MUSSTE SO DRINGEND SCHEISSEN, dass es mir schwerfiel, über den Moment hinaus zu planen, in dem ich das erledigt haben würde. Schon als wir den Supermarkt verließen, hatte mich eine dieser unmissverständlichen Vorahnungen ereilt, die der Körper als eine Art Bild von der Zukunft aussendet und denen sich mittels eines unbestimmten Ziehens, das man nicht eindeutig Enddarm oder Gehirn zuordnen kann, entnehmen lässt, dass die Ausstoßbewegung näher rückt, die sich manchmal in Gestalt starker Krämpfe einstellt, gegen die man nur mit Mühe anzukämpfen vermag, indem man den Enddarmmuskel möglichst fest zusammenzieht und ihm eventuell noch zusätzlich dadurch hilft, dass man gleichzeitig die Pobacken zusammenpresst. Sie mochte fünf Minuten entfernt liegen, vielleicht auch zehn, keinesfalls jedoch länger, das wusste ich, als ich mit meiner Tochter an der einen Hand und drei Einkaufstüten in der anderen an diesem Nachmittag im August den sommerlich warmen Bürgersteig in Malmö hinabging. Im Aufzug setzte ich die Tüten ab und lehnte mich vermeintlich absichtslos vor, dabei weiter die nun gewichtslosen Plastikgriffe der Tüten umklammernd. Die Enddarmöffnung war feucht;

und ich wusste, dass es schwierig sein würde, den weiten Weg vom Flur bis zur Toilette zurückzulegen, ohne dass mein Zustand, der sehr bedächtige Schritte erforderte, sichtbar wurde. Wenn man dringend scheißen musste, entwickelte sich das Gehen zu einer Art Drahtseilakt zwischen verschiedenen Muskelgruppen; diejenigen, die angespannt wurden, um die Scheiße im Körperinneren zu halten, und die anderen, die gelöst werden mussten, um gehen zu können, standen in einem inneren Widerspruch zueinander; ein Schritt bedeutete, dass die zusammenziehenden Muskeln die Kontrolle verloren, woraufhin es darauf ankam, schnell zu gehen und so die Sekunden zu nutzen, die dies möglich war, um anschließend wieder fest zusammenzupressen und so die gleitende Bewegung zu stoppen, die im Inneren in Gang gesetzt worden war, und sie bestenfalls zurückzudrängen, denn ihre Kraft und Intensität steigerten sich nach und nach und konnten plötzlich einen Punkt erreichen, an dem sie sich nicht mehr regulieren ließen. Dieser *point of no return* erinnerte so gesehen an den Orgasmus, bei dem es auch einen solchen definitiven Punkt zwischen dem Willensgesteuerten und dem Willenlosen gibt, wenn der Wille die Kontrolle verliert und es zu spät ist innezuhalten, aber unmittelbar bevor die orgiastischen Kontraktionen beginnen. Es war eine Art Niemandsland des Willens, in dem das, was kommen würde, zwar unaufhaltsam, aber noch nicht eingetreten war.

Die Hände zu den Griffen der Tüten herabbaumeln lassend, stand ich affenähnlich vorgebeugt in dem kleinen Aufzug, der Etage für Etage aufstieg, an der hinteren Wand, vor mir die Fünfjährige, die beharrlich eine Erdbeerschale in ihren kleinen Händen trug. Ich spürte, dass es mir gelingen könnte, vom Aufzug zur Toilette zu gelangen, ohne meinen Zustand preiszugeben. Wenn der Körper zur nächstgelegenen Toilette bewegt werden sollte, nachdem die einleitenden Prozesse begonnen hatten, musste der gesamte innere Kampf zwischen der Muskelanspannung zum Zurückpressen und der Muskelentspannung zum Gehen, das Unrhythmische der Bewegungen und fast instinktive Vorbeugen, verborgen werden, sofern es sich vor den Augen anderer abspielte. Am besten eignete sich dazu ein Ablenkungsmanöver, man streute den Anwesenden möglichst Sand in die Augen, zum Beispiel, indem man eine Frage stellte, um ihre Aufmerksamkeit vom Körper abzulenken, etwa, weißt du, wo der Autoschlüssel liegt, oder, du hast nicht zufällig die Zeitung von heute gesehen, oder sogar, indem man um einen Gefallen bat wie, könntest du uns bitte einen Kaffee machen, während man gleichzeitig möglicherweise nach dem kleinen Rucksack griff und den Reißverschluss der Außentasche aufzog, zugleich konzentriert über ihn gebeugt weiterging oder auch nur eine Zeitung in die Hand nahm, in der man im Gehen lesen konnte, denn auch das kann als Erklärung dafür herhalten, dass man sich langsam und leicht vorgebeugt bewegt. Eine andere Möglichkeit ist natürlich, dies alles zu verwerfen und stattdessen knallhart die Muskeln zusammenzupressen, so dass die Scheiße wieder weit in den Enddarm hinaufgeschoben wird. Dafür muss man jedoch schnell handeln, sobald sich die ersten Anzeichen zeigen, und man muss konsequent und hart sein und darf nicht eine Sekunde der Lust nachgeben. Handelte man jedoch halbherzig oder zu spät, konnte es einem passieren, dass die ablehnende Bewegung ein Stück der Scheiße »abbiss«, woraufhin der größere Teil in die Dunkelheit zurückgesandt wurde, während der kleinere, getrennt von seinem Ursprung, unterwegs auf eigene Faust, dem Licht in einer Bewegung entgegentrieb, die sich im Grunde nicht mehr kontrollieren ließ, da dieselbe Bewegung, die den Großteil körpereinwärts schob, den kleineren Teil auswärts presste; als käme es genau an einer Wasserscheide zur Teilung. Und da das Stück so klein war, erschienen die großen, krampfhaften Ausstoßbewegungen im Verhältnis dazu völlig überproportioniert, ähnlich einem kleinen Korken, der auf Meereswellen wippt, könnte man sagen, oder wie ein kleines, nasses Blatt, das auf dem Boden einer ansonsten leeren Lore eine Seilbahn in einer Kohlenmine hinaufgleitet. Dieses kleine Stück, jenseits der Kontrolle unseres Willens und in der Gewalt ziemlich großer Kräfte, erreichte früher oder später die Randzone des Enddarms, und wenn man dann nicht auf der Toilette saß, lief man Gefahr, dass es, glatt und feucht, gegen den Baumwollstoff der Unterhose stieß und dort einen Abdruck hinterließ, vielleicht sogar als Ganzes zwischen die Pobacken drang und in dieser für den Körper so unangenehmen Zwischenposition verharrte, weder innen, noch außen.

Demonstrierte man dagegen so viel entschlossene Tatkraft und Konsequenz, dass die Scheiße bei den ersten Regungen zurückgedrängt und zurückgehalten wurde, so sehr sie auch kämpfte und abwärts rutschen wollte, ohne dass sie zweigeteilt wurde, entging man der akuten Situation, vertagte das Problem im Grunde jedoch nur und verstärkte es gleichzeitig, denn zurück im Körperinneren würde sie im Verlauf des Tages, der vergehen würde, bis die Ausstoßbewegungen erneut in Gang gesetzt wurden, sowohl härter als auch größer werden, und das zuweilen in einem Maße, dass es schmerzhaft wurde, sie hinauszupressen. Das Schlimmste daran war häufig nicht so sehr der Schmerz an sich, sondern die Erwartung des Schmerzes. Wenn sie dort lag und nur noch das letzte Stück ausstand, wusste man, manchmal voller Grauen, dass es wehtun würde, und diese Gewissheit war mit der Vorankündigung der bald einsetzenden Ausstoßkrämpfe verwandt, denn in beiden Fällen ging es um eine instinktive Vorahnung, die von einem völlig anderen Ort kam als den Gedanken. Sie gehörte nicht nur zum Körper, sondern war auch vollständig auf ihn begrenzt. Sie war eine Art innere Hellsichtigkeit, ein zweites Gesicht des körperlichen Organs, etwas, was ein Licht auf das warf, was ansonsten in größter Abgeschiedenheit vorging, wohl aus dem einfachen Grund, dass die heimlichen Prozesse kurz vor dem Abschluss standen und dieser Abschluss die Beteiligung jener Körperteile einschloss, die sich im Licht befanden und offen zutage traten, oder jedenfalls vom Licht und vom Tag durchströmt wurden, will sagen unseres bewussten Selbst, das vorgewarnt werden musste, damit es rechtzeitig die notwendigen Vorkehrungen traf.

Diese biologische Information über die Zukunft, dieses »Bald« des Körpers, existiert auch in anderen Formen. Sowohl unmittelbar vor der Ejakulation als auch unmittelbar vor dem Niesen wird das gesamte Bewusstsein durch das nahende Ereignis erhellt. Dieser Lichtstrahl der Erkenntnis ist in allen drei Fällen, ob es nun um die Ejakulation, das Niesen oder das Scheißen geht, lustbetont und erregend. Vorher angekündigt werden sie wahrscheinlich, weil für die folgenden Handlungen Raum geschaffen werden muss. Lustbetont sind sie vermutlich, weil die Prozesse, die sie ankündigen, prekär sind und zu Ende geführt werden müssen. Die Lust ist an ihre Erlösung gebunden: Es wird schön sein, Samen zu verspritzen, es wird schön sein zu niesen, es wird schön sein zu scheißen. Diese Informationen des Körpers an das Bewusstsein, die extrem kurz sind, aber regelmäßig wiederkehren, sind die einzigen Gelegenheiten, bei denen die Prozesse, die vom Tag unserer Geburt bis zum Tod kontinuierlich in unserem Inneren ablaufen, direkt ins Bewusstsein vordringen. So gut wie alles andere geschieht vor ihm verborgen, und die Ejakulation, das Niesen und das Scheißen werden folglich zu Orten, an denen unsere beiden existenziellen Zustände, das Bewusste und das Unbewusste, einander begegnen und zusammengeführt werden. Krankheiten können in ganz ähnlicher Weise aus dem Dunkel des Unbewussten herausschießen und das Bewusstsein auf die gleiche Art »vorwarnen«, aber die Krankheit ist ein Ausnahmezustand, nicht die Regel, und außerdem nicht mit Lust, sondern mit Schmerz verbunden, da die Krankheit eine Bedrohung ist, während Ejakulation, Niesen und Scheißen das Gegenteil sind, also lebenserhaltende Prozesse, die nicht verleugnet und eliminiert, sondern bejaht und aufrechterhalten werden sollen.

Die gleichen Prozesse spielen sich in Tieren ab, wobei die am weitesten unter uns stehenden nur den unbewussten Existenzzustand kennen, während uns näherstehende Arten wie Delphine oder Schimpansen, wenn auch in wesentlich geringerem Maße als wir, am Bewussten teilhaben. Da die Arten jedoch offensichtlich nicht gleichzeitig erschaffen wurden, sondern nach und nach entstanden, zufällig und willenlos, über einen gigantischen Zeitraum hinweg und dadurch, dass sich die einzelnen entstehenden Eigenschaften entweder als zweckmäßig erwiesen und folglich ausbreiteten und weiter verfeinert wurden, wie es beispielsweise beim Sehvermögen geschehen sein dürfte, wenn man sich vorstellt, dass das erste Sehorgan wohl nur zwischen Licht und Schatten unterschied, aber dennoch Bewegungen wahrnehmen und genauer lokalisieren konnte, als Fühler oder andere druckempfindliche Zellen es zu leisten vermochten, wenn sie die von Bewegungen ausgehenden Vibrationen oder Wellen registrierten, allerdings nur annähernd, denn das Licht war wahrscheinlich unscharf und diffus, etwas Nebelartiges außerhalb von ihnen, das dann von einem diffusen Schatten durchbrochen wurde, was etwas völlig anderes war als das, was heute eine Katze sieht, nachdem das Sehorgan über Millionen von Generationen hinweg weiterentwickelt und veredelt wurde, so dass die Katze unsere Welt kristallklar und messerscharf sieht, besteht kein Grund zu der Annahme, dass es beim Denken und Bewusstsein anders aussieht, auch sie haben einen solchen unscharfen, kaum wahrnehmbaren Ausgangspunkt, von dem aus sie unendlich langsam immer komplexer wurden.

Das »Bald« des Körpers könnte so gesehen eine Randzone des Denkens bilden, den Ort, an dem der Körper einen Impuls freisetzt, der an einen Gedanken erinnert, da es in ihm um etwas geht, was noch nicht ist, sich aber ankündigt, und dem folglich ein Element von Abstraktion innewohnt, wenngleich mechanisch, und dieser Impuls, den wir Instinkt nennen, verbindet uns mit allen früheren und heute lebenden Geschöpfen. Der Affe, der Hund, das Schwein, sie alle »wissen«, dass sie gleich scheißen werden, und befinden sich damit im Grenzland des Denkens, denn was heißt es eigentlich zu wissen, und auf welche Art unterscheidet es sich vom Denken? Die Vögel »wissen«, dass sie Nester bauen müssen, sie »wissen«, dass sie auf den Eiern sitzen müssen, bis sie die Küken ausgebrütet haben, sie »wissen«, dass sie die Jungen mit Futter versorgen müssen. Sie »wissen«, wohin sie fliegen müssen, wenn es Herbst wird und sie von Skandinavien nach Afrika ziehen. Die Löwen dort »wissen«, dass sie das schwächste Tier aus der Antilopenherde auswählen müssen, während die Antilopen »wissen«, dass sie rennen müssen, so schnell sie nur können, wenn Löwen auftauchen, und dass sie dies möglichst in der Gruppe tun sollten. Sie »denken« es nicht, nehmen wir an, aber was nehmen wir dann eigentlich an? Sie haben kein klar definiertes Ich, das die Situation reflektiert, Für und Wider gegeneinander abwägt, soll ich diese Antilope nehmen oder die da, soll ich nach links oder nach rechts laufen, soll ich sie jetzt anspringen und die Krallen in ihre weiche Seite schlagen, oder jetzt, oder jetzt. Hinterher liegen sie nicht da und denken, jetzt geht es mir wirklich gut, so sollte es immer sein. Trotzdem treffen sie all diese Entscheidungen, sie wählen die eine Antilope aus und keine andere, sie laufen nach rechts und nicht nach links, sie springen in diesem Augenblick und nicht im nächsten, und wenn sie nachher auf einer kleinen Anhöhe satt und zufrieden in der Sonne liegen, mit Blut auf ihrem Brustfell und um den Mund, genießen sie das in vollen Zügen. Es geht ihnen gut, und sie sind rundum von diesem Guten erfüllt.

Ja, alles erfüllt sie, jeder Entschluss, zu dem sie kommen, jeder Trick, den sie beherrschen, jeglicher Genuss ist etwas, was sie ohne eine zentrale Instanz durchströmt, ähnlich wie das Blut, das auch ohne einen zentralen Punkt durch ihre Adern fließt. Dann spüren sie ein Ziehen, bald wird etwas passieren, und sie wissen, was es ist, sie erheben sich, trotten gemächlich ein paar Meter weiter, hocken sich hin und scheißen, und das ist gut. Sie haben nicht das Bedürfnis, es zu verbergen. Sie mögen ihre Beute verbergen, und sie mögen sich selbst verbergen, wenn ihnen Gefahr droht, aber sie verbergen sich nicht, wenn sie scheißen. Das tun nur wir.

Warum?

Man kann öffentlich niesen, öffentlich pinkeln, vor den Augen anderer onanieren, wenn auch nicht öffentlich, sich aber nicht vor den Augen anderer hinsetzen und scheißen, nicht einmal vor dem Menschen, den man liebt und mit dem man ansonsten die geheimsten Dinge tun kann, das aber ist undenkbar. Das war allerdings nicht immer so; man braucht nur wenige Generationen zurückzugehen, um Plumpsklos mit mehreren Sitzen zu finden, auf denen gemeinsam geschissen wurde. Heute ist uns das fremd und unerwünscht, obwohl es natürlich Ausnahmen gibt; so legen die US Marines großen Wert darauf, dass die Soldaten gemeinsam scheißen, geleitet von dem Gedanken, dass das Corps als Ganzes und Kollektiv wichtiger ist als das Individuum. In der restlichen Gesellschaft, unter Menschen, die nicht darauf gedrillt werden, andere Menschen zu töten, kommt ein solches gemeinsames Scheißen jedoch nicht vor. Das Scheißen ist eine der wenigen, wenn nicht die einzige menschliche Aktivität, bei der es undenkbar erscheint, sie gemeinsam mit anderen auszuführen. Alleine zu scheißen ist sozusagen die letzte Barriere des Individuums, seine innerste Grenze nicht nur gegenüber dem Sozialen, sondern auch dem Privaten, denn obwohl die Welt des Privaten aus den vier Wänden des Hauses oder der Wohnung besteht, in denen die Familie zusammenlebt, wird selbst diese ausgeschlossen, sobald man scheißt. Im Zusammenleben mit der Familie ist die Toilette der einzige Raum, in dem das Individuum ganz für sich ist.

Wir verbergen das Scheißen physisch, indem wir uns einschließen, wenn wir es tun, aber auch sonst, da wir so gut wie nie darüber sprechen. Darin erinnert es an unser Verhältnis zum toten Körper, den wir ebenfalls verbergen und über den wir ebenso ungern reden, obwohl der Tod als Phänomen jedem bekannt ist. Der Tod steht außerhalb des Lebens, das Scheißen steht außerhalb des sozialen Lebens. Sterben heißt, aus den Reihen der Lebenden in die bloße Materialität zu fallen, nicht mehr Mensch zu sein, sondern zu Staub und Erde, zu Stoff zu werden, zu etwas, was willenlos in der Welt umherwirbelt. Scheißen heißt, die Tür hinter sich und seinem Körper zu schließen und einsam und allein Abfallstoffe herauszupressen. Es ist eine absolute Notwendigkeit, und man könnte sagen, dass es eine der Handlungen ist, die uns mit der Erde verbindet, auf der und von der wir leben. Die anderen Verbindungen zwischen uns und der Erde, zum Beispiel essen und trinken, verlangen jedoch keine absolute Isolation und Einsamkeit, im Gegenteil, mit anderen zusammen zu essen gilt als etwas Gutes, Geselliges und Schönes. Allerdings geschieht auch das in speziellen, zu diesem Zweck konstruierten Räumen, und für alle anderen Zimmer in dem Haus oder der Wohnung, in der wir unser privates Leben führen, gilt das Gleiche. Wir kochen in der Küche, in der wir auch essen, es sei denn, wir speisen im Esszimmer. Wir schlafen und lieben uns im Schlafzimmer. Wir waschen uns und duschen im Badezimmer. Wir gehen im Flur. Wir sitzen im Wohnzimmer zusammen und sehen dort fern. Unsere Kleider waschen wir in der Waschküche. Unseren Krempel stellen wir im Keller ab und das Auto in der Garage. Nichts von all dem, was wir in diesen Räumen tun, setzt jedoch eine totale Abgeschiedenheit und Einsamkeit voraus, nur das Scheißen. Wir lieben uns zusammen mit unserem Partner, und wir schlafen zusammen mit unserem Partner oder unseren Kindern, und wir kochen, essen und sehen fern mit ihnen. Ab und zu laden wir Menschen in unsere Räume ein, die häufig auch im Hinblick darauf eingerichtet sind, denn die Küchenmaschine, die Couch und die Bilder an den Wänden sagen etwas darüber aus, wer wir sind, welcher Klasse und Kultur wir angehören, und die Informationen, die diese Signale aussenden, sind nicht an uns selbst gerichtet. Die Räume erzählen den anderen, wer wir »sind«. Diese Räume sind deshalb halböffentlich, da wir sie als etwas betrachten, mit dem wir uns für andere sichtbar machen, ähnlich der Funktion, die unsere Kleidung übernimmt: Daheim, wenn wir nur mit unseren Nächsten allein sind, latschen wir auch mal in Jogginghose und Pantoffeln herum, wohingegen wir von dem Moment an, in dem wir über die Türschwelle treten und nicht mehr »drinnen«, sondern »draußen« sind, Kleider anziehen, die in irgendeiner Weise verkörpern sollen, wer wir »sind«, wenn wir nicht nur »wir selbst« sind.

Wenn wir überraschend Besuch bekommen und zerzauste Haare haben, nicht geschminkt oder rasiert sind, Pyjama oder Jogginghose, aber keinen BH tragen, sondern nur ein Unterhemd, unter dem sich die Brustwarzen abzeichnen, oder ein zu kurzes T-Shirt anhaben, unter dem sich dick und weiß der Bauch hervorwälzt, fühlen wir uns entlarvt, die Sache ist uns ein bisschen peinlich, und was für das Körperäußere gilt, einerseits so zu sein, wie man für sich alleine ist, und andererseits zu verkörpern, wer man ist, gilt auch für die Wohnung, denn wenn man überraschend Besuch bekommt und ein heilloses Durcheinander herrscht, ist uns auch das ein bisschen peinlich. Ganz anders sieht es dagegen aus, wenn der Besuch wie verabredet kommt und die Wohnung aufgeräumt und in einem perfekten Zustand ist, so wie sie in den eigenen Augen »in Wahrheit« ist, und man sie gern stolz vorführt und es einem nicht gelingt, diesen Stolz zu verbergen, wenn man beispielsweise erwähnt, dass die Veranda zwanzig Meter lang ist oder man die teure Couch bedeutend billiger bekommen hat oder das Bild an der Wand ein echter Jens Johannessen ist. Es spielt keine Rolle, dass alle in Jogginghosen und ungeschminkt herumlaufen, wenn sie allein sind, und dass bei allen, oder zumindest fast allen, die Zimmer gelegentlich nicht aufgeräumt sind. Die Besucher sehen etwas, was sie nicht sehen sollen, obgleich sie aus ihrem eigenen und dem Leben aller anderen mit dem Gleichen vertraut sind.

Warum erleben wir das als unangenehm? Weil es diese Distinktionen sind, in denen wir unser Leben führen. Die

Unterschiede zwischen unserem privaten und unserem öffentlichen Selbst sind so klein, dass das Design eines Messers oder eines Stuhls eine Bedeutung für unsere Identität bekommen und sich eine erkennbare Brustwarze im falschen Kontext katastrophal auswirken kann. Die einzige Tätigkeit im privaten Raum, die sich nicht in irgendeiner Form mit Distinktionen verbinden lässt, ist das Scheißen. Es ist das Einzige, was alle auf die gleiche Art machen und was nicht mit Hoffnungen, Träumen oder etwas Utopischem oder Grenzüberschreitendem verbunden ist. Und deshalb verbergen wir es.

Wenn man bei Kollegen oder Freunden zum Essen eingeladen war, oder mit seiner Liebsten in einem teuren Restaurant gegessen hat, erzählt man hinterher gerne, was es gab, wie es schmeckte, wie die Bedienung war, wer sonst noch dabei war, während die zehn Minuten, die man alleine zubrachte, um zu scheißen, stillschweigend übergangen werden. Aber nicht, weil es unmöglich wäre, darüber zu sprechen, denn es gibt unendlich viele Variationsmöglichkeiten, ob die Scheiße hart oder weich, ganz oder köttelig, hell- oder dunkelbraun war, ob sie glatt herausrutschte, ohne Spuren zu hinterlassen, oder nur mit Mühe herauskam und am Ende etwas Klebriges in den Gesäßhaaren hängen blieb, wie sie hinterher roch, welche Qualität das Toilettenpapier hatte. Ja, wie die Scheiße ein Abfallprodukt des Körpers ist, so ist der Wein, dieser leicht vergorene Saft, ein ebensolches der Traube, und so viele verschiedene Geschmacksnuancen, wie wir in der Abfallflüssigkeit der Trauben finden, mit ihren Aromen von Tabak und Lakritz und was noch allem, finden wir in den

Gerüchen der Scheiße, und beides, die Scheiße und die Traube, sind eng mit der Erde verbunden, so dass sachlich eigentlich nichts dagegen sprechen würde, die Düfte der Scheiße auf derselben Ebene diskutieren zu können wie die Aromen des Weins. Aber das tun wir nicht, denn während beim Wein nicht nur zwischen den Nuancen der Düfte und Aromen unterschieden wird, sondern auch die Unterschiede zwischen Menschen verhandelt werden, und er folglich in erster Linie ein soziales Werkzeug ist, sind die Düfte der Scheiße, ihre Farben und Formen, gleichmäßig auf alle verteilt, und es lässt sich unmöglich behaupten, die eine sei von höherer Qualität und zeuge von einem kultivierteren Geschmack als die andere.

Gegen einen solchen Vergleich könnte man nun einwenden, dass die Scheiße und ihre Gerüche tatsächlich ekelhaft sind, etwas Niedriges und Widerwärtiges, das wir unbedingt außer Sichtweite halten müssen und nicht riechen dürfen, während der Wein und seine Aromen wirklich gut schmecken und etwas Hohes und Kultiviertes sind. Sicher, so empfinden *wir* es, und deshalb ist es so. Kinder sehen das jedoch ganz anders. Für Kinder sind die Scheiße und ihr Geruch nicht ekelhaft, im Gegenteil, sie finden sie faszinierend, sehen sie gern an, riechen an ihr und reden vor allem auch über sie, während es beim Wein genau umgekehrt ist, für die meisten Kinder riecht er schlecht und schmeckt widerlich. Scheiße ist etwas, was sie gut finden, Wein etwas, worüber sie die Nase rümpfen. So ist es uns allen einmal ergangen, und dass es später nicht mehr so ist, liegt nicht so sehr am Wein und der Scheiße an sich, sondern an unserer Beziehung zu beidem. Den Wein haben wir vom Schlechten zum Guten hochsozialisiert, die Scheiße haben wir vom Guten zum Schlechten heruntersozialisiert und nicht nur rein räumlich aus unserer Gemeinschaft ausgeschlossen, sondern auch so intensiv negativ besetzt, dass wir nicht über sie sprechen, und schon eine kleine Andeutung über Scheiße, egal wie unschuldig sie sein mag, zum Beispiel, dass ein bisschen Scheiße in die Unterhose ging, als man nach dem Mittagessen auf der Toilette war, was zu einem braunen Flecken in ihr geführt hat, »aber der ist schon getrocknet und seine Konsistenz erinnert jetzt eher an Staub oder trockene Erde«, ist vollkommen undenkbar und wäre ein Symptom für einen vollständigen sozialen Analphabetismus. Wir halten das geheim, wir alle.

Und was genau halten wir geheim?

Wenn wir scheißen, sind wir nur ein Körper und den Bedürfnissen des Körpers unterworfen. Wir können es nicht steuern und auch nicht so tun, als würden wir es steuern, indem wir es zu etwas anderem und Edlem umgestalten, ohne Verbindung zu den Bedürfnissen des Körpers, wie es beim Essen geschieht. Der Vorgang des Scheißens ebnet für einige Minuten alle Unterschiede zwischen den Menschen sowie zwischen Mensch und Tier ein. In unseren Augen sind wir genauso individuell, wenn wir scheißen und wenn wir es nicht tun, von außen betrachtet, mit dem Blick aller, werden wir beim Scheißen jedoch entindividualisiert, und einen eigenen Raum dafür einzurichten, wahrt folglich die Individualität, oder jedenfalls die Illusion von Individualität, denn wir scheißen allein und sind dabei wir selbst, wie wir es immer sind, außerdem geschieht es hinter einer verschlossenen Tür, wodurch das für andere Nicht-Individuelle daran unsichtbar bleibt. Wir wissen, was hinter dieser Tür vorgeht, versuchen aber, nicht daran zu denken.

Geht man an einem Winterabend durch eine norwegische Reihenhaussiedlung und schaut in die verschiedenen Häuser, fällt einem auf, dass alle einander ähneln und in gewisser Weise vollkommen gleich sind. Alle haben Couchen, alle haben Couchtische, alle haben einen Fernseher, alle haben Vorhänge, alle haben eine Waschmaschine, eine Spüle mit Wasserhahn und Becken, einen Küchentisch, einen Küchenschrank, einen Herd und eine Dunstabzugshaube und so weiter und so weiter. Wir sehen alle fern, kochen, sitzen zusammen und essen, spülen ab oder lesen im Wohnzimmer. Der private Raum ist der einzige Ort, an dem man ganz man selbst sein kann, dem Blick der anderen gegenüber zu nichts verpflichtet, aber wie ist es dann möglich, dass es bei allen gleich aussieht und alle auf die gleiche Art sie selbst sind? Die Antwort ist einfach, aber man findet sie nicht in dem, was der Einzelne tut oder nicht tut, sie muss nicht im Individuellen gesucht werden, denn wir verhalten uns im privaten Raum nicht etwa identisch, weil wir besonders fantasielos und konform sind. Die Antwort liegt vielmehr in unserem Verständnis des Privaten. Das Private ist nämlich gerade nicht mit Freiheit verbunden, sondern mit ihrem Gegenteil, der Notwendigkeit. Alle Räume im Privaten sind mit einer bestimmten Notwendigkeit verbunden. Wir müssen schlafen, das tun wir im Schlafzimmer, wir müssen kochen und essen, das tun wir in der Küche und im Esszimmer, wir müssen uns waschen, das tun wir im Bad, und wir müssen scheißen, das tun wir auf der Toilette. Das private Heim gruppiert sich um die Bedürfnisse des Körpers. Diese Bedürfnisse sind mit Zwang, nicht mit Freiheit verknüpft; wir können uns nicht gegen sie entscheiden.

Hannah Arendt schreibt in *Vita activa oder Vom tätigen Leben*, dass der Haushalt, oikos, in der griechischen Antike, also das Heim, die Sphäre der Familie, als der Ort für Notwendiges begriffen wurde, als der unfreie Bereich des Lebens, begrenzt von den biologischen Bedürfnissen, im direkten Gegensatz zum öffentlichen Leben, wie es sich in der polis abspielte, die mit der Entfaltung des Individuums in der Gemeinschaft verknüpft wurde. In der Politik ging es somit nicht um Notwendigkeit, nicht darum, die grundlegenden Bedürfnisse zu befriedigen und den Lebensunterhalt zu sichern, nicht um Wirtschaft, Waren und Dienstleistungen, sie bildete vielmehr eine Arena, in der individuelle Freiheit entstehen und sich ereignen konnte. Die Notwendigkeit und das Stillen von Bedürfnissen waren für alle gleich, spielten sich aber nicht in einem gemeinsamen Raum ab, wurden nicht für alle ausgestellt, sondern gehörten zum Eigenen. In der Notwendigkeit und in der Befriedigung von Bedürfnissen war man ein Repräsentant der Art, im öffentlichen Raum repräsentierte man sich selbst. Die Möglichkeit zur Freiheit lag mit anderen Worten in der formalisierten Gemeinschaft, also in der Öffentlichkeit, der Zwang im Privaten. Individualität manifestierte sich in der formalisierten Gemeinschaft und war im Privaten abwesend. Wer nur im Privaten lebte, schreibt Arendt, das keinen Zugang zum Öffentlichen hatte, lebte in einem beraubten Zustand, beraubt der höchsten Möglichkeiten und der menschlichsten Begabungen. In einem solchen Zustand lebten beispielsweise die Barbaren, die nichts etabliert hatten, was allen gemeinsam war, sowie die Sklaven, und dadurch waren sie im Grunde auch keine Menschen.

Das ist der Ausgangspunkt für das Wort »privat«: der höchsten Möglichkeiten des Menschlichen beraubt zu sein. Das Private war nicht nur durch die Notwendigkeit der Bedürfnisbefriedigung mit Zwang verbunden, sondern auch durch Blutsbande und Verwandtschaft, die das Individuum determinierten, sowie durch Gewalt, die despotische Kontrolle des Familienoberhaupts über seine Untertanen. Die Griechen betrachteten dies als einen präpolitischen Zustand, und die Gründung der polis setzte voraus, dass alle Bindungen, die auf Natürlichem basierten, also Blutsbande und Verwandtschaftsverhältnisse, eliminiert waren. Somit waren das Private und das Öffentliche grundlegend verschiedene Größen, was dazu führte, dass der Bürger zwei gänzlich unterschiedliche Leben führte, ein privates und ein öffentliches. Im Privaten wurde er von den Verhältnissen bestimmt, im Öffentlichen bestimmte er selbst, indem er auf der Basis dessen bewertet oder beurteilt wurde, was er dort tat oder sagte, in einem gemeinsamen Raum. Das Ungebundene machte alle zu Gleichgestellten, gab ihnen einen gemeinsamen Ausgangspunkt, von dem aus sie sich differenzieren konnten, einen gleichgestellten Raum, in dem die Ungleichheit, also die Individualität, in Erscheinung treten konnte, während das Gebundene unterschiedliche Räume waren, in denen das Gleiche in Erscheinung trat. Nichts im Privaten tauchte im Öffentlichen auf oder wurde darin besprochen, da es eine Befreiung aus dem Privaten war. Das Öffentliche verkörperte folglich das wahrhaft Menschliche, da das Private alles beinhaltete, was der Mensch mit anderen Geschöpfen gemeinsam hatte, und allein das Öffentliche dem Menschen eigen war. Der Mensch ist ein politisches Tier, wie Aristoteles schrieb.

In unserer Kultur sind diese beiden gesellschaftlichen Sphären nicht mehr getrennt, sondern in einer uns eigenen Weise zusammengeführt worden, außerdem sind das Private und das Öffentliche für uns heute ganz anders besetzt und werden mit völlig anderen Bedeutungen und Werten assoziiert. Was in der griechischen Antike Heim und Haushalt unterstellt war, bildet für uns das Fundament und den Kern von Politik und Öffentlichkeit. In der Politik kreist heute alles um Etats, die Verteilung von Finanzmitteln, wirtschaftliche Weichenstellungen, um Kinderbetreuung, Altenpflege und Gesundheitsfragen, es geht damit in erster Linie um all jene Tätigkeiten, die der Aufrechterhaltung des Lebens dienen. Wir in Skandinavien nennen das den Wohlfahrtsstaat. Das Öffentliche hat übernommen, was früher zum Privaten gehörte, während das Private synonym mit dem Intimen geworden ist, eine den Griechen gänzlich unbekannte Größe. Die Kollektivierung des öffentlichen Raums, in dem der Einzelne niemals als er selbst in Erscheinung tritt, sondern bloß als Repräsentant einer Gruppe, und in dem sich die Medien, als die Stimme des Öffentlichen, der Mehrheit zuwenden, also dem Durchschnitt, der das Gegenteil des Individuellen ist, hat bewirkt, oder zumindest dazu beigetragen, dass sich die Individualität im hintersten Winkel des Privaten verschanzt hat, dem Raum, in dem wir mit uns selbst und unseren Nächsten allein sind. Dort ist alles gegeben, nichts genommen, und um dort zu überleben, im Gegebenen, das allen gemeinsam ist, muss das Individuum Distinktionen einführen. Diese Distinktionen sind im Grunde genommen symbolisch, nicht real, und setzen voraus, dass alle an sie glauben und bereit sind, in einer Illusion von Individualität zu leben. In dem System, das unser einziges ist, muss alles, was auf das Nicht-Individuelle hindeutet, alles, was auf unsere gemeinsamen Lebensbedingungen hindeutet, entweder abgestuft und pseudoindividualisiert werden, wie wir es etwa beim Essen und den Kochwerkzeugen tun, oder, wenn das nicht geht, verborgen werden. Der körperliche Tod ist für alle gleich, für ihn lassen sich unmöglich Unterschiede aufstellen, und so entfernen wir ihn aus unserem Blickfeld, und die Scheiße ist für alle gleich, und so entfernen wir auch sie aus unserem Blickfeld.

In die Ecke der Bedürfnisse und Lebenserhaltungsbedingungen gedrängt, überhäuft von Dingen, bei denen Unterschiede aufrechterhalten werden müssen, ist die Individualität ein Gefangener, und da es in unserer Gesellschaft kein Außerhalb gibt, nichts anderes, sondern immer nur das Gleiche, und zwar in einem System, in dem sich das Öffentliche bis in die innersten Winkel erstreckt und das Private in alle Räume der Öffentlichkeit ausstrahlt, in der alles gesellschaftlich ist, nichts dagegen nicht-gesellschaftlich, und es keinen Himmel gibt, versucht sie sich vom Körper und den Bedingungen des Körpers loszureißen, wenn sie sich zu befreien sucht. Der Körper ist immer dazu verurteilt, sich an einem bestimmten Ort aufzuhalten, aber angesichts der technischen Entwicklungen löst sich dieser Ort allmählich auf, im Auto ist er unterteilt in das, woran man vorbeikommt, und das, worin man sich befindet, und seit es Fernsehen und Internet, Radio und

Telefon gibt, sieht man einen Ort mit den Augen, hört man einen Ort mit den Ohren und ist mit seinem Körper an einem anderen. Die Grenze zwischen dem, was hier und was dort ist, wird verwischt, und der Körper bildete immer ein Hier, war immer an Es gebunden, ist aber nun dabei, sich davon zu entfernen.

Eine andere Bedingung, der unsere Körper unterworfen sind, ist die Genetik, auch sie soll überwunden werden, Organe werden geklont und transplantiert. Auch in unsere Umgebung, in die Natur, die uns geformt hat, greifen wir ein und verändern sie grundlegend. Ja, es ist, als versuchten wir alle Verbindungen zur Erde und zum Irdischen zu kappen, um uns vom Körper und dem Zwang des Körperlichen zu befreien, indem wir gerade das bekräftigen, was uns zwingt und gleich macht, der Stoff, aus dem wir sind, die Materialität der Welt, die Gene, die Atome, die nicht-individuelle Basis des Universums, der wir nicht entgehen können, sie hängt hinter uns wie ein Schwanz, braun und glatt und unschön, wie eine Tatsache, der wir nicht entkommen: Wir scheißen, und wir sterben.

Als der Aufzug hielt und ich die Einkaufstüten anheben wollte, musste ich vorher die Muskeln der Enddarmöffnung zusammenpressen und versuchen, die herandrängende Scheiße ein wenig nach innen zu schieben, damit der Impuls, sich zusammenzuziehen, den das Anheben unwillkürlich auslösen würde, sie nicht hinausschicken oder sie teilen und das dadurch entstehende Endstück hinausdrücken würde. Es verlief alles nach Plan, und ich richtete mich mit Tüten in beiden Händen auf, stieß die Tür mit dem Ellbogen auf und hielt sie geöffnet, damit meine

Tochter, die immer noch die Erdbeerschale so behutsam in den Händen trug, als handelte es sich bei ihr um ein kleines Eichhörnchen, hinausgehen konnte. Sobald ich die Türschwelle überschritten hatte, setzte ich die Tüten neben dem Schuhregal ab und ging mit langsamen und steifen Schritten zum hinteren Badezimmer. Mama, Mama, ich habe die Erdbeeren getragen, rief sie. Bei ihren Worten überlief mich ein kurzer Glücksschauer, und ich registrierte, dass die anderen Kinder noch im Schlafzimmer waren, und drückte die Klinke der Toilettentür. Die Scheiße war wieder langsam abwärtsgeglitten und nun so weit nach außen vorgedrungen, dass der gesamte Ausstoßapparat, diese plötzliche Bündelung von Nerven und Impulsen, kontinuierlich kurz davor stand, in Gang gesetzt zu werden, ich spürte genau, dass dazu nicht mehr viel fehlte, ein etwas zu langer Schritt oder eine plötzliche Bewegung, und der entscheidende Impuls würde eintreten und die Kettenreaktion ausgelöst werden und nicht mehr umkehrbar sein, so dass ich im absolut letzten Moment vor der Toilette stehen blieb, mich vorsichtig umdrehte, den Gürtel löste, die Hose aufknöpfte, sie zusammen mit der Unterhose herabzog und mich auf dem Toilettensitz niederließ.

In den letzten Jahren hatte ich mir allerdings angewöhnt, auf der Toilette zu lesen, und mit dieser Angewohnheit hatte sich ein Zwangsgedanke entwickelt, an den ich unnachgiebig gefesselt war, nämlich dass ich immer etwas lesen musste, während die Scheiße herausgepresst wurde. In Situationen wie dieser bescherte mir das zwei Möglichkeiten: Entweder fand ich rasend schnell etwas zu lesen, so dass ich nicht willentlich in den Ausstoßprozess eingreifen musste, oder ich tat Letzteres, wodurch ich, da der automatische Ausstoßmechanismus zum Erliegen kam, sobald er abgebrochen wurde, anschließend die Scheiße aus eigener Kraft würde herauspressen müssen. Ich versuchte deshalb immer, mich für die erste Alternative zu entscheiden, was jedoch immer schwieriger geworden war, da sich der Zwangsgedanke ausgeweitet hatte und mittlerweile nicht nur besagte, dass ich irgendetwas lesen sollte, zum Beispiel eine Kleinanzeige, wenn ich angesichts meiner fieberhaften Eile die Zeitung ausgerechnet im Anzeigenteil aufschlug, oder einen Wirtschaftsartikel, da ich zufällig den Wirtschaftsteil aufgeschlagen hatte, sondern etwas Gutes und Interessantes.

Ich weiß nicht, wie oft ich schon nach einer Literaturzeitschrift gegriffen und den erstbesten Artikel aufgeschlagen habe, nur um anschließend festzustellen, dass er einfach nicht gut oder interessant genug war, so dass ich mich gezwungen sah, den Ausstoßprozess abzubrechen. Die Tageszeitung war unproblematischer, da wir *Dagens Nyheter* abonniert hatten, in der täglich der Comic *Rocky* von Martin Kellerman abgedruckt wurde, der eigentlich immer lesenswert war. Landete ich im Sportteil, reichten mir die Tabellen an seinem Ende, und wenn die Fußball saison in Europa vorbei war und die schwedische und norwegische Liga Sommerpause machten, gab es immer eine Tour de France oder einen Giro d'Italia, in deren Platzierungslisten ich nach Thor Hushovd Ausschau halten konnte, oder eine Veranstaltung der Diamond League, bei der Andreas Thorkildsen im Speerwurf angetreten war oder der aus Malmö stammende Linus Törnkvist gesprungen war oder Emma Green, die mit ihren hohen Wangenknochen und leuchtenden Augen so ungewöhnlich hübsch war, wenn nicht schon die Qualifikation zur Champions League begonnen hatte. An Samstagen war das Feuilleton eine Option, wenn darin so viel über Literatur stand, dass man eigentlich immer etwas Lesenswertes fand, eine gewöhnliche Theaterkritik oder die Besprechung einer Kunstausstellung reichten mir dagegen nicht. *Svenska Dagbladet*, die zweite Tageszeitung, die wir abonniert hatten, veröffentlichte täglich unter der Überschrift »Unter dem Strich« einen längeren Kulturartikel, in dem fast immer ein interessantes Thema behandelt wurde, zum Beispiel das biologische Verständnis des Selbst oder antike Hirtendichtung oder andere Dinge, über die in den übrigen Zeitungen nie etwas stand. Um scheißen zu können, reichte es völlig, den ersten Satz eines solchen interessanten Textes zu lesen, damit sich jede Anspannung löste und ich endlich einfach scheißen konnte. Nicht selten schlug ich jedoch eine Seite auf und überflog die Überschriften, ohne auf etwas Bemerkenswertes zu stoßen, so dass ich den Prozess abbrechen musste, um ihn erneut zu starten, wenn ich zu etwas Besserem geblättert hatte, was dann allerdings willensgesteuert und damit zeitaufwendiger geschah.

Als ich mich an diesem Tag hinsetzte, griff ich nach dem Fußballmagazin *Offside*, das noch dazu praktisch ungelesen war, und als ich daraufhin den Anfang eines Artikels über Fußballspiele in großer Höhe aufschlug, und nicht etwa mittendrin, was ein hastiges Zurückblättern erforderlich gemacht hätte, konnte ich dem Druck einfach nachgeben und die Scheiße aus der Enddarmöffnung in die vermutlich blanke Oberfläche des Wassers in der tassengroßen Vertiefung im holzstammdicken Fuß des Toilettenstuhls etwa fünfzig Zentimeter hinuntergleiten lassen. Das folgende leise Klatschen sandte einen kleinen Schauer von Tropfen zu den Pobacken hoch, die kaum größer als bei einem Nieselregen gewesen sein dürften. Aber das war noch nicht alles, spürte ich, es kam mehr, und der Rest hatte nicht die gleiche feste Konsistenz wie das, was bereits ausgestoßen worden war. Er war ein wenig klebriger und lockerer. Sollte ich das lassen und später angehen?

Nein, das wäre idiotisch. Jetzt konnte ich vielmehr guten Gewissens den Artikel lesen, denn hierherein reichte kein Blick, der etwas von mir verlangt hätte.

Aus dem Nebenzimmer drangen die Stimmen der Kinder an mein Ohr. Minutenlang war es dort still gewesen, und ich nahm an, dass sie vor dem Computerspiel saßen, das die Älteste zum Geburtstag geschenkt bekommen hatte. Es ging darin um Hunde, die man dazu bringen sollte, bestimmte Dinge zu tun. Die meisten Aufgaben waren noch zu schwer für sie, aber manche schaffte sie, so etwa, wenn der Hund auf einem hochliegenden gefällten Baumstamm auf und ab sprang und verschiedene Objekte schnappte, die durch die Luft flogen.

Ich las weiter. Die Begegnung sollte in den Anden stattfinden, wo die Luft so dünn war, dass Spieler nicht selten ohnmächtig wurden und man auf der Ersatzbank stets Sauerstoffflaschen bereithielt. Das Land, das so raffiniert gewesen war, sein Nationalstadion in möglichst großer Höhe zu erbauen, gewann in der Regel jedes Heimspiel; die Gegner waren wie Tiefseefische, die an die Oberfläche gezogen wurden, sie bekamen keine Luft, nach jedem Spurt wurde ihnen schwarz vor Augen, und das clevere, schnelle und präzise Passspiel, das sie normalerweise auszeichnete und Mannschaften auf dem Niveau der Gastgeber umherrennen ließ wie aufgeschreckte Hühner, ließ sich unmöglich umsetzen.

Mitten auf einer der Fußbodenkacheln, ungefähr zwanzig Zentimeter vor meinen Füßen, befand sich ein Silberfischchen. Es ähnelte einem Trilobiten oder einem anderen dieser kleinen versteinerten Tiere aus der Urzeit. So einfach gebaut. Es hatte etwas Grobschlächtiges und Materieartiges, als handelte es sich um einen Klumpen Lehm oder ein Steinchen, das Füße bekommen hatte.

Ich lehnte mich vor und wollte es mit dem Finger zerdrücken, als es weglief, zur Wand, wo es unter einem Spalt in der Fußleiste verschwand.

Unter den Wäschekörben entlang der Wand hauste sicher so Einiges. Und in dem vielen Staub unter dem Fenster in der Ecke garantiert auch. Eine kleine Silberfischkolonie.

Aus dem Flur drangen Kinderschritte herein. Die Kinder benutzten diese Toilette eigentlich nie; obwohl die Tür nicht abgeschlossen war, musste ich folglich nicht befürchten, dass sie hereinkommen würden. Es kam zwar gelegentlich vor, da sie schließlich keine völlig vorhersehbaren Wesen waren, aber nicht oft. Bei Linda sah das anders aus, wenn ich ihre Schritte hörte, drückte ich die Klinke für den Fall hoch, dass sie versuchte, sie herunterzudrücken. Als mein Bruder uns zum ersten Mal besuchte, bat er um einen Schlüssel, da es für ihn unvorstellbar war, auf die Toilette zu gehen, ohne die Tür abschließen zu können. Das war es eigentlich auch für mich, zumindest war es mir sehr fremd, und in den ersten Wochen hatte ich mich deshalb nackt und ausgeliefert gefühlt, mich mit der Zeit jedoch daran gewöhnt. Ich wusste aus irgendeinem Grund immer, wo sich die anderen aufhielten, und wenn sie sich näherten, hörte ich sie. Dass wir keinen Schlüssel benutzten, lag an den Kindern, sie sollten nicht auf die Idee kommen, sich einzuschließen. Es war im Grunde die einzige Sicherheitsmaßnahme, die wir ihnen zuliebe ergriffen hatten; alle Steckdosen waren offen, alle Regale und Schränke ungesichert, auch der Herd, und in einer der untersten Schubladen lagen frei zugänglich sämtliche scharfen Messer und Scheren. Bis jetzt war alles gut gegangen, und es würde sicher auch in Zukunft alles gut gehen, denn man hat immer eine Vorstellung davon, wo die Grenzen des Möglichen für die eigenen Kinder verlaufen, auf welche Ideen sie kommen könnten und auf welche nicht, und so wusste ich einfach, dass ich niemals eine Tochter mit einem großen Küchenmesser in den Händen, oder einen Sohn, der wie ein kleiner Pavian am Herd hing, sehen würde. Außerdem wusste ich immer, wo sie waren, und in der Regel auch, was sie gerade machten. Natürlich konnte das alles im Laufe einer fürchterlichen Minute aus den Angeln gehoben werden, aber das glaubte ich nicht und war in dieser Hinsicht immer unbesorgt.

Die Schritte entfernten sich, und die Tür zum Schlafzimmer wurde geöffnet. Ich hob die Zeitschrift wieder an und las weiter. Plötzlich fiel mir ein, dass wir einmal im Meer vor Torungen einen Lengfisch gefangen hatten. Es war ein windiger, aber warmer Tag gewesen, wahrscheinlich irgendwann im Sommer. Wir waren mit dem Boot hinausgefahren, das Vater gekauft hatte, als ich elf oder zwölf war, ein siebzehn Fuß langes Rana Fisk mit einem 25 PS Außenbordmotor von Yamaha. Mein Bruder war dabei gewesen, seine Haare wurden zur Seite geweht, und die dunkle Gestalt Vaters, in dessen Gegenwart ich immer wie auf Zehenspitzen ging. Spitze Wellen, die gegen den gelben Kunststoffrumpf schlugen. Die Leine, die fast unsichtbar durch die Luft und in das blaue Wasser hinablief. Das erste flüchtige Auftauchen eines Fischs, der dem Blau jäh eine Tiefe hinzufügte, ähnlich den ersten Sternen am noch hellen Himmel des frühen Abends. Etwas Grünliches, das mal hier, mal dort war, und mit jedem Ziehen Vaters weißer wurde.

Was war das?

Ein langer und normal gebauter Körper, gelbgrau und weiß, mit einem hässlichen Gesicht und weit vorstehenden Augen.

»Das ist ein Tiefseefisch«, hatte Vater damals gesagt, »ein Leng, glaube ich.«

Fragend und voller Mitleid betrachtete ich ihn. Er sei geplatzt, erklärte Vater und warf ihn auf die Ducht, wo der Fisch leblos liegen blieb, ehe Vater die Angelschnur von Neuem auswarf, und mir einfiel, dass ich auch eine zwischen den Fingern hielt, an der ich fest zupfte.

Das Gefühl, ganz oben auf der Oberfläche einer gewaltigen Tiefe zu schweben.

Vater.

Was hatte ich ihm nur getan?

Eine Druckwelle aus Unglück und Furcht lief durch mich hindurch. Sie riss alles andere Elend mit sich, denn es war immer in mir gegenwärtig, ich befand mich in einem Zustand konstanter Auflösung, eines anhaltenden inneren Bebens, das aufflammte, sobald meine Gedanken direkt darauf gerichtet waren, so dass es in einer Weise intensiviert wurde, wie ich sie seit meiner Kindheit nicht mehr erlebt hatte. Der Gedanke an Vater war ein solcher Lufthauch, der alles wieder auflodern ließ. Ich versuchte, das letzte bisschen Scheiße hinauszupressen, um aus der Toilette zu kommen, und brachte tatsächlich auch noch ein kleines Stück heraus, aber der Rest blieb hängen, und ich bekam ihn irgendwie nicht zu »packen«, kam ihm mit meinen Muskeln sozusagen nicht »nahe«. Gleichermaßen erschüttert und rastlos wollte ich nicht länger warten und beschloss, den letzten Rest mit Toilettenpapier zu entfernen. Es schien noch Einiges zu sein, es würde also eine ziemliche Schweinerei geben, aber ich dachte, dass dies immer noch besser wäre, als stillzusitzen, stand auf, zog eine Handvoll Toilettenpapier von der Rolle ab und lehnte mich ein wenig vor, während ich mit meinen Fingern das Papier zwischen den Pobacken hochzog und damit nach dem großen Klumpen griff, der dort hing. Den größten Teil bekam ich zu fassen, aber der Rest wurde verschmiert. Ich warf das Papier in die Toilettenschüssel und riss einen neuen Streifen ab, den ich zusammenfaltete, um mich anschließend damit abzuwischen. Diese Prozedur wiederholte ich fünf Mal. Dann dachte ich, das muss reichen, und zog an der Schnur. Mit dem ganzen Toilettenpapier darin, manches feucht, manches trocken, manches grau, manches braun, sah die Schüssel aus wie eine verschneite Quelle im Wald, ein Loch voller Blätter und Schnee und Eis, das gerade schmilzt.

Rauschend begann das Wasser, an den Rändern der Schüssel hinabzulaufen, aber seine Kraft reichte zunächst nicht aus, um das Ganze durch das schmale Rohr zu pressen, und so stieg das Wasser in der Schüssel und füllte sie ungefähr zur Hälfte. In meiner Kindheit war genau das ein häufig wiederkehrender Alptraum gewesen; ich ziehe an der Schnur, das Wasser steigt in der Schüssel, läuft über den Rand, auf den Fußboden. Zu allem Überfluss träumte ich immer von Vaters Toilette, die in dem Teil des Hauses lag, den er benutzte. Der Augenblick, in dem ich begriff, dass der Urin nicht vom Wasser durch das Rohr gespült werden würde, sondern immer höher steigen würde, war grauenvoll und absolut furchterregend. Da half nur eins, wusste ich im Traum, eine Möhre in das Wasser zu werfen. Dann würde es wieder sinken. So idiotisch einem diese Handlung bei Tageslicht erschien, so eindeutig war sie in der Finsternis des Traums gewesen.

Was für ein freudscher Müll! Steigendes Wasser, Toiletten, Abflüsse, Rohre, Löcher, Möhren.

Trotzdem existierte immer noch ein Hauch jener Angst der fernen Träume, als ich dort stand und sah, wie das Wasser an den weißen Seiten aufstieg. Das Toilettenpapier, das gerade noch kompakt auf dem Porzellan gelegen hatte, befand sich nun in einer Art Kolk aus Wasser, in dem es sich langsam und aalähnlich bewegte, ehe es plötzlich mit einem schlürfenden und zugleich dumpfen Laut durch das Rohr gesaugt wurde. Für einige Sekunden war die Schüssel vollkommen leer, auch ohne Wasser, da eine Art Vakuum entstanden sein musste, aber dann kam es zurück, erneut mit einem schlürfenden Laut, und ich zog zuerst die Unterhose, danach die Hose hoch, knöpfte sie zu und schloss den Gürtel, ging zum Waschbecken, drehte das Wasser auf, griff nach der Seife, wusch mir die Hände und begegnete dabei flüchtig meinem Blick im Spiegel. Von meinem aufgewühlten Innenleben war nichts zu sehen, und hätte ich dieses Gesicht und diese Augen nicht so viele Male gesehen und es so eng mit mir selbst verbunden, hätte es ebenso gut einem anderen gehören können.

IDIOTEN DES KOSMOS

DRAUSSEN IST ES VOLLKOMMEN DUNKEL. Es ist kalt, vielleicht minus zehn Grad, der Schnee knirscht unter den Schuhen. Du spürst den Geruch von Salz in der Luft und hörst dieses gleichmäßige, niemals ruhende Rauschen des Meeres, sonst ist es vollkommen still um dich herum. Am Himmel über den Bergen beginnt es plötzlich zu leuchten. Das Licht ist bleich und gespenstisch, als würde etwas aus einer spiritistischen Séance halb durchsichtig in der Dunkelheit zittern. Du bleibst stehen und blickst hinauf, denn im Gegensatz zu anderen Himmelsphänomenen, dem Sternenlicht, dem Mondlicht oder den Wolken, die jeden Tag vom Meer herangleiten, ist es unmöglich zu übersehen. Es ist hypnotisch. Blass und gespenstisch zittert es in der Dunkelheit, bevor es sehr viel intensiver wird, gleichsam aufflammt und einige Sekunden wie eine Wand aus Licht am Himmel steht. Es ist gelb, es ist grün, doch obwohl die Form an hin und her wogende Flammen erinnert, hat es nichts von der Fülle von Flammen, dieses Licht ist elektrisch, verbunden mit den höheren Luftschichten, nicht mit Materie. Und während jedes andere Licht eine Quelle hat, einen identifizierbaren Ort, dem es entspringt, ob es sich nun um eine Lampe handelt, die Sonne oder ein Feuer aus Holz, kommt dieses Licht gleichsam aus dem Nichts; und wenn es am Himmel hin und her läuft, hat es den Anschein von etwas Lebendigem, als hätte es einen eigenen Willen, daher ist es so unheimlich. Das Allermerkwürdigste aber ist vielleicht, dass es ganz still ist. Dass dieses intensive und mächtige Lichtspiel ohne jeden Laut vonstattengeht.

Langsam verschwindet es, und du gehst weiter, umgeben von Dunkelheit und Stille, mit diesen heftigen Lichtentladungen als eine Erinnerung, die ebenso rasch verschwindet wie ein Traum, denn traumhaft ist das Nordlicht, als würde es einer anderen Wirklichkeit entspringen als der, in der wir uns normalerweise befinden.

Das erste Mal sah ich das Nordlicht Ende der achtziger Jahre, als ich mit achtzehn Jahren auf eine Insel hoch oben in den Norden von Norwegen gezogen war, um als Lehrer an einer kleinen Schule in einem der kleinen Orte dort zu arbeiten. Das Dorf lag unterhalb einer Reihe von steilen, kahlen Felsen und hatte den Atlantik direkt vor sich. Rund dreihundert Menschen wohnten dort, und nahezu alle arbeiteten in der Fischerei, entweder als Fischer auf einem der kleinen Kutter oder als Arbeiter in der Fischhalle. Das Wetter war rau, eines Nachts wurden ein Dach abgedeckt und ein Wohnwagen umgeworfen; mehrere Häuser wurden mit Tauen gesichert. Alles kam vom Meer, der Wind, die Wolken, der Regen, die Wellen und der Fisch, um den sich dort alles drehte. So gut wie keines der Häuser hatte einen Garten, es gab keinen Puffer zwischen der Kultur und der Natur; öffnete man die Tür, hatte man das Gefühl, direkt in die Natur zu treten.

So etwas prägt die Menschen, die hier wohnen, dachte ich, denn das soziale Leben war anders, als ich es gewohnt war, es war rauer und sehr viel direkter, aber auch herzlicher und einladender. Vielleicht lag es daran, dass es nur diese kleine Ansammlung von Häusern am Meer gab und diejenigen, die darin wohnten, voneinander abhängig waren.

Zehn Jahre später schrieb ich einen Roman, der in diesem Milieu spielte, und was geblieben war – außer der für mich eigenartigen sozialen Wirklichkeit, in die ich bereits nach wenigen Tagen unerbittlich hineingezogen worden war –, was sich sozusagen als Erinnerungen in meinem Körper abgelagert hatte, war das Licht. Oh, dieses arktische Licht, in dem sich die Welt so scharf abzeichnet. Wie unerhört deutlich alles hervortritt, die spitzen, zerklüfteten Felsen gegen den klaren blauen Himmel, das Grün der Berghänge, die kleinen Schiffe, die den Hafen verlassen oder hereinkommen, die riesigen Dorsche vom Meeresgrund, die sie an Bord hatten, mit ihrer grauweißen Haut und den gelben, leer starrenden Augen, oder die Holzgestelle, an denen die Fische zu Tausenden zum Trocknen im Freien hingen, um später in Richtung Süden transportiert zu werden. Alles war scharf wie ein Messer. Und dann kam die Dunkelheit, fast von beiden Seiten, und schloss sich um den Tag, der immer kürzer wurde und bald nur noch einige Stunden dauerte, als wäre er gefangen zwischen zwei Mauern aus Dunkelheit, die immer näher rückten, bis sie schließlich aufeinandertrafen und alles Nacht wurde. Es war vierundzwanzig Stunden lang dunkel, und in einer solchen Dunkelheit zu leben und zu arbeiten, in solch einer ewigen Nacht, ändert das Verhältnis zur Realität, sie wird traumartig und schattenhaft, als wäre es das Ende der Welt. Und dann zeigt sich das Nordlicht, dann ziehen diese großen Lichtschleier über den Himmel, und selbst, wenn man weiß, wie dieses Phänomen entsteht und worum es sich handelt, ist der Anblick dennoch rätselhaft und sehr fremd: Als ich es zum ersten Mal sah, saß ich mit einem Kollegen im Auto, wir hielten an, stiegen aus und sahen es uns fasziniert an. Mitten in der Wildnis, gebannt wie Rehe im Scheinwerferlicht.

Das Nordlicht zwingt den Blick nach oben, man kann es unmöglich übersehen, und obwohl das Phänomen einfach zu erklären ist – Strahlen, die auf die Atmosphäre treffen – und nicht geheimnisvoller als das Licht einer Taschenlampe, transportiert es noch etwas anderes. Das Gefühl, sich am äußersten Rand der Welt zu befinden und in das unendliche, leere und leblose Universum zu blicken, durch das wir uns mit rasender Geschwindigkeit bewegen.

Das Nordlicht ist kein lebensspendendes Licht, es ist wie ein Spiel, ein Trick, und obwohl es spektakulär ist, waren die Menschen davon nicht beeindruckt oder redeten darüber. Es war nicht so, dass sie sich vor den Häusern versammelten und in den Himmel starrten, denn für diejenigen, die dort wohnten, war es Teil ihres Alltags. Anders verhielt es sich mit der Sonne. Nach Monaten der totalen Dunkelheit war der Augenblick, in dem sich die Sonne zum ersten Mal wieder zeigte, etwas beinahe Feierliches, und im Frühjahr und Sommer, wenn jegliche Dunkelheit verschwunden war und die Sonne Tag und Nacht am Himmel leuchtete, mitunter rot wie Blut, war die Stimmung in dieser kleinen Gemeinschaft heiter, die Menschen zogen nachts auf die Holme, blieben wach und tranken. Es war fantastisch, aber auch gefährlich, denn der Unterschied zwischen Nacht und Tag markiert eine Grenze, vielleicht die grundlegendste, die wir kennen. Und dort oben war diese Grenze aufgehoben, erst in einer ewigen Nacht, dann in einem ewigen Tag. Aber ich möchte diese Erfahrung nicht missen, denn wenn man in der Fremde lebt und Phänomene sieht, die man nie zuvor gesehen hat, wird alles fremd und zeigt sich so, wie es in Wahrheit ist. Das Wunder des Feuers. Das Seltsame der Wolken. Die Rätselhaftigkeit der Erinnerungen – denn was sind Gedanken denn anderes als kleine Funken aus Licht in der Dunkelheit unseres Gehirns?

*

In *Auf der Suche nach der verlorenen Zeit* schreibt Proust darüber, wie Gedanken und Ideen, die er als junger Mann hegte, erst legitimiert wurden, wenn er in der Literatur auf sie stieß. Seine eigenen Gedanken hatten keinen Wert, bevor er sah, dass einer der von ihm bewunderten Schriftsteller dasselbe gedacht hatte. Jeder hat dies vermutlich irgendwann schon einmal erlebt. Damals, als ich in Nord-Norwegen lebte und der Schleier des Nordlichts über dem ständigen Nachthimmel mir das Gefühl gab, am Rande der Welt zu stehen und in den Weltraum zu blicken, der keine metaphysische Abstraktion, sondern eine physische Realität mit Milchstraßen und Sternenwegen war, ebenso konkret wie die Berge und der Schnee, die mich auf der Erde umgaben, erinnerte ich mich daran, was ich an sternenklaren Abenden in meiner Kindheit gedacht hatte: ob sich das ganze Universum möglicherweise in einem Atom eines anderen Universums befand, und ob dieses Universum sich wiederum in einem Atom eines weiteren Universums befand? So konnte es sich bis ins Unendliche fortsetzen. Vielleicht war ich auf diese Idee auch beim Anblick einer Waschpulverpackung gekommen, auf der ein Foto einer Waschpulverpackung gedruckt war, auf der wiederum eine Waschpulverpackung zu sehen war – und so weiter und so fort. Vielleicht war es die Frage, was sich außerhalb des Universums befand – eine Frage, die von den Kindern in der Nachbarschaft häufig gestellt wurde –, die den Ausschlag für diese Vorstellung gab. In diesem Winter in Nord-Norwegen dachte ich, dass es sich tatsächlich so verhalten könnte. Natürlich ist der Weltraum unendlich groß, aber wir wissen nicht, wie unendlich groß.

Tatsächlich könnte es so sein, aber die Vorstellung war infantil, ich hätte nie irgendjemandem davon erzählt. Dass Douglas Adams, den ich damals las, die Relativität der Unendlichkeit in einer Szene in *Per Anhalter durch die Galaxis* nutzte – eine enorme intergalaktische Kriegsflotte ist auf dem Weg durch das All, um unser Sonnensystem zu zerstören, aber sie berechnen die Dimensionen vollkommen falsch und werden von einem Hund gefressen, als sie über die Erde dröhnen –, legitimierte die Vorstellung nicht, sondern verstärkte nur das Infantile.

Einige Jahre später las ich dann Pascal, den Mathematiker und Gottesfanatiker des 17. Jahrhunderts, und sein Buch *Gedanken*. Ich war einigermaßen verblüfft, als ich dort auf dieselbe Vorstellung stieß! Er nennt das Universum eine kleine Gefängniszelle, in der wir sitzen, und bittet den Leser, sich die winzigste Sache vorzustellen, zum Beispiel eine Milbe. Sie hat Körperteile, die unendlich viel kleiner sind als das Ganze, Beine mit Gelenken, in diesen Beinen Adern, in diesen Adern Blut, in diesem Blut Flüssigkeiten, in diesen Flüssigkeiten Tropfen, in diesen Tropfen Dünste, bis wir zum Allerkleinsten und Unteilbaren vorstoßen:

> Er wird vielleicht denken, er habe die äußerste Kleinheit der Natur erreicht. Ich will ihm darin einen neuen Abgrund zeigen. Ich will ihm im Innern dieses Bruchstückes von einem Atom nicht nur das sichtbare Weltall ausmalen, sondern die Unermesslichkeit der Natur, soweit man sie überhaupt fassen kann. Er soll darin eine Unendlichkeit von Weltallen sehen, deren jedes sein Firmament hat, seine Planeten, seine Erde, seine Tiere und endlich Milben, in denen er abermals finden wird, was jene ersten Milben ihm gezeigt haben, und wenn er in den Milben, die er zuletzt gefunden hat, immer wieder ohne Ende und ohne Ruhe das gleiche findet, soll er sich in diesen Wundern verlieren.

Pascals Anliegen ist nicht naturwissenschaftlich, im Gegenteil, er will die Unendlichkeit heraufbeschwören, indem er die Eitelkeit und Hybris der Naturwissenschaft sichtbar werden lässt, ja, er will, dass ihre Vertreter sich schämen und sich ihre Wissbegierde in Bewunderung verwandelt. Wenn der Mensch versteht, dass er zwischen zwei Abgründen lebt, der Unendlichkeit und dem Nichts, dann »wird er zittern beim Anblick dieser Wunder«, schreibt Pascal, »und ich glaube, wenn seine Neugier sich in Bewunderung verwandelt, wird er eher bereit sein, sie schweigend zu betrachten, als sie voll Anmaßung zu erforschen«.

Wir sind gewohnt, uns die Unendlichkeit als etwas außerhalb von uns selbst vorzustellen, und wir bringen bereits unseren Kindern bei, davor zu kapitulieren. Die Unendlichkeit ist unbegreiflich, aber selbstverständlich. Pascal indes öffnet die Unendlichkeit auch nach innen, mit Blick auf die kleinsten Dinge, die ebenfalls kein Ende haben, und es scheint, als würde sich die Erde zu unseren Füßen auftun.

> Denn es ist einleuchtend, daß die ersten Ausdrücke, die man definieren möchte, andre vorhergehende voraussetzen würden, die zu ihrer Erklärung dienen müssten und daß eben so auch die ersten Sätze, die man beweisen möchte, andre voraussetzen würden, die ihnen vorangingen und auf die Art ist klar, daß man nie zu den ersten gelangen würde (…) Ein gleiches Verhältnis wird man zwischen der Ruhe und der Bewegung und zwischen einem Moment und der Zeit finden. Alle diese Größen sind teilbar ins Unendliche, ohne ins Unteilbare zu geraten, so daß sie alle die Mitte halten zwischen dem Unendlichen und dem Nichts.

In der Welt, die Pascal beschreibt, gibt es keinen festen Punkt, weder auf dem Weg nach außen, noch nach innen, alles ist in Bewegung, und unser Verständnis davon wird begrenzt durch die Sinne, die nur das Wenige von der Welt erfassen, was sich innerhalb ihrer Reichweite befindet. Wir wissen nichts mit Gewissheit, aber wir sind auch nicht absolut unwissend.

> Wir sind auf einer ungeheuren weiten Mitte, immer ungewiß und schwebend zwischen der Unwissenheit und der Erkenntnis und wenn wir meinen weiter vorwärts zu gehen, so wankt unser Gegenstand und entwischt unsrer Fassungskraft; er entzieht sich und flieht in einer ewigen Flucht, nichts kann ihn aufhalten. Das ist unsre natürliche Lage, die jedoch unsrer Neigung am meisten entgegen ist.

Die Überlegungen münden in eine Reflexion über das Verhältnis von Seele und Körper. Was uns sämtliche Möglichkeiten nimmt, die materielle Welt zu begreifen, schreibt Pascal, ist die Tatsache, dass sie ungeteilt ist, während wir Menschen geteilt sind, zusammengesetzt aus zwei entgegengesetzten und wesensverschiedenen Naturen, Körper und Seele. Sind wir nur Körper, wie sich vermutlich die meisten Menschen in unserer Zeit sehen, ist es laut Pascal noch unmöglicher, dass wir die Welt um uns herum verstehen: »Denn es wäre nichts so unbegreiflich als die Behauptung, daß die Materie sich selbst zu erkennen vermöge.« Sind wir nur Körper, können wir nichts erkennen. Und sind wir aus Geist und Materie zusammengesetzt, können wir keine grundlegende Erkenntnis der nicht zusammengesetzten Dinge erhalten, also der Dinge, die entweder nur aus Geist oder nur aus Materie bestehen.

Seit diese Sätze geschrieben wurden, sind vierhundert Jahre vergangen, eine Zeit, in der die Wissenschaft enorme Fortschritte gemacht hat. So radikal, dass wir in gewissem Sinn in einer vollkommen anderen Wirklichkeit leben als Pascal. Seine Beschwörung des Unendlichen, der Kälte, die das Menschliche umgibt, nackt und allein im Universum, ist daher in gewisser Weise merkwürdig vorausschauend, denn das, was der gesamte wissenschaftliche Fortschritt und neue Erkenntnisse seither getan haben, ist eigentlich nur, die Grenzen dessen zu verschieben, was wir wissen, einerseits nach innen – ständig kleinere Partikel wurden nach dem Durchbruch der Atomphysik zu Beginn des vergangenen Jahrhunderts identifiziert –, andererseits nach außen, heute können wir bis zum Rand des Universums, bis zu dessen ältesten Bereichen sehen. Mit anderen Worten, der Raum hat sich seit Pascals Zeit dramatisch erweitert, und damit die Leere. Der feste Halt, das Unteilbare, der feste Punkt entgleitet uns ständig. Aber nicht nur das Wissen über das Universum erweitert sich, auch das Universum selbst –, von den winzigsten identifizierbaren Partikeln bis zu seinen größten Objekten und Systemen bewegt sich alles und ist somit relativ.

In seinem Buch *Sphären I, Blasen* definiert Peter Sloterdijk die Aufklärung als eine Bewegung von den sicheren Höhlen der humanen Illusion hinaus in die nichtmenschliche äußere Welt und nennt sie eine Geschichte der Erkenntnisse und Enttäuschungen. Seit Beginn des modernen Zeitalters, also seit Pascals Zeit, hat die menschliche Welt konstant, jedes Jahrhundert, jedes Jahrzehnt, jedes Jahr und jeden Tag lernen müssen, neue Wahrheiten über »ein nicht auf den Menschen bezügliches Außen hinzunehmen und zu integrieren«, schreibt Sloterdijk, und bezeichnet die Menschen als »Idioten des Kosmos«.

> Durch Forschung und Bewusstwerdung ist der Mensch zum Idioten des Kosmos geworden; er hat sich selbst ins Exil geschickt und sich aus seiner unvordenklichen Geborgenheit in selbstgesponnenen Illusionsblasen ins Sinnlose, Unbezügliche, Selbstläufige ausgebürgert.

Doch selbst, wenn es so ist, und die Furcht, die Pascal beschreibt, uns noch weit mehr als ihn erfüllen müsste, verhalten wir uns nicht so: Pascals Beschreibungen von dem großen, leeren Raum und der Einsamkeit, der Hilflosigkeit und der Kleinheit des Menschen darin kommen uns fremd vor. Es scheint, als ob es nicht die geringste Relevanz für uns hat, es ist eine Perspektive, die ganz sicher möglich ist, aber keine Gültigkeit hat. Wir wissen es, aber wir kümmern uns nicht darum. Laut Sloterdijk liegt es daran, dass die Menschen sich nicht mehr für ihre Orte interessieren, sie fragen nicht länger, wo sie sind, sondern nur noch, wer sie sind.

Die Frage nach dem »Wo« findet ihre Antwort im Vertikalen, das unseren Blick hinauf zu den Sternen zwingt, mit deren Hilfe die alten Seefahrer ihre Position bestimmten. Und hinauf zu Gott oder dem Göttlichen, das sich im *Alten Testament* über uns befindet. Während die Antwort auf die Frage nach dem »Wer« im Horizontalen liegt, in dem Netzwerk von Mitmenschen –, und zwar in steigendem Maß, denn wenn wir jetzt aufblicken, sehen wir nicht die Sterne, nicht das Göttliche oder die Unendlichkeit, sondern wir sehen die Satelliten, die Bilder von uns und unserer Wirklichkeit transportieren. Wir sehen dort oben nicht Gottes Gesicht, sondern unser eigenes.

Lange waren das Offene und Grenzenlose das Ideal voller Möglichkeiten und Zukunft, etwas grundlegend Positives und Attraktives, während parallel dazu das Eingeschlossene, das Einschränkende, das Kurzsichtige, das Isolierende, das Begrenzende etwas Unerwünschtes war, verbunden mit Stagnation oder sogar Rückgang, Regression und Reaktion. Das Grenzziehende und Einzäunende wollten wir in den letzten hundert Jahren mit aller Macht aufheben. Zäune, Mauern, Verschläge, all diese Worte sind Bilder für etwas sehr Negatives. Das Geschlecht begrenzt, der Klassenunterschied begrenzt – beides gilt als Vorurteil, dass etwas an einem Menschen von vornherein festgelegt ist. Dasselbe trifft für den Ort zu, aus dem man stammt. Vor einiger Zeit las ich einen Artikel über einen Mann, der als Kind aus einem asiatischen Land adoptiert worden war. Er war frustriert, weil so viele ihn fragten, wo er denn her käme, diese Frage würde anderen Schweden nicht gestellt, nur ihm und Menschen, die wie er asiatische Gesichtszüge trügen. Mit anderen Worten, es handelte sich um Rassismus. Allerdings, so dachte ich, als ich den Artikel las, ist es ja so, dass er tatsächlich in Asien geboren wurde und physische Gemeinsamkeiten mit anderen Menschen hat, die dort geboren sind. Die Frage, mit der er so häufig konfrontiert wird, ist also durchaus berechtigt und hat mehr mit den tatsächlichen Umständen zu tun als seine Antwort, er komme aus Schweden. Aber, ließe sich einwenden, bei der Frage nach Identität existieren so etwas wie »tatsächliche Umstände« nicht, sie sind eine Konstruktion. In Fällen wie diesem ergibt sich eine Kollision zwischen zwei verschiedenen Arten, Identität zu konstruieren: Ausgangspunkt der einen, der althergebrachten Art und Weise, ist der Ort, die Vorstellung der Herkunft, die nach dem »Wo« fragt; während die andere, die neue Form, ihren Ausgangspunkt im Individuum an sich hat, also nach dem »Wer« fragt.

Noch vor wenigen Generationen war die Vorstellung von einem Zusammenhang zwischen Geographie und Psychologie weit verbreitet. Der schwedische Dichter Vilhelm Ekelund beruft sich zum Beispiel ständig auf den Unterschied zwischen dem Temperament des Nordens und dem Temperament des Südens (es entspricht ungefähr Nietzsches Unterscheidung zwischen dem Apollinischen und dem Dionysischen). Und der Gedanke, dass Menschen aus einer bestimmten Gegend ganz bestimmte Verhaltensweisen aufweisen oder ein ganz bestimmtes Temperament besitzen, lässt sich bis auf einzelne Städte und Dörfer herunterbrechen – als meine Großmutter aufwuchs, war es geradezu normal, Familien von bestimmten Höfen ganz bestimmte Eigenschaften zuzuordnen. Zu wissen, woher jemand kam, war wesentlich, um zu wissen, wer er war. Die Frage stellt sich, ob diese Vorstellungen so selbstverstärkend waren, dass spätere Generationen es entweder akzeptierten und damit aufwuchsen oder sich dagegen auflehnten und fortzogen. Der bekannteste Autor dieser Kultur ist Olav Duun. Dass heute niemand mehr derartige Sippenromane schreibt, hängt natürlich damit zusammen, dass Begriffe wie Familie oder Sippe ihren Sinn und ihre Prägnanz verloren haben. Und dass damit Landstriche, wie Duun sie beschreibt – in denen die Landschaft sich überhaupt nicht verändert, während Generationen kommen und gehen –, sich grundlegend verändert haben und in unserem Teil der Welt nicht mehr zu finden sind. So gesehen ist Duuns Zeitgenosse Hamsun mit seinen großen Themen Wurzellosigkeit, Heimatlosigkeit und dem ungebundenen Individuum der modernere Schriftsteller. Bei Hamsun wurde die Wurzellosigkeit (häufig unmittelbar verbunden mit dem Kapitalismus) zu einer ambivalenten Größe. Hamsun pflegt das Bodenständige, aber als ein wurzelloser Mensch, und die Welt, die er beschrieb und als deren Teil er sich begriff, war noch immer ausgeprägt lokal. Ortsübergreifende Technologien entstanden erst allmählich – als Hamsun *Hunger* schrieb, gab es kein Flugzeug, kein Radio, kein Fernsehen, und der Fotoapparat war noch immer eine neue Erfindung. Der erste Film war wenige Jahre zuvor gedreht worden, und Autos waren ein einzigartiger, seltener Anblick. Der Telegraph, das Dampfschiff und der Zug waren die Technologien, die Nachrichten und Menschen mit einer gewissen Geschwindigkeit vermittelten und bewegten. Als Hamsun 1952 starb, war die Welt voller Autos, Flugzeuge, Telefone, Rundfunkgeräte, Fotoapparate und Filme, eine Entwicklung, die nicht zuletzt durch die beiden Weltkriege befördert worden war (nur sechzehn Jahre nach seinem Tod setzten Menschen ihren Fuß auf den Mond). Dennoch hinterließen diese gewaltigen Veränderungen keinerlei Spuren in seinem Werk: Der Ton und die Mentalität in seinem Roman *Hunger*, der 1895 erschien, sind ungefähr genauso wie der Ton und die Mentalität in dem Buch *Auf überwachsenen Pfaden*, das 1949 erschien. Dies sagt möglicherweise einiges darüber aus, wie formend die ersten zwanzig Jahre eines Lebens sind, der Blick auf die Welt, der sich in diesen ersten Jahren ausbildet, kann technologische und soziale Veränderungen integrieren und aufnehmen, ohne sich selbst verändern zu müssen. Und es sagt vielleicht auch einiges darüber, wie die eigentliche Form, in der gedacht und geschrieben wird, bestimmt, was gedacht und geschrieben wird – denn noch immer schreiben Autoren Romane so, wie es Hamsun und seine Zeitgenossen taten, und obwohl Mobiltelefone und Internet in diesen Romanen vorkommen, ist die Welt und das Verständnis der Welt im Grunde dasselbe. Doch dann kommt es zu einer Überschreitung, und etwas anderes zeigt sich –, häufig ist es schwierig zu bestimmen, da es neu ist und sich damit außerhalb der Kategorien bewegt, in denen wir denken, und doch befindet es sich auf eine vage und eigenartige Weise in Übereinstimmung mit etwas in uns. Für mich war Roberto Bolaños Roman *2666* solch ein Buch. Als ich es las, schien die gesamte Gegenwartsliteratur in den Schatten gestellt zu werden. Dieses Buch war relevant, dieses Gefühl hatte ich. Was genau so relevant daran war, konnte ich nicht einmal benennen. Und wenn man es mit anderen Büchern ähnlichen Umfangs vergleichen würde, zum Beispiel mit dem Roman des 19. Jahrhunderts, *Krieg und Frieden* von Tolstoi, oder dem Roman des 20. Jahrhunderts, *Ulysses* von James Joyce, dachte ich und suchte nach Unterschieden, was würde sich dann zeigen? Der offensichtlichste Unterschied hatte etwas mit der Regulierung von Abständen zu tun. In *Krieg und Frieden* gibt es das gesamte Buch hindurch einen Vordergrund und einen Hintergrund, immer ist etwas nah und etwas anderes fern, mit anderen Worten, es gibt immer das Gefühl eines Zentrums. Der Krieg spielt sich draußen ab und erreicht die Romanfiguren in Form von Gerüchten, Nachrichten und Berichten aus erster und zweiter Hand. So prägt die große Geschichte die kleine – und wenn eine der Romanpersonen sich aus der kleinen in die große Geschichte bewegt, tritt diese in den Vordergrund, dann wird die kleine Geschichte an die Peripherie, an den Rand gedrängt. In *Ulysses* ist die Perspektive so stark auf die Hauptpersonen zugeschnitten, dass ihr Bewusstsein und nicht ihre Handlungen und Interaktionen das Zentrum bilden, es geht um die Welt, wie sie von Stephen Dedalus und Leopold und Molly Bloom wahrgenommen und begriffen wird. Die große Welt zeigt sich in der kleinen durch Fragmente in diesem bestimmten Augenblick, an diesem bestimmten Tag, in dieser bestimmten Stadt, ohne dass ihr Status je hinterfragt wird: Der schwache Uringeschmack in den gebratenen Nieren, die Leopold Bloom zu Beginn des Romans isst, gehört zur nahen Welt, während die Zeitungsnachrichten, die er im Laufe des Tages mitunter aufschnappt, etwas von außerhalb verkörpern. Es gehört zu seinem Leben, aber als etwas Peripheres. Liest man *2666*, hat es den Anschein, als sei dieses Gefühl eines Zentrums, das auf einer Vorstellung oder einem Erlebnis beruht, dass etwas nah und etwas anderes fern ist, aufgelöst oder aufgehoben. Zwei der vier westeuropäischen Akademiker, denen gemeinsam ist, dass sie sich für den verschwundenen Schriftsteller Archimboldi interessieren, reisen an den Ort, wo er zuletzt gesehen wurde, in die mexikanische Grenzstadt Santa Teresa. Die Gegend und die Ereignisse werden nicht als fremd beschrieben, es gibt keine erkenntnismäßige Kluft in Form von etwas Ungewohntem, Unverständlichem oder Exotischem zwischen den Personen und dem, was sie sehen. Jedenfalls nicht in dem Maß, dass sie das Bedürfnis hätten, es zu überwinden. Andererseits gibt es aber auch keine Vertrautheit. Die Distanz ist immer dieselbe, die Personen sind weder nah an etwas noch fern von etwas, es scheint, als hätte die Umgebung keinerlei Wirkung auf sie, ähnlich einem Ambiente, das wir im Fernsehen sehen, dachte ich, als ich es las. Und vielleicht ist dies auch die Erklärung für diesen Blick: Sie haben alles schon einmal gesehen, so dass sie nichts mehr überrascht, obwohl sie nie zuvor dort gewesen sind. Die Welt ist in gewisser Weise fertig gesehen, und dass sie nun zum ersten Mal physisch dort sind, ändert daran gar nichts. Dieses Von-vornherein-Bescheid-Wissen, das ihren Blick färbt, verkörpert einen Abstand zu dem Fremden, den keine Reise aufheben kann. Und wenn Tolstoi es mit seinen Beschreibungen der Wirklichkeit geschafft hat, das Fremde so darzustellen, als würden wir es zum ersten Mal sehen, und es uns als wahrhaftig und nicht durch Sehgewohnheiten getrübt erscheint, erreicht Bolaño das Gegenteil. Er beschreibt die Abschwächung der Bilder in der Wirklichkeit. Merkwürdigerweise erreicht er jedoch etwas Ähnliches wie Tolstoi, denn die Welt, die Bolaño beschreibt, ist ebenfalls geheimnisvoll, gerade durch die fehlende Vertrautheit und den fehlenden Versuch, sie zu durchdringen: Wir sehen es, und das, was wir sehen, wird in einer Weise geschildert, in der weder das eine noch das andere gewichtet wird, es ist unerklärlich. Man könnte vielleicht sagen, aber so ist die Welt doch tatsächlich, eine Größe, die es nicht gibt, sie bedeutet nur etwas, wenn sie jemandem etwas bedeutet – unerklärt und unvermittelt, alle Geschehnisse und Gegenstände wiegen gleich viel: Als Ereignis gibt es keinen Unterschied zwischen einem Schmetterling, der sich auf eine Dachrinne setzt, und einem Mann, der einen anderen Mann mit einem Messer niedersticht, es sind lediglich zwei Ereignisse in der Welt.

Zu Beginn des 21. Jahrhunderts empfing ich alle möglichen Fernsehkanäle zu Hause, von denen einer, er heißt wohl Euronews, und ich schalte ihn hin und wieder immer noch ein, wenn ich in Hotels übernachte, spätabends oder die ganze Nacht hindurch ungeschnittene Bilder von einem oder mehreren Ereignissen des Tages sendet. Vollkommen fasziniert verfolge ich das Ganze, weil es so geheimnisvoll ist. Eine normale Nachrichtensendung würde die Bilder in einen Zusammenhang stellen und erklären, was passiert, immer gibt es darin eine Kohärenz zwischen Bildern und Kommentaren, sie sind eine Erzählung der Wirklichkeit, ungefähr so, wie es immer eine Kohärenz zwischen dem Text eines Märchens und den Illustrationen gibt. Aber ohne Kommentar ließ sich unmöglich sagen, was eigentlich passierte, was eigentlich wichtig war, es waren lediglich Menschen irgendwo auf der Welt zu sehen, sie können im Chor brüllen, sie können Plakate in die Luft halten, sie können von der Polizei verprügelt werden oder Steine auf die Polizei werfen, sie können vor Tränengas oder Wasserwerfern davonlaufen, mit Granatwerfern schießen oder mit einem Gewehr in der Hand gebückt über die Straße laufen.

Wenn ich dies so formuliere, habe ich die Bilder allerdings bereits in kleine Erzählungen und bekannte Situationen wie Demonstrationen, Auseinandersetzungen und Kriege verwandelt. Sie zu sehen, war anders. Ein Mann sah einen anderen Mann an, was bedeutete das? Ein plötzliches metallisches Geräusch, woher kam es? Eine Frau, die sich auf den Bürgersteig setzt, warum tut sie das? Der Klang von zwei Stimmen, die sich ein Stück weit entfernt unterhalten, worüber reden sie? Wer sind sie? Und häufig ganz gewöhnliche, undramatische Ereignisse gleich in der Nähe, der Übergang war fließend. Eine alte Dame, die auf einem Balkon steht und auf das Geschehen hinunterschaut, das Brausen des Verkehrs auf einer Straße direkt dahinter, eine Möwe oder eine Taube, die vorbeifliegt. Meine Verwirrung darüber, das Gefühl, nichts zu verstehen, auf etwas Unbekanntes und Unüberschaubares zu schauen, auf Ereignisse, zwischen denen ich keine Verbindung herzustellen vermochte, war, denke ich jetzt, die adäquate Reaktion auf bewegte Bilder von fremden Orten. Aber normalerweise sehen wir diese Art von Bildern nicht als fremd an, sie kommen immer in Form von Erzählungen, und sie ähneln sich immer, so dass die wesentlichen Unterschiede – die Unterschiede zwischen dem Ort, an dem wir uns befinden, und dem Ort, den wir sehen – in gewisser Hinsicht aufgehoben sind.

Wenn es sich so verhält, dass wir das Gefühl, die Welt zu kennen, in uns tragen, sobald wir in die Welt hinausgehen, und wenn das Fremde sich aufgrund unserer Bilder von der Wirklichkeit und dem unbestrittenen Faktum, dass die Orte auf der Welt sich immer mehr ähneln, abschwächt, dann ist es auch so, dass wir in immer größerem Maße die eigene Welt mit uns nehmen, wenn wir reisen. Ich erinnere mich an Reisen in den achtziger Jahren: Sobald man Norwegen verließ und die Grenze zu Schweden oder Dänemark überschritt, verlor man vollkommen den Kontakt zu allem, was zu Hause geschah.

Man konnte keine Zeitungen lesen, man konnte weder Radio hören noch fernsehen. Das Band zum Lokalen war zerschnitten, was dort war, blieb dort. Kam man wieder nach Hause, vielleicht nach einem Monat, und schlug die Zeitungen auf, ging es um Dinge, von denen man keine Ahnung hatte, es war eine Wirklichkeit, die man einige Tage von außen betrachtete. Verlässt man heute das Land, nimmt man auch diesen Teil mit; zumindest ich mache es so, wenn ich im Zug durch Europa oder Amerika sitze, ich verfolge dann mehrfach am Tag norwegische Zeitungen auf meinem Handy, und am Abend kommt es oft vor, dass ich am Hotelcomputer norwegisches Fernsehen sehe. Es ist ein Gefühl, eigentlich nie irgendwo aufzubrechen und eigentlich auch nie irgendwo anzukommen, als hätte die Grenze zwischen hier und dort keine Bedeutung mehr oder zumindest eine deutlich geringere Bedeutung als noch vor einigen Jahrzehnten. Natürlich ist dieses Gefühl ein Resultat der Technologie, und es ist möglich, es zu umgehen, wenn man will; man muss nur den Fernseher ausschalten, Mobiltelefon und Computer wegwerfen, aufhören zu reisen oder auf eine Art reisen, die Zeit erfordert – zu Fuß, zum Beispiel –, dann würde der Ort seine alte Bedeutung zurückgewinnen. Oder nicht? Natürlich ist es nicht so einfach, denn die Veränderung der Technologie führt zu einer Veränderung der Mentalität, und über die Mentalität bestimmt nicht der Einzelne, sie gehört dem Kollektiv, und darüber hinaus sind die Veränderungen konkret: Der Ort ändert nicht nur seine Bedeutung, er ändert auch seine Form.

Reiste man zum Beispiel 1934 durch Norwegen, gab

es in den Dialekten, in den Baustilen und der Kultur von einem Tal zum anderen, von Stadt zu Stadt, Unterschiede, die heutzutage nivelliert sind: Die Tankstellen sehen gleich aus, die Läden sehen gleich aus, die Gebäude sehen gleich aus. Mein Großvater wanderte in seiner Jugend mit Büchern im Rucksack umher, die er auf den Höfen im Vestland verkaufte. Als er alt war, fuhr ich ihn einmal nach Ålesund, und er verglich die damaligen Verhältnisse mit den heutigen. Er sagte, ich würde nicht glauben, wie arm die Leute damals gewesen wären, wie viel Not und Elend es damals gab und wie fantastisch sich alles entwickelt hätte. Es sei nicht zu glauben, sagte er. Niemand konnte sich damals den heutigen Wohlstand vorstellen. Mein Großvater war ein Pragmatiker, ein Zukunftsgläubiger; ich erinnere mich, dass er gegen Ende seines Lebens einmal davon gesprochen hat, Kühe schlachten zu lassen, um sich für das Geld einen Satellitenempfänger zu kaufen. Aber diesen Maßstab, den er auf dem Weg nach Ålesund anlegte, dass alles, was sich seit seiner Jugend entwickelt hatte, geradezu unfassbar gut war, trage ich seither immer in mir, selbst in meinen düstersten zivilisationskritischen Momenten: Es ist besser geworden. Dass der Ort verschwindet, dass die Welt zu Bildern wird, dass Bildschirme das Leben ersetzen, ist ein Preis, der es wert ist, bezahlt zu werden. Es gibt keinen Grund, sich in die Vergangenheit zurückzusehnen.

Die schwedische Schriftstellerin Kerstin Ekman sagt irgendwo dasselbe, es gibt keinen Grund, die Vergangenheit zu romantisieren, sie war zu arm und zu elend, niemand will dorthin zurück, nicht wirklich. Und das ist sicher auch richtig so. Warum reagiere ich trotzdem so heftig auf die Technologisierung der Kultur, ihre Abstraktion der Wirklichkeit und ihr Zusammenwachsen? Für mich ist es eine Frage der Werte. Es geht also im Grunde um Kapitalismus und Kommerzialisierung, wenn die Orte keinen Sinn mehr produzieren – da Sinn etwas ist, das im Ungleichen entsteht, nie im Gleichen –, sondern Geld, mit dem alles nivelliert wird, indem man den Tauschwert als das Höchste ansetzt.

Was ist eine Nachricht? Etwas, womit Zeitungen und Fernsehsender Geld verdienen. Was haben wir davon? Ja, wir werden unterhalten. Was heißt es, unterhalten zu werden? Es geht darum, sich die Zeit so einfach und schmerzfrei wie möglich zu vertreiben. Bilder sind schmerzfrei, sogar Bilder von Schmerzen sind schmerzfrei. Auf diese Weise können wir ein Leben führen, in dem wir das Imaginäre spüren, das heißt, das Unverpflichtende, wir können einfach leben, widerstandslos. Grenzen bedeuten Widerstand. Unterschiede bedeuten Widerstand. Schlagbäume, Barrieren, Verschläge, Mauern, Zäune bedeuten Widerstand. Klassen, Geschlecht, Orte bedeuten Widerstand. Ein derartiger Blick, dass die Vorstellung des Offenen, Freien und Grenzenlosen und Gleichen im Grunde dem Kapitalismus dient und die Kommerzialisierung der Welt ermöglicht, wird in der Linken nicht genügend kommuniziert; dort meint man, dass der Gleichheitsgedanke progressiv ist und die Emanzipation der Frau, die im letzten Jahrhundert stattfand, aufgrund eines idealistischen, politischen Kampfes ermöglicht wurde, während es in Wahrheit natürlich auch an den steigenden Produktionsanforderungen der Gesellschaft lag, die mehr Arbeitskraft und einen erhöhten Konsum notwendig werden ließen.

Das Problem wurde dadurch gelöst, dass nun Frauen wie Männer am Arbeitsleben teilnahmen und die Fürsorgefunktionen der Frauen durch die Einrichtung von Kindergärten und Pflegeheimen institutionalisiert wurden. Plötzlich wurden wir alle Arbeiter, wurden wir alle Verbraucher, und abends sitzen wir alle da und betäuben uns mit unserem Opium, den hysterischen und idiotischen Fernsehprogrammen. Ich will nicht missverstanden werden, es gibt keinen Grund, warum Männer draußen und die Frauen daheim arbeiten sollen, ich bin nicht gegen die Gleichstellung, ich meine nur, dass die Gleichheitsideologie im Grunde eine Geldideologie ist, und dass die Maßnahmen, mit denen Ungleichheit und Unterschiede verwischt werden sollen, ganz sicher reaktionär sind, aber vielleicht sollte das Reaktionäre in einer Welt, in der das Progressive und Moderne, das Zukunftsorientierte und Zukunftsoptimistische mit Kapitalismus gleichzusetzen ist, nicht automatisch disqualifiziert werden, als Reflex, wie es im Moment der Fall ist. Wir beschäftigen uns mit Ökologie und Umweltschutzfragen, sind aber nicht bereit, die Konsequenzen für das zu tragen, was unser Leben einfacher und bequemer macht –, für die Industrialisierung der Tierhaltung zum Beispiel oder den Autoverkehr.

Was wäre, wenn wir den Autoverkehr abschaffen? Keine schädlichen Auspuffgase, kein Massentod im Verkehr.

Was wäre, wenn wir die enorme Fleischproduktion einstellen und anfangen würden, die Tiere, die uns Nahrung geben, auf eine würdigere Weise zu behandeln und ihnen somit ihr Leben zurückzugeben?

Was wäre, wenn wir das Fernsehen einstellen? Das

Internet? Wir würden den Ort zurückbekommen, aber auch den Schmerz, und somit geht es nicht, denn wir suchen das Schmerzfreie und haben es immer getan, denn das ist das eigentlich Moderne. Deshalb leben wir lieber in dem Bild von der Welt als in der Welt. Die Figur, die zusammen mit Hamlet das Eingangstor zu unserer Zeit bildet und die sowohl auf der Schwelle zu unserer Zeit steht als sie auch gleichzeitig repräsentiert, ist Don Quichote. Er reitet in einem Bild der Welt umher, in der Ideale herrschen und die voller edler Ritter und Romantik ist, und wenn diese innere Welt mit der äußeren zusammenstößt und von ihr nachgerade durchdrungen wird, entsteht Komik. Denn die Wirklichkeit ist gemein, sie ist voller kleiner Verbrecher, versoffener Schurken und Dinge, über die man stolpern oder an denen man sich stoßen kann. Wir lachen, wenn Don Quichotes hohe abstrakte und ätherische Ritterwirklichkeit wieder und wieder von der konkreten und materiellen Wirklichkeit mit all ihren kleinen Schlägen und Tritten durchdrungen wird, die einen ganz anderen Schmerz repräsentieren als den idealisierten des Heldenmuts. In Cervantes' Welt gibt es nur einen Don Quichote, in unserer Welt sind wir alle Don Quichotes, die in unserem Bild von der Wirklichkeit umherreiten, einige offensichtlicher als andere: Einer von Werner Herzogs Dokumentarfilmen erzählt die Geschichte eines jungen Amerikaners, der jeden Sommer eine Gruppe Bären im Norden Amerikas besucht. Er hat die Vorstellung, sie seien so süß wie Schmuseteddys, er filmt sie mehrere Sommer nacheinander beunruhigend nahe, und sie lassen ihn in Ruhe, bis er einen Sommer zu lange bleibt, sie hungrig werden und ihn auffressen. Und in Jon Krakauers Dokumentarbericht *In die Wildnis* begegnen wir einem anderen jungen amerikanischen Mann, dessen gemütliches Bild von der Wildnis ihm zum Schicksal wird, als er allein in die Wildnis geht und dort stirbt.

Sloterdijks Pointe lautet, dass wir nie in Kontakt mit der tatsächlichen Wirklichkeit gestanden haben, dass Menschsein bedeutet, Sphären zwischen Menschen zu errichten, durch die sich die Welt zeigt. Aus der Sphäre herauszutreten, die zuerst zwischen Mutter und Kind entsteht, danach zwischen dem Kind und der Familie, dem Kind und der Gesellschaft – wir leben verbunden im Reich des Wir, wie er es ausdrückt –, ist nicht möglich, denn das würde bedeuten, aus dem Menschlichen herauszutreten. Dichter, Geschichtenerzähler und Priester haben dem, was sich außerhalb befindet, schon immer Namen gegeben und es so in das Menschliche mit einbezogen, gleichzeitig wurde es aber auch umgeformt zu einer Vorstellung, einer Kategorie, einem Begriff, einem Wort. Auf die Frage »Wo sind wir, wenn wir in der Welt sind?« antwortet Sloterdijk: »Wir sind in einem Außen, das Innenwelten trägt.«

So ist es immer gewesen, das ist das menschliche Sein in der Welt. Geändert hat sich in den letzten Generationen, dass die Anwesenheit dieses Außen so gut wie eliminiert ist. Das Virtuelle ist die Voraussetzung der Kunst, dadurch sind andere Orte und Zeiten in das Hier und Jetzt des Menschen getreten, und das Fremde wurde gemeistert, indem es benannt wurde, aber nun, da das Fremde vollständig gemeistert und die ganze Welt wie ein Kunstwerk ist, muss die Kunst die Kunst verlassen, denn sie ist keine Kunst mehr. Das, so glaube ich, ist der Grund für die Sehnsucht nach Wirklichkeit, die in den letzten Jahrzehnten so stark hervorgetreten ist und die David Shields in seinem Buch *Reality Hunger* beschreibt; wir alle kennen diese Sehnsucht, wir wollen das Echte, wir wollen das Authentische, wir wollen die Welt zurück. Das aber geht nicht, denn wir wissen, dass das Ursprüngliche auch nur eine Vorstellung ist, nicht wirklicher als ein Traum von dem unendlichen Punkt, dem Beweger des Unbeweglichen.

Sloterdijk: »Solange die Banalität die Intelligenz versiegelt, interessieren sich Menschen nicht für ihren Ort, der gegeben scheint; sie fixieren ihr Vorstellen an die Irrlichter, die ihnen als Namen, Identitäten und Geschäfte vorschweben.«

Menschen, schreibt der Philosoph einigermaßen arrogant. Aber wer sind die Menschen? Das sind du und ich.

Was also können wir tun?

Ich kann nicht für dich sprechen, nur für mich, und das Wenige, was ich tun kann, ist, mich durch Schreiben zu relokalisieren, aber auch innezuhalten und nicht wegzuschauen, sondern zum Licht des Universums aufzublicken, in das schwache Brausen der Wellen, und am Schluss das knirschende Geräusch von Schritten im Schnee wie einen kleinen Schock der Stille, ein Beben zu spüren. Dieses Beben ist die Antwort der Seele auf eine Frage, die sie sonst nie berührt. Wo bin ich jetzt?

Hier bin ich.

BIBELHELFER

Am Anfang schuf Gott Himmel und Erde.

ABER HAT ER DAS WIRKLICH GETAN? Steht da nicht eigentlich »Am Anfang schuf Gott die Himmel und die Erde«, also mehrere Himmel? Und die Erde, war sie wirklich wüst und leer oder war sie wüst und formlos? War es finster auf der Meerestiefe, auf der großen Tiefe oder nur auf der Tiefe? Und schwebte der Geist Gottes oder blies der Wind Gottes? Und war es über dem Wasser oder über den Wassern? Sprach Gott »Es werde Licht«, sprach er »Lass es leuchten« oder sagte er »Es soll hell werden«?

Dies sind nur einige Möglichkeiten, die in den ersten drei Zeilen der Schöpfungsgeschichte liegen. Die Möglichkeiten gehören zum hebräischen Grundtext und sind beständig, die Lösungen, die man wählt, gehören zur Gegenwart und sind veränderlich. Was sich 1935 gut angehört hat, muss sich nicht notwendigerweise auch heute noch gut anhören. Daher lässt sich die Bibel natürlich auch nicht endgültig übersetzen, und deshalb ist Bibelübersetzung natürlich auch ein besonders herausforderndes Genre: Ein Begriff, der sich in einem Roman »gut« anhört, muss nicht notwendigerweise in einen Bibeltext passen, wo zusätzlich zum rein Stilistischen Rücksicht auf Tradition, Liturgie und Exegese genommen werden muss. Wie also soll man entscheiden, ob »auf der Meerestiefe«, »auf der großen Tiefe« oder »auf der Tiefe« am besten oder am korrektesten ist? Was hört sich »gut« an in einer norwegischen Bibel im Jahre 2010?

*

Hätte mir jemand als siebzehnjährigem Gymnasiasten in Kristiansand, noch dazu als einem glühenden Atheisten und glühenden Antichristen, erzählt, dass ich mich nur zwanzig Jahre später ebenso glühend mit Fragen beschäftigen würde, die sich mit der Bibel und ihrer Übersetzung befassen, wäre ich bestimmt der Meinung gewesen, ich hätte mich selbst verraten. Ich wäre in die Falle gegangen, in die so viele Menschen mittleren Alters gehen, die ihre Ideale aufgeben und pragmatisch und falsch leben, weil es letzten Endes das Einfachste ist. Oh, was war geschehen, hatte man mich überlistet? War ich erschöpft? Schwach?

Das innere Feuer, die feste Überzeugung und der gnadenlose Blick gehören der Jugend, und dies ist eigentlich komisch oder zumindest ironisch, weil alles in einer Seele oder einem Geist entsteht, der noch so schwach, so unsicher, so vibrierend und so unwissend ist, dass es schmerzt, es sich ansehen zu müssen. Es bedeutet nicht, dass die Überzeugungen falsch sind, obwohl es häufig durchaus so ist, nur dass ihre Begründungen und Konsequenzen nicht verstanden wurden. Meine Verachtung des Christentums hatte mit der Verachtung von Illusionen zu tun. Der Glaube, dass es mehr gäbe, als wir sehen können, einen persönlichen Gott, der denjenigen, der an ihn glaubt, tröstet und ihm das ewige Leben schenkt, hatte an und für sich nichts Provokantes – in Kristiansand aber durchaus, denn dieser Glaube war verbunden mit einer besonders kleinbürgerlichen Moral, in der es darum ging, was man durfte und was man nicht durfte. Nur ein Siebzehnjähriger kann sich darüber aufregen, denn schließlich sieht es überall so aus, mit oder ohne Bibel in der Hand und Gottes Wort im Mund. Die Korruption der Kultur durch Geld und die manische Unterhaltungssucht durchdringen alles, und sie durchdringen auch das Innere eines jeden Einzelnen von uns, und das gibt einem skandinavischen Menschen in der Midlife-Krise wie mir das Gefühl – nicht wütend zu werden, nein, diese Zeit ist vorbei –, aber zu resignieren und abgestoßen zu sein. Dazu kommen die Industrialisierung des Lebens und die grotesken Grenzüberschreitungen der Wissenschaft, die offenbar niemand wirklich stören, und in diesem grellen Licht liegt der Widerstand gerade in der Arbeit mit den alten, heiligen Schriften unserer Kultur, an der niemand etwas verdient, von der niemand unterhalten wird und die langsamer und behutsamer vor sich geht als irgendeine archäologische Ausgrabung. Bei dieser Arbeit werden die existenziellen Fragen, die so lebenswichtig für uns Menschen sind, nicht diskutiert, sie werden nicht zur Debatte gestellt, sie sind nicht einmal Gegenstand der Reflexion, sondern sie werden in Bildern, Szenen und Handlungen ausgebreitet, die die Zeit anhalten und seit bald dreitausend Jahren angehalten haben. Es gibt keinen Fortschritt im Alten Testament. Mit der Übersetzung ist kein Geld zu verdienen und kein Ruhm zu erlangen. Auch kein Prestige, denn jeglicher individueller Einsatz verschwindet in dem großen Kollektiv, diesem *Anonymus*, der früher so viel Gutes geschrieben hat, nun aber beinahe verschwunden ist. Die Bibel zu übersetzen, ist eine so durch und durch idealistische Arbeit, wie man sie sonst kaum noch irgendwo finden wird.

Als ich im Sommer 2005 einen Anruf von einem Hans Olav Mørk von der Norwegischen Bibelgesellschaft bekam und er mich fragte, ob ich ein paar Minuten Zeit hätte, war ich daher neugieriger als sonst, wenn jemand anruft und mich fragt, ob ich irgendetwas für ein Buch oder eine Zeitschrift schreiben will.

Bibelgesellschaft?

Ja, sagte ich, klemmte das Telefon zwischen Kinn und Schulter und schloss die Tür zum Arbeitszimmer hinter mir. Ich hatte Zeit. Worum geht's denn? Tja, sagte er, ich weiß nicht, ob Sie es wissen, aber die Bibelgesellschaft hat gerade eine Revision des Neuen Testaments abgeschlossen und beginnt jetzt mit den Arbeiten am Alten Testament. Aha, erwiderte ich, ging die Treppe hinunter, öffnete die Haustür und trat auf den Bürgersteig ins Licht der niedrig stehenden, satten Nachmittagssonne, die über dem Gebäude auf der anderen Straßenseite hing. Wenige Städte sind im Sommer so schön wie Stockholm, und die Freude darüber stieg langsam in mir auf, als ich zum Tegnérpark ging, umgeben von langsam fahrenden Autos und sommerlich gekleideten Menschen. Dabei erklärte mir der Bibelmann, was er von mir wollte.

Bei den Übersetzungen sind uns Schriftsteller als Berater behilflich, sagte er. Wir haben damit sehr gute Erfahrungen bei der Arbeit am NT gemacht, und jetzt haben wir uns gefragt, ob Sie sich vorstellen könnten, für uns zu arbeiten. An einer Bibelübersetzung?, erkundigte ich mich. Ja, erwiderte er. Wir arbeiten in Gruppen, sie bestehen aus einem Übersetzer, einem theologischen Berater und jeweils einem Berater für die beiden Landessprachen Neu-Norwegisch und Bokmål. Wir treffen uns halbjährlich zu einer gemeinsamen Sitzung, auf der wir größere, allgemeinere Probleme diskutieren, außerdem tauschen sich die Arbeitsgruppen regelmäßig entweder am Telefon oder in Oslo aus. Ich will nicht verschweigen, dass es zeitaufwendig ist, außerdem ist es auch nicht besonders gut honoriert. Dafür ist es allerdings ungeheuer interessant.

Ich stellte einige Fragen, er beantwortete sie, ich sagte, ich müsse einige Tage darüber nachdenken, er sagte, kein Problem, dann legten wir auf. Obwohl er erwähnt hatte, dass mehrere Autoren gefragt worden waren, die dankend abgelehnt hätten, fühlte ich mich von der Anfrage geschmeichelt, obwohl ich wohl ziemlich weit unten auf der Liste stand. Doch nicht deshalb entschloss ich mich nur ein paar Straßen weiter dazu, das Angebot anzunehmen. Die Bibel ist noch immer der wichtigste Text, der jemals geschrieben wurde, ihre Gedanken und Bilder bestimmen noch immer unsere Wahrnehmung der Wirklichkeit. Gleichzeitig ist es einer der ältesten Texte, die wir haben, und damit auch einer der fremdesten. Nichts unterscheidet sich mehr vom Leben in Oslo oder Stockholm des Sommers 2005, diesem wahnsinnigen Wohlstand, als das dürftige, gnadenlose Leben der verstreut lebenden Menschen, das in den Büchern Mose beschrieben wird. Die Feuersäule, die über dem auserwählten Volk auf der Flucht aus Ägypten am Himmel leuchtet. Moses, der stirbt, nachdem er das Gelobte Land gesehen, aber nicht betreten hat, dessen brutale Eroberung. Oder von mir aus auch Adam und Eva im Garten Eden, der Sündenfall, der Brudermord, die Sintflut, die Prophezeiungen und die Nähe Gottes. Abraham, der bereit ist, seinen Sohn zu opfern, Jakob, der später mit Gott eine ganze Nacht an einem Fluss ringt. Diese Texte und ihr Inhalt sind uns unendlich fremd, gleichzeitig aber auch wieder nicht, sie sind seit tausend Jahren Teil unserer Kultur, und wenn meine Generation oder die Generation meiner Eltern sie nicht mehr regelmäßig gelesen haben und sich von ihnen prägen ließen, so doch die Generation meiner Großeltern.

Mir schien es ein Privileg zu sein, derart intensiv mit Menschen an einem Text zu arbeiten, die ihn und seine Sprache ihr ganzes Leben studiert hatten und Experten im besten Sinn des Wortes waren. Ich stimmte zu, und einige Wochen später befand ich mich zusammen mit einer buntgemischten Schar aus Theologen, Pastoren, Hebräisch-Experten, Schriftstellern und Verlagsleuten in einem großen Konferenzraum in Oslo. Es wurden einleitende Vorträge gehalten, gefolgt von Diskussionen, bei denen die Teilnehmer häufig eine Bibel zückten und etwas auf Hebräisch vorlasen, um ihren Standpunkt zu untermauern. Das letzte Mal hatte ich einen so großen Abstand zu einer Sprache und einer Kultur verspürt, als ich vor zwanzig Jahren mit dem Grundkurs in Literaturwissenschaft begonnen hatte. Die Begriffe waren mir fremd, die Problemstellungen unbekannt, die Referenzrahmen anders als alles, was ich kannte. Nur hin und wieder erfasste ich etwas vom hebräischen Grundtext, es waren kleine Sträucher oder Büsche auf einer Sandebene, ich hätte ebenso gut versuchen können, die Regentropfen auf der

Scheibe am anderen Ende des Raumes zu übersetzen. Ich erhielt Stapel von Artikeln, Referaten, Erklärungen und Zielsetzungen. Die Frau neben mir kam von der Universität Trondheim und fragte mich, wie ich den Tag fand. Ich antwortete, das alles sei interessant gewesen. Sie lachte und schüttelte den Kopf. Das sei sicher etwas übertrieben, meinte sie. Nein, erwiderte ich. Ich meine es ernst.

Alle Übersetzer und Berater hatten über den Computer Zugang zu einem Bibelübersetzungsprogramm, in dem die Bibel mit einer Unzahl Funktionen in Hebräisch gespeichert war. Klickte man zum Beispiel ein Wort an, wurde man über dessen lexikalische Bedeutung auf Englisch und Deutsch und das Vorkommen des Wortes in den Kapiteln, den Büchern oder der ganzen Bibel informiert. Darüber hinaus konnte man in einer nahezu unbegrenzten Anzahl anderer Bibeln lesen, die sich in weiteren Fenstern öffnen ließen, so dass der Satz, an dem gerade gearbeitet wurde, in Schwedisch, Dänisch, Deutsch und Englisch erschien – vom King-James-Englisch bis hin zum modernen Amerikanisch. Mit diesem Instrument war es auch einem Laien möglich, ein Gefühl für die besonderen Probleme einer Übersetzung aus dem Hebräischen ins Norwegische zu bekommen.

Es war eine mühselige Arbeit: Der Hauptübersetzer lieferte eine erste Rohübersetzung, die von den theologischen Beratern gelesen und kommentiert wurde. Auf dieser Basis arbeitete der Übersetzer einen neuen Entwurf aus, den dann die Schriftsteller kommentierten, die in Neu-Norwegisch oder Bokmål schrieben, danach erstellte der Übersetzer eine dritte Version. Wenn dies geschehen war, traf sich die gesamte Gruppe zur Diskussion, bis ein endgültiger Vorschlag vorlag. Dieser wurde dann an ein Übersetzungskomitee weitergeleitet und dort diskutiert, kam mit Kommentaren zurück und wurde erneut geändert. Passierte der Entwurf das erste Komitee, wartete bereits ein zweites.

Dass die Texte so viele Instanzen durchliefen, hatte eine durchaus konservierende Wirkung, allerdings verging nicht allzu viel Zeit, bis ich begriff, dass alle radikalen Vorschläge problematisch waren, und so musste es wohl notwendigerweise auch sein. Die Bibel ist ein Text, der für sehr viele Menschen sehr viel bedeutet, und etwas Wesentliches darin zu ändern, verlangt besonders gute Gründe: Es reicht nicht, dass ein kühner Theologe eine lichte Idee hat. Es bedeutete andererseits aber nicht, dass alle radikalen Lösungen unmöglich waren, es bedeutete nur, dass überzeugend für sie argumentiert werden musste.

Zielsetzung der Revisionsarbeit war es, den Text näher an das hebräische Original zu bringen – denn in der letzten norwegischen Übersetzung, der sogenannten NO78/85-Ausgabe, die ich seit meiner Schulzeit kannte, gab es eine Tendenz zur Abstraktion: Ganz konkrete Bilder, die zum Beispiel Gefühle ausdrückten, wurden als Gefühle übersetzt. Derartige Abstraktionen liegen dem Grundtext jedoch fern, ja, im Grunde sämtliche Formen der Abstraktion. Das Überzeugendste an den Texten des Alten Testaments ist, dass sie so unerhört konkret sind, so physisch und körperlich, alles wird durch Handlung erzählt, alle Bilder werden auf den Körper zurückgeführt, das Herz schmilzt, das Blut läuft irgendjemandem über den Kopf, es ist schwierig, diese Bilder direkt wiederzugeben, da ihr Bedeutungsinhalt sich einer anderen Kultur dreitausend Jahre später nicht von allein erschließt. Wie soll man sie also übersetzen? In die Gefühle, die die Bilder repräsentieren (Furcht, Scham, Schuld)? Dann wären wir wieder beim Abstrakten. Das Abstrakte legt sich wie ein Schleier über den Text und entfernt das Unmittelbare und die Nähe des Textes.

Ein Beispiel ist das Wort »Leib«. Für uns ist es biblisch und enger an das Christentum geknüpft als an das Leben, aus dem es stammt. Kann es mit »Fleisch« übersetzt werden? Schreibt man Fleisch, verschwindet der Schleier. Dann denkt man an das Blutige, Rohe, schlachterhaft Körperliche. Dann sieht man, was man einst gesehen hat. Wir kommen unserer eigenen Zeit und gleichzeitig jener Zeit näher, in der der Text geschrieben wurde. Das Moderne und das Fremde vereinen sich in ein und demselben Begriff. Dieses Vorgehen war ein zentraler Bestandteil der Revisionsarbeit und wurde ständig diskutiert.

Für die sprachlichen Berater gab es noch viele andere, im Grunde unlösbare Probleme. Gehen wir zurück an den Anfang, den Beginn, zur eigentlichen Schöpfungsgeschichte, zu all den Möglichkeiten, die in den wenigen Zeilen liegen: Was ist dafür ausschlaggebend, ob es »auf der Meerestiefe«, »auf der großen Tiefe« oder nur »auf der Tiefe« heißen soll? Abgesehen von den Präferenzen der Gegenwart, also all den Dingen, über die wir uns selten bewusst sind, die uns aber beeinflussen, einen Begriff einem anderen vorzuziehen, haben wir auch unsere eigenen Präferenzen. Alle haben wir unsere eigene Auffassung darüber, wie gutes Norwegisch aussieht – lange Sätze, kurze Sätze, viele Adjektive, keine Adjektive, viele

Metaphern, keine Metaphern; manche haben einen Hang zum Dekorativen, andere zum Reduzierten, einige reagieren sehr stark auf Klischees, andere weniger, und so weiter, und so fort. Es gibt keine festen Normen für sprachliche Qualität; und in dem Moment, in dem jemand eine solche Norm festlegt, wäre sie unbrauchbar, da die gute Sprache, wie wir sie begreifen, allem Stillstand ausweicht und immer das Lebendige sucht, immer das, was in Bewegung ist.

Unser Blick auf Klischees beweist das. Ein Klischee ist eine feste Formulierung, die in ihrer Natur unveränderbar ist, und es spielt keine Rolle, wie gut sie ursprünglich einmal gewesen sein mag: gebraucht man sie zu häufig, wird sie schlecht. Originalität ist daher das vielleicht wichtigste Kriterium für literarische Qualität in unserem Sinn, und der Begriff Stil, der vor der Romantik eine objektive Bezeichnung für variierende Stilebenen und deren Beherrschung war, ist für uns unlösbar an eine Person geknüpft: Wir reden über Dag Solstads Stil, und dessen Wert besteht gerade darin, dass er unvergleichlich ist. Hätte ich einen Roman in Dag Solstads Stil geschrieben, würde es nicht als große Leistung gewertet, sondern im besten Fall als epigonal. Und vergleicht man Dag Solstad mit einem anderen Schriftsteller seiner Generation, zum Beispiel Eldrid Lunden, der sich auf dem gleichen hohen literarischen Niveau befindet und über das gleiche sprachliche Einfühlungsvermögen verfügt, sind es nicht die Gemeinsamkeiten zwischen den beiden Autoren, die verblüffen, sondern die Unterschiede: Solstad nutzt seine Begabung, um sich wie Solstad auszudrücken, Lunden, um sich wie Lunden zu artikulieren. Im Stil aller guten Schriftsteller gibt es etwas Idiosynkratisches, das heißt, etwas, das sich nur dort finden lässt, in ihrer besonderen Sprachführung. Man muss lediglich einen Satz oder zwei Sätze lesen, um es wiederzuerkennen. Das bedeutet, dass der Begriff der literarischen Qualität nur in Beispielen lebt, nicht in Form von Regeln, denn wiederholt man das Beispiel, um der Regel zu folgen, die sich aus dem Beispiel ergibt, ist es schon keine Qualität mehr.

Dieser Relativismus, der unsere Kultur seit über zweihundert Jahren in hohem Maß prägt, ist verantwortlich dafür, dass uns die Stilideale, die Werke aus anderen Perioden und Zeiten bestimmen, fremd sind und wir ihnen mitunter auch verständnislos gegenüberstehen. Mir ist es beispielsweise unmöglich, die Bibel zu lesen und zu sagen, dies ist ein guter Satz und dies ist ein schlechter Satz, oder zu behaupten, dieser Teil im Ersten Buch Mose ist schwach, jener hingegen aber gut. Die Bibel befindet sich außerhalb der Reichweite all meiner Qualitätskriterien. Sie ist gewissermaßen jenseits von Gut oder Schlecht. Und wenn es unmöglich ist, die Qualität des Basistextes zu beurteilen, fällt es natürlich auch schwer, die Qualität der Übersetzung zu bewerten, denn dann gilt nur die Forderung der Gegenwart nach einer guten sprachlichen Umsetzung, und die ist, meiner Erfahrung nach, relativ. Und bei weitem nicht unschuldig. Denn jede stilistische Wahl, die vermutlich in der Überzeugung getroffen wurde, gutes und adäquates Norwegisch zu formulieren, führt auch zu einer Bedeutungsentscheidung.

Um ein konkretes Beispiel zu geben: In der vierten Übersetzungsversion (4T) des Ersten Buches Mose Kapitel 1, Vers 2, heißt es: »Die Erde war wüst und leer, es war finster auf der Tiefe, und der Geist Gottes schwebte auf dem Wasser.« In der norwegischen Bibelübersetzung von 1978/1985 (NO78/85) wurde derselbe Vers so übersetzt: »Und die Erde war wüst und leer, und es war finster auf der Meerestiefe. Aber der Geist Gottes schwebte auf dem Wasser.« Stilistisch ist der Unterschied zwischen den beiden Versionen gering, abgesehen von der Wahl des Begriffs »Meerestiefe« statt »Tiefe« geht es lediglich um einen zusätzlichen Punkt und ein »aber« statt einem »und«, aber es ist dennoch bedeutungsvoll: In 4T sind die Leere der Erde, die Finsternis über der Tiefe und der Geist Gottes gleichgestellt, die drei Dinge existieren sozusagen nebeneinander auf einer Ebene, während es in NO78/85 eine deutliche Trennung gibt: Auf der einen Seite haben wir die Leere und die Finsternis, auf der anderen Seite Gott. Vor allem durch dieses »aber«, doch auch durch den Punkt wird Gott eindeutig als Widerpart des Leeren und der Finsternis hervorgehoben. Außerdem bewirkt das kleine »Meeres…«, dass die Welt, die NO78/85 beschreibt, eher als unsere eigene Welt wiedererkennbar wird. Mit der Erde und dem Meer ist ja im Prinzip die gesamte Welt benannt, während 4T »Erde und Tiefe« sagt, beides klingt unverbindlicher, genereller und offener. So viel können ein Punkt, ein »aber« und ein zusätzliches »Meer…« für die Bedeutung eines Satzes ausmachen.

Sehen wir uns die skandinavischen Varianten an. In der schwedischen Übersetzung aus dem Jahr 2000 heißt es: »Die Erde war wüst und leer, die Tiefe wurde von Finsternis bedeckt, und ein Wind Gottes schwebte über das Wasser hinweg.« Der wichtigste Unterschied ist, dass der Geist Gottes zum Wind Gottes geworden ist. Das ist natürlich eine bewusste Wahl und auch vollkommen legitim, soweit ich es verstanden habe. Es bewirkt, dass das Göttliche näher auf die irdischen Elemente herabgezogen wird, sie werden fast zu einem Teil davon und auf diese Weise beinahe ausgelöscht. Denn die Erde, die Tiefe und der Wind sind Phänomene, mit denen wir vertraut sind, im Gegensatz zu dem geheimnisvollen Geist Gottes. Ein anderer und in der Konsequenz mindestens ebenso wichtiger Effekt der schwedischen Wahl ist, dass die beschriebene Welt nicht länger vertikal ist, sondern im Gegenteil horizontal wird. In der 4T-Übersetzung verläuft die Bewegung von oben nach unten: »Es war finster *auf* der Tiefe; und der Geist Gottes schwebte *auf* dem Wasser.« Diese Wortwahl reflektiert eine bestimmte Haltung zur Weltordnung: Es gibt etwas Höheres, dieses Bild ist der Himmel, wo Gott ist, und es gibt etwas Tieferes, die Erde, wo die Menschen sind. Und dann gibt es eine Tiefe, das Undefinierte und noch Ungeformte, das erst in der Schöpfungsgeschichte reguliert und definiert wird, um später, in dem Bericht über die Sintflut, wieder destabilisiert und verschoben zu werden. In der schwedischen Übersetzung ist dieses Bild vollkommen verschwunden. Die Finsternis liegt nicht *auf* der Tiefe, sie bedeckt die Tiefe. Und der Geist oder der Wind Gottes schwebt nicht *auf* dem Wasser, sondern darüber hinweg. Hier gibt es kein Oben und Unten, nichts Vertikales, alles ist horizontal.

Aus diesem Grund hat die schwedische Übersetzung allerdings etwas, das keine der anderen Übersetzungen aufweist: Bewegung. In 4T ist die Welt statisch: Die Erde ist leer, die Finsternis liegt auf der Tiefe. Der Geist Gottes schwebt auf dem Wasser. Dies ist die Welt, bevor sie

Form bekommt, Chaos als Tableau. In der schwedischen Bibel ist das Statische dynamisch geworden, hier gibt es Bewegung, der Wind schwebt über das Wasser hinweg, und das führt die Gedanken eher zu einer realistischen vormenschlichen Welt als zu einer mythologischen vormenschlichen Welt.

All dies beruht auf der Änderung von zwei Verben und einem Substantiv.

Die dänische Übersetzung aus dem Jahr 1992 lautet: »Die Erde war damals wüst und leer, Finsternis war auf der Urtiefe, und der Geist Gottes schwebte auf den Wassern.« Die Übersetzung gleicht 4T, aber es gibt einige kleine Unterschiede: Ein »damals« hat sich eingeschlichen, ein »Ur« steht vor der Tiefe, und das Wasser hat einen Plural bekommen. Dieses »damals« weist nicht nur darauf hin, dass sich die Geschichte in einer anderen Zeit abspielt, sondern auch auf die Erzählersituation: Durch den Gebrauch von »damals« wird derjenige, der dieses »damals« verwendet, präsenter. Der Erzähler ist auch in 4T anwesend, aber indirekt und verborgen. »Damals« stellt den Erzähler und den Leser eindeutig außerhalb dessen, was erzählt wird. Diese Perspektive wird zusätzlich durch die Verwendung von »Ur« vor der Tiefe verstärkt. Die »Urtiefe«, die an andere mythologische Schöpfungsgeschichten erinnert, zum Beispiel an die griechische, oder wenn man so will, an die altnordische, norröne Literatur mit ihrer Ginnungagap, also dem Weltraum als chaotischer und ungeordneter Größe. Damit betont die dänische Version, möglicherweise ohne es zu wollen, die Schöpfungsgeschichte als Mythos: »Es war einmal, zur Zeit der Urtiefe …«

Von diesen vier Versionen halte ich 4T für die beste.

Aber das bedeutet nicht, dass ich keine Einwände gegen sie hätte. Syntaktisch gesehen ist sie ein Mustersatz. Wir haben ein erstes Glied, ein Komma, dann ein Mittelglied und ein letztes Glied, das mit einer Konjunktion eingeleitet wird. »Die Erde war wüst und leer, es war finster auf der Tiefe, und der Geist Gottes schwebte auf dem Wasser.« Das erste Komma zeigt an, dass noch etwas kommt, während die Konjunktion nach dem zweiten Komma wie ein Hinweis auf die Konklusion aussieht. Wir haben also einen eindeutigen Anfang, eine Mitte und einen Schluss. Der Satz ist harmonisch und vollendet. Sieben Silben im ersten Teil, acht Silben im zweiten Teil und zehn Silben plus Konjunktion im letzten Teil. (Bam bam bam bam bam bam ba / bam bam bam bam bam bam bam ba / bam bam bam bam bam bam bam bam bam ba ba.) Wir müssen uns jedoch die Frage stellen, wie diese normalsyntaktische Harmonie, die das repräsentiert, was wir für passend halten und vielleicht sogar schön finden, sich zu dem verhält, was im hebräischen Originalsatz vor sich geht. Dort gibt es ganze drei Konjunktionen, also etwa: »Und die Erde war wüst und leer, und es war finster auf der Tiefe, und der Geist Gottes schwebte auf dem Wasser.« Nun ist Hebräisch, um es vorsichtig auszudrücken, ja eine ganz andere Sprache als Norwegisch, und die Konjunktionen spielen eine ganz andere Rolle. Abgesehen davon, dass sie Zusammenhänge und Verbindungen aufzeigen, markieren sie auch den Anfang der Sätze, ich meine, ungefähr so wie unsere großen Buchstaben. In älteren Bibelübersetzungen wurden mehr oder weniger konsequent sämtliche Konjunktionen übernommen. Die englische King-James-Bibel aus dem 17. Jahrhundert ist dafür ein gutes

Beispiel. In der modernen Zeit ist man davon abgekommen, und die eindeutigste Argumentation dafür habe ich bei Christer Åsbergs und Bertil Albrektsons Schrift *Det nya Gamla testament* über die schwedische Bibelübersetzung des Jahres 2000 gefunden. Darin heißt es:

> Solche »und« sind genau wie »weil« in den meisten Fällen mechanische Wiederholungen von satzverbindenden Elementen im hebräischen Text. Bei unserer westlichen Art des Schreibens und mit unserem umfassenden graphischen Repertoire haben sie häufig ihre Funktion eingebüßt. Wir sehen, dass ein neuer Satz beginnt daran, dass der letzte mit einem Punkt oder einem anderen Trennungszeichen beendet wurde und der neue Satz mit einem großen Buchstaben beginnt. Wir teilen den Text in Stücke mit deutlichen Zwischenräumen ein. Ein einleitendes »und« muss also nicht geschrieben werden, wenn man nicht einen ganz bestimmten Effekt anstrebt, zum Beispiel eine meditative Stimmung oder einen einfachen, naiven Ton oder einen mehr oder weniger etwas umgangssprachlichen Charakter. Die Verwendung von »weil«, »und« und »sieh« 1917 zeigt, dass eine mechanische Übersetzung von sich wiederholenden kleinen Elementen in einem Text einen deutlich pointierten Stilcharakter schafft, der den Text in eine besondere, sprachlich altertümelnde biblische Ecke stellt. Eine Übersetzungstechnik, die größeren Wert darauf legt, welche Aufgaben diese Elemente in ihrem ursprünglichen Zusammenhang haben, muss sich zwischen mehreren verschiedenartigen Lösungen entscheiden. Dadurch entsteht eine größere Übereinstimmung mit der variierenden Art und Weise der Schweden, sich auszudrücken, die Übersetzung ist mit anderen Worten idiomatischer.

Meines Erachtens gilt diese Argumentation auch für das norwegische Revisionsprojekt. Und das bedeutet, dass der hebräische Grundtext nicht sklavisch über die Verwendung von Konjunktionen in der Übersetzung bestimmt, sondern dass es von dem Zusammenhang abhängig ist, in dem sie auftreten. Letztendlich ist es also eine Entscheidung der Übersetzer. Konjunktionen können vollkommen gestrichen werden, sie können beibehalten werden, es kann »als« stehenbleiben, es kann »so« stehenbleiben, es kann »aber« stehenbleiben. Ausgehend von diesem Prinzip könnte der zweite Vers der Schöpfungsgeschichte ebenso gut folgendermaßen übersetzt werden: »Die Erde war wüst und leer. Finster war es auf der Tiefe. Der Geist Gottes schwebte auf dem Wasser.« Aber passt das? Ich finde nicht. Dieser kurze Satzrhythmus lässt eher an Ernest Hemingway und Arthur Omre als an die Bibel denken.

Eine andere Möglichkeit ist natürlich, mit »als« zu beginnen: »Als die Erde wüst und leer war, war es finster auf der Tiefe, und der Geist Gottes schwebte auf dem Wasser.« Oder man kann ein »aber« einsetzen, wie es NO78/85 getan hat: »Und die Erde war wüst und leer, und es war finster auf der Meerestiefe. Aber der Geist Gottes schwebte auf dem Wasser.« Oder vielleicht so: »Aber die Erde war wüst und leer.« Es gibt viele Möglichkeiten, und im Grunde muss das Übersetzerteam sich nur an das halten, was gut klingt. Ich persönlich finde die 4T-Lösung eine Spur zu nah an normaler Prosa, es ist ein Satz, der ein bisschen nach Klassenzimmer riecht, ich hätte in der Syntax gern mehr vom Hebräischen gehabt. Um zu zeigen, dass dieser Text anders ist als Texte, die wir normalerweise lesen, dass er als Text betrachtet nah am Ursprung aller Texte überhaupt ist und daher etwas nicht gerade Primitives, aber doch stilistisch Einfaches an sich hat. Die Komplexität liegt nicht in der Vielfalt der Worte oder einer großen Variationsbreite in der Länge und im Rhythmus des Satzes, sondern im Gegenteil im Spiel von Wiederholungen und in den Sinnverschiebungen, die ihn in hohem Maße prägen. Und weil die Wiederholungen der Konjunktionen weder etwas verschließen, noch etwas auf Kosten anderer Dinge hervorheben, sondern lediglich die Elemente nebeneinander stellen. »Die Erde war wüst und leer, und es war finster auf der Tiefe, und der Geist Gottes schwebte auf dem Wasser.« Das ist verständliches, einfaches Norwegisch, gleichzeitig hat der Rhythmus aber etwas Ungewöhnliches. Eine mechanische Wiedergabe der Syntax wird Hebräisch, aber wer sagt, dass sie mechanisch erfolgen muss? Warum nicht behutsam?

Übersetzt man absolut idiomatisch, würde die Bibel wirken, als wäre sie in unserer Zeit verfasst, und obwohl sie zweifellos besser verstanden würde, drängt sich die Frage auf, *was* dann besser verstanden würde? Ist die Sprache der Bibel ein Container, der einen unberührten Inhalt aus fernen Zeiten zu uns transportiert? Nein, dies ist die Sprache, in der gedacht wird, und alle Veränderungen, die man an der Sprache vornimmt, verändern auch die Gedanken. Das ist das Dilemma der Bibelübersetzer. Ein anderer Aspekt ist, dass nicht nur das Hebräische bei einer übertriebenen Verwendung von Sätzen mitklingt, die mit »und« eingeleitet werden, sondern auch die norwegische Bibelübersetzungstradition, über die man nicht die Nase rümpfen sollte, da sie nicht nur Einfluss auf die bibelbezogene Sprache hatte, sondern auf das gesamte kulturelle Umfeld. Als Knut Hamsun in dem 1893 erschienenen Roman *Neue Erde* das Bedürfnis hatte, seine Sprache ins Feierlich-Biblische zu erheben, klang es zum Beispiel folgendermaßen:

> Und sie war groß und weiß, und ihre Augen waren wie zwei blaue Blumen, die meine Seele streichelten, wenn sie mich ansah, und als sie zu mir sprach, lud sie mich zu sich ein, und ihre Stimme war wie ein süßes Meeresleuchten, das ich an ihr schmeckte.

Das ist Stil: Ein paar zusätzliche »und«, und eine ganze Welt wird heraufbeschworen.

Welche Welt – das ist die Entscheidung der Bibelübersetzer. »Die Erde war wüst und leer, und es war finster auf der Tiefe, und der Geist Gottes schwebte auf dem Wasser.« So würde ich es haben wollen. Wären allerdings Dag Solstad oder Eldrid Lunden die Stilisten in diesem Projekt gewesen, hätten sie sich möglicherweise für eine ganz andere Version entschieden. Im Grunde geht es um Ermessen. Und möglicherweise glaubt auch jemand, dass belletristische Schriftsteller im Besitz des besten Ermessens sind. Aber das stimmt nicht unbedingt. Als ich an der Schöpfungsgeschichte mitarbeitete, tauchte ich tief in sie ein, so tief, dass mir nach und nach der norwegische Text aus dem Blick geriet. Nachdem ich mich mit Hilfe der vielen Finessen des Übersetzungsprogramms so lange mit dem hebräischen Text beschäftigt hatte, nahm ich immer weniger Rücksicht auf den norwegischen. Obwohl es mir nicht wirklich gefällt, werde ich ein Beispiel von einem meiner fehlgeschlagenen Vorschläge geben.

> Zu der Zeit, als der Herr die Erde und den Himmel schuf, gab es noch keinen der Büsche der Wildnis auf der Erde, und noch waren die grünen Sträucher der Wildnis nicht gewachsen, denn Gott der Herr hatte es auf der Erde nicht regnen lassen, und es gab keinen Menschen, um das Feld zu bestellen. Aber eine Quelle strömte aus der Erde und bewässerte das ganze Feld. Und Gott der Herr formte den Menschen aus der Erde des Feldes und blies ihm Lebensatem in die Nase, und der Mensch wurde ein lebendiges Geschöpf.

Ich kam zu dieser hebräisch klingenden Landschaft, weil ich überzeugt davon war, dass es bei der Übersetzung dieser alten Texte nicht vorrangig um die Wiedergabe ihres Sinngehalts ging, da dies den Text immer in eine bestimmte Interpretation zwingt und andere mögliche Interpretationen überlagert, vielleicht sogar versteckt. Wenn man sich aber so nah wie möglich an die Wortwahl und die Syntax des Grundtextes hält, erhöht sich auch die Chance, das Sinnstiftende zu erfassen. Es ist eine Vorgehensweise, die ich noch immer für richtig halte. Doch um so vorzugehen, muss man zwischen relevanten und unrelevanten Distinktionen unterscheiden. Ist es zum Beispiel wichtig, dass dort »Büsche der Wildnis« steht? Und danach »grüne Sträucher der Wildnis«? Ist es wichtig, dass »Feld« drei Mal wiederholt wird? Selbstverständlich hat dies einen Sinn; man könnte dicke Bücher darüber schreiben, wie diese Urwelt aufgeteilt war: mit Wildnis, Feld und der Oberfläche des Feldes, der

Erde und der Oberfläche der Erde – auf Norwegisch erschließen sich diese Bedeutungen allerdings nicht automatisch, selbst wenn man sie so sorgfältig wie möglich wiedergibt. Was der Unterschied sein soll zwischen Feld, Wildnis, Erde und der Erde, aus der der Mensch geschaffen wird, kommt in diesem Entwurf überhaupt nicht zum Ausdruck. Und wenn der Stil dadurch hölzern und merkwürdig wird, ist es den Preis nicht wert.

Mir ging ein Licht auf, als ich die Version 3T las, die nicht frei war von Hebräismen, sich aber in seiner eigenen Gestalt auch als ein besonders geglückter Text erwies. Ich gebe ein Beispiel. Die vielleicht größte Herausforderung im ersten Kapitel der *Genesis* ist es, den Gebrauch des Imperativs konsequent anzuwenden. Die Art, wie es in 3T gelöst wurde, ist ebenso einfach wie gewagt, ich halte sie für exemplarisch.

Am Anfang schuf Gott den Himmel und die Erde. [a*]
2 Die Erde war wüst und leer, finster war es auf der Tiefe,
und Gottes Geist schwebte auf den Wassern. [b] 3 Da sprach
Gott: »Licht, werde!« Und das Licht wurde. [*] 4 Gott sah,
dass das Licht gut war, und Gott schied das Licht von der
Finsternis. 5 Gott nannte das Licht Tag, und die Finsternis
Nacht. Und es wurde Abend, und es wurde Morgen, der
erste Tag. [c]

6 Gott sprach: »Feste, werde mitten im Wasser und teile
das Wasser vom Wasser!« 7 Gott machte die Feste und schied
das Wasser unter der Feste von dem Wasser über der Feste.
Und es geschah so. [D*] 8 Gott nannte die Feste Himmel. Und es
wurde Abend, und es wurde Morgen, der zweite Tag.

9 Gott sprach: »Wasser unter dem Himmel, sammle dich
an einem Ort, damit das trockene Land sichtbar werde!«
Und es geschah so. * 10 Gott nannte das trockene Land Erde,
und das Wasser, das sich gesammelt hatte, nannte er Meer.
Und Gott, sah, dass es gut war. 11 Gott sprach: »Erde, werde
grün! Lass grüne Gewächse aus der Erde wachsen, Pflan-
zen, die Samen verbreiten, und Fruchtbäume aller Art, die
Früchte tragen mit Samen darin!« Und es geschah so. 12 Die
Erde brachte grüne Gewächse hervor, Pflanzen, die Samen
verbreiteten, und Fruchtbäume aller Arten, die Früchte tragen
mit Samen darin. Und Gott sah, dass es gut war. 13 Und es
wurde Abend, und es wurde Morgen, der dritte Tag.

14 Gott sprach: »Licht, komm an die Himmelsfeste und
scheide zwischen Tag und Nacht! Sei ein Zeichen für Feier-
tage, Tage und Jahre. * 15 Sei Licht an der Himmelsfeste und
lass das Licht auf die Erde scheinen.« Und es geschah so. 16
Gott machte die beiden großen Lichter, das größere Licht,
um über den Tag zu herrschen, und das kleinere Licht, um
über die Nacht zu herrschen, und die Sterne. * 17 Gott setzte
sie auf die Himmelsfeste, damit sie auf die Erde schienen, 18
um über den Tag und über die Nacht zu herrschen und das
Licht von der Finsternis zu scheiden. Und Gott sah, dass es
gut war.

Die Schwierigkeit mit dieser imperativen Form ist, sie konsequent beizubehalten. An einigen Stellen kann man sich ganz an die hebräische Formulierung halten und zum Beispiel schreiben »Werde Licht«. Aber will man diesem Prinzip folgen, müsste es heißen »Werde Feste mitten im Wasser«, und das klingt auf Norwegisch nicht sonderlich gut. Stellt man hingegen ein »Es soll« davor, funktioniert es durchgehend gut. Doch dann hat man sich ein Stück weit vom Grundtext entfernt, und es steht »Es soll Licht werden« da statt »Werde Licht«. Die 3T-Version nimmt sich gegenüber dem Grundtext die Freiheit heraus, dass sie eine direkte Anrede einführt. Dadurch gewinnt sie zum einen an Konsequenz, zum anderen bekommt der Leser das Gefühl, gleichzeitig etwas Neues und etwas Altes zu lesen. Neu, weil der Leser die Einleitung zur Schöpfungsgeschichte so noch nicht gelesen hat, alt, weil diese Anredeform etwas Naiv-Archaisches hat, wie wir sie beispielsweise bei Homer finden. Folglich passt dieser Ton gut zum Text oder zu dem, was ich für den Ton des Textes halte. Es gibt andere Bibelübersetzungen, die das Gleiche gemacht haben, ich habe es auf jeden Fall in einer gesehen, nämlich bei Michelets, Mowinckels und Messels Übersetzung von 1929, aber für mich hat es dennoch etwas Radikales. In der nächsten Version, 4T, sah man von dieser Lösung wieder ab, das eher autoritäre »Es soll Licht werden« wurde dem eher spielerischen »Licht, werde« vorgezogen. Damit nimmt die Übersetzung größere Rücksicht auf das Traditionsbewusstsein, und das finde ich vollkommen in Ordnung. Wieder hat es etwas mit Ermessen zu tun, und entscheidet man sich für »Es soll werden«, ist man ja auf der sicheren Seite.

*

Das erste Mal habe ich ernsthaft mit der Bibel gearbeitet, als ich an dem 2004 erschienenen Roman *Alles hat seine Zeit* schrieb. Siebzig Prozent des Romans handeln von der Bibel, in dem Sinn, dass Elemente der Bibel und der Bibelgeschichte darin diskutiert werden und große Teile der Handlung tatsächlich *in der* Bibel vor sich gehen. Um dies bewältigen zu können, war es entscheidend, überhaupt nichts zu wissen, denke ich. Ich musste die Bibel wie zum ersten Mal lesen und vollkommen frei für alle Überlegungen sein. Hätte ich gewusst, was ich heute über die Bibel weiß, hätte ich den Roman nicht schreiben können. Niemals. Doch egal: Einige der biblischen Geschichten nachzuerzählen, war der wichtigste Kniff, den ich angewandt habe. Erst die Geschichte von Kain und Abel, dann die von Noah und der Sintflut, und schließlich die von Hesekiel. Als ich die Geschichte von Kain und Abel las, überraschte mich zunächst, wie kurz sie war. In meinem Bewusstsein war es eine große Geschichte, ein ganz zentraler Mythos für jeden in unserem Kulturkreis: Alle haben von Kain und Abel gehört, und alle haben ein Verhältnis dazu. Dies widerspricht allerdings der Tatsache, dass die Bibel nur knapp zwanzig Sätze benötigt, um die Geschichte zu erzählen.

Es ist ein wichtiges Stilmittel in allen Mose-Büchern, dass ganz zentrale Szenen oft extrem komprimiert sind, während sich die scheinbar weniger wichtigen Ereignisse und Nebenhandlungen häufig ganz anders ausbreiten. Eine weitere, ebenfalls absolut zentrale Szene, als Abraham seinen Sohn Isaak opfern soll, ist ebenfalls lediglich einige Zeilen lang. Das ist bemerkenswert, denn es handelt sich um eine andere textliche Besonderheit, Prioritäten zu setzen: Wir sind gewohnt, dass das Wichtige viel Platz bekommt und das weniger Wichtige entsprechend weniger Platz. In den Büchern Mose ist es häufig umgekehrt: Die Umkreisung der Mauern Jerichos, der gesamte Auftakt, wird bis zum Angriff ins kleinste Detail beschrieben, während der Höhepunkt, die eigentliche Klimax, der Fall der Mauern, nur ein oder zwei Sätze einnimmt – und dies ohne die geringste Andeutung von sprachlichem Zirkus: Es wurden die Posaunen geblasen, und die Mauern fielen. Das ist alles. Kain senkte den Blick, als Abel favorisiert wurde, und im nächsten Satz schlägt er ihn tot. Das ist alles. Es ist wichtig, bei einer Übersetzungsarbeit diese Nüchternheit im Kopf zu behalten, denn diese Geschichten sind in unserem Bewusstsein so groß, dass es leichtfällt, sie auszuschmücken und ihre Beschreibungen größer erscheinen zu lassen, als sie es ursprünglich waren: In der Geschichte der Arche ist es nicht sicher, ob dort stehen soll »der Regen strömte herab«, wie in NO78/85, sondern vielleicht eher ganz einfach: »es regnete« oder »der Regen fiel«. Und es ist auch nicht sicher, ob es »Sintflut« heißen muss, vielleicht ist »Flut« ausreichend.

In dem Roman, den ich schrieb, verfuhr ich mit dieser Konzentration in der Weise, dass ich den Text in diese enormen, unkommentierten Räume gehen ließ, die sich dort finden, und einfach drauflos dichtete. Die Geschichte von Kain und Abel nahm rund hundert Seiten ein, die Geschichte der Sintflut knapp zweihundert. Ich gab ihnen eine konkrete Landschaft, die Norwegen ähnelte, eine konkrete Welt, die der norwegischen Welt um die vorige Jahrhundertwende glich, und ein umfassendes Innenleben. Kurz gesagt, ich schrieb einen Roman über sie.

Nichts von dem, was sich in den Romanen unserer Zeit findet, gibt es in der Bibel. Es gibt keine Landschaftsbeschreibungen, keine Psychologie, keine vertiefenden Erklärungen der Handlung, und wo ein Roman häufig, allerdings nicht immer, von einem Erzähler, einem Stil oder einem Genre zusammengehalten wird, ist die größte Besonderheit der Bibel ihr großer Vorrat an unterschiedlichen Erzählern, Stilarten und Genres. Aber obwohl mein Roman von der Bibel handelte und beinahe sein gesamtes Material daraus bezog, ging ich nie auf die der Bibel eigenen Prämissen ein. Ich schrieb eigentlich gegen unser Bild der Bibel an, ich benutzte das, was sich in unserem Bewusstsein an Bildern und Vorstellungen aus der Bibel befindet, um auf diese Weise den Text gegen die Bibel auszuspielen. Diese Vorstellungen repräsentieren einerseits etwas Feststehendes, etwas Unveränderbares, etwas Absolutes, während der Roman Bewegung, Veränderung, Andersartigkeit einbrachte oder es zumindest versuchte. Auf der anderen Seite repräsentiert das Feststehende, also die Elemente der Bibel, das uns Unbekannte, während die Bewegung, dort, wo der Roman einsetzt, das Bekannte verkörpert: unsere eigene Landschaft, unsere eigene Einsicht, unsere eigene Psychologie. Dadurch entsteht eine Dynamik zwischen dem, was wir wissen oder zu wissen glauben, und dem, was wir nicht wissen oder glauben, nicht zu wissen. Und dies, denke ich, könnte ein Bild des eigentlichen Schreibprozesses sein: Man hat das, was man weiß, was man denkt und von vornherein meint, und dann kommt der Arbeitsprozess, in dem die eigentliche Romanform allein dadurch, dass sie gestaltend ist und Bilder erzeugt, dieses Wissen und die Rationalität herausfordert.

Meine vielleicht wichtigste Erfahrung als Roman-Schriftsteller hat damit zu tun, dass Schreiben eine andere Form des Denkens ist. Mit Betonung auf »andere«. In einem Essay wie diesem stütze ich alles auf Argumente und Beispiele, das Ziel ist, so klar und rational wie möglich zu sein; und wenn ich sage, dass ich mir das, was ich zu sagen habe, als eine direkte Kommunikation mit dem Leser wünsche, ist dies natürlich die beste Art und Weise, vorzugehen. Das Problem ist nur, dass ich mich ständig in dem befinde, was ich bereits weiß und was ich bereits gedacht habe.

In der Literatur ist es anders. Dort kann die Romanform, oder all das, was die Romanform ausmacht, in gewisser Weise das Ruder übernehmen, und mit dieser Hilfe lassen sich die Begrenzungen der eigenen Gedanken überwinden, und man kann in etwas eindringen, worin man noch nie gewesen ist. Worin man eintaucht, ist noch nicht gedacht worden, es sind keine Gedanken im gewöhnlichen Sinn, sondern etwas anderes, Komplexeres. Und dann sitze ich da und schreibe über Noahs Kindheit, er ist Albino und verträgt kein Sonnenlicht und muss sich tagsüber im Haus aufhalten. Ständig arbeitet er an einem großen Kategorisierungssystem der Welt, ausgehend von dem bescheidenen Wissen, das er sich über die vorhistorische Zeit, in der er lebt, angeeignet hat.

Was bedeutet das jetzt?

Dann schreibe ich über das Leben der Nephilimen, diesen missgebildeten Gottessöhnen, und wie einer von ihnen in einem Sarg voller Eis auf einem Markt in Nod ausgestellt wird.

Was bedeutet das jetzt?

Dann schreibe ich über ein enormes Rad, das an einem Tag im 17. Jahrhundert brennend im Schnee liegt, in einem bewaldeten Tal voller Engel.

Was bedeutet das jetzt?

Wenn ich ganz ehrlich sein soll, habe ich keine Ahnung,

was es bedeutet, aber ich weiß durchaus, woher es kommt: Es gibt brennende Räder in der Bibel, es gibt Engel in der Bibel, und wenn sie so physisch nahe in der menschlichen Welt beschrieben werden, dass sie sowohl mit Abraham wie mit Lot essen, müssten sie auch im 17. Jahrhundert in einem italienischen Wald nach Nahrung suchen können. Und auch Noah muss eine Kindheit gehabt haben.

Alles hat seine Zeit ist ein Gegenwartsroman, denn obwohl die Vorstellungen, die es darin gibt, aus anderen Zeiten stammen, zirkulieren sie doch auch in unserer Zeit. Das Bild des brennenden Rades gehört natürlich nicht in eine rationale Diskussion über unsere Zeit, aber absolut in einen Roman über unsere Zeit. Warum ich genau dies geschrieben habe, weiß ich nicht, aber ich ahne, dass es auf die eine oder andere Art wichtig ist, zumindest für mich, und ich glaube, von dieser Ahnung lassen sich die meisten Schriftsteller leiten. Es ist eine Art Einsicht, dass die Bedeutung dessen, was man schreibt, erst dann ihren literarischen Wert bekommt, wenn man diesen Gedanken ausblendet und in der Form und den Strukturen des Textes verschwindet.

Denn so ist es doch: Obwohl wir nicht notwendigerweise verstehen, warum die Schöpfungsgeschichte so erzählt ist, wie sie erzählt ist, welche Bedeutung der Garten Eden eigentlich hat, die Flüsse, die durch ihn fließen, die Schlange und der Apfel, die Kleider, die Gott für Adam und Eva macht, die Vertreibung, das Flammenschwert des Cherub, der Ackerbauer Kain und der Schafhirt Abel, das Blut, das aus der Erde schreit, so sind doch all diese Bilder in uns, sowohl individuell wie kollektiv. Sie gehen ständig neue Zusammenhänge ein, je nach dem Charakter unserer Erfahrungen, und haben folglich unterschiedliche Bedeutungen von Mensch zu Mensch, von Zeit zu Zeit, über die Jahrhunderte hinweg. Wie diese Bilder uns formen, weiß niemand, aber es gibt keinen Zweifel, dass sie es tun: In ihnen sind wir geworden.

*

Für einen Bibelübersetzer gibt es also drei Grundsätze, die er zu berücksichtigen hat: Texttreue, Traditionsbewusstsein, Zugänglichkeit. Die Texttreue berührt den hebräischen Grundtext, das Traditionsbewusstsein die norwegische Bibelübersetzungstradition und die Zugänglichkeit die norwegische Gegenwartssprache und den norwegischen Gegenwartsleser. Bei dem Revisionsprojekt wurde wohl ursprünglich davon ausgegangen, dass die Übersetzer und theologischen Berater die Texttreuesten wären, also die Hebräischsten, während die stilistischen Berater sich eher an der Zugänglichkeit orientieren würden, also mehr idiomatisch vorgingen – und dass der Teil, in dem es um die Übersetzungstradition ging, vor allem in kritischen Zeitungsartikeln des norwegischen Sprachwissenschaftlers Finn-Erik Vinje auftauchen würde, sobald das Projekt beendet wäre.

Ich selbst hatte eine ganz bestimmte Meinung über die biblische Sprache, als ich gebeten wurde, mich an dem Projekt zu beteiligen. Ich erinnere mich, dass ich einem schwedischen Pastor davon erzählte, als eines meiner Kinder getauft wurde. Er war ausgesprochen interessiert und erkundigte sich nach meiner Haltung. Ich antwortete, ich sei konservativ veranlagt und der Meinung, es sei wichtig, die Sprache zu bewahren, die sich durch die Tradition etabliert hätte. Daraufhin verwies er auf eine einfache Tatsache, an die ich erstaunlicherweise vorher nicht gedacht hatte: Unsere Übersetzungstradition, die bis ins 17. Jahrhundert zurückreicht, kommt uns möglicherweise alt vor, aber im Verhältnis zu diesen mehrere Tausend Jahre alten Texten ist es schlichtweg irrelevant. In der Praxis hat sich unsere Sprache heute ebenso weit vom Grundtext entfernt wie im 17. Jahrhundert, und weshalb sollten wir den Sprachduktus des 17. oder des 19. Jahrhunderts unserem eigenen vorziehen?

Als ich mit der eigentlichen Arbeit begann, ging ich davon aus, dass die selbstverständliche Prämisse für die einzelnen Übersetzungsentscheidungen das idiomatische Norwegisch wäre. Doch dann kam ich in eine Text-Sitzung, auf der mich der Übersetzer plötzlich ansah und sagte: Wir haben die Rollen ja gerade vollkommen getauscht! Du, der Stilist, argumentierst, der Text soll so nahe wie möglich am Grundtext bleiben, während ich, der Übersetzer, möchte, dass es so idiomatisch wie möglich wird!

Da ich ja außer dem Wörtchen »und« kein Wort Hebräisch kann, war das für mich natürlich ein riskantes Unterfangen, zumal ich nicht das einsetzte, was die Autoren in diesem Projekt eigentlich einsetzen sollten, nämlich die Fähigkeit, sich auf Norwegisch auszudrücken.

Wie gesagt, bei der Bezeichnung »Stilist« geht es ja um mehr als nur um das Verhältnis zur norwegischen Sprache. Ich glaube, die Einstellung zum Stil oder den Stilvarianten, die sich im Grundtext finden, ist ebenso wichtig. Ich denke dabei nicht an den »Sprachton«, also daran, was zum Beispiel das erste Kapitel der Schöpfungsgeschichte von den folgenden Kapiteln unterscheidet, auch nicht an die »Gattungen«, also beispielsweise an den Wechsel zwischen Prosa und Poesie, der zum ersten Mal im Ersten Buch Mose im 1. Kapitel, Vers 27, auftaucht – »Und Gott schuf den Menschen zu seinem Bilde, zum Bilde Gottes schuf er ihn; und schuf sie als Mann und Weib« –, oder einige der anderen Gattungen, die sich in die Epik drängen, wie Genealogien, Gesetzestexte, Segnungen, Flüche, Gebete, Prophezeiungen, Lieder oder verschiedene Formen der Geschichtsschreibung – nein, ich denke an die große Erzählung, die sich durch all diese Gattungen und Stilebenen zieht, die sie verbindet und die dazu führt, dass es Sinn macht, sie als eine zusammenhängende Geschichte zu lesen. Als die Geschichte, die sich von der Erschaffung der Welt über die Wahl der Israeliten als das Volk des Herrn und ihrer Einwanderung nach Kanaan bis zur Gefangenschaft in Babylon zieht. Denn trotz der enormen Vielfalt an Gattungen, Erzählern und Erzählweisen sind die Gemeinsamkeiten dieser Geschichten weitaus auffälliger als ihre Unterschiede, und nach allem, was sich sagen lässt, sind sie sehr viel wichtiger, seit es darum geht, wie die Hebräer Schrift gedacht haben beziehungsweise wie sie in der Schrift gedacht haben.

Anders ausgedrückt: Die Mentalität der Hebraer, die in ihren Schriften zum Ausdruck kommt, unterscheidet sich grundlegend von unserer Mentalität, und für eine Übersetzung ist es entscheidend, mit dieser Mentalität in Kontakt zu kommen. Es geht also weniger um das, was sie gedacht haben, sondern eher um die Art und Weise, wie sie es gedacht haben. Ein Beispiel: Es stammt von J. P. Fokkelman, der es in einem Essay über die Schöpfungsgeschichte in *Reading Biblical Narrative* entwickelt. Er schreibt über einen der zentralen Begriffe in den Büchern Mose, nämlich *toledot*, das wörtlich übersetzt so etwas wie »gezeugt« oder »der Ursprung von etwas sein« bedeutet, und *yld* als Wurzel hat – für Mütter wird *yaldah* verwendet, »sie gebar«, für Väter *holid*, »er zeugte«; für Kinder *nolad*, »er wurde geboren«. Fünf Mal taucht *toledot* als Einleitung zu einer der genealogischen Listen auf, beinahe wie eine Art Gattungsmarkierung. Bei 3T wird der Begriff mit »Familiengeschichte« übersetzt. Adams Familiengeschichte, Noahs Familiengeschichte, Sems Familiengeschichte usw. Allerdings wird *toledot* auch auf andere Weise verwendet, schreibt Fokkelman: Fünf Mal wird es als Eröffnung eines kurzen Abschnitts eingesetzt, wie eine Art Überschrift. »Dies ist Noahs Familiengeschichte. Noah war ein rechtschaffener und ehrlicher Mann« oder »Dies ist Terachs Familiengeschichte. Terach bekam die Söhne Abram, Nakor und Haran«. Es hat die Funktion, Markierungen zu setzen, die als Einleitung der gesamten Abraham-Geschichte dienen.

Auf diese Weise wird nicht nur die Form des Textes strukturiert, es hat auch etwas mit Vermittlung zu tun: Alle zentralen Charaktere, Abraham, Jakob und auch Josef werden dadurch in einem Rahmen väterlicher Nachkommenschaft präsentiert; darauf liegt der Fokus, so Fokkelman, und dieses Bild von Verknüpfung offenbart das übergeordnete Thema des gesamten Buches: Leben, Überleben, Abstammung, Fruchtbarkeit, Kontinuität. In diesem System gibt es allerdings eine Ausnahme, nämlich das Erste Buch Mose, Kapitel 2, Vers 4. In 4T wurde der Satz folgendermaßen übersetzt: »Dies ist die Geschichte des Himmels und der Erde, als sie geschaffen wurden.« Im Grundtext steht auch hier *toledot*. Aber warum? An allen anderen Stellen hat das Wort mit menschlicher Zeugung und menschlichen Nachkommen zu tun. Dies ist eine Form, wie hebräische Texte funktionieren. Begriffe werden wiederholt und etablieren ein Muster, und an jeder Stelle, an der das Wort auftaucht, bringt es seine ehemaligen Zusammenhänge mit ein, seine ehemaligen Muster. Dass Gott die Erde gezeugt haben soll wie der Mensch seine Kinder, wird niemals direkt gesagt. Es wäre eine unmögliche, ja, ungeheuerliche Aussage, aber durch die Anwesenheit des kleinen Wörtchens *toledot* wird es dennoch wie eine Metapher vermittelt. Eine ungeheuer subtile Metapher, und doch: Der Zusammenhang ist hergestellt.

Und in diesem System manifestieren sich andere Systeme: Zum Beispiel verstärkt der Fokus auf die Verwendung von *toledot* die Bedeutung der Fälle, bei denen es keine Fruchtbarkeit gibt. Sarais Schicksal beispielsweise wird schwerwiegender und wichtiger, ja, für die Geschichte beinahe entscheidend wichtig. Ihr Zustand wird mit einem Wort beschrieben, das in NO78/85 mit dem Wort »kinderlos« übersetzt ist. Der ganze Satz lautet: »Sarai war kinderlos; sie konnte kein Kind bekommen.« Dies ist der Schlüsselsatz des Berichts. Wie gesagt, ich kann kein Hebräisch, doch rein intuitiv kommt mir »kinderlos« ziemlich abstrakt vor, ziemlich weit entfernt von der typisch körpernahen Art, wie in diesen Texten gedacht wird und wir es in den bereits benannten zentralen Begriffen gesehen haben, die sich mit Zeugung und Geburt verbinden. Es ist vorstellbar, dass ein Wort wie »unfruchtbar« dieser Denkweise näher liegt, aber das weiß ich einfach nicht. Es geht mir nicht darum, ob es sich um eine korrekte oder weniger korrekte Übersetzung handelt, ich möchte versuchen zu zeigen, wie wichtig es ist, einzelne Strukturen im Grundtext zu untersuchen, bevor eine Übersetzungsentscheidung getroffen wird. Denn wenn die Konsequenzen der Strukturen für die Aussage wesentlich sind, muss dies die übergeordnete Forderung sein, um einen idiomatisch guten Text auf Norwegisch zu formulieren.

Gegen das *toledot*-Beispiel ließe sich zum Beispiel einwenden, dass es sich nur um eine Spekulation handelt, die unmöglich zu beweisen ist – wie einer der erfahrensten Übersetzer des Projekts es so nachdrücklich charakterisierte: Etymologie-Fundamentalismus. Wird *toledot* jedoch jedes Mal anders übersetzt, verschwindet die Möglichkeit, über den Sinn nachzudenken, den diese bestimmte Wortwahl in sich trägt. Zumindest für alle nicht Hebräisch-Kundigen, und das sind bekanntlich die meisten.

Ich werde ein weiteres Beispiel geben, das etwas weniger Konsequenzen hat. Im ersten Kapitel der *Genesis* stehen drei verschiedene Wörter für »über etwas gebieten« oder »herrschen«. Zwei finden sich in Vers 16-18, in dem es heißt: »Gott machte die beiden großen Lichter, das größere Licht, um über den Tag zu herrschen, und das kleinere Licht, um über die Nacht zu herrschen, und die Sterne. Gott setzte sie auf die Himmelsfeste, damit sie auf die Erde schienen, um über den Tag und über die Nacht zu herrschen und das Licht von der Finsternis zu scheiden. Und Gott sah, dass es gut war.« In Kapitel 1, Vers 16, wird dasselbe Wort zwei Mal verwendet, und in der gesamten Schöpfungsgeschichte findet es sich nur dort. Es ist hier mit »herrschen« übersetzt. Und dann, in den Versen 1,26 und 1,28 wird ein drittes Wort verwendet, das ebenfalls nur in der *Genesis* zu finden ist, und in 4T mit »gebieten« übersetzt wurde. Damit haben wir drei verschiedene Worte im Grundtext, von denen hier nur zwei verwendet wurden, während das dritte insgesamt sieben Mal verwendet wird.

Schauen wir uns den nächsten Zusammenhang an, in dem dieses Wort auftaucht, in Kapitel 3, Vers 16. In der Übersetzung von NO78/85 heißt es: »Dein Verlangen soll nach deinem Mann sein, und er soll über dich herrschen.« Wenn wir von der Prämisse ausgehen, dass das Vorhandensein eines selten vorkommenden Wortes seine früheren Zusammenhänge in den neuen Kontext mit einbringt, wird auch dies zu einer Metapher: Die Frau ist dem Mann untergeordnet, wie der Tag der Sonne untergeordnet ist und die Nacht dem Mond. Dies ist eine eindeutige Unterordnung, denn selbst wenn wir nach der Sonne streben, weil die Sonne uns Licht und Leben schenkt, wird uns dies nur hier auf der Erde zuteil. Die Metapher, die nie explizit ausgedrückt wird, ist subtil und reich, über die Zusammenhänge, die sie aufbaut, lässt sich von allen möglichen Seiten und Blickwinkeln nachdenken.

In einer Übersetzung geht dieses reiche Spiel leicht verloren, und so war es auch in der Version, die unsere Gruppe weiterschickte. In ihr wurde die Übersetzung des Wortes nicht wiederholt, sondern variiert. In 2T heißt es: »Du sollst nach deinem Mann trachten, und er soll die Kontrolle über dich haben.« Nun ist es so, dass das hebräische Wort Kontrolle bedeuten *kann*. Aber verwendet man es, reißt man das Wort aus seinem ursprünglichen

Zusammenhang, und für Menschen, die den Grundtext nicht lesen können, ist überhaupt keine Verbindung zu dem Bild in Kapitel 1, Vers 18, mehr möglich. Das Gleiche ist übrigens in *The Jerusalem Bibel* passiert, wo »govern« in 1,18 zu »lord it« in 3,16 geworden ist.

Der Grund, warum in der Version 2T »Kontrolle« gewählt wurde, ist offensichtlich: Es ist ein norwegisches Idiom, zu dem jeder Stellung beziehen kann. Und es wirkt im ersten Augenblick vielleicht weniger diskriminierend als »herrschen über«, das man hätte nehmen müssen, wenn man die Wiederholung ernsthaft aufgreifen wollte. Aber indem hier eine idiomatische Übersetzung gewählt und von der Wortwahl des Grundtextes abgesehen wurde, ist dem Grundtext gleichzeitig auch seine wichtigste Denkweise genommen. Und was hat man davon? Ja, unsere eigene Denkweise. Das Problem besteht natürlich darin, dass die Denkweise des Grundtextes so anders ist als die unsere. Einer der wichtigsten Aspekte beim sogenannten »guten norwegischen Sprachgebrauch« ist Variation. Einzelne Worte sollen nicht zu häufig wiederholt werden und zu nah beieinander stehen, es sei denn, man hätte einen stilistischen oder rhythmischen Nutzen davon, wie zum Beispiel bei Jon Fosse. Aber bei der Arbeit mit einem Text wie diesem, wo Wiederholungen tatsächlich eines der steuernden Prinzipien im Text sind und nicht nur mit der Form zu tun haben, sondern in höchstem Maße auch mit den Inhalten, kann die Variation als Ziel in der Tat fatal sein. An einigen Stellen, wie zum Beispiel denen mit *toledot*, ist es schwierig, die Worte auf Norwegisch konsequent wiederzugeben – so müsste es beispielsweise heißen »Dies ist die Familiengeschichte des Himmels und der Erde, als sie geschaffen wurden« –, aber an anderen Stellen ist es gar kein Problem. Und zwar, auch ohne dass der Text aussieht wie ein hebräisch-norwegischer Bastard.

*

In der Schule lernen wir, dass Sprache variiert werden muss, um gut zu sein, dass dasselbe Wort nicht zu häufig wiederholt werden darf, es sei denn, es hätte eine rhythmisch beschwörende Funktion. In seinem Essay *Ein Satz* räumt der tschechische Schriftsteller Milan Kundera mit diesem Phänomen gründlich auf. Er untersucht Kafka-Übersetzungen in verschiedenen Sprachen und zeigt, dass die Übersetzer konsequent variieren: Dort, wo Kafka dasselbe Wort drei Mal in einem Satz verwendet, haben sämtliche Übersetzer es variiert. Kundera schreibt:

> Das Bedürfnis, anstelle des offensichtlicheren, einfacheren, neutraleren Wortes ein anderes zu verwenden (sein – eindringen; gehen – gehen in einer konkreten Bedeutung; fahren – lospeitschen), könnte *Synonymisierungsreflex* genannt werden – ein Reflex, den fast alle Übersetzer haben. Über einen großen Vorrat an Synonymen zu verfügen, ist Teil der Virtuosität des »schönen Stils«. Kommt im selben Abschnitt des Originaltextes zweimal das Wort »Traurigkeit« vor, wird der Übersetzer über die Wiederholung stolpern (die er als Angriff auf die obligatorische stilistische Eleganz ansieht), und er wird versucht sein, das Wort beim zweiten Mal mit »Melancholie« zu übersetzen. Geben wir ohne Ironie zu, dass die Situation des Übersetzers äußerst schwierig ist. Er muss dem Autor gegenüber treu sein und gleichzeitig er selbst bleiben,

wie soll er das schaffen? Er will (bewusst oder unbewusst) den Text mit seiner eigenen Kreativität ausstatten; und um sich selbst aufzumuntern, wählt er ein Wort, das den Autor scheinbar nicht verrät, aber dennoch die eigene Initiative des Übersetzers belegt. Ich stelle es immer wieder fest, wenn ich die Übersetzung eines kurzen Textes von mir selbst durchgehe: Ich schreibe »Autor«, der Übersetzer übersetzt »Schriftsteller«; ich schreibe »Schriftsteller«, er übersetzt »Romancier«; ich schreibe »Romancier«, er übersetzt »Autor«; wenn ich »Vers« schreibe, übersetzt er »Poesie«; wenn ich »Poesie« sage, übersetzt er »Gedicht«. Kafka sagt »gehen«, der Übersetzer benutzt eine konkrete Bedeutung des Verbs. Kafka sagt »kein Bestandteil«, die Übersetzer »nichts von den Bestandteilen«, »nichts gemeinsam« und »nicht ein einziger Bestandteil«. Kafka sagt »das Gefühl haben, sich zu verirren«, zwei Übersetzer sagen »den Eindruck haben …«, während ein dritter (Lortholary) Wort für Wort übersetzt (zu Recht) und auf diese Weise beweist, dass es keineswegs notwendig ist, »Gefühl« durch »Eindruck« zu ersetzen. Diese synonymisierende Praxis erscheint unschuldig, aber es lässt sich nicht vermeiden, dass ihre systematische Anwendung den ursprünglichen Gedanken abschwächt. Und überhaupt, warum denn nur? Warum nicht »gehen« in einer abstrakteren Bedeutung sagen, wenn der Autor »gehen« gesagt hat? Oh Übersetzer, sodomisiert uns nicht!

Der Hang zur Variation führt paradoxerweise zur Gleichheit: Kafka klingt wie alle anderen Autoren, seine Besonderheit, die in der Genauigkeit der Sprache liegt und von Nicht-Variationen geprägt ist, wird, wenn nicht aufgehoben, so doch unterminiert. Das Fremde an seinen Texten wird weniger fremd. Und was für die Übersetzung von Kafka gilt, gilt zehnfach für die Übersetzung der Bibel, in der das Besondere und das Fremde weitaus größer sind. Es kann nicht hundertprozentig wiedergegeben werden, denn sonst würde die Bibel so gut wie unlesbar, aber es darf auch nicht ignoriert werden. Jedenfalls nicht, ohne dass es ein anderes Buch würde.

Dieses Spannungsverhältnis wird vielleicht am besten durch die Unterschiede zwischen der dänischen und der schwedischen Bibelübersetzung illustriert. In der schwedischen Übersetzung ist die Sprache variiert, poetisch, dramatisch, stimmungsvoll. In der dänischen Übersetzung ist die Sprache wiederholend, nüchtern, flach und philologisch korrekt. Die schwedische Bibel liest sich wie ein Roman über verschwundene Zeiten, die dänische wie ein wirklich alter Text mit Stilidealen, die uns fernliegen, allerdings mit den Worten unserer Zeit. Es handelt sich nicht ausschließlich um stilistische Unterschiede, oder besser gesagt, die stilistischen Unterschiede sind auch ideologische Unterschiede. Die schwedische Bibel hat ein lockereres Verhältnis zum Grundtext, nicht nur, um ihn deutlicher werden zu lassen, sie verschönert den Grundtext auch, und man verschönert nur etwas, was man als nicht ausreichend ansieht.

*

Im ersten und zweiten Kapitel der Schöpfungsgeschichte ist der erhebliche Unterschied in der Erzählweise am augenfälligsten: Während das erste Kapitel mit all seinen sorgfältigen Wiedergaben und langsamen Erweiterungen gründlich und nahezu pedantisch ist und in gewisser Weise eher dem Stil eines Gesetzbuches gleicht, ähnlich dem Dritten Buch Mose, ist das zweite Kapitel in einem ganz anderen Maße in seiner Erzählung geerdet: Es geht nicht mehr um die generelle Schöpfung von Himmel und Erde, nicht mehr darum, alles zu wagen, sondern um den konkreten Ort, diese Erde, diesen Himmel, diese zwei bestimmten Menschen. Der Übergang vom Fernen zum Nahen vollzieht sich heftig, es knirscht geradezu bei der Zusammenführung, aber der Text hält diese und viele ähnliche Belastungen aus, weil er in der Tiefe so ausgezeichnet zusammenhängt. Unter der offensichtlich schlichten Oberfläche vollzieht sich ein Spiel mit Bedeutungen, das sich durch die Tausende von Jahren, seit der Text geschrieben wurde, als beinahe unerschöpflich erwiesen hat. Man kann im Grunde einfach nur einen Punkt wählen, irgendeinen beliebigen Punkt, und von dort aus mit der Lektüre beginnen.

Als ich *Alles hat seine Zeit* schrieb, war einer der wichtigsten Eckpfeiler ein Satz aus dem ersten Kapitel der *Genesis*, nämlich »Und Gott sprach: Lasset uns Menschen machen, ein Bild, das uns gleich sei«. Ich wusste tatsächlich nichts über die Bibel, begann aber dennoch, darüber nachzudenken, was um alles in der Welt damit gemeint sein könnte. »Uns« steht da. Bedeutet es, dass es noch andere als Gott gab? Wer könnte das gewesen sein? Die Engel vielleicht? Aber wenn es Engel waren, warum steht in der Schöpfungsgeschichte nicht schon früher etwas über sie? Und wenn es Engel gewesen sein sollten, bedeutet das, dass sie Gott gleichen? In welcher Hinsicht?

Ich folgte der Spur bis zum Ende des Berichts über den Sündenfall, wo ein Cherub erwähnt wird, und noch weiter bis zu den Geschichten über Abraham und Lot, wo die gesamte bisherige narrative Knappheit und Sparsamkeit plötzlich ihr Ende finden. Die Engel, von denen wir bis dahin nichts gehört haben, kommen auf einmal zusammen mit dem Herrn über die Ebene. Sie essen, sie reden, und sie gehen weiter nach Sodom, wo Lot sie empfängt und ein neues Gespräch und eine neue Mahlzeit beginnt. Was bedeutet das? Ich fing an, Sekundärliteratur zu lesen, und fand schnell heraus, dass ich bei weitem nicht der Erste war, der über den Gebrauch des Wortes »uns« durch den Herrn nachgedacht hatte. Besonders ergiebig war die Interpretation der *Genesis* durch Basilius den Großen in seinem *Hexaemeron*, weil diese Art des Nachdenkens über die Schöpfungsgeschichte aus einer Welt stammte, die mir vollkommen fremd war, mit der ich aber gleichzeitig weiterhin in Kontakt stand, da wir doch immerhin dasselbe Buch lasen und über denselben Satz nachdachten, der ihm offenbar ebenso rätselhaft erschien wie mir.

Dieses Schwindelgefühl empfand ich auch bei der Mitarbeit an dem Übersetzungsprojekt, bei dem mich eigentlich am meisten faszinierte, dass die Probleme, mit denen wir uns in diesen Texten konfrontiert sahen, konstant sind: Liest man beispielsweise die King-James-Bibel aus dem 17. Jahrhundert, sieht man, dass die Übersetzer vor exakt den gleichen Schwierigkeiten standen, als sie ihre Wahl treffen mussten. Auch sie haben darüber nachgedacht, wie sie *toledot* konsequent auf Englisch formulieren sollen, ohne dass es ihnen gelungen wäre, und das schafft eine merkwürdig nahe Verbindung zu einer Zeit, die uns sonst in nahezu jeder Weise fern ist, auf jeden Fall sprachlich. Auch daher ist es wichtig, dass der Anspruch, der Bibel eine gegenwärtige Sprache zu geben, nicht so groß wird, dass die Schatten der Gegenwart auch über diese sprachlichen Strukturen fallen, denn in diesem Fall wäre die Vergangenheit kein Brunnen mehr, wie ihn Thomas Mann in seinem *Joseph*-Roman beschrieb, sondern ein Spiegel. Und wenn wir in unserer Zeit etwas nicht benötigen, ist es wohl das.

GNADE

ICH HÖRE LED ZEPPELIN. ICH HÖRE SIE, seit mein Bruder mir *Physical Graffiti* vorspielte, da war ich acht Jahre alt. So ist das mit all der Musik, die ich höre, entweder habe ich sie vor meinem zwanzigsten Lebensjahr kennengelernt, oder sie hört sich so an wie die Musik von damals. Gegenüber dem anspruchsvolleren musikalischen Niveau, das sich in Klassischer Musik, der Neuen Musik und in gewissem Maß auch im Jazz findet, bin ich ein Ignorant. So gern ich auch sagen würde, dass mir Bach, Brahms, Beethoven, Mozart oder Schönberg gefallen, ich kann es nicht. Solche Musik lasse ich zwischendurch laufen, aber sie sagt mir nichts, ich könnte ebenso gut auf dem Küchenfußboden sitzen und der Spülmaschine zuhören. So ist das mit nahezu allen Dingen, im Grunde bin ich ein eher anspruchsloser Mensch. Musik spiele ich, um den Takt dazu zu schlagen, ich esse, um satt zu werden, ich trinke Wein, um betrunken zu werden, und Filme sehe ich, um unterhalten zu werden. Das hat nichts mit Koketterie zu tun, denn ich wünschte wirklich, es wäre anders. Der einzige Bereich in meinem Leben, in dem ich einen gewissen Grad an Anspruch erreicht habe, hat mit Literatur zu tun. Die Literatur, die ich als Sechzehn-, Siebzehnjähriger gelesen habe und die mich innerlich entflammt hat, ist heute für mich so gut wie unlesbar. Jens Bjørneboes Bücher gehören in diese Kategorie, auch Agnar Mykles. Sylvia Plath. Jack Kerouac, Hermann Hesse, Ola Bauer, um ein paar Namen zu nennen. Das hat nichts mit Qualität zu tun, sondern mit Orientierung, damit, welche Fragen relevant sind, und der seltsamen, aber dennoch gültigen Regel, dass der literarische Wert abnimmt, je relevanter die Thematik ist.

Einmal habe ich am Aktionstag für inhaftierte Schriftsteller bei einem PEN-Treffen in Malmö gelesen. Ich las den Text eines ägyptischen Autors, während ein paar Schriftsteller, die auch in Malmö wohnten, Texte von anderen misshandelten und inhaftierten Autoren lasen. Allen Texten war gemein, dass sie rein menschlich gesehen über fürchterliche Dinge berichteten, deren Veröffentlichung zweifellos wichtig war, zumal es sich um reale Menschen mit realen Familien handelte, die in einer für uns unvorstellbaren Weise litten. Literarisch gesehen waren sie jedoch schwach. Ja, die meisten Texte, die an diesem Abend gelesen wurden, waren ganz einfach miserabel. Ich habe lange darüber nachgedacht, warum das so war. Es lag vermutlich daran, so überlegte ich, dass die Situationen, die beschrieben wurden, all diese Übergriffe, all diese Misshandlungen von vornherein klar waren. Es gab keinen Zweifel. Und ohne Zweifel keine Literatur. Literatur sucht die Komplexität, selbst in ihren Vereinfachungen. Das ist das eine. Das andere ist, dass diese alles umfassenden Situationen, die mit ihrem grellen Licht alles ausblenden, sprachlich nur von den allergrößten Begabungen festgehalten werden können und vielleicht nicht einmal von denen, ohne dass die beschriebenen Situationen reduziert und damit unwahr werden.

Zwei der Texte, die im Victoria Theater von Malmö gelesen wurden, waren allerdings gut. Der eine stammte von einer Russin und handelte von der Situation in einem Frauengefängnis. Erst ging es um die eigentliche Zelle, dann um die verschiedenen Formen, wie die Frauen durch die Zellenwände miteinander in Kontakt traten: durch Klopfen und Rufe, bei denen unterschiedliche Codes benutzt wurden. Und es ging darum, wie sie mit ihrer ferneren Umgebung in Kontakt kommen konnten: Briefe wurden verschiedenen Kurieren anvertraut, alles in einem System, in dem die Frauen nie wussten, wem sie vertrauen konnten. Der Weg zum Verrat war in dieser gnadenlosen Welt ebenso kurz wie die Sehnsucht nach Vorteilen. Der Text handelte nicht von Misshandlungen, sondern von den Lebensumständen, in denen diese Misshandlungen stattfanden, von den verzwickten, beinahe labyrinthischen Möglichkeiten des menschlichen Kontakts an diesem Ort. Der zweite Text von großer Qualität wurde von Lukas Moodysson gelesen, geschrieben hatte ihn der koreanische Dichter Ko. Das einzig wirklich Entsetzliche für ihn sei gewesen, so Moodysson in seiner Einleitung, dass ihm jeglicher menschlicher Kontakt verweigert worden sei. Er war absolut, vollkommen, ganz allein. Der letzte Mensch. Er beschloss, ein Gedicht über jeden einzelnen Menschen zu schreiben, den er in seinem Leben getroffen hatte, wenn er je wieder freigelassen würde. Tatsächlich wurde er aus dem Gefängnis entlassen und begann mit der wahnsinnigen Aufgabe, die er sich auferlegt hatte. Diese Gedichte waren fantastisch.

Auf den ersten Blick geht es also darum, dass das Ethische und das Ästhetische zwei unvereinbare Größen sind. Dass es nicht möglich ist, gut über das Böse zu schreiben. Aber das ist nur der erste Blick. Denn wenn wir uns über all die Übergriffe entsetzen, die auf der Welt passieren, ergötzen wir uns in gewisser Weise auch daran, schließlich sind wir gegen Folter, Übergriffe und Diktatur; wir preisen die inhaftierten und oft genug auch getöteten Autoren, unser sich weiden an ihren und ihrer Familie Leiden ist so schlicht und leider auch so banal, denn wenn das Böse schon banal ist, ist es das Gute in dieser Form ganz bestimmt. »Ich mag Unterschiede« hieß es in einer Kampagne gegen Einwanderungsfeindlichkeit in Schweden im letzten Herbst, die angesichts der großen Zustimmung für die fremdenfeindliche Partei der Schwedendemokraten angestoßen worden war. Aber was ist denn das »Unterschiedliche«, wenn alle es mögen? Es ist das Gleiche. Also ist es eine Lüge. »Ich mag Gleichheit« müsste es heißen. So verhält es sich mit allen Kampagnen gegen das Böse. Wir haben Christus vergessen, das Unerhörte in seinem Wort, auch die andere Wange hinzuhalten, das Unerhörte der Vergebung, diese enorme, aber auch selbstzerstörerische Kraft der Vergebung – und wie alle Menschen und alles Menschliche darin verbunden sind. Alle Schriftsteller, die ihren Namen wert sind, wissen das; ein Roman oder ein Gedicht, der oder das davon nichts weiß, ist ein schlechter Roman oder ein schlechtes Gedicht, denn nur hier, nur in diesem Sinn sind das Ethische und das Ästhetische ein und dasselbe.

Vergebung für alle.

Ich weiß so gut wie nie, warum ich schreibe, was ich schreibe, denke, was ich denke, und fühle, was ich fühle. Ein Zyniker wird über das, was ich gerade geschrieben habe, sagen, dass ich mich gegen die Vergebung wende, weil ich sie brauche. Ich habe etwas Falsches getan, ich leide darunter, das Falsche wird aufgehoben, wenn ich nur jemanden finde, der mir vergeben kann; das Motiv ist rational und vernünftig. Und es stimmt, ich habe immer das Gefühl, etwas falsch gemacht zu haben, etwas Ernstes und nicht Wiedergutzumachendes, immer habe ich das Gefühl, ein schlechter Mensch zu sein, und dieses Gefühl lässt mich niemals zur Ruhe kommen. Immer werde ich davon gequält, vom morgendlichen Aufwachen, bis ich abends wieder zu Bett gehe. Nicht auf eine großartig leidende Art und Weise, es ist eine generelle Missstimmung, die ständig in meinem Bewusstsein lauert und nicht bekämpft werden kann; egal, was ich tue oder lasse, sie ist da.

Könnte dieses Gefühl verschwinden? Könnte ich ganz einfach sagen, ja, ich glaube, um dann auf die Knie zu fallen und die Vergebung für alles entgegenzunehmen?

Ich glaube nicht, also kann ich es nicht.

Aber das ist rein persönlich, es hat mit meinem Charakter zu tun, der sich offenbar bereits formte, als ich klein war, und die Furcht vor meinem Vater immer auch in der Furcht bestand, etwas falsch gemacht zu haben, zumal alles falsch sein konnte. Es war falsch, die Tür zu fest zu schließen, es war falsch, die Tür nicht zu schließen. Es war falsch zu weinen, es war falsch zu lachen. Es war falsch zu antworten, es war falsch, nicht zu antworten. Natürlich hat mich das geprägt. Das bedeutet aber nicht, dass das, was ich tue, nicht falsch ist, denn das ist es durchaus, es bedeutet nur, dass ich ausgesprochen empfindlich bin, was dieses Gefühl angeht, das mich nie in Ruhe lässt. Aber selbst wenn es sich so verhält, gebe ich dem Zyniker nicht Recht, denn so wie ich es sehe, ist genau dies von geringerer Bedeutung, wenn es um die Vorstellung von Gnade als Idee oder Ideal geht. Der Zyniker lebt in einer praktischen Welt, für ihn ist alles Werkzeug, und nichts ist heilig, das heißt, nicht heiliger, als dass man nicht darüber lachen könnte; und zu dieser Welt aus Gelächter und Leere existiert im Grunde nur eine Alternative, wenn man das Leben ernst nimmt. Und das sind der Glaube und das, worauf er verweist.

Im Kopf gebe ich dem Zyniker Recht. Und wenn der Zyniker Recht hat, sind wir frei, das heißt, ohne jede Verpflichtung als jene, die wir selbst eingehen, freiwillig. Alle Verbote sind praktisch, um einen Wert zu bewahren, der jemandem einen Vorteil verschaffen kann, und sie können gebrochen werden, wenn man mit den Konsequenzen leben will oder kann, die die Grenzen des Sozialen beinhalten. Im schlimmsten Fall heißt das Gefängnis oder andere Formen des Ausgeschlossenseins.

Das Gewissen ist wie die Scham nichts anderes als ein gesellschaftlicher Steuerungsmechanismus, entwickelt, um die notwendigen Bedingungen für viele Menschen zu schaffen, Seite an Seite zu leben. Die Religion legitimierte die Schuld und das Gewissen, sie gab ihnen einen tieferen Grund und einen größeren Sinn, und das verstärkte zusätzlich unsere Bindungen. Ein Aufstand gegen das Gewissen wurde zu einem Aufstand gegen Gott, gegen den Sinn und den Grund des Universums. Das Gelächter darüber war ein teuflisches Gelächter.

Nun glauben wir nicht mehr länger an Gott, also lautet die Frage des Zynikers, warum sind wir nicht alle Hedonisten? Warum tun wir nicht alle genau das, wozu wir Lust haben? Die Antwort ist das Soziale, die Kontrolle durch andere Menschen, deren Missbilligung wir uns nicht aussetzen wollen, da sie doch so entscheidend sind für das eigene Selbstverständnis und den eigenen Wert. Die meisten Dinge in unserem Leben tun wir mit anderen Worten aus Feigheit und Furcht, würde der Zyniker sagen. Dies ist ein nietzscheanischer Standpunkt, der Mensch wird dabei von einem Ort außerhalb des Sozialen betrachtet.

Diesen Ort gab es einmal hier im Land, bevor das Christentum kam, es war der Ort der Vogelfreien. Der Vogelfreie hatte in der Gesellschaft weder Rechte noch einen Platz, das heißt, er musste sich dort aufhalten, wo sonst niemand war. Niemals wieder in ein Paar menschliche Augen schauen. Niemals wieder einem Menschen durchs Haar oder über die Wange streichen. Niemals wieder zusammen mit einem anderen Menschen lachen. Kam der Vogelfreie, wandte man sich von ihm ab. Sie durften ihn auch töten, wenn sie wollten, er war ein Niemand; es bedeutete nichts, ob er lebendig oder tot war, aber warum sollten sie ihn töten, solange sie sich von ihm abwenden konnten?

Die Hölle, das sind die anderen, schrieb Sartre, aber das ist nur richtig, wenn sie sich von dir abwenden. Die Hölle, das ist, wenn du niemand bist. Deshalb habe ich in meinem Leben so große Distanz zu anderen Menschen gehalten; aus Furcht, abgewiesen zu werden, habe ich die Zurückweisung selbst verursacht. Es ist die Urangst, ein Säugling, den niemand will. Von dem niemand etwas wissen will. In dem niemand einen Wert sieht. Dem niemand entgegenkommt. Diese Furcht hält vieles im Zaum, denn sie ist ja nicht unbekannt, im Gegenteil, wir begegnen ihr jeden Tag in unterschiedlichen Formen und Ausprägungen. So ist es schon immer gewesen, seit wir klein waren, im engen Familienleben wie in den Institutionen, dem Kindergarten, der Schule, der Universität und später im Beruf. Immer wird mit Abstand und Nähe, Belohnung und Strafe gearbeitet: Du bist sechs Jahre alt und hast etwas Dummes getan, was passiert? Deine Mutter schaut dich nicht an. Sie will nichts von dir wissen, aber woher sollst du wissen, dass es nur für kurze Zeit ist? Du lernst es, du bist neun Jahre alt und tust etwas Dummes, was passiert? Du wirst in dein Zimmer gesperrt und hast dort den ganzen Abend allein zu bleiben. Du spielst dich in der Schule auf, was passiert? Du wirst ausgegrenzt.

Was heißt es, ausgegrenzt zu werden? Niemand sieht dich, niemand hört dich, alle laufen davon, wenn du kommst. Es kommt vor, dass Jugendliche, die so etwas über längere Zeit erleben, sich das Leben nehmen.

Du arbeitest an einem Ort, von dem es heißt, man nimmt Rücksicht, sagen wir, bei der schwedischen Einwanderungsbehörde. Du kommst aus einer anderen Stadt, wo du innerhalb desselben Systems gearbeitet hast, dort hattest du einen Blog, in dem du vor langer Zeit etwas Unbedachtes über deine Arbeit geschrieben hast. Jetzt nähern sich die Wahlen, ein Journalist liest deinen Blog, bringt deinen Beitrag auf die Titelseite der größten schwedischen Tageszeitung, und danach sieht dich an deinem Arbeitsplatz niemand mehr an. Niemand hört mehr auf das, was du sagst, du hast das Gefühl, als gäbe es dich nicht. Du wohnst allein, hast weder eine Freundin noch Kinder, weshalb existierst du eigentlich, was ist der Sinn deines Lebens? Die Mechanismen sind sozial und gehören allen, die Konsequenzen aber sind psychologisch und gehören dem einen.

So fügen wir einander Schmerzen zu und schaden einander, denn zu leben ist schwieriger als irgendeine Kunst, und das Böse ist nichts, wofür man sich entscheidet, es ist etwas, das in jemandem entsteht. Um es im Zaum zu halten, musst du es kennen oder zumindest wissen, dass es das Böse gibt. Mein Vater schloss mich ein, es geschah nicht oft, aber wenn er es tat, war es schrecklich. Denn ich wurde in den Keller gesperrt, und ich hatte eine Todesangst vor dem Keller, allein hinunterzugehen, um irgendetwas zu holen, zum Beispiel ein Glas mit eingemachten Früchten, erschreckte mich, sogar mitten am Tag. Das Gefährliche an meinem Vater war, dass ich nicht genau wusste, was falsch war und was nicht, die Wut konnte aus einer vollkommen unerwarteten Ecke kommen. Was dazu führte, dass ich ungefähr dasselbe Verhältnis zu ihm bekam, das er meiner Meinung nach zu seiner Mutter hatte. Ich fühlte mich mit ihm verbunden, und je größer die Zurückweisungen waren, umso mehr buhlte ich um seine Gunst und die vorbehaltlose Bestätigung, dass ich in seinen Augen gut genug war. Ich wollte von ihm beachtet werden, nicht nur, wenn ich etwas falsch gemacht hatte. Davon wusste er nichts, ebenso wenig wie seine Mutter von seinen starken Gefühlen für sie wusste. Ich habe einmal erlebt, wie sie ihm den Kopf wusch, ich vergesse es nie: Der große Mann stand mit den Händen an der Hosennaht da und blickte zu Boden, dreiundfünfzig Jahre alt, früher der stärkste Mann, den ich kannte, während sie, winzig und uralt, zu ihm aufschaute und ihn anschnauzte. Ich vergesse es nie, weil ich sah, was es heißt, Macht über einen anderen Menschen zu haben. Sie hatte Macht über ihn, er hatte Macht über mich. Dass er als letzte Tat seines Lebens zu ihr nach Hause zog, nachdem er alles andere aufgegeben hatte, ist ebenso schön wir furchtbar. Er starb dort und saß zwei Tage tot auf dem Stuhl, bevor jemand einen Krankenwagen rief und er abgeholt wurde. Sie war die ganze Zeit über in der Wohnung. Sie hat ihn ja auch geliebt, er war ihr ältester Sohn, und nun saß er auf einem Stuhl, reglos und blutig, und sie, was tat sie, saß sie in der Küche und rauchte? Ging sie die Treppen auf und ab? Lag sie ohne Laken im Bett und schlief? Das ist der Anfang meiner Geschichte, ein Vater, der ein Sohn ist und im Haus einer Mutter stirbt, die ihn dort sitzen lässt, vielleicht zu gebrochen vor Trauer, um etwas zu unternehmen, vielleicht zu verstört, um zu verstehen, was geschehen ist, alles ausgewischt vom alles auslöschenden Licht der Trauer.

Der Schluss ist anders. Denn als er begraben wurde, verstand ich, was Gnade ist. Da wurde er nicht als dieser bestimmte Mensch mit diesen bestimmten Eigenschaften und Neigungen gesehen, als ein Mensch, der in dieser und jener bestimmten Form gehandelt hatte, sondern als ein Mensch unter unzähligen anderen Menschen, und sein Schicksal wurde als ein Schicksal unter unzähligen anderen Schicksalen gesehen. Es war Gnade.

Die Gnade ist mit anderen Worten der Gegensatz des

Sozialen. Das Soziale teilt ein, schließt aus, unterdrückt, hebt hinauf. Das Soziale ist ein System aus Unterschieden, eine Welt, in der alles eingeteilt und differenziert wird. Die Gnade hebt alle Unterschiede auf, in ihr sind alle gleich. Ihre Radikalität ist so groß, und der Gedankengang dahinter unterscheidet sich so sehr von allem anderen, dass ihre Bedeutung eigentlich unmöglich zu erfassen ist. Aber genau darum, um nichts anderes, geht es im Christentum. Die Aussätzigen waren Unreine, alle wandten sich von ihnen ab, sie mussten in ihren eigenen kleinen Gruppen leben, wo sie und ihre Gesichter sich auflösten. Sie lebten in einer Art Vogelfreiheit. Und ihre Identität wurde zweitrangig im Vergleich zu dem, was mit ihren Körpern geschah, denn das war das Einzige, was man sah. Für Jesus gab es zwischen ihnen und den anderen keinen Unterschied. Die Zöllner, die gehasst wurden, weil sie korrupt waren und von den Ärmsten stahlen, und die Huren, die Unwürdigsten der Unwürdigen, er sah keinen Unterschied zwischen ihnen und den anderen, sie waren Menschen wie alle anderen Menschen auch. Er sagte: Wenn dich jemand schlägt, so halte ihm die andere Wange hin. Er ist ein Mensch wie du, er ist du. Schlag ihn nicht. Es ist ein ebenso unmenschlicher Gedanke wie jener Nietzsches, da er ebenso außerhalb des Sozialen gedacht wird. Ja, es ist ein göttlicher Gedanke. Breivik ist ebenso viel wert wie die jungen Menschen, die er brutal ermordet hat. In diesem Gedanken verschwindet unsere Identität, es sind die Unterschiede, die sie geschaffen haben, und dadurch wird das Christentum unrealisierbar, wir können uns nicht selbst wegdenken, wir haben zu viel zu verlieren, es ist das Einzige, was wir haben.

Der Idiot von Dostojewski gehört vielleicht zu den besten Romanen, die je geschrieben wurden, er handelt davon, dass sich das Gute nicht festhalten oder verstehen lässt, und man sich im Grunde auch nicht dazu verhalten kann. Fürst Myschkins Präsenz, die durch und durch gut ist, schafft überall um ihn herum Konflikte und Chaos, denn das Unterschiedslose ist keine Kategorie, es ist ein Ort, an dem jegliche Bedeutung verschwindet; egal, was du hast und wie unveräußerlich es für dich ist – dort hat es keinen Wert. Und das ist unbegreiflich. Egal, welche Intention Dostojewski hatte, als er dieses Meisterwerk schrieb; was Fürst Myschkin mit sich bringt, will niemand von uns haben, denn er ist der Idiot, der mit offenem Mund und verständnislosen Augen auf alles starrt, was um ihn herum vor sich geht. Der Idiot ist der Gegenpol des Zynikers. Zwischen ihnen beiden gilt es zu wählen. Der Zyniker fragt: Aber wer soll vergeben? Der Idiot antwortet: Das werde ich tun.

DAS FÜR ALLE GLEICHE

DAS SELBSTPORTRÄT IST EIN MERKWÜRDIGES GENRE. Künstler konnten schon immer aus einer nahezu unendlichen Zahl von Motiven wählen – vom Gewimmel an religiösen Figuren und Szenen in der Renaissance und im Barock, als Gegenstände und Landschaften der materiellen Wirklichkeit immer größeren Raum einnahmen, bis hin zu den großen Panoramen der Romantik mit Bergen und Tälern, Feldern und Wäldern, Flussebenen und Meeren, gar nicht zu reden von der Welt des Impressionismus mit seinen Stadtlandschaften, den Häusern und Gärten, den Menschenströmen und glitzernden Oberflächen aus sich spiegelndem Licht, den Bars und Varietés, den Pferderennen und Parkleben, den Interieurs und Familienleben. Die Abstraktion verschloss nach und nach die Tür zu alldem, öffnete dafür aber Türen zu neuen Feldern der Malerei, die plötzlich ganz schwarz oder ganz rot war, voller Schichten um Schichten aufgesprühter Farbe. Das einzige Motiv aber, das den wechselnden Ausdrucksformen und Zeitmentalitäten standgehalten hat, ist das Selbstporträt. Ganz unabhängig von Stil und Form haben sich so gut wie alle Maler der letzten fünfhundert Jahre früher oder später dazu entschieden, ihr eigenes Gesicht oder ihren eigenen Körper zu malen. Warum? Was ist am eigenen Gesicht oder dem eigenen Körper so wesentlich, dass so unterschiedliche Künstler wie Rembrandt, Duchamp, Dürer oder Rothko sich alle damit beschäftigt haben? Man könnte sich vorstellen, dass es einen praktischen, pragmatischen Grund gibt, handelt es sich doch um ein Motiv, das alle Maler jederzeit vor Augen haben. Dann würde es sich also einfach um Faulheit und fehlende Mittel handeln, und vielleicht steckt auch etwas Wahrheit darin, doch eine vollständige Erklärung hat man damit nicht, denn es gab einige lange Jahrhunderte in der Kunstgeschichte, in denen das Selbstporträt schlichtweg nicht existierte.

*

Für uns ist unser eigenes Gesicht eine Selbstverständlichkeit, etwas, womit wir sehr stark unsere Identität verbinden; das Gesicht ist sozusagen per se ikonisch. Ein Element dieser Selbstikonisierung, also das eigene Gesicht als Repräsentant des Selbst und als Ausdruck der Identität, gibt es in allen Selbstporträts, sogar bei denen, die in der Deformierung und Auflösung am weitesten gehen. Das Spannungsfeld des Selbstporträts, das, was seinen Wert und seinen Sinn ausmacht, entsteht zwischen dem Blick des Künstlers auf sich selbst und dem, was er oder sie für andere ist; im Selbstporträt verschmilzt es zu ein und demselben Ausdruck. Diese Aufsplitterung zwischen dem Inneren und dem Äußeren, dem Selbst und dem Sozialen, dem Eigenen und dem Anderen, kann vollkommen unbewusst vor sich gehen – der große Vorteil der Malerei ist ja gerade, dass sie sich nicht mit Gedanken beschäftigt, sondern mit Farben und Formen –, oder aber, wie im Falle einiger Selbstporträts von Felix Nussbaum, hervorgehoben und akzentuiert werden. In Nussbaums Selbstporträt aus dem Jahre 1943 hat er sich selbst an einer Mauer stehend gemalt, mit einem gelben Judenstern am Mantel und einem Ausweis in der Hand, in dem unter einem roten Judenstempel ein kleines Passfoto von ihm klebt. Der Himmel über der Mauer ist dunkel und apokalyptisch, im Hintergrund sind ein Stacheldrahtzaun und ein Baum zu erkennen, dessen Zweige gänzlich abgeschnitten sind. Nussbaum streckt dem Betrachter mit einer Hand den Ausweis entgegen, während die andere auf sein Gesicht zeigt. Die Bewegung verläuft also von dem Ausweis zum Betrachter, von der Hand zum Gesicht, und durch Nussbaums Blick wieder zurück zum Betrachter. Der Ausweis wird von dem roten Stempel dominiert, es ist das Erste, was man sieht. JUIF – JOOD. Der Name hat eine kleinere Schrift, ist aber lesbar, dort steht Nussbaum, Felix, die bürokratische Nummer ist ebenfalls zu erkennen, 2985. Das Bild auf dem Passfoto ist eindeutig der Mann, der den Ausweis hochhält, aber es ist neutral, das heißt, es ist nicht stilisiert, es ist nur ein Gesicht.

Was heißt »nur ein Gesicht«?

Es ist ein Gesicht, aus dem sich keine Erwartung an den anderen ablesen lässt.

Nussbaum hält offensichtlich jemandem den Ausweis hin, und da es an einem so konkret gemalten Ort passiert, einer Straße in einer Stadt, war mein erster Gedanke, dass das Bild eine Situation zeigt, in der er aufgefordert wurde, sich zu legitimieren. Der Finger, der auf sein Gesicht zeigt, könnte ein Ausdruck von Identität sein, eine Betonung, dass es sich bei dem Mann in dem Ausweis tatsächlich um ihn handelt. Aber die Augen und der Blick, der direkt auf den Betrachter gerichtet ist und das absolute Zentrum des Bildes markiert, sagen etwas anderes.

Was sagt dieser Blick?

Er sagt, das bin ich. Aber dieses Ich ist anders als das Ich des Ausweises. Es sagt, ich bin ein anderer. In dem Blick liegt Furcht, aber auch eine Bitte, wie ich denke, wenn ich diesem Blick begegne, und eine Ernsthaftigkeit, die bleibt, wenn alles um ihn herum bereits zusammengestürzt ist. Sieh mich an, sagt dieser Blick. Das bin ich. Ich bin ein anderer: Ich bin wie du.

Felix Nussbaum wurde ein Jahr, nachdem er dieses Bild malte, in Auschwitz ermordet. Seine ganze Familie wurde ebenfalls in den Vernichtungslagern der Nazis umgebracht. In den bald siebzig Jahren, die seither vergangen sind, ist die Vernichtung der Juden zu einer Erzählung in der Kultur geworden. Alle kennen sie: die Züge mit den Viehwaggons voller Juden, die Entkleidung, der nackte Marsch zu den Gaskammern, das Verbrennen der Leichen auf großen Gitterrosten oder in großen Öfen. Diese Erzählung lügt allein dadurch, dass sie erzählt wird. Niemand sah den ganzen Ablauf der Ereignisse, nur Teile davon. Die Opfer starben und können es nicht bezeugen. Es gibt keinen Blick von innen, und das Fatale an dieser Erzählung ist, dass es gerade der Blick von außen war, der die Juden zu »denen« machte, zu anderen, wodurch es möglich wurde, sie zu ermorden. Im Grunde ist es beinahe egal, welche Worte man wählt, immer werden sie mit einer Perspektive behaftet sein, die die Opfer verrät. Alle bedeutenden Schriftsteller, die sich diesem Thema genähert haben, ob es sich nun um Imre Kertész oder Paul Celan handelt, stoßen an diese Grenze: Was kann man darüber sagen, ohne es zu verraten, zu verdrehen oder zu etwas anderem zu machen, als es war? Der Tod ist nichts, wie lässt sich darüber schreiben, ohne dass es zu etwas wird? Und diejenigen, die sterben, sind immer die anderen. Jeder Mensch repräsentiert seine Kultur, und ein Selbstporträt wird immer die Kultur reflektieren, die unweigerlich mit dem Ich verwoben ist. Felix Nussbaum war ein europäischer Jude und repräsentierte die Juden und die Zeit, in der er lebte, auch in diesem Bild. Aber dieses Selbstporträt kann auch dem Teil des Menschen nahkommen, der nicht irgendetwas repräsentiert, nicht einmal die Identität, sondern das ganz Eigene ist, das Selbst, das, was die Alten die Seele nannten.

Felix Nussbaum sieht uns direkt an, und sein Blick sagt, ich bin wie du. Ja, sieht man lange genug hin, ist es, als ob dieser Blick sagt, ich bin du. Es ist unmöglich, wir sind von einem anderen Menschen durch den Körper, den Ort und die Zeit getrennt, in diesem Fall auch durch den Tod. Andererseits gibt es menschliche Bereiche, in denen die Grenzen des Sozialen und Biologisch-Materiellen verschwimmen. Es kommt in der Religion und in der Kunst vor, dass das Bewusstsein des eigenen Selbst verschwindet, dass die Begrenzungen von Zeit und Ort nicht länger gelten, dass man sozusagen eins wird mit der Welt und dem Universum, wie in einer religiösen Ekstase. Oder eins mit dem Werk, wie in der Kunst. Die Frage stellt sich, ob das, was man in solch einem Moment erlebt, nicht doch sein eigenes Selbst ist, wenn es kein Bewusstsein und keine Reflexion darüber gibt, und ob es sich bei diesem selbstlosen Selbst, das vielleicht nur ein Gefühl von Existenz ist, um das handelt, was der schwedische Dichter Gunnar Ekelöf als »das für alle Gleiche« bezeichnet hat.

*

In dem fantastischen Essay *Rembrandts Geheimnis* beschreibt der französische Dichter Jean Genet eine Zugfahrt. Auf der anderen Seite des Dritte-Klasse-Abteils saß ein Mann, den er widerlich fand; er hatte einen dreckigen, struppigen Bart, einen kleinen, schlaffen Mund, schlechte Zähne und spuckte große Rotzbrocken auf den ohnehin schon verschmutzten Boden voller Kippen, altem Papier und Brotresten. Zufällig trafen sich für einen kurzen Moment ihre Blicke, und Genet wird, wie er es nennt, von der Offenbarung getroffen, dass jeder Mensch so viel wert ist wie ein anderer. Der abstoßende Mitreisende war also ebenso viel wert wie Genet selbst. Er beschreibt es folgendermaßen:

> Sein Blick war nicht der eines anderen: es war der meine, den ich aus Versehen und in der Einsamkeit und in Vergessenheit meiner selbst in einem Spiegel traf. Das, was ich empfand, ließ sich nur auf diese Weise umschreiben: ich floß aus meinem Körper und durch die Augen in den des Reisenden, zur selben Zeit wie der Reisende in den meinen floß.

Die Einsicht, die Genet aus diesem Ereignis gewinnt, ist nicht nur, dass alle Menschen gleich viel wert sind, er geht so weit zu behaupten, dass ein Mensch mit allen anderen Menschen identisch ist, dass wir tatsächlich *derselbe Mensch* sind. Er schreibt:

> Jeder Mensch (…) hält hinter seiner charmanten oder in unseren Augen scheußlichen Erscheinung eine Eigenschaft zurück, die wie eine äußerste Zuflucht zu sein scheint, und die dazu führt, daß er – in einem sehr verborgenen, vielleicht nicht auflösbaren Bereich – das ist, was jeder Mensch ist.

Als ich Genets Essay zum ersten Mal las, blieb ich hier hängen. Der Gedanke ist so radikal und kommt so plötzlich, dass ich zu verstehen, wirklich zu verstehen glaubte, was der bis zur Bewusstlosigkeit durchdachte Gedanke über Gleichwertigkeit bedeutet. Doch als ich den Essay jetzt noch einmal las, sah ich zu meinem Entsetzen, dass diese, für die meisten von uns zutiefst humanistische Einsicht überhaupt nicht die Hauptsache war. Nein, im Essay geht es eigentlich um das Unbehagen, zu der die Erkenntnis bei Genet führte. Er empfindet es als ausgesprochen niederschmetternd, ja, deprimierend. Er schreibt, dass es ihn mit Trauer erfüllte, die plötzlich alles verdunkelte.

Warum Trauer? Warum Verdunkelung und nicht Licht?

Wenn alles gleich viel wert ist, ist alles gleich wenig wert. Jeder Wert speist sich aus Unterschieden, unsere ganze soziale Wirklichkeit ist darauf aufgebaut. Alles in unserem Leben ist hierarchisch geordnet, das betrifft Dinge wie Eigenschaften; die Hierarchie ist ein Netz, durch das nichts schlüpft. Der Gedanke des Guten und Gleichen bringt, wenn er ernst genommen wird, all dies zum Einsturz. Davon handelt Dostojewskis Roman *Der Idiot*. Die Hauptperson, Fürst Myschkin, ist absolut gut, er selbst besitzt nichts, das heißt, er hat durchaus Besitz, aber legt keinen Wert darauf, er reflektiert nicht darüber, er setzt ihn nicht in Beziehung zu irgendetwas, er ist vollkommen offen und unschuldig, wie das Selbst eines Kindes oder eines Tieres. Er sieht andere Menschen wie sich selbst, allerdings ohne Distanz, und das führt dazu, dass sämtliche Strukturen und Unterschiede um ihn herum drohen, sich aufzulösen: Die Werte verlassen das System, und das System bricht zusammen.

Für Dostojewski war der Idiot vielleicht ein Ideal, eine Art utopische Gestalt, aber wenn ich über ihn lese, erlebe ich das Gegenteil, er ist eine alptraumartige Figur und der Roman eine Art sozialer Dystopie. Ob diese Perspektive Genets Gemüt verdunkelte, weiß ich natürlich nicht, aber in einem anderen Essay über Rembrandt schreibt er, das Bemerkenswerteste an Rembrandts späteren Gemälden sei, dass darin die Hierarchien aufgelöst werden, indem alles absolut gleichwertig dargestellt wird. Ein Gesicht ist ebenso bedeutungsvoll wie ein Knie, ein Körper oder die Falte eines Kleides. Dies vollzog sich in der Realität der Malerei, Genets Erkenntnis passierte in der Dritten Klasse, in einem verdreckten Eisenbahnabteil irgendwo in Frankreich, und sein Essay darüber beginnt mit folgender Ermahnung:

> Nur diejenigen Wahrheiten, die nicht beweisbar und die sogar »falsch« sind, diejenigen, die man nicht ohne Absurdität bis zu ihrem Endpunkt bringen kann, ohne sie und sich zu leugnen, diese Wahrheiten sind es, die durch das Kunstwerk gewürdigt werden müssen. Sie werden niemals das Glück und auch nicht das Unglück haben, eines Tages benutzt zu werden. Mögen sie durch den Gesang leben, zu dem sie geworden sind und den sie hervorrufen.

*

Im Christentum ist die Vorstellung von der Gleichwertigkeit aller Menschen zentral. Und das Selbstporträt entstammt einer christlichen Tradition beziehungsweise einer Wendung in der christlichen Kultur, als Christus immer häufiger als Mensch aus Fleisch und Blut abgebildet wurde. Ecce homo, seht diesen Menschen. Der deutsche Philosoph Peter Sloterdijk, der in dem Buch *Blasen* unter anderem eine Art Kulturgeschichte des Gesichts liefert, schreibt von der »Hebung des profanen Gesichts zur Porträtwürde«. Albrecht Dürers bekanntes Selbstbildnis aus dem Jahr 1500, auf dem er sich so zeigt, wie Christus abgebildet wurde, ist ein erstaunlich konkreter Ausdruck für diese Verbindung. Am erstaunlichsten an Sloterdijks Buch, das in einer Zeit geschrieben wurde, die mit Bildern von Gesichtern überhäuft ist, auch von unserem eigenen, dem wir jeden Tag in den unzähligen Spiegeln begegnen, von denen wir umgeben sind, ist aber, dass tatsächlich eine Zeit existiert hat, die fast ohne derartige Bilder auskam, und dass ein Großteil der menschlichen Geschichte spiegellos war. Sich selbst zu sehen, das Bild unseres eigenen Gesichts, das wir so eng mit unserer Identität verbinden, war einst, vor nicht allzu vielen hundert Jahren, ein so gut wie vollkommen unbekanntes Phänomen. Sloterdijk zieht Lacans Theorie über die Spiegelphase bei der Ausbildung des eigenen Selbst ins Lächerliche, da sie eine Art universelle, transhistorische Gültigkeit für sich in Anspruch nimmt. Es fällt schwer, dieser Theorie einen derartigen Status zuzusprechen, nachdem Spiegel erst im 19. Jahrhundert allgemeine Verbreitung fanden. Dies bedeutet aber nicht, dass der Mensch in der spiegellosen Kultur sich selbst nicht sah, sondern nur, dass er sich selbst an einem ganz anderen Ort und in einer ganz anderen Weise sah, nämlich im Gesicht des anderen. Im Gesicht des anderen lag die Bestätigung, in den unterschiedlichen Antworten und Reaktionen auf das Vorhandensein des eigenen Gesichts. Identität war nicht in sich verschlossen, sondern in einer ganz anderen Weise relational und offen.

Laut Harold Bloom hat Shakespeare erfunden, was wir heute als das Menschliche begreifen: Seine Charaktere halten nicht nur Monologe, sie hören sich auch zu und korrigieren sich immer wieder. Dieser selbstreflektierte Mensch tritt im 17. Jahrhundert vollends in Erscheinung, nicht nur in Shakespeares *Hamlet*, sondern auch in Rembrandts Selbstbildnissen oder Descartes' Philosophie. Und sollte jemand zweifeln, dass wir nach wie vor mit den Folgen dieser neuen Errungenschaft leben, muss man nur durch diese Ausstellung von Selbstporträts gehen, in der alle mehr oder weniger offensichtlich den Raum zwischen dem Inneren und dem Äußeren des Ichs erforschen. Auf der Suche nach dem Eigenen oder der Demonstration des Eigenen wird auf unzählige, sich aber dennoch ähnelnde Weise dem Blick des anderen entgegengearbeitet, der Blick wird herausgefordert oder komplettiert. An diesen Blick richten sich diese Bilder, ihm öffnen sie sich und dem eigentlichen Ausdruck, der zur Kultur gehört und sie wie eine Welle durchströmt. Denn das vielleicht Auffälligste an dieser Ausstellung ist, in welchem Maß die unterschiedlichen Ausdrücke sich gleichen. Emil Noldes Selbstporträt ähnelt Edvard Munchs, Edvard Munchs ähnelt Bonnards, das wiederum Beckmanns ähnlich sieht, und Beckmanns ähnelt Mondrians, der Giacomettis ähnlich ist. Jeder, der über sich selbst schreibt, gelangt früher oder später zu der Erkenntnis, dass es unmöglich ist, das ganz Charakteristische zu beschreiben. Denn die Sprache gehört nicht uns, wir werden in sie hineingeboren und sterben mit ihr, die Formen gehören nicht uns, die Gedanken gehören nicht uns, selbst die Gefühle sind nicht die unseren, sondern etwas, das wir mit allen teilen. Wenn wir Nussbaums Bild sehen, ist es wichtig, sich zu erinnern, dass dieses »wir« den Ausweis schuf, der Nussbaum zum Juden und nichts anderem stempelte, denn Nussbaum gehörte zu demselben »wir«, auf das sich sein Blick richtet – nun sind wir es also. In der Identität liegt unsere Verbindung mit der Zeit und der Kultur, während das Selbst, das Nussbaums Augen so offensichtlich ausdrücken, dieses für alle Gleiche, vielleicht nichts anderes ist als ein Gefühl von Dasein.

Die Konklusion dieser Überlegungen müsste sein, dass das Selbstporträt in der Zeit der Spiegel der Ort ist, wo wir uns selbst im anderen sehen können, und ich würde mir wünschen, ich könnte diese Überlegungen mit einer ebenso großartigen humanistischen Idee beenden, doch ich muss aufrichtig sein: Ich sehe vor allem Gefangenschaft, Menschen, die in sich selbst und ihrer Zeit gefangen sind – mit einer Ausnahme: Frida Kahlos Bild *Selbstbildnis mit Affe*. Der Affe starrt uns mit einem vollkommen offenen Blick an, ohne sich im Geringsten seiner selbst bewusst zu sein, als wäre die Welt neu und nicht alt. Ich kenne diesen Blick, wir haben gerade kleine Kätzchen bei uns daheim, sie springen durchs Wohnzimmer, unendlich neugierig, absolut impulsiv, mit einer eigenen Frische, über die man sich nur freuen kann. Genau diese Frische und Offenheit findet sich auch bei kleinen Kindern, die vielleicht mehr mit diesem kleinen Affen gemein haben als mit Frida Kahlo, die ihn gemalt hat. Sie hat ihn mit dem gleichen gelben Haarband am Kopf gemalt, das auch sie trägt, und beide schauen den Betrachter direkt an, der für Kahlo ein Spiegel gewesen sein muss: Sie sieht uns, wir sind der Spiegel in ihrer Hand, während der Affe sich selbst sieht und glaubt, es sei ein anderer.

DAS LEBEN IN DER UNENDLICHEN SPHÄRE DER RESIGNATION

ICH SITZE AUF EINEM BALKON IN BEIRUT, hoch oben in der zehnten Etage, kann den Hafen mit seinen rostigen Schiffen sehen, das graublaue Wasser mit den kleinen grünen und türkisfarbenen Feldern, das sich weit draußen in weißen Wellenkämmen bricht. Und auf der anderen Seite der Bucht ein diesiger Berg, darunter eine Fabrik mit hohen, qualmenden Schornsteinen, dahinter diese Wohnblöcke aus Beton, hell, sandfarben, grau. Direkt über der Straße, nur wenige Meter vom Balkongeländer entfernt, erhebt sich ein unfertiger Bau, in dem Rohbau stehen ein paar Männer mit Mundschutz und arbeiten mit Pressluftbohrern. Jedes Mal, wenn sie eine Pause machen und das heftige Dröhnen aufhört, wird die Lärmkulisse vom Hupen der Autos, dem Gepolter der Lastwagen und dem Kreischen der Bremsen in dem dichten Verkehr unten auf der Straße übernommen.

Ich bin vor zwei Tagen mit dem Flugzeug aus Istanbul hierhergekommen und wurde am ersten Morgen von den Gebetsrufen vom Minarett geweckt, fremdartig, traumhaft, wie ein Gesang aus einer anderen Welt. Ich ging hinunter auf die Straße zur Strandpromenade und kam an einem verfallenen Baugelände vorbei, es lag ungefähr fünf Meter unter dem Straßenniveau und war voller zerbrochener antiker Säulen. Ein Stück entfernt stand ein merkwürdiges Betongebäude, es ähnelte einem großen Stein oder einem enormen Schildkrötenpanzer; erst als ich es aus der Nähe betrachtete, sah ich, dass es ausgebombt war. Ich setzte meinen Weg fort, und kam an einige Absperrungen, davor Lastwagen mit bewaffnetem Militär. Ein wenig zögerlich näherte ich mich, und da offenbar niemand in meine Richtung blickte, ging ich daran vorbei zu den Straßen, die zum Zentrum führen. Sämtliche Gebäude waren neu, aber im alten Stil gebaut, und die Geschäfte waren allesamt luxuriös, nur die teuersten europäischen Marken. Kaum jemand war zu sehen. Es war so verlassen, dass ich den Eindruck hatte, in einer Geisterstadt zu sein.

Ich setzte mich ins Grand Café und nahm *Der Begriff Angst* zur Hand (es wäre mir nicht im Traum eingefallen, dieses Buch mit nach Beirut zu nehmen, hätte ich mich nicht einige Wochen zuvor verpflichtet gehabt, etwas über Kierkegaard zu schreiben). Eine Stunde später kreuzte ich wieder die Absperrung und kehrte zurück in den Teil der Stadt, der voller Menschen, Autos, Geräusche, französischer und arabischer Straßenschilder, Kirchen und Minarette war. Eine alte Frau in einem kleinen Laden sah einen arabischen Fernsehkanal, körnige, flimmernde Bilder. Überall Bautätigkeit, an einigen Stellen mit Spaten, Schubkarren und uralten Lastwagen, an anderen Orten mit großen Kränen, die Beton von Mischmaschinenfahrzeugen fünfzehn, zwanzig Etagen hinaufhievten. Am Abend wieder die Gebetsrufe, ein Mann, der ganz allein auf einem Parkplatz kniet und betet. Aufgedonnerte Jugendliche, unzählige kleine Bars und Restaurants, eng bebaute Häuserblocks, die wie Felsen an einem Abhang liegen, ein Bürgersteig bedeckt mit blauen Blumen: Ich hebe den Kopf, ein enormer verblühter Baum reckt seine Zweige in die Dunkelheit.

Ich habe nie zuvor etwas von Søren Kierkegaard gelesen. Das klingt vielleicht ein wenig seltsam, immerhin ist er doch einer der wenigen Schriftsteller der Weltliteratur, die ich mit vollem Gewinn in der Originalsprache lesen kann – Henrik Ibsen ist der Einzige andere, der mir einfällt –, und das ist ein Vorteil, den Heidegger zum Beispiel nicht hatte (und den Joyce haben wollte, er lernte Norwegisch, um Ibsen lesen zu können.) Andererseits ist es auch nicht so seltsam, denn da ich zu Kierkegaards kultureller und sprachlicher Sphäre gehöre, hatte ich immer das Gefühl, ihn gelesen zu haben, ich hatte das Gefühl, zu wissen, was ich über ihn und sein Werk wissen musste. Ja, er war mit Regine verlobt und löste die Verlobung. Er schrieb über die drei Stadien des Lebens, das ästhetische, das ethische und das religiöse Stadium. Er schrieb unter Pseudonym. Er verabscheute philosophische Systeme, insbesondere dasjenige Hegels. Er wurde in der dänischen Presse lächerlich gemacht und war wahrscheinlich ein wenig verletzlich und selbstgefällig, bei allem, was er zu ertragen hatte. Er starb jung, mit Anfang vierzig. Er war der einzige skandinavische Philosoph, der etwas Wesentliches zur Geschichte der Philosophie beigetragen hat. Und er schrieb, dass die Subjektivität die Wahrheit ist. Ich erinnere mich, dass ich diesen Satz zu meiner Zeit als Gymnasiast in einem Brief zitierte, eine Sentenz, die ich mochte, die sozusagen alles sagte.

Am zweiten Abend in Beirut sollte ich mit acht anderen Schriftstellern lesen. Die Lesung fand in einem etwas weiter oben in der Stadt gelegenen, schönen Garten statt, hinter einer hohen Mauer, am Ende einer Treppe. Der Garten wurde von Scheinwerfern beleuchtet, die Schatten der Bäume sahen aus wie Trolle, es war ein warmer Abend. Ich sollte beginnen, trat mit langen Schritten auf die Bühne und las eine autobiographische Passage, wie ich einmal von einer Frau abgewiesen worden war und mir als Reaktion darauf das Gesicht zerschnitten hatte. Vereinzelter Applaus von den wenigen Zuhörern, die den Weg hierher gefunden hatten. Ich setzte mich und hörte den anderen Autoren zu. Einer kam aus Jordanien, einer aus Palästina, und eine Autorin aus Syrien las ein Gedicht über Damaskus und ein zweites, in dem es um die Nachricht vom Tod eines Palästinensers ging. Wesentlich war ihr die Frage, warum sie ausgerechnet auf diesen Todesfall mit solch großer Trauer und solch großem Schmerz reagierte, wo die Medien doch voll von derartigen Geschichten waren. Ein anderer Autor aus der Region trug ironische Texte über Fundamentalisten vor. Das Gefühl der Scham wuchs, als ich dort saß, schließlich brannte es in mir. Es herrschte Bürgerkrieg in Libanons Nachbarland Syrien, und nicht weit entfernt von dem Ort, an dem wir uns befanden, gab es große Flüchtlingslager. Nur wenige Tage zuvor hatte Israel, das andere Nachbarland des Libanon, Bomben auf Syrien abgeworfen, angeblich um Waffentransporte zur Hisbollah im Libanon zu verhindern. Auch war es noch gar nicht lange her, dass dieses Land selbst von einem langen Bürgerkrieg verwüstet worden war. Leid, Unsicherheit, Furcht, Tod, Verstümmelung. Und da komme ich daher und lese, dass ich mir das Gesicht mit einer Glasscherbe aufgeschnitten habe. Kann man narzisstischer sein?

Nach der Lesung wendet sich ein Araber, der ungefähr Mitte sechzig ist, an mich und fragt in gebrochenem Englisch, woran ich gerade arbeite. Ich verstehe, dass auch er Schriftsteller ist. Ich antworte, dass ich derzeit Essays schreibe. Er fragt, geht es um Politik? Ich überlege, schüttele den Kopf und sage, no, not politics. Er sieht mich kurz an, dann dreht er sich wortlos um.

In dem großen, aber beinahe menschenleeren Grand Café im Zentrum, wo ich am ersten Tag Kierkegaard gelesen hatte, saßen einige Männer im Halbdunkel und rauchten Wasserpfeife, die Kellner trugen diese Art von Hosen, die bei uns daheim »Haremshose« genannt wird, und die Speisekarte sollte mit ihren Illustrationen Assoziationen an einen romantischen Orient wecken, wie ihn Lawrence Durell so erschöpfend in seinen vier Romanen über Alexandria beschreibt. Ich trug das Bild der Lastwagen mit den Soldaten und Maschinenpistolen noch in mir, dazu vermischten sich die Geräusche des lärmenden Lebens in den Straßen mit dem Bass eines R-&-B-Songs, der aus einer offenen Tür eines der Läden in der Nähe zu kommen schien. Ich hatte hin und wieder von den Buchseiten aufgeblickt und überlegt, welche Relevanz das, was ich las, für das, was ich sah, hatte. Oder mit anderen Worten, was hatte dieser bürgerliche Philosoph, der in einer kleinen europäischen Provinz vor hundertsiebzig Jahren gelebt und gedacht hatte, den Menschen unserer Zeit zu sagen? Oder, mit noch anderen Worten, welche Relevanz hatten seine Gedanken an diesem Tag in Beirut im Mai 2013?

Das war eine gute Frage an den *Begriff Angst*, denn sie ist implizit in diesem Buch enthalten, das so viel Raum braucht, um zu erklären, wie die Schuld in die Welt kommt, und immer wieder auf unterschiedliche Weise behauptet, dass die Schuld durch die erste Sünde eines jeden Menschen in die Welt kommt. Wir werden unschuldig geboren, aber es gibt keine kollektive Unschuld, es gibt nur die individuelle Unschuld des Einzelnen, und wir werden schuldig – ebenfalls nicht kollektiv, auch dies widerfährt einzig und allein dem Einzelnen, auf exakt die gleiche Art und Weise, wie es Adam widerfahren ist. Ob es tausend Mal passiert, eine Million oder eine Milliarde Mal, spielt keine Rolle und ändert nichts daran, es ist eine Frage der Quantität. Die Unschuld hingegen, so Kierkegaard, wird »immer nur durch den qualitativen Sprung des Individuums verloren«.

Wir sind allein, aber wir sind es alle auf die gleiche Weise.

Dieser Gegensatz – wir sind Individuen, aber dieses Individuelle können wir nur durch das Allgemeine ausdrücken, und dadurch heben wir das Individuelle auf – ist wie eine Art Generator in Kierkegaards Büchern, ein Zentrum, zu dem die Gedanken immer wieder zurückkehren, um von hier aus gleichsam wieder ausgeworfen zu werden. Wenn das Verhältnis zwischen dem einen und allen anderen nicht so wäre und die Sünde nicht jedes Mal ganz neu in die Welt käme, würde die Relevanz von Kierkegaards Büchern zufällig sein, abhängig von den Schwankungen der Kultur. Wenn es sich aber so verhält, wie er sagt, gilt es für alle Menschen, egal in welcher Epoche oder Kultur sie auch leben mögen.

Die Vorstellung, dass eine Philosophie für alle gelten könnte, ist natürlich nicht unproblematisch, denn wir leben trotz allem in der Zeit nach der Dekonstruktion, nach dem Postkolonialismus, nach der Geschlechtertheorie, und wissen, dass alles Denken, nicht zuletzt das Nachdenken über Universalität, relativ und ein Ausdruck für bestimmte Machtstrukturen ist, die möglicherweise dem, der diese Gedanken aufschrieb, unbekannt waren – aber sie sind dennoch wirksam. Und in diesem Fall haben wir jemanden, der in allen Bereichen die Macht-Punkte für sich verbuchen kann: Kierkegaard war weiß, er war ein Mann, er war Europäer, und er war Christ. Diese Scham hatte ich gespürt, als ich in dem Garten in Beirut las, verstärkt von dem Faktum, dass der Text, den ich vortrug, die Umgebung in keiner Weise reflektierte, all das Leid und die Unterdrückung, die stattfand oder gerade stattgefunden hatte, sondern dass ich unter meiner weißen, männlichen, west-europäischen Glasglocke verblieb – in dem Glauben, dass die Ereignisse, die sich darin abspielten, auch hier von Interesse wären, in einer der intensivsten Konfliktzonen der Welt. Muslime, Christen, Juden, Fundamentalisten, Not, Armut, Krieg, Tod – who cares, einmal hat eine Frau nein zu mir gesagt, und ich habe mir das Gesicht zerschnitten, habt ihr je etwas so Entsetzliches gehört! Mit Kierkegaard verhielt es sich allerdings anders; als ich nach der Lektüre von den Seiten des Buches aufblickte und auf diesen bestimmten Teil der Wirklichkeit sah, dachte ich keineswegs, dass dieser Text nicht gültig war. Diese insistierende 1840er-Stimme eines Dänen galt nicht nur für ihn und die 1840er-Jahre, nicht nur für mich, weil mein Geist von solcher Beschaffenheit ist, dass er sich nach dem Absoluten sehnt, und nicht nur für die Handvoll Akademiker und Philosophen, die sich mit Kierkegaard beschäftigen – im Gegenteil, denn Kierkegaards Werk handelt ja auch von der Natur des Relativen. Dort wird es unter den Begriffen des Ästhetischen und des Ethischen diskutiert. Kierkegaard ist ein horizontaler (relativistischer) Autor, der über das Vertikale (das Absolute) schreibt. So weist er in *Entweder-Oder* darauf hin, dass es für die griechischen Götter charakteristisch war, selbst nicht das zu verkörpern, was sie repräsentierten, selbst nicht das zu haben, was sie geben – im Gegensatz zu Christus, der die Inkarnation dessen war, was er brachte und gab. Kierkegaard sehnt sich nach dem Vertikalen, danach, es zu verkörpern, aber es ist außerhalb seiner Reichweite, weil er nicht glaubt, nicht glauben kann, sondern nur glauben will. Darin erinnert er an Pascal, einen anderen Ritter des Willens. Zur Reflexion gehört das Relative – die Sünde wird von uns anders verstanden als von den ersten Menschen, weil die Reflexion über sie durch Generationen akkumuliert wurde. Sie ist aus diesem Grund aber nicht anders an sich, die Sünde an sich ist unveränderlich und damit absolut. Da jegliche Kommunikation zwischen Menschen relativ ist und sich nur das Zwischenmenschliche kommunizieren lässt, ist das Absolute nur durch den Glauben, also eine Beziehung zwischen dem einzelnen Menschen und Gott, zu erreichen.

Und wo finden wir den Glauben an das Absolute in unseren Tagen?

Bei den religiösen Fundamentalisten. Diejenigen, die wir christliche Fundamentalisten nennen, glauben, dass das Wort der Bibel absolut ist, nicht-relativ, nicht-situationsbedingt; hartnäckig insistieren sie auf ihrer Überzeugung in einer Welt, in der alles interpretiert und diskutiert wird. Gegen alle wissenschaftlichen Theorien über die Beschaffenheit der Welt können sie nicht länger argumentieren, nur glauben.

Diejenigen, die wir muslimische Fundamentalisten nennen, teilen diese Buchstabentreue, aber im Unterschied zu den christlichen Fundamentalisten sind viele von ihnen bereit, für ihren Glauben zu sterben und andere mit sich in den Tod zu reißen. Für seinen Glauben Leben zu opfern, sein eigenes und das anderer Menschen, verbinden wir nicht mehr mit dem Christentum und der westlichen Welt, nur mit dem Islam und der arabischen Welt. Im Westen akzeptieren wir den Glauben nicht länger als Ausgangspunkt für Handlungen, für uns gibt es das Absolute nicht, also relativieren wir diese Handlungen – die muslimischen Märtyrer sind arm, sie sind ungebildet, nicht aufgeklärt, unterdrückt und eine leichte Beute für extremistische Haltungen, sagen wir und begründen ihre Taten mit allem Möglichen, nur nicht mit dem Glauben. Ihren Glauben betrachten wir als eine verrückte Größe, die sich nur als ein Ausdruck von Gehirnwäsche und Manipulation in einem Spiel verstehen lässt, das im Grunde politisch-kulturell und machtbezogen ist und eigentlich nichts mit Religion zu tun hat. Niemals sehen wir den einzelnen Fundamentalisten, also einen einzelnen Menschen, der mit seinem Glauben gekämpft und seine Zweifel und seine Furcht überwunden hat und schließlich bereit ist, sein eigenes Leben für seinen Glauben zu opfern. Wir sehen auch nicht seine Eltern, seine Großeltern, seine kleine Schwester oder seinen älteren Bruder, bei denen diese Handlung des Glaubens eine gewaltige, lebenslange Trauer hinterlässt. Wir sehen nur eine fanatische, unberechenbare Horde und ihren brennenden Hass auf uns und unsere Werte, die das exakte Gegenteil des Glaubens sind.

Unsere Vorstellungswelt ist voll von solchen Urteilen. Sie sind dazu da, uns zu beschützen, damit wir nicht unter der Bürde der Komplexität in die Knie gehen oder uns darin verirren: Zu viel Wissen führt, ebenso wie zu viele Gefühle, zu Handlungsunfähigkeit. Sie schützen uns, indem sie uns in eine Distanz versetzen, und je weiter wir von der Welt entfernt stehen, desto weniger Widerstand bietet sie uns. Die Widerstandslosigkeit ist ein Gut an sich, darin liegt Sorglosigkeit, und irgendwo auch Glück, begriffen als Abwesenheit von Schmerzen und Schwierigkeiten. Deshalb schätzen wir in unserer Zeit Leichtigkeit und Abstand: Es ist gut.

Das Problem mit dem Leichten, so scheint es Kierkegaard in seiner Einleitung zu *Furcht und Zittern* durch das Pseudonym Johannes de Silentio zu meinen, ist, dass es nichts kostet – denn das ist ja das eigentliche Wesen des Leichten –, und was nichts kostet, ist auch nichts wert. Das Beispiel in *Furcht und Zittern* ist die Idee, an allem zu zweifeln. In der Philosophie der Gegenwart, so Kierkegaard ironisch, ist der Zweifel an allem eine Selbstverständlichkeit, man hat es bereits probiert, und nun füllt es nicht die Stelle, an der die Philosophie endet, sondern an der sie beginnt. Daher hat der Zweifel an allem auch keinen Sinn mehr, denn es gibt niemanden, der an allem zweifelt, sondern man kennt nur den Gedanken, an allem zu zweifeln. Den Gedanken, an allem zu zweifeln, zu kennen, ohne daraus die Konsequenzen zu ziehen, ist der eigentliche Gegensatz zum Zweifel an allem, nicht der Glaube, wie man denken könnte, so scheint es Kierkegaard gemeint zu haben. In jedem Fall werden hier der Zweifel an allem und der Glaube zusammengeführt, zum Beispiel in der Weise, dass die meisten seiner Zeitgenossen ein ebenso äußerliches und oberflächliches Verhältnis zum Glauben wie zum Zweifel an allem haben. Sie halten es für gegeben, ohne es näher zu untersuchen. Und daher ist es auch kein Glaube mehr, sondern nur etwas, das dem Glauben gleicht. Der Glaube ist nichts, was man ablegen kann, er ist kein Ort, den man verlassen kann, ohne dass er sich dadurch in etwas anderes verwandelt.

Aber wenn man in dieser Leichtigkeit glücklich ist, glücklich im Oberflächlichen, warum sollte man sich dann auf den Kampf mit Vorstellungen und den daraus resultierenden Verpflichtungen einlassen? Warum Ernst, warum Schwere, warum Innerlichkeit und Arbeit, wenn das doch immer Schmerzen, Plagen, Angst und Unsicherheit mit sich bringt?

Dass Kierkegaard sein Buch über das Wesen des Glaubens mit diesem Resultat seiner Überlegungen einleitet, liegt wohl vor allem darin begründet, dass die Einsichten, die er präsentiert, eine große Investition von Seiten der Leser einfordern, wenn sie ihm folgen wollen. Und sie führen in der Konsequenz zu einem Ort, an dem eigentlich niemand sein möchte, wenn man es denn wirklich ernst meint, denn er ist zu schrecklich, und es gibt nichts, wovon wir uns so schnell distanzieren wie von dem Schrecklichen.

Gleichzeitig wird auch ein offensichtliches Wertesystem eingeführt, in dem das durch Anstrengungen Errungene höher bewertet wird als das Gegebene, also eine typisch protestantische oder pietistische Haltung. Mehr als alles andere wird der unausgesprochene Wert – also, dass das durch Anstrengungen Errungene mehr wert ist als das Gegebene, weil es das Eigentlichere ist – zum Ausdruck einer bestimmten kulturellen Haltung zu einem bestimmten Zeitpunkt in der Geschichte, und genau das macht es zu etwas Nicht-Eigentlichem.

Liest man diese Einleitung isoliert, kann man sie durchaus so verstehen, aber sie leitet ein Buch über das Wesen des Glaubens ein, beleuchtet durch die Geschichte von Abraham und Isaak, in der das Opfer im Zentrum steht. Und was ist das Opfer anderes als ein Preis, und wogegen steht es, wenn nicht gegen das Eigentliche? Der Preis, den Kierkegaard in seiner Einleitung den Leser zu zahlen bittet – die Aufhebung der Distanz zwischen Abraham und den Konsequenzen seiner Taten –, ist klein und gehört der Gegenwart an, während Abrahams Opfer groß ist und der Tiefe der Vergangenheit angehört. Und diese Tiefe versucht *Furcht und Zittern* zu verringern, wenn nicht aufzuheben, durch ständige Bewegungen zwischen dem Kleinen und dem Großen, zwischen dem Menschen unter den Menschen und dem Menschen vor dem Göttlichen. Das sind die zwei Größen, die das Opfer schon immer verbunden hat.

Furcht und Zittern ist also ein Versuch, durch das Lesen einer einzelnen Geschichte des Alten Testaments den Glauben zu begreifen und sein Wesen zu beschreiben, der Geschichte von Abraham, der von Gott aufgefordert wird, seinen Sohn Isaak zu opfern, und der, ohne zu protestieren, vorbereitet, was ihm aufgetragen wurde, bis er mit dem Messer in der Hand auf dem Berg steht, den Sohn auf dem Scheiterhaufen gefesselt hat und Gott folgendermaßen eingreift:

> Da rief ihn der Engel des HERRN vom Himmel und sprach: Abraham! Abraham! Er antwortete: Hier bin ich. Er sprach: Lege deine Hand nicht an den Knaben und tu ihm nichts; denn nun weiß ich, daß du Gott fürchtest und hast deines einzigen Sohnes nicht verschont um meinetwillen. Da hob Abraham seine Augen auf und sah einen Widder hinter sich in der Hecke mit seinen Hörnern hängen und ging hin und nahm den Widder und opferte ihn zum Brandopfer an seines Sohnes statt.

Wie alle wesentlichen Geschichten im Alten Testament ist auch diese kurz, und wie alle kurzen Geschichten im Alten Testament lässt sich auch diese auf unzählige Arten verstehen. Sie könnte von der Notwendigkeit handeln, einen Sohn zu opfern – etwas, was zum Beispiel auch heute jeder Vater riskiert, der seinen Sohn in den Krieg schickt. Sie könnte von dem Tausch an sich handeln, so dass die Geschichte den Übergang vom Menschenopfer zum Tieropfer markiert und symbolisiert. Sie könnte vom Gewinn oder Sieg des absoluten Glaubens oder der Belohnung für die absolute Loyalität handeln.

Kierkegaards Anliegen war ein anderes, ihn beschäftigte nicht das Opfer oder der glückliche Ausgang, auch nicht die eventuell symbolische oder soziologische Bedeutung, ihn interessierten die drei Tage, die von dem Moment an vergingen, als Abraham den Auftrag bekam, seinen Sohn zu opfern, bis er ihn auf den Scheiterhaufen legte und zum Messer griff; ihn interessierte Abrahams furchtbare Angst, die er überwinden musste, um imstande zu sein, das zu tun, was von ihm verlangt wurde.

Wie ist ein derartiges Opfer möglich?

Ich habe selbst Kinder, und allein der Gedanke, dass ich einem von ihnen das Leben nehmen soll, ist mir unerträglich, selbst in Ansätzen. Für Abraham war es jedoch kein Gedankenexperiment, sondern eine bestimmte Wirklichkeit, und er konnte sie nicht verlassen, nachdem er sie in Ansätzen gesehen hatte, sondern musste in ihr verbleiben, von dem Moment, an dem er den Bescheid bekam, bis zu dem Moment, an dem er diesen Bescheid ausführen sollte, drei Tage waren das laut der Geschichte. Trotzdem hielt er aus. Er bereitete den Scheiterhaufen vor, er nahm sein Messer, er informierte Isaak und ritt drei Tage an seiner Seite; immer mit der Tatsache vor Augen, dass er ihn umbringen sollte, seinen einzigen, über alles geliebten Sohn Isaak. Warum? Weil Gott es befohlen hatte. Darin gibt es keine Vernunft, keine Rationalität, keine Meinung. Denn eine derartige Handlung ist jenseits der Vernunft, jenseits der Rationalität, jenseits jedes Sinns, sie beruht voll und ganz auf dem Glauben, für den es, und darin besteht sein Wesen, keinerlei Begründung gibt, oder der mit Kierkegaards Worten absurd ist. Denn woran glaubt Abraham? Dass Gott sein Gebot aufhebt? Das ist absurd, aber genau das geschieht.

Aber was wird damit eigentlich gesagt?

Es gibt Väter, die ihre Kinder umbringen. Einige von ihnen sind psychotisch, sie leiden unter Zwangsvorstellungen; einige tun es im Affekt, also einer Verdunkelung der Sinne; beide Kategorien fallen nicht unter den Begriff des Glaubens. Einige aber tun es aus Scham, und diejenigen, die einen sogenannten Ehrenmord ausführen, haben ein religiöses Motiv. In gewisser Weise kann man sagen, dass sie ihre Kinder aufgrund von Gott und Gottes Gebot ermorden, und auf diese Weise gibt es wohl doch Berührungspunkte zu der Geschichte von Abraham und seinem Glauben?

Laut Kierkegaards Gedankengang in *Furcht und Zittern* unterscheidet sich dies aber wesentlich von Abrahams Willen, Isaak zu opfern, gerade weil Ehrenmord einem Sinn entspringt, wenn auch einem fürchterlichen. Der Ehrenmord findet innerhalb des Sozialen oder des Ethischen statt, und obwohl die Handlung unmenschlich ist, gehört sie doch zum Menschlichen, zu den Regeln, Gesetzen und Übereinkünften der Menschen. *Furcht und Zittern* unterscheidet zwischen Agamemnons Willen, seine Tochter Iphigenie zu opfern, und Abrahams Willen, Isaak zu opfern. Agamemnons Opfer ist heldenmütig, der Tod der Tochter dient einer höheren Sache, dem Allgemeinen, und die Leiden des Vaters, die offensichtlich für alle sind, ehren ihn. Abrahams Opfer dient nicht dem Allgemeinen, es dient niemandem, es ist eine Sache zwischen Abraham und Gott, und als er sich dazu aufmacht, tut er es ganz allein, er verlässt in jeder Hinsicht das Soziale wie das Ethische und das Menschliche, und wo ist er dann?

Wir wissen es nicht. Es liegt außerhalb des Menschlichen und kann nicht kommuniziert werden, denn wenn es kommuniziert werden könnte, würde es menschlich werden, eingewoben in das, was zwischen uns existiert und im Grunde unsere ganze Wirklichkeit ist. In dem Abschnitt über Mozarts Oper *Don Giovanni* schreibt Kierkegaard in *Entweder-Oder* über Musik und wie Worte keinen Zugang zu dem haben, was sie beschreiben. Man muss es von außen betrachten, ungefähr so, wie man ein Land, über dessen Grenzen man nicht gelangen kann, kartographiert, indem man die Grenzlinie abschreitet und von dort aus hineinschaut. Sprache kann Abrahams Schritt fort vom Menschlichen möglicherweise einkreisen, aber sie kann nicht in ihn hineinsehen, ohne ihn sich gleichzeitig anzueignen, mit anderen Worten, ohne ihn zu etwas anderem zu machen, als er ist, und ihn damit zu verraten.

Aber was dann?

Im Ethischen ist der Einzelne dem Allgemeinen untergeordnet – in Abrahams Fall wäre das Ethische, seinen Sohn über alles zu lieben, schreibt Kierkegaard –, während es im Glauben umgekehrt ist, dort ist der Einzelne dem Allgemeinen übergeordnet. Und nur kraft dessen kann Abraham aufgetragen werden, seinen Sohn zu opfern, nicht, ihn zu ermorden. Das Opfer ist ein Preis, und das Kindsopfer ist der höchste Preis von allen, man verliert alles, mehr als sein eigenes Leben, und wenn es so ist, dass der Preis, das Menschliche hinter sich zu lassen, darin besteht, alles zu verlieren, ist die Frage nicht so sehr, warum Abraham bereit war, es zu tun – das lag an seinem blinden Glauben an Gott, der nicht erklärbar ist, denn der Glaube gehört gerade zu dem Unerklärlichen –, sondern warum Kierkegaard darüber schreibt, warum er sich gerade dieser Stelle nähert, dem Nicht-Menschlichen, das für uns in der Sprache nichts ist, im gleichen Sinne, wie Gott nichts ist.

Am Anfang von *Furcht und Zittern* wird die Geschichte von Abraham und Isaak vier Mal erzählt. Jedes Mal wird der Fokus auf unterschiedliche Stellen gerichtet, so dass die Bedeutung der Erzählung jedes Mal unterschiedlich ausfällt. Unter jeder dieser Erzählungen stehen einige Zeilen über etwas vollkommen anderes, das scheinbar keinerlei Verbindungen zu der eigentlichen Geschichte hat, und diese Zeilen werden auch an anderer Stelle im Buch nicht kommentiert. Es geht um das Entwöhnen eines Kindes von der Muttermilch, und legt wie die mehrfache Wiederholung der Bibelgeschichte den Schwerpunkt auf unterschiedliche Stellen:

> Wenn das Kind entwöhnt werden soll, dann schwärzt die Mutter ihre Brust; es wäre ja auch herzlos, daß die Brust lieblich aussähe, wenn das Kind sie nicht bekommen darf. So jedoch glaubt das Kind, die Brust habe sich verändert; aber die Mutter, sie ist dieselbe geblieben, ihr Blick ist zärtlich und behutsam wie immer. Wohl dem, der nicht schrecklichere Mittel benötigt, um das Kind zu entwöhnen!
>
> Wenn das Kind groß geworden ist und entwöhnt werden soll, dann versteckt die Mutter wie eine Jungfrau ihren Busen, das Kind hat dann keine Mutter mehr. Wohl dem Kinde, das die Mutter nicht anders verlor!

Wenn ein Kind entwöhnt werden soll, dann ist die Mutter auch nicht ohne Trauer, daß sie und das Kind mehr und mehr voneinander getrennt werden; daß das Kind, welches erst unter ihrem Herzen lag, später noch an ihrer Brust ruhte, nicht mehr so nahe sein kann. So trauern sie zusammen über dieses kurze Leid. Wohl dem, der das Kind so nah behielt und nicht um mehr zu trauern hatte!

Wenn das Kind entwöhnt werden soll, dann hat die Mutter eine kräftigere Speise zur Hand, damit das Kind nicht umkommt. Wohl dem, der eine kräftigere Speise zur Hand hat!

Liest man das jeweils Folgende mit diesen Zeilen im Kopf, ändert sich der Charakter ein wenig, der Bruch mit dem Sozialen wird betont, das, wovon Abraham sich abwendet, bekommt eine größere Bedeutung als das, dem er sich zuwendet. Der Säugling lebt in einer Symbiose mit seiner Mutter, benötigt ihren Körper wie seinen eigenen, ist ein Teil davon, bekommt Nahrung und Wärme durch ihn, und hat wenig oder gar kein Empfinden von einer Grenze zwischen dem Körper der Mutter und seinem eigenen Körper und damit auch keinen Begriff von sich selbst. Das Entwöhnen von der Brust markiert einen Übergang, einen Schritt der Mutter hin zu dem, was sich außerhalb der Mutter findet, und ist der erste Akt der Identitätsbildung, die paradox ist, weil das Selbst erst einen Begriff von sich selbst bekommt, indem die anderen dazukommen. Es ist wie eine Art Symbiose zweiten Grades, einer Symbiose zwischen dem Individuum und der Gesellschaft, zu der zunächst die Familie gehört, dann der Kreis außerhalb der Familie, die Nachbarn und Freunde, danach die Institutionen, Kindergarten, Schule, Universität, Arbeit. Alle, die kleine Kinder hatten oder haben, wissen, dass das Abstillen brutal, aber notwendig ist. Ich habe einige Freunde, die es auf dramatische Art und Weise getan haben, sie schliefen im ersten Stock, während das Kind im Erdgeschoss lag und schrie. Es wollte die Mutter, es wollte die Milch, bekam sie aber nicht und konnte es nicht verstehen. Nach zwei Nächten war es entwöhnt und schlief von nun an durch. Wir entschieden uns für die langsame Methode, wir ertrugen den Schmerz nicht, die verzweifelten Schreie zu hören, auf diese Weise zog sich der gesamte Prozess natürlich in die Länge. Vielleicht war es schlimmer für die Kinder, vielleicht haben wir uns auf diese Weise selbst geschont, nicht die Kinder. Dennoch war es, wie Kierkegaard schreibt, ein kurzes Leid, dann war es vorbei. Aber es folgen andere Leiden, denn die Kinder sollen selbständige Menschen werden, und dafür müssen sie die Verbindungen zu ihren Eltern kappen, sich von uns ab- und der Welt zuwenden. Wir verlieren sie, sie gewinnen sich selbst. Tun wir das nicht, halten wir sie eng bei uns, werden sie abhängig, unselbständig, hilflos, in gewissem Sinn lebensuntüchtig. Es ist ein Opfer, allerdings ein kleines, es ist vermutlich so gewöhnlich, dass es nicht einmal erwähnenswert ist, aber es ist doch ein Opfer, und was wir opfern, ist etwas, was wir mehr lieben als alles andere, das wir von uns geben müssen. So gesehen markiert der Glaube, manifestiert durch Abrahams unmenschlichen, unbegreiflichen Willen, seinen Sohn zu opfern, einen Schritt weg von der Symbiose zweiten Grades, dem Sozialen, in das wir eintreten und integriert werden, hin zu einem Ort, an dem wir allein sind, einmalig.

Von dort aus betrachtet ist es das Soziale, das Ethische, das uns sinnlos vorkommt, nachdem das Menschliche an sich von dort aus gesehen nichts anderes ist als ein Schutz gegen die Leere der Existenz. Das Göttliche, das sich außerhalb des Menschlichen befindet, ist inkommensurabel mit dem Menschlichen, daher können wir es nicht verstehen, und daher ist der Glaube das Einzige, was wir haben, unsere einzige Möglichkeit. Dieser Glaube ist innerhalb des Menschlichen, steht aber darüber, und daher kann Abraham Isaak opfern, der sich innerhalb des Menschlichen befindet. Er kann es nur allein tun, denn bevor er es tut, wird die Symbiose mit der Gemeinschaft zerstört, ebenso wie die grundlegende Symbiose zwischen Mutter und Kind beim Abstillen zerstört wird. Die Gemeinschaft, die auf das Kind wartet, kennen wir, und wir möchten, dass das Kind dort hineinkommt: Es ist gut. Was Abraham erwartet, wissen wir nicht, wir wissen nicht einmal, ob es überhaupt irgendetwas gibt, nur durch den Glauben existiert es und ist möglich. Darin liegt die Radikalität.

*

Draußen ist es vollkommen dunkel und still, es ist bald drei Uhr nachts. Ich bin vor zwei Tagen aus Beirut nach Hause gekommen, und die Bilder von dort verschwinden langsam aus dem Bewusstsein. Jetzt sind sie beinahe wie ein Traum, denn alles war so anders als hier; nicht nur die Gebäude und die Kleidung, auch die Stimmung in der Stadt, die ich als angespannt und wachsam empfunden habe.

Am letzten Abend wurde ich auf der Bühne eines kleinen Raums im zweiten Stock eines Gebäudes interviewt, das an einer breiten und vielbefahrenen Straße ein Stück außerhalb des Zentrums lag. Ein amerikanischer Schriftsteller namens Jonathan Levy befragte mich vor einem kleinen Publikum aus zehn-, fünfzehn Zuhörern, von denen die meisten entweder für das Festival arbeiteten oder zu den eingeladenen Autoren gehörten. Gegen Ende fragte er, woran ich gerade arbeite, und ich antwortete, dass ich an einem Essay über Kierkegaard und seiner Interpretation der Geschichte von Abraham und Isaak schreibe. Jonathan sagte, seiner Meinung nach würden die Moslems dieses Ereignis als Feiertag begehen, und er wandte sich an das Publikum, um zu hören, ob er Recht habe. Ein älterer Mann ergriff das Wort. Ja, sagte er, das stimme. Sie feierten, dass Gott Abrahams Sohnesopfer durch einen Widder ersetzte, sie würden jedes Jahr einen Widder opfern, um sich daran zu erinnern.

Diese Geschichten kommen von hier, sagte er. Sie kommen aus diesem Land, aus dieser Kultur. Sie gehören uns. Es sind unsere Geschichten. Nicht eure!

Es ist wahr, und es ist merkwürdig, dass diese Texte, die sich nicht nur in der Zeit von uns unterscheiden, sondern auch im Raum, für uns und unser Selbstverständnis nicht nur so wichtig waren, sondern es immer noch sind, wenngleich heute eher indirekt. Dass Abraham und die Geschichten über ihn der Ausgangspunkt für drei monotheistische Religionen sind, von denen eine das Werk eines dänischen Philosophen des 19. Jahrhunderts durchströmt, sagt etwas über die Kraft dieser Erzählungen aus und über das Unveränderliche im Menschen. Was ist es? *Furcht und Zittern* mündet in eine Reflexion darüber, dass ein Geschlecht nicht von dem vorhergehenden lernen kann. Kierkegaard nennt dies das eigentlich Humane:

> Dieses eigentlich Humane ist die Leidenschaft, in welcher auch das eine Geschlecht das andere vollkommen versteht und sich selbst versteht. Zu lieben, das hat kein Geschlecht vom anderen gelernt, kein Geschlecht vermag an einem anderen Punkt als am Anfang zu beginnen, kein späteres Geschlecht hat eine kürzere Aufgabe als das vorangegangene, und wenn man hier nicht stehenbleiben will wie die vorangegangenen Geschlechter, indem man liebt, sondern weitergehen will, so ist dies nur ein zweckloses und dummes Geschwätz.

Nichts Wesentliches im Menschlichen hat sich seit biblischer Zeit verändert. Wir werden geboren, wir lieben und hassen, wir sterben. Aber das Archaische an uns und unseren Taten wird in der Gegenwartskultur, die wir uns geschaffen haben, gleichsam vom Alltag aufgesogen. In dieser Gegenwartskultur ist die Wirklichkeit horizontal, und vom Vertikalen lässt sich nur ausnahmsweise ein wenig erkennen. Eigentlich braucht man lediglich einen Blick nach oben zu werfen, um es zu begreifen, denn dort hängt die Sonne und scheint, und es ist dieselbe Sonne, die für Abraham und Isaak, Odysseus und Aeneas schien. Die Berge vor unseren Augen sind vom gleichen schwindelerregenden Alter. Dass wir nur das letzte Glied eines Geschlechts sind, das Tausende Generationen zurückreicht, und dass wir dasselbe fühlen wie sie, weil das Herz, das in ihnen schlug, auch in uns schlägt, ist inzwischen keine Perspektive, die wir erfassen wollen oder können, denn damit wird das Einzigartige negiert, und wir werden zu einem Tatort von Gefühlen oder Handlungen, ungefähr so, wie das Wasser der Tatort der Wellen oder der Himmel der Tatort der Wolken ist. Wir wissen, dass jede Wolke und jede Welle einzigartig ist, sehen aber nur Wolken, nur Wellen. Die Mythen weisen direkt darauf hin, denn sie handeln von dem Einen, aber das, was dieses Eine ausdrückt, betrifft uns alle.

Das verstehe ich. Und ich verstehe, dass die muslimische Tradition, der eine ganz andere Seite der Geschichte von Abraham und Isaak wichtig ist als Kierkegaard, diese auch auf eine andere Weise am Leben erhält, durch das Opfer als eine Form, sie zu wiederholen, sie damit aber gleichzeitig auch in der Welt zu halten. Nicht abstrakt als eine Frage von Glauben und Zweifel, sondern konkret und physisch: Das Blut fließt auf den Boden, wenn der Kopf des Widders vom Körper getrennt wird, und bindet dort den Staub. Dasselbe Sein, dieselbe Welt, derselbe Gott, derselbe Glaube, dasselbe Blut, derselbe Staub.

Im Taxi auf dem Weg zum Flughafen, das ich mir mit dem deutschen Schriftsteller Christoph Peters teile, sage ich, ich fände es merkwürdig, dass die uralten, archaischen Texte, die einmal in dieser Gegend entstanden und eigentlich so abgrundfremd sind, ein so wichtiger Teil der Kultur in unserem Teil der Welt sind. Christoph, der als Katholik aufwuchs und auf ein katholisches Internat ging, jetzt aber Sufi-Moslem ist, meint, es sei nicht so merkwürdig, es gehe um Ackerbau-Kulturen, die im Großen und Ganzen dieselben Werte- und Erfahrungsgrundlagen hätten. Deshalb ist die Religion in unserem Teil der Welt inzwischen so unbedeutend, wir sehen nie ein totes Tier, essen Fleisch, von dem wir nicht ahnen, woher es stammt, und an das wir nicht einmal als Tier denken, sondern das wir als etwas Antiseptisches betrachten. Wir sehen auch nie einen toten Menschen, sondern leben auf Distanz zu all dem, während man hier, in diesem Teil der Welt, noch immer nahe am Körper, dem Fleisch, dem Blut und dem Tod lebt – jedenfalls deutlich näher, als wir es tun.

»Vor Abraham gab es ja viele Götter«, sagt er. »Abraham bündelt sie zu einem. Dreitausend Jahre haben wir zu einem Gott gebetet. Ich glaube, dass wir in unserem Teil der Welt jetzt zurück in die Zeit vor Abraham gegangen sind. Wir haben wieder viele Götter.«

Ich lebe in dem Zustand, den Kierkegaard in der Einleitung von *Furcht und Zittern* ironisiert, in der Leichtigkeit und dem Abstand, auch im Verhältnis zu seinem Werk, das ein Teil meines Erfahrungshorizonts ist, ohne dass ich den Willen und die Fähigkeit habe, ihm auf den Grund zu gehen. So geht es mir mit nahezu allen Kenntnissen. Ich weiß, dass es Atome und Elektronen gibt, Galaxien und Supernovas, Schwerkraft und Entropie, Platon und Augustinus, Heidegger und Foucault, aber ich verstehe es nicht und habe nie versucht, es zu verstehen. So verhält es sich auch mit Städten und Orten, Ländern und Teilen der Welt, in die ich noch nie einen Fuß gesetzt habe, von denen ich aber trotzdem glaube, sie zu kennen. Die Oberfläche ist mein Leben, die Tiefe meine Sehnsucht. Das Gefühl, dass das Eigentliche möglich ist und das Authentische eine Realität, ist stark, aber auf welche Weise es möglich und real ist, weiß ich nicht. Der Glaube ist keine

Alternative, nicht für mich, es wäre, als würde ich etwas zurückerzwingen wollen, als würde ich etwas Gewalt antun.

Es ist eine Frage des Sinns. Der im Leben zu finden ist. Je mehr das Leben bedroht ist, desto größere Bedeutung erhält der Sinn darin, und er ist dort am größten, wo der Tod ist: Ich erinnere mich noch, wie alles, was ich sah, wie messerscharf vor mir stand in den Tagen, nachdem ich vom Tod meines Vaters erfahren hatte, und vor allem, nachdem ich seinen toten Körper gesehen hatte. Er hatte all das verloren, was ich hasste, er verwandelte alle Menschen in lebendige Menschen und ließ mich das Leben als Leben sehen, in einer beinahe explosiven Entfaltung.

Dann ging es vorbei, dann senkte sich der Schleier wieder über alle Dinge.

Ist es eigentlich eine besondere Wachsamkeit gegenüber den Bedingungen des Lebens? Nicht als Gedanken, denn Gedanken bedeuten Distanz, sondern als Gefühle? Und wagt sich Kierkegaard deshalb so weit vor, ganz bis zum Rand des Menschlichen, wo alles akut, prekär und bebend vor Leben und Sinn ist?

Ich bin spät in der Nacht nach Hause gekommen, alle schliefen, und nachdem ich meinen Koffer im Flur abgestellt hatte, ging ich in den ersten Stock und legte mich ins Bett. Ich wurde einige Stunden später von unserer ältesten Tochter geweckt, sie wollte mir erzählen, was in den Tagen, in denen ich fort gewesen war, alles geschehen war. Am Abend, nachdem ich ihr vorgelesen hatte, sagte unsere jüngste Tochter plötzlich:

»Essen, schlafen, sterben. So ist das Leben.«

Ich sah sie an. Sie sah mich an und lächelte.

»Das ist nicht wahr«, sagte ich. »Das darfst du nicht glauben. Wir essen, und es gibt eine Menge Spaß. Wir schlafen, und es gibt eine Menge Spaß. Und so geht das viele, viele Jahre, bevor wir sterben.«

»Nicht so viele Jahre«, sagte sie und lächelte erneut.

»Doch«, sagte ich. »Unendlich viele Jahre. Das ist wirklich wahr. Schlaf jetzt.«

Sie war sieben Jahre alt, und ich wusste, dass sie die Worte aus einem Film kannte, der im Wohnzimmer lag. Er hieß *Essen, schlafen, sterben.* Aber dass damit das Leben aufsummiert würde, hatte sie sich selbst überlegt. Ich wurde traurig, denn ich wollte nicht, dass sie glaubte, sterben zu müssen. Aber es machte mich auch glücklich, denn es lag so viel Leben in diesen Gedanken, so viel Kraft, und sie hatte ganz allein in ihrem Bett gelegen und an die Decke geblickt, als sie sich überlegte, wie alles zusammenhängt.

DIE LITERATUR
UND DAS BÖSE

ICH GEBE ZU, DASS ICH BEI DEM TITEL »Die Literatur und das Böse« ein leichtes Unbehagen empfinde. Für dieses Unbehagen gibt es zwei Gründe. Zum einen fällt es mir schwer, mich zu Oberbegriffen wie »das Böse« zu verhalten, da es sich um eine Abstraktion handelt, ungefähr so ähnlich wie »Liebe«. Der Ursprung hingegen, die böse Tat, ist immer konkret, immer zeitlich festgelegt und hat immer eine bestimmte Geschichte, in die bestimmte Menschen involviert sind. Zum anderen impliziert der Titel, dass Literatur etwas mit dem Bösen zu tun hat, ja, eigentlich damit eng verbunden ist; und diese weit verbreitete Meinung, die einen bestimmten Kanon beinhaltet, in dem Sade, Poe, Baudelaire, Céline, Genet und Bataille zentrale Autoren sind, hat oft etwas Posierendes an sich, bisweilen sogar etwas Pubertäres. Als ob die Aura, die das Böse umgibt, das Dunkle und Grausame, erstrebenswert ist und auf diejenigen übertragen wird, die darüber schreiben, so dass sie, wie auch ihre Texte, in gewisser Weise gefährlich werden. Das Böse kann vieles sein, aber keine akademische Übung.

Auf der anderen Seite hätte mich das Gegenteil, ein Vortrag über »Die Literatur und das Gute«, mit noch größerem Unbehagen erfüllt, was an der neomoralischen Welle liegt, die derzeit über Skandinavien schwappt und bei der literarische Werke in vollem Ernst und mit großer Inbrunst danach beurteilt werden, ob das, was sie ausdrücken, richtig oder falsch ist, gut oder schlecht, nicht in Bezug auf ihre Qualität, sondern mit Blick auf ihre Moral. Von jeher sind wir gewohnt, Moralismus als etwas Kleinbürgerliches und Althergebrachtes anzusehen, eine konservative Instanz, die sich über Überschreitungen der Sittlichkeit in der Kunst entrüstet, wie hier in Norwegen im Fall des Schriftstellers Agnar Mykle, aus dessen Beispiel Jens Bjørneboe zehn Jahre später Kapital schlug. Dieser neue Moralismus ist in gewisser Weise ein Gegensatz zum klassischen Moralismus, denn er hält sich selbst für progressiv und modern und sieht sich geradezu als Opposition zum Konservativen, aber seine Art zu denken und das, was er will, nämlich das moralisch Unerwünschte zu verbieten, ist identisch mit dem klassischen Moralismus. Das jüngste Beispiel in Schweden war die heftige Reaktion der schwedischen Regisseurin Sofia Jupiter auf Thorbjørn Egners Kindertheaterstück *Folk og røvere i Kardemommeby*. Das Stück durfte nicht inszeniert werden, weil das Frauenbild althergebracht und reaktionär ist, weil die Grundhaltung – solange du keinem anderen schadest, kannst du tun, was du willst – liberalistisch ist, und weil das Menschenbild – alle sind lieb, nett und gleich und selbst der Abschaum, die Räuber, kommt schließlich auf das rechte Gleis – rechtsextrem, also reaktionär ist. Dieser Reaktion sind zwei Dinge entgegenzuhalten: erstens, was ist falsch am Reaktionären und Liberalen? Zweitens, selbst wenn etwas falsch wäre, ja sogar fürchterlich falsch, warum will man es verbieten? Gibt es einen prinzipiellen Unterschied zwischen dem Willen, Mykles Buch zu verbieten, weil es gegen Moral und Sittlichkeit verstößt und die Jugend in die Hölle der Sünden führt, und dem Willen, Thorbjørn Egners Stück zu verbieten, weil es unseren Kindern falsche Vorstellungen über die Gesellschaft und das Frauenbild vermittelt und sie in die Hölle des Reaktionären führt? Ich selbst bin, das habe ich in den letzten paar Jahren eingesehen, bis ins Mark reaktionär (wenn ich bestimmen könnte, würden wir keine Autos, kein Fernsehen, kein Internet, keine Gentechnologie und keine industrielle Tierhaltung haben, und niemand wüsste, was Globalisierung, Urbanisierung und Zentralisierung sind), und von diesem Standpunkt aus betrachtet, kommt es mir merkwürdig vor, dass meine Gedanken und Gefühle als etwas Teuflisches und Fürchterliches hingestellt werden, das verboten werden müsste, während all das, was mir nicht gefällt, ohne Gegenentwurf akzeptiert wird und als unbedingt gut gilt. Zu dem Fall Jupiter und Egner kann man sich ganz einfach verhalten, zumindest ich kann es: Dort, wo Jupiter eine schädliche Ideologie sieht, sehe ich menschliche Wärme und Humor. Schwieriger ist es mit der sogenannten *Tim-und-Struppi*-Debatte, die 2012 in Schweden geführt wurde, als ein künstlerischer Leiter die Comic-Serie *Tim und Struppi* aus der Kinderbibliothek des Kulturhauses in Stockholm entfernen wollte, weil darin eine tadelnswerte Haltung gegenüber Schwarzen zum Ausdruck kommt. Auch dieser Fall ist leicht zu widerlegen, denn in *Tim und Struppi* drückt sich die Haltung der Zeit aus, in der die Serie entstand, nicht die Haltung unserer Zeit, aber wer will schon in einer Zeit leben, in der alles, was uns nicht gefällt, entfernt wird? Die *Tim-und-Struppi*-Zensur, die großes Aufsehen erregte und im Laufe von ein paar Tagen wieder rückgängig gemacht wurde, fügt sich in ein Muster in Schweden, wo herabsetzende Ausdrücke wie »Neger« in Kinderbüchern und bei Süßwaren (Negerküsse) eliminiert werden. Das Logo von Fazers Kina-Schokolade wurde ebenfalls entfernt, weil es Asiaten beleidigen könnte. Und einem Kinderbuch von Stina Wirsén, in dem eines der Kinder als Schwarzer mit einem großen roten Mund dargestellt ist, wurde vorgeworfen, ein rassistisches Stereotyp zu transportieren, was zur Folge hatte, dass die Autorin diese Figur überhaupt nicht mehr zeichnet. Über all diese Fälle hat man sich königlich amüsiert, aber das ist bequem und billig, wenn es um so unschuldige Dinge wie Negerküsse, *Tim und Struppi* und Fazers Reisschokolade geht, denn all das stammt aus einer anderen Zeit. Und die Diskriminierung in der Sprache auszurotten, also im Symbolischen, verpflichtet zu nichts, es kostet nichts und lenkt die Aufmerksamkeit ab von dem, was tatsächlich verpflichtet und etwas kostet, also von der realen Diskriminierung. In Stockholm, wo Einwandererfamilien in ganz bestimmten Vorstädten leben und auf mehr als eine Weise vom Zentrum ferngehalten werden, ist es besonders provozierend, denn diejenigen, die die Sprache säubern, sitzen im Zentrum, in Södermalm, und verfügen über verdammt viele Privilegien und Macht, sowohl symbolisch wie real, und sie verfügen über kulturelles wie finanzielles Kapital. Es kostet sie nichts, »gut« zu sein und sich über rassistische Stereotypen in der Sprache aufzuregen. Man kann sagen, sie arbeiten mit »Haltungen«, und diese Haltungen sind »gut«, aber welchen Nutzen hat das Gute, außer sich selbst zu schmeicheln, solange die realen Verhältnisse unverändert bleiben – zum Beispiel, dass die Person, die die Toilette in der Bürogemeinschaft putzt, die ich einmal im Stockholmer Stadtteil Söder besucht habe, eine schwarze Einwanderin ist? Warum bleiben sie unverändert? Weil niemand freiwillig seine Privilegien aufgibt, und ich meine wirklich niemand. Möglicherweise behaupten sie, sie würden es tun, aber allein, dass sie es sagen können, ist ein Privileg.

Der schwedische Schriftsteller Johannes Anyuru hat in einem Beitrag für die Netzseite des schwedischen Fernsehkanals SVT das Verspotten des politisch Korrekten angegriffen, das damals unter dem Begriff *Tim-und-Struppi*-Gate bekannt wurde. Er schrieb:

> Warum ist man in Schweden immer sofort bereit, über die ganz unstrittige Aussage Witze zu reißen, dass gewisse Bilder oder Worte möglicherweise dazu beitragen, eine rassistische Struktur aufrechtzuerhalten?

Und weiter:

> Oder diejenigen, die zum Beispiel in diesem Herbst während des sogenannten *Tim-und-Struppi*-Gate ein Bild von Tim als Profilbild nutzten. Woher kommt die Leichtigkeit, mit der man eine negative Haltung gegenüber schwarzen Kinder einnimmt? Diese Leute sehen ihre eigenen Hände, ihre eigene Haut, ihre eigenen Eltern in den rassistischen Bildern der europäischen Kinderkultur nicht abgebildet. Welcher Ordnung stehen sie loyal gegenüber?

Es ist ein guter Beitrag, weil es Anyuru gelingt, die ganze Problemstellung von innen her zu zeigen. Wie es ist, als Schwarzer in einer weißen Kultur aufzuwachsen und zusehen zu müssen, dass seine gut ausgebildeten Eltern nur Scheißjobs als Putzfrauen, Taxifahrer oder Verteiler von Gratiszeitungen bekommen. Schwarzen Gesichtern begegnet man ausschließlich als Karikatur, nirgendwo als Identifikations- oder Rollenmodell. Mit anderen Worten: Die symbolische und die reale Unterdrückung sind zwei Seiten derselben Medaille:

> Keiner von denen, die heute darüber reden, hat für diese Worte jemals mit seiner eigenen Haut, mit seinem eigenen Gesicht, mit seiner eigenen Geschichte oder seiner eigenen Zukunft bezahlt.

Ich selbst war während der *Tim-und-Struppi*-Debatte sarkastisch, ich selbst habe ironisch auf das Negerkuss-Verbot reagiert, allerdings dachte ich, als ich Anyurus Beitrag las, er hat Recht, so ist es. Weg damit. Denkt man so, stößt man bald auf Grenzfälle. Ein Freund von mir, Fredrik Eklund, publizierte im Herbst einen Kriminalroman. Darin kommen rassistische Äußerungen vor. Der Rezensent einer schwedischen Zeitung war entsetzt, er hatte nicht begriffen, dass der Autor selbst sich angemessen davon distanzierte, und kritisierte das Buch auf dieser Grundlage. Auch weg damit? Ich glaube, das meint Anyuru nicht, im Gegenteil, aber worin liegt der Unterschied zwischen dem *Tim-und-Struppi*-Rassismus und dieser Art von Rassismus? Dass der eine intentionell ist, also einen realen Rassismus ausdrückt, während der andere ein Bild von der Wirklichkeit wiedergibt, das wir nicht verleugnen können oder dürfen? Vielleicht, aber wie definiert man den Unterschied?

Auch meine Romane gerieten im Herbst in dieses Scheinwerferlicht, als die schwedische Zeitung *Aftonbladet* eine große Kampagne gegen rassistische Äußerungen im Internet lostrat, die bei der Polizei angezeigt werden sollten, ausgehend von dem Gedanken, dass viele dieser Äußerungen gesetzeswidrig sind. Die Kulturredakteurin Åsa Linderborg sagte in einem Interview, dass die Zeitung in diesem Zusammenhang auch kulturelle Begriffe untersuchen wolle, und erwähnte als einziges Beispiel meinen autobiographischen Romanzyklus *Min kamp*. Die Romane wurden im Übrigen in den schwedischen Medien faschistisch und intimfaschistisch genannt (von Ebba Witt-Brattström in *Dagens Nyheter*), und mehrfach wurde ich mit Anders Behring Breivik verglichen oder mit ihm assoziiert (unter anderem von Maria Sveland in *Dagens Nyheter*). Da ich weder eine Ähnlichkeit mit Breivik erkennen kann, noch mich als Frauenhasser oder Rassist sehe, war ich gezwungen, ein wenig über mich nachzudenken, denn es gibt keinen Zweifel, dass es wirklich ernst gemeint war. Wofür Breivik steht, Misogynie und Rassismus, gehört zu dem, was wir zum Bösen zählen. Diejenigen, die meine Bücher angreifen, meinen mit anderen Worten, dass ich das Böse oder das ausgesprochen Unerwünschte verfechte, dafür einstehe oder ausdrücke, während sie das Gute oder das ausgesprochen Erwünschte verfechten, dafür einstehen oder ausdrücken. Die gleichen Parameter legte der Kritiker und Schriftsteller Mats Kolmisoppi an, als er im Herbst Stig Larssons letztes Buch *När det käns at det håller på ta slut* rezensierte und Larssons Moralbegriff überholt und »unsympathisch« nannte.

> Larssons Sicht auf Frauen ist – objektiv gesehen – abstoßend. Die Frauen nehmen in Larssons Leben den Platz als Liebhaberinnen ein, Geschöpfe, die es zu erobern gilt. Sie können Künstlerinnen oder Autorinnen sein, von adliger oder bürgerlicher Herkunft. Es spielt keine Rolle, da es in der homosozialen Gemeinschaft wesentlich ist, dass Kunst geschaffen wird. Mit Männern redet man, Frauen begehrt man.

Beachten Sie die Worte »objektiv gesehen«! Mehrere andere Rezensenten haben denselben Aspekt aufgegriffen und sind gegen das Buch vorgegangen, nicht weil es schlecht geschrieben oder gedacht, uninteressant oder nicht originell war, sondern weil das Leben, das es beschreibt, tadelnswert ist: Die Hauptperson behandelt Frauen nicht so, wie sie behandelt werden sollten, und vor allem eine Szene wurde diskutiert, in der die Hauptperson, also Stig Larsson selbst, eine Frau fesselt und Analverkehr mit ihr hat. Sie ist jung, und hinterher kommen ihm Zweifel, ob sie es eigentlich gewollt hat. Es ist tatsächlich eine moralisch gesehen fragwürdige Handlung, aber ist es eine moralisch fragwürdige Handlung in der Literatur? Und wenn es so wäre, was erschließt sich daraus? Sagen wir, es erscheint ein Roman, der ganz fantastisch ist, der aber von einem Vergewaltiger geschrieben wurde, wie gehen wir damit um? Wenn ein moderner Marquis de Sade auftaucht, was würden wir mit ihm machen? Wo verläuft die Grenze? Bei sexueller Gewalt?

Ist es in Ordnung, wenn ein Schriftsteller einen anderen verprügelt? Seinem Kind eine Ohrfeige gibt? Geld unterschlägt? Ladendiebstähle begeht? Steuern hinterzieht?

Witt-Brattströms Kritik an *Min kamp* läuft darauf hinaus, dass die Hauptperson (ich) seine Frau (Linda) unterdrückt und dass dieses Verhalten falsch ist. Es handelt sich um eine moralische und ideologische Lektüre eines Buches, aber mir ist nicht klar, was sie damit bezweckt, dass sie mich persönlich angreift? Soll es nur dazu führen, dass ich Buße und Besserung gelobe und von nun an meine Frau nicht mehr unterdrücke? Oder will sie all die anderen aufklären, die ihre Frauen unterdrücken? Oder ist die Literatur über Frauenunterdrückung ganz einfach falsch? Ich erlebe dies als dumm und unwürdig: Ich habe mein Leben beschrieben, und eine Kritikerin sagt, mein Leben sei nicht gut genug. Dieses Leben wurde nicht richtig gelebt, es hätte so und nicht so gelebt werden müssen. Ja, das ist möglich, aber müssen alle literarischen Leben exemplarisch sein? Müssen kulturelle Ausdrucksformen exemplarisch sein? Geeignet zur Nachahmung? Ich erlebe die Kritik als verwirrt und glaube, es hat mit der Unsicherheit über den Vertrag mit dem Leser zu tun: Das Ich des Buches ist identisch mit dem Ich des Autors, und das Buch besteht darauf, dass all dies tatsächlich geschehen ist, also werden die Meinungen, Haltungen, Gedanken und Gefühle des Ichs als Meinungen, Haltungen, Gedanken und Gefühle des Autors gelesen und sind folglich »wirklich«, und dagegen kann man argumentieren. Niemandem würde im Traum einfallen, Emma Bovarys Haltungen anzugreifen, sie zu verdammen und zu sagen, dass sie falsch sind und Emma besser anders denken und handeln sollte, sich zum Beispiel um ihr Kind kümmern und nicht nur an sich selbst denken und so oberflächlich sein sollte. Das liegt natürlich daran, dass Emma Bovarys Leben erdichtet ist und meines nicht. Aber es wurde trotzdem aufgeschrieben, und zwar in der gleichen Form wie das von Bovary, als Roman. Eines der wichtigsten Kennzeichen des Romans ist die Ironie. Nicht im gängigen Sinn des Wortes, also dass das Gegenteil von dem gemeint ist, was man sagt, sondern in der Weise, dass der Roman überall Abstände etabliert, von denen der vielleicht wichtigste Abstand der zwischen dem »ich« und demjenigen ist, der »ich« schreibt. In einem Pamphlet oder einem Diskussionsbeitrag ist es möglich, eine Art Eins-zu-eins-Verhältnis zwischen diesen beiden Größen aufzubauen; die Meinungen dessen, der schreibt, sind identisch mit den Meinungen des Ichs des Textes. (Dass diese Meinungen, Beweggründe, Motive und Ursachen häufig dem, der sie vertritt, verborgen sind, ist eine andere Sache: Die Gefühle werden im Reich der Gedanken stark unterschätzt.) Ich bin gegen jenes und für dieses. Das ist unproblematisch. Aber sowie der Autor das Ich dieser Meinungen in eine Handlung einbaut, entsteht ein Abstand zu ihm, etwas anderes beginnt sich zu bewegen, die Komplexität nimmt zu, und genau diese Komplexität ist das Wesentliche; die Meinungen sind nicht länger Alleinherrscher, sondern treten in einem Leben auf, das sich in verschiedene Richtungen entwickelt und in dem nichts unwidersprochen bleibt: Ein plötzlicher Gedanke trifft auf ein Auto, das langsam auf einer nächtlich stillen Straße fährt, und gleichzeitig nagt eine Begierde im Körper, und der fallende Schnee weckt eine Kindheitserinnerung, die verschwindet, eine Ecke wird umrundet, ein Licht in einem Fenster wird registriert, und eine Welle von kaum spürbaren Gefühlen rollt durch das Innere dieses Ichs: Dort wartet seine Familie, in deren Mitte sich der Rest der Handlung abspielt. Oder vielleicht eher in deren Vielfalt, denn wie zahlreich sind die Beziehungen dort eigentlich und wie komplex sind die Verbindungen zwischen ihnen? Das Weibliche, das Männliche, das Erwachsene, das Kindliche, Autorität, Antiautorität, Mutter/Tochter, Mutter/Sohn, Tochter/Mutter, Sohn/Mutter, Vater/Tochter, Vater/Sohn, Tochter/Vater, Sohn/Vater, Geschwister, Schwiegereltern, Großeltern … In dieser Menge, in dem das Ich für den Autor sichtlich etwas anderes ist als er selbst, ist das Interessante nicht, dass das Ich zum Beispiel gegen die Unterdrückung der Frauen ist oder meint, dass die Gesellschaft eine patriarchalische Struktur aufrechterhält, auch durch Romane von weißen männlichen Autoren. Nein, das Interessante sind all die Strukturen, die durch die Haltung sichtbar werden. Ein Roman ist kein Versuch, etwas zu postulieren, er ist ein Versuch, die Postulate zu verstehen. Ich bin nicht gegen Gleichberechtigung, aber einen Roman über eine gleichberechtigte Beziehung zu schreiben, wäre sinnlos, wenn das das einzige Ziel sein sollte – denn wozu wäre er nützlich? Irgendjemand würde dann das Buch lesen und denken, dieser Knausgård ist ein gerechter und guter Mensch, er ist nicht nur der Ansicht, dass die Gleichberechtigung der Geschlechter eine erstrebenswerte und richtige Sache ist, er geht damit auch richtig um! Das werde ich von nun auch tun! In dieser Familie teilen die beiden alles! Die Mutter arbeitet, der Vater arbeitet, die Kinder sind im Kindergarten, die Hausarbeiten erledigen sie gemeinsam, der Mann respektiert die Frau, und die Frau respektiert den Mann! Er ist nicht egoistisch, er ist nicht besitzergreifend, er hat keine Lust, mit allen Frauen zu schlafen, die er sieht, denn er macht die Frauen nicht zu Objekten und verachtet diejenigen, die es tun. Er hat gesunde Werte, gesunde Ansichten, er ist für das Gute und gegen das Böse.

Nein, ich merke, dass es allzu leicht ist, sich darüber lustig zu machen. Will man über Literatur und Moral sprechen oder über die moralische Beurteilung von Literatur, muss man dorthin gehen, wo real etwas auf dem Spiel steht, so wie es nach dem Krieg bei Céline der Fall war. Da saß man mit Célines antisemitischen Pamphleten in der Hand, er war ein einzigartiger Schriftsteller, aber durfte er nach der Vernichtung der Juden während des Krieges und im Lichte all dessen, was über seine Ansichten bekannt war, gelesen werden? Und man saß da mit den deutschfreundlichen und reaktionären Romanen des Landesverräters Hamsun. Ein schlimmeres Verbrechen als Landesverrat gab es Ende der vierziger Jahre nicht. Es war, als würde jemand heute einen Pro-Breivik-Roman schreiben. Aber genau dort, wo es ernst wird, muss die Diskussion über Literatur und Moral geführt werden. Dort, wo es wirklich von Bedeutung ist, nicht für die anderen, aber für dich.

Wo verläuft die Grenze? Gibt es eine Grenze, was Literatur enthalten darf? Liest man Anyurus Diskussionsbeitrag, wird man vermutlich verstehen, dass es ernst ist, dass alle Stereotypien und Vorurteile tatsächlich Konsequenzen haben, nicht in einer Kulturdebatte, aber in einem Leben, für ein Kind von dunkelhäutigen Einwanderereltern in einer weißen Wohlfahrtsgesellschaft, dass es um Würde und Identität geht. Warum also für Hergés Rassismus argumentieren, warum entfernen wir ihn nicht einfach? Wenn er tatsächlich schädlich ist?

Wenn wir so vorgehen, wenn wir das entfernen, was in der Kultur schädlich oder unmoralisch ist, sagen wir indirekt, dass die Kultur den besten, explizit gesunden Werten und Ansichten der Gesellschaft zu dienen hat. Dann stehen wir prinzipiell auf derselben Seite wie diejenigen gegen Ende des 19. Jahrhunderts, die Flauberts *Madame Bovary* und Baudelaires *Les Fleurs du Mal* verbieten wollten. Diese Bücher verletzen uns heutzutage nicht mehr, wir lächeln darüber, dass irgendwann einmal jemand der Ansicht war, sie seien unmoralisch. Aber der einzige Unterschied ist, dass sich die Ansicht über das Gute verändert hat. Und selbstverständlich berührt sich genau hier das Problem der Literatur und des Bösen – in der Überschreitung der gängigen Moral, die der Geist oder das Gefühl der Gemeinschaft als das Wünschenswerte oder Nicht-Wünschenswerte bestimmt, das zu Verbietende und das Erlaubte. Wenn ein Roman rassistisch ist, wenn ein Roman frauenfeindlich ist, wenn ein Roman ehrabschneidend ist oder wenn ein Romanautor pädophil oder ein Vergewaltiger ist, dann lachen wir nicht, dann sind wir nicht länger kleinbürgerlich, wenn wir ihn verdammen, sondern Menschen, die für eine gute Welt kämpfen.

*

Es gibt vor allem zwei norwegische Schriftsteller, die sich mit dem Problem des Bösen beschäftigt haben. Der eine ist Jens Bjørneboe, der sich 1976 im Alter von fünfundfünfzig Jahren das Leben nahm, der andere ist Stig Sæterbakken, der zu meiner eigenen Autorengeneration gehört; er starb letztes Jahr im Alter von sechsundvierzig Jahren, ebenfalls von eigener Hand. In Norwegen ist Jens Bjørneboe für junge Menschen häufig der Wegbereiter zur Literatur, in jedem Fall war er das zu meiner Zeit. Ich las seine drei Romane über das Böse, die als *Geschichte der Bestialität* bekannt wurden, als ich aufs Gymnasium ging. Sie hinterließen großen Eindruck bei mir, und einige Jahre war mein Weltbild beinahe total von ihm geprägt. Die Lektüre von Bjørneboe geschah widerstandslos, einiges in seinen Romanen stimmte mit meinem sechzehn-, siebzehnjährigen Ich überein, ohne dass ich darüber nachdachte oder selbst wusste, was es war. Der Roman *Der Augenblick der Freiheit*, der in Norwegen 1966 erschien, ist wie ein Katalog der menschlichen Bestialität, er behandelt sämtliche Arten der Grausamkeit detailliert, von der Inquisition und der Hexenverbrennung bis hin zu den Massentötungen der beiden Weltkriege, und man darf sich durchaus fragen, was einen Teenager an diesem Stoff anzieht. Vielleicht ist es die starke antiautoritäre Tendenz, denn alle Formen von Übergriffen sind mit Macht und Autorität verbunden, und für einen Sechzehnjährigen, der sich und sein eigenes Wesen in einer Welt aus Müssen und Dürfen finden muss, gibt es nicht viele Kräfte, die größer sind als die Sehnsucht nach Freiheit, von der diese Bücher getränkt sind. Ich nannte mich damals selbst Anarchist, trug schwarze Kleidung und hörte unter anderem Bands wie *The Cure* und *Joy Division*, und war wohl eine Art Repräsentant der Richtung, die heute EMO genannt wird. Ich wollte gegen die Welt opponieren, und da ich besonders streng erzogen worden war, musste ich mich dazu zwingen, die Regeln der Welt zu brechen. Ich musste mich dazu zwingen zu stehlen und habe es zwei Mal getan: Ich habe in einer Buchhandlung eine Taschenbuchausgabe von Jean Genets *Tagebuch des Diebes* gestohlen und in Roskilde während des Festivals zwei Flaschen Bier in einem kleinen Laden. Ich hatte Geld, darum ging es nicht, es war Rebellion, ein politischer Akt, gerichtet gegen alle Gebote und Übergriffe und jeden Gewaltmissbrauch der Welt. Mit derselben Logik zwang ich mich, Haschisch zu rauchen und die Schule zu schwänzen. All dies, auch mein Schwelgen in Bjørneboes Misanthropie, geschah in tiefstem Ernst, es war in einer Weise inbrünstig und lebensnotwendig, wie es wohl nur in den späten Teenagerjahren möglich ist. Zu dieser Zeit wohnte ich bei meiner Mutter, die sich all dies anhören musste, da ich ausführlich über das Elend der Welt und die bodenlose Boshaftigkeit des Menschen referierte, bis sie eines Abends plötzlich anfing zu lachen.

»Worüber lachst du?«, fragte ich zutiefst gekränkt.

»Aber so ist es doch nicht, Karl Ove«, sagte sie nur. »Es stimmt einfach nicht.«

Ich war verletzt, weil sie auf Distanz zu mir ging, als sie auf Distanz zur Misanthropie ging, aber ich war auch verwirrt, denn das, was in Bjørneboes Büchern über die Bosheit der Menschen stand, stimmte doch? Alles, was er beschrieb, war doch in der Realität passiert? Dresden war ausgebombt, die Juden vernichtet worden, und die schlimmsten Grausamkeiten in der Geschichte hatte man im Namen der Kirche begangen: Folter, Vergewaltigungen, Verstümmelungen und Massenmord. Hing die

Atombombenbedrohung nicht nach wie vor über uns? Wurden die Menschen nicht noch immer in Gaskammern hingerichtet? Sie meinte vielleicht, dass es nicht hier passierte, dass es für uns, in unserem Leben, nicht relevant wäre. Und das war richtig, ich hatte selbst nie eine einzige Grausamkeit gesehen, das Leben um uns herum verlief still und friedlich. Aber das bedeutete doch nicht, dass wir uns nicht zur menschlichen Bosheit zu verhalten hätten? Gleichgültigkeit wäre doch dasselbe, wie sie gutzuheißen und dadurch indirekt zu einem Teil von ihr zu werden.

So dachte ich damals. Dieses Engagement entstand durch Bjørneboes Bücher. Und es wurde verstärkt von dem Mythos, der diesen Autor umgab: Er war für uns, für seine Leser, so tief in das Problem des Bösen eingedrungen, dass er selbst untergegangen war und sich schließlich das Leben genommen hatte. Seit damals habe ich Bjørneboes Bücher nicht wieder gelesen, ich wollte, dass diese Bücher blieben, was sie damals für mich waren, ein Eingangstor zu den großen, existenziellen Fragen nach Bosheit und Freiheit. Vor ein paar Jahren jedoch las ich Tore Rems Bjørneboe-Biographie, in der er von einem Mann erzählt, in dessen Innerem es chaotisch zugegangen ist, einer Identität, die sich mehr oder weniger aufgelöst hatte, einem Leben, das am Ende vollkommen zerbrach. Bjørneboe kam aus einer bürgerlichen Familie, seine Werte waren kulturkonservativ, er war verheiratet und hatte drei Kinder, aber ihn quälten tiefe Depressionen, er war homosexuell und hatte eine Reihe sexueller Kontakte zu ganz jungen männlichen Teenagern. Er hatte ein schweres Alkoholproblem, und am Ende bestand sein Leben aus nichts anderem als Verfall und der Bekämpfung des Verfalls, eine Art Katastrophengebiet. Es fällt schwer, seine Besessenheit von dem Bösen nicht im Licht der Dunkelheit zu sehen, in der er lebte. Und die Erniedrigungen, die er durchlebte, nicht als eine Form der Abwehr des Chaos, als eine Art Ausgleich, als etwas Äußerliches, das seinem Inneren entsprach. Dies schmälert natürlich nicht seine Bücher, aber es ist auch eine Erklärung, warum das Böse und das Bestialische der menschlichen Natur für ihn etwas dort draußen waren, das zu den anderen gehörte, und dass die anderen, die Bösen, zu denen gehörten, die er Vormundmenschen nannte, also der Macht, die der Freiheit des einzelnen Menschen Grenzen setzt. Ich glaube, hier findet sich der Grund für den großen Widerhall bei Jugendlichen, und dadurch bekam Bjørneboe seinerzeit auch eine so große Bedeutung: Diese Bücher erschienen Ende der sechziger, Anfang der siebziger Jahre, wir reden also von der Generation der Studentenrevolte, der Woodstock-Generation, der Vietnam-Generation, den Achtundsechzigern, die ja die Freiheit suchten, indem sie sich gegen die alten Autoritäten dieser Welt stellten.

*

Bei fast allem, was ich schreibe, läuft es auf das Kleine, Private, Psychologische hinaus, auch wenn ich über das Böse schreibe, obwohl ich gern an das Große glauben möchte. Für mich sind die Fragen nach Bjørneboes eigenem Leben und seiner Identität viel interessanter, wesentlicher und relevanter als seine Bücher über die Geschichte der Bestialität, auch oder möglicherweise sogar vor allem mit Blick auf das Problem des Bösen. Vielleicht habe ich zu viele Romane gelesen. Für mich ist gerade diese Perspektive, die Geschichte eines kleinen Menschen, die essenzielle Besonderheit des Romans. Das bedeutet nicht, dass ich nicht an große Systeme glaube oder die gesellschaftlichen Überbauten unterschätze, das Politische, das Ideologische und die Anwesenheit dessen, was man die strukturelle Bosheit in der Welt nennen kann, die zum Beispiel die Judenvernichtung ermöglichte. Es bedeutet nur, dass all dies in den einzelnen Menschen aktuell wird, in dir und mir, und daher auf zwei Ebenen existiert, als eine Abstraktion, als etwas, zu dem wir uns in Form von Statistiken und Zahlen, allgemeinen Ideen und Vorstellungen verhalten, und als eine konkrete Größe in den Gedanken und Handlungen des einzelnen Menschen, in denen das Allgemeine mit dem Persönlichen eins wird. Ein Beispiel für diesen Gedankengang ist das Verhältnis zwischen dem Lokalen und dem Globalen, das der französische Soziologe Bruno Latour in seinem Buch *Wir sind nie modern gewesen* untersucht. Das Lokale hört nicht auf, als Größe zu existieren, selbst wenn von dort aus die Verbindungen zum Globalen führen. Indem man diesem Prozess Schritt für Schritt folgt, überquert man nie die mystische Grenze, die das Lokale vom Globalen trennt. Wann verlässt der Zug das Lokale und geht über ins Globale?, fragt Latour und antwortet: nie. Das Globale ist eine Abstraktion, es lässt sich nur festhalten und übersehen, wenn wir unseren eigenen Blick, unsere eigene Welt verlassen und eine hypothetische Perspektive einnehmen. Aus dieser Perspektive heraus erdachten die Menschen einst Gott, um sich zu versichern, dass das Böse als allgemeiner Begriff existiert, ebenso wie auch all die anderen generellen Begriffe über das Menschliche: das Heroische, das Rassenreine oder die Liebe. Der Wechsel zwischen den beiden Perspektiven, unserer eigenen und der allgemeinen, macht unsere Welt aus, die zugleich aus dem Öffentlichen und dem Privaten besteht, dem Allgemeinen und dem Konkreten, der Vorstellung von der Welt und der Welt selbst. Wann geht das Hier dazu über, zum Dort zu werden?, fragte Michel Serres. Es lässt sich ergänzen: Wann gehe ich dazu über, wir zu werden?

Der erste Roman, Cervantes' *Don Quichote,* entfaltet sich in genau diesem Raum, zwischen der Vorstellung von der Welt und den Menschen darin, repräsentiert durch die romantischen Ritterroman-Ideen des versoffenen Adligen, der wieder und wieder brutal mit der ungeschönten Wirklichkeit kollidiert. Dasselbe gilt für Flauberts *Madame Bovary*, wo es die Vorstellung der romantischen Liebe ist, der bei der Begegnung mit der provinziellen Wirklichkeit des französischen 19. Jahrhunderts ein Nasenstüber versetzt wird. Aber am glänzendsten meistert wohl James Joyce diese beiden Ebenen. Ich denke an *Ulysses*, in dem Joyce in erster Linie untersucht, wie die Ideen und das Immaterielle sich im Materiellen manifestieren – ausgehend von dem Gedankengang, dass es sich nur hier findet, im Augenblick, in den Körpern und Gegenständen, die gerade jetzt hier sind. Der Roman beschreibt das geschäftige Leben an einem ganz gewöhnlichen Tag in einer ganz gewöhnlichen Stadt, und da die Handlung sich im Laufe eines Tages vollzieht und der Text die ganze Zeit über im Augenblick präsent ist, gibt es nichts Übergreifendes, alles ist im Hier und Jetzt aufgelöst und wird durch das Individuum gesehen. Dies gilt für die Geschichte, dies gilt für die Mythologie, dies gilt für die Toten, dies gilt für die Philosophie, dies gilt für die Religion, und dies gilt nicht zuletzt auch, vielleicht sogar vor allem, für die Identität. Keine dieser Einheiten ist zersplittert oder aufgelöst, sie werden lediglich durch das Prisma des Augenblicks gesehen, das nur kleine Stückchen auf einmal übersehen kann. Ein Schimmer der toten Mutter hier, der Geruch des Zimmers, in dem sie gelegen hat, ein Gedanke von Thomas von Aquin da, ein Sonnenschimmer auf einem Fenster, das Rauschen der Wellen, ein Brauereipferd auf der Straße, ein Satz in einer Zeitung, ein Stück einer Arie, ein unterwürfiger Bibliothekar, ein Gedanke an Särge beim Anblick von Büchern auf einem Regal. So ist es, auf der Welt zu sein. Um es zu verstehen oder darüber nachzudenken, muss man einen Schritt zurücktreten. So verhält es sich auch mit *Ulysses*. All die kleinen Stückchen, all die im Jetzt aufgelösten Strukturen, sammeln sich zu einem größeren Bild, das Joyces Antwort auf die Frage ist: Was heißt es, ein Mensch zu sein?

Das Menschliche ist der einzelne Mensch, der nirgendwo sonst zu finden ist, und dieser einzelne Mensch ist nicht souverän, er ist begrenzt, unzulänglich und beinahe immer kleinlich; er hat vor den idiotischsten Dingen Angst, die er kontrollieren kann oder auch nicht, dieser Mensch ist gebunden an eine kleine Gruppe anderer Menschen, an Familie und Freunde, er ist voller überwiegend unbefriedigter Begierden, traurig und glücklich. Er ist ein Mensch, der Essen kocht, sich verbrennt, sich beim Nähen in den Zeigefinger sticht oder den Daumen trifft, wenn er einen Nagel einschlagen will, der plötzlich stolpern, wütend werden und eine Person schlagen kann, die neben ihm steht, oder der seine Wut zurückhält und vor Frustration fast vergeht.

Der Mensch versteht mehr oder weniger, aber niemals sonderlich viel. Alle möglichen Gefühle kommen und gehen, und alle möglichen großen und kleinen Plagen, Pickel, Hämorrhoiden und Splitter im Finger, Krebs, Pest und Herzinfarkt. Dieses unser Menschenleben, das einzige, das wir haben, entstand nicht als etwas Überhöhtes und Mächtiges, es entstand im Kleinen. Einige Personen irgendwo in einem Tal, ein paar Geschöpfe, die dahintrotteten und versuchten, das Beste daraus zu machen, sie blickten auf zum Sternenhimmel und verstummten; sie sammelten sich um den Toten und verstummten, sie sahen, wie neue Menschen aus dem Nichts geboren wurden, das heißt, durch sie selbst, durch ihr eigen Fleisch und Blut. Ein Gott musste für sie groß sein, wie die Dunkelheit, die sich abends über sie senkte, oder wie das Morgengrauen, das am Morgen kam und sich mit einer Flut von Licht ergoss. Aber auch klein, wie der Pfeil, der sein Ziel verfehlte, oder das Boot, das falsch gebaut war, leckte und innerhalb weniger Minuten im Wasser versank.

Zwischen dem Kosmischen und dem Komischen befindet sich das Menschliche, und der Gott, mit dem sie einst verbunden waren, war darin eingewoben. Er repräsentierte die universellen Mächte, aber wenn er sich zeigte, dann im Lokalen. Ja, die Geschichte über Gott im Alten Testament ist auch eine Geschichte des Lokalen, des einzelnen Menschen. Adam, Eva, Kain, Abel, Noah, Abraham, Isaak, Joseph, Moses, der eine Ort, der eine Fluss, der eine Berg, die eine Stadt. Das Menschliche an diesem frühen Gott wird gebrochen durch das Unmenschliche, wenn er jedwedes Leben in der Sintflut ertrinken lässt oder ganze Städte auslöscht, denn Handlungen voller blinder Destruktivität sind Ausdruck einer Strafe für die Überschreitungen der Menschen und damit unmittelbar verbunden mit ihrem Leben. Und das wirft die Frage auf, was Güte ist, denn wenn Gott ihnen gut gesonnen ist, warum ist er dann so grausam, sie zu vernichten – nicht nur diejenigen, die gesündigt haben, sondern auch alle anderen, die sich dort befinden, selbst unschuldige Kinder. Und es erhebt sich die Frage, was für eine Natur das ist, die sich ganz plötzlich und unvermittelt gegen alles Lebende wenden und es vernichten kann.

Ist dieser Gott auch böse? Wie konnte er zwei ganze Städte vernichten? Und alle für die Untaten weniger büßen lassen? Das ist auch unsere Frage, denn selbst wenn wir ohne Gott leben, wurden vor nur drei Generationen zwei Städte vollständig ausgelöscht, Hunderttausende Menschen lebendig verbrannt, auch unschuldige Kinder, als Vergeltung für das, was einige wenige getan hatten. Das Problem ist dasselbe, denn auch hier war der Ausgangspunkt das Gerechte und das Gute, und das Ergebnis das Böse. In Sodom und Gomorra geschah es, als Gott sich über das Menschliche erhob, in Hiroshima und Nagasaki war es der Mensch, der sich über das Menschliche erhob. An beiden Orten öffnete sich der Himmel mit einer Kraft, die das alltägliche Leben in eine Hölle verwandelte. Die eigentliche Welt öffnete sich, und die gewaltige Macht zeigte ihr Gesicht, sie kam zu uns, wir hatten sie gerufen, und der Zorn, den sie zeigte, war der Zorn des Göttlichen. Darin gab es keine Moral, keine Rücksicht, keinen Gedanken, er war ebenso blind wie verblendet, ebenso tot wie sterblich, so wie alle Mächte blind und tot sind, der Wind, die Sonne, denn es kam ein tödlicher Wind, und es kam eine tödliche Sonne. Menschen und Dinge schmolzen, Menschen und Dinge wurden in Stücke gerissen, und danach breitete sich etwas Unsichtbares aus und tötete den Rest derjenigen, die sich innerhalb der tödlichen Zone befanden. Es lagerte sich in denen ab, die sich außerhalb befanden, ließ sie krank werden und führte zu Missbildungen bei ihren Kindern – auf so groteske Weise, dass man glauben mochte, der Teufel hätte sich damit amüsiert, Säuglinge auseinanderzureißen und neu zusammenzusetzen.

So wie die Beziehung zwischen dem Lokalen und dem Globalen ist, und so wie sich das Globale niemals zeigt, wenn man sich ihm nicht aussetzt, sondern immer lokal bleibt, so ist auch das Verhältnis zwischen dem Menschlichen und dem Übermenschlichen: Folgt man den Linien der theoretischen Physik, die das Spalten des Atoms möglich gemacht hat, bis zur Konstruktion der Atombombe und ihrer Explosion über Hiroshima, zeigt sich keinerlei Unmenschlichkeit, nur eine Reihe von Menschen, die mit ihrer Arbeit beschäftigt sind, jeder für sich ein mehr oder weniger guter, aber kein böser Mensch, der an und für sich keinerlei Verantwortung für das Geschehene trägt. Wie sollten wir den armen Soldaten, der den Handgriff betätigte, die Luke öffnete und die Bombe fallen ließ, mit diesen enormen, apokalyptischen Konsequenzen seiner Handlung belasten?

Dass die gute Tat eines Einzelnen zusammen mit vielen anderen zu etwas Bösem werden kann, ist unser Problem, das zuvor nicht existierte, zumindest nicht in diesem Maßstab, schlichtweg weil die Verbindungslinien zwischen dem

Einzelnen und den vielen, zwischen dem Lokalen und dem Globalen anders aussahen. Doch die Kenntnis und die Struktur gab es, denn wenn das Persönliche ins Unpersönliche umschlägt, wenn das Menschliche ins Unmenschliche umschlägt, hat man es Erbsünde genannt, es ist eine Konstante des Menschlichen. Eine Bosheit, die alle betrifft, unmöglich auf den Einzelnen zurückzuführen.

Dieses unpersönliche Böse, wie wir es nennen könnten, das zu den Strukturen gehört und damit zur Gemeinschaft, ist durch Distanz gekennzeichnet, das heißt, dass die Konsequenzen an einem anderen Ort stattfinden als die Handlungen, die sie auslösen. Geir Angell Øygarden unternimmt in seinem Buch *Bagdad Indigo* ein Gedankenexperiment: Die Mannschaft, von der die Bombe über Hiroshima abgeworfen wurde, war verantwortlich für den Tod von Hunderttausenden Menschen, wurde aber nie von Gewissensqualen geplagt, sie behaupteten immer, dass sie das Richtige getan hätten, für die gute Sache – aber was hätten sie gesagt, wenn der Abstand aufgehoben worden wäre und sie alle diese Hunderttausenden von Menschen von Hand hätten töten müssen? Wenn sie mit dem Messer einem nach dem anderen die Kehle hätten durchschneiden, jedem Einzelnen in die Augen blicken, seinen Geruch riechen, seine Stimme hätten hören müssen? Es ist ein unmöglicher Gedanke. Das Ergebnis wäre dasselbe, Hunderttausende Menschen wären tot, für eine Sache, an die die Soldaten glaubten, aber die Nähe hätte den Massenmord unmöglich gemacht, denn darin trifft sich das Ideologische mit dem Menschlichen, und bei dieser Begegnung wird das Ideologische immer weichen müssen, weil es leicht ist, es gehört in den Himmel der Abstraktion, während die menschlichen Körper der konkreten Erde angehören und ein ganz anderes Gewicht haben.

Bei einem anderen Beispiel aus demselben Buch geht es um all die Kinder, die als direkte Folge des Irak-Boykotts der westlichen Welt vor der amerikanischen Invasion starben; sie hätten mit wenigen Mitteln gerettet werden können, aber sie standen einer größeren Sache im Weg. Wenn man sich nun vorstellt, dass die politisch Verantwortlichen, sagen wir der Außenminister der USA, den Kindern eigenhändig das Leben hätte nehmen sollen, befänden wir uns im Bereich des Undenkbaren und Absurden, aber nur, weil wir den unpersönlichen Beschluss mit den persönlichen Konsequenzen zusammenführen. Øygarden schreibt, dass Lesley Stahl vom amerikanischen Fernsehprogramm *60 minutes* am 12. Mai 1996 der damaligen UN-Botschafterin der USA, Madeleine Albright, folgende Frage stellte: »Wir haben gehört, dass eine halbe Million Kinder im Irak gestorben ist. Das sind mehr, als in Hiroshima starben. Ist das den Preis wert?« Madeleine Albright antwortete: »Ich finde, dies ist eine sehr schwierige Wahl, aber der Preis … Wir meinen, es ist den Preis wert.«

Abstand ermöglicht einen Preis von fünfhunderttausend toten Kindern. Physischer Abstand, wie bei den Bomben über Hiroshima oder bei der späteren Außenministerin der USA, aber auch mentale Distanz: Hätten die Deutschen die Juden als ihresgleichen gesehen, als Mitmenschen, wäre die Vernichtung unmöglich gewesen. Aber das taten sie nicht, sie sahen sie als Ratten oder Bazillen, als Zahlen eines Systems. Der Philologe Viktor

Klemperer, ein deutscher Jude, beschrieb aus eigenem Erleben, wie der Abstand zum Jüdischen in Hitler-Deutschland wuchs, und das zeigte sich besonders deutlich im Sprachgebrauch. Als Hitlers *Mein Kampf* 1925 erschien, wurde es als ein unsinniges, unmoralisches und unmögliches Buch angesehen und in den großen Zeitungen verrissen, in denen stand, dass Hitlers politische Karriere damit tot sei. Zehn Jahre später war es wichtig und exemplarisch. Aber nicht das Buch hatte sich geändert, sondern seine Aufnahme, also die Haltung, die Moral der Empfänger.

Hannah Ahrendt schrieb, dass die Moral in Deutschland sich veränderte, von »Du darfst nicht töten« in »Du sollst töten«. Die Moral ist alles, sie gehört der Gemeinschaft, drückt sich aber in jedem Einzelnen aus. Diese Moral ist relativ. Was in Frankreich im 19. Jahrhundert unmoralisch war und dazu führte, dass *Madame Bovary* und *Les Fleurs du Mal* gerichtlich verfolgt wurden, ist heute nicht unmoralisch, und das Wir, das zunächst über *Mein Kampf* gelacht hat und sich später von dessen Inhalt leiten ließ, ist dasselbe Wir, das heute das Buch verbietet.

Mein Kampf erschien drei Jahre nach *Ulysses* und steht literarisch gesehen am ganz anderen Ende der Skala: Während *Ulysses* einem einzelnen Menschen und einem einzelnen Augenblick so nah wie möglich kommt, ist der einzelne Mensch in *Mein Kampf* überhaupt nicht vorhanden. Das Menschliche wird mit einer enormen Distanz betrachtet, und immer als etwas Sekundäres im Verhältnis zum Ideologischen. Dass in diesem Buch der Mensch als ein Mittel angesehen wird und nicht als ein Ziel an sich, hat es gemeinsam mit den von mir bereits erwähnten Handlungen, denn auch die Menschen in Hiroshima und die Kinder im Irak waren ein Mittel für ein anderes Ziel. In der Belletristik ist der Mensch das Ziel, und dieser Unterschied ist wesentlich. Die Belletristik ist nicht-instrumentell und definiert sich daraus. In dem Moment, in dem die Belletristik instrumentell wird, ist sie keine Belletristik mehr, sondern etwas anderes, Dokumentarroman, Pamphlet, Gebrauchsanweisung.

Jede Literatur entwirft Bilder der Welt, die automatisch eine Distanz schaffen, das Entscheidende im Falle von *Mein Kampf* ist jedoch, dass Hitler bei der Umgestaltung der Welt nicht aufhörte, wie es in der Belletristik geschieht, sondern weiterging und versuchte, die Welt nach dem Bild des Buches zu verändern. Zunächst verblüfft einen modernen Leser, jedenfalls ging es mir so, wie moralisch Hitler ist. Er lehnt sich insbesondere gegen den Verfall der gemeinschaftlichen Normen auf, die sich in den Vorlieben und Begierden des Einzelnen auflösen; er will die Gemeinschaft stärken, der Einzelne soll allen dienen, er stellt das Volk über das Individuum. Mit ihren Fahnen, ihren Totenköpfen, ihren Paraden und ihrem Mittelalterkult hauchten die Nazis dieser Fiktion Leben ein, und alles, was nicht in diese Fiktion passte, versuchten sie zu entfernen – zuerst verbrannten sie Bücher, dann verbrannten sie Menschen. Als Literatur oder als Weltanschauung an sich war nicht das Bild in *Mein Kampf* gefährlich, das Buch bedrohte zunächst einmal niemanden, und es war auch nicht originell, denn alles, was in *Mein Kampf* stand, fand sich in der Welt, aus der das Buch stammt. Das vielleicht wichtigste Element, die Idee des biologischen Menschen, entstammte den führenden Forschungsinstitutionen der damaligen Zeit. Auch der ganze industrielle und bürokratische Apparat, der die Nivellierung der Identität der einzelnen Juden und ihre tatsächliche physische Vernichtung ermöglichte, existierte bereits. Die Gaskammern existierten, sie waren eine amerikanische Erfindung, die Konzentrationslager waren eine englische Erfindung, und auch der extreme Antisemitismus war nicht Hitler und dem Nationalsozialismus vorbehalten, sondern verbreitet, und zwar in einem weitaus größeren Maß, als vielen heutzutage bewusst ist – einer der führenden Antisemiten der Welt war Henry Ford, der Mann mit dem Auto und dem Fließband.

In seinem Buch *Das Böse oder Das Drama der Freiheit* schreibt der Philosoph und Schriftsteller Rüdiger Safranski:

> Es gibt keinen gleitenden Übergang zwischen der gewöhnlichen Tradition des Antisemitismus und der nationalsozialistischen Vernichtungspolitik. Diese Politik ist nicht ›organisch‹ aus den herkömmlichen Strukturen hervorgewachsen. Es handelte sich um einen Bruch im Kontinuum der Zeit. Es musste jemand wie Hitler auftreten, von dem offenbar eine »ungeheure Kraft« (Goethe) ausging und durch den sich die in der historischen Situation gebundenen Kräfte und Tendenzen umgruppierten und zu einer explosiven Konstellation zusammentraten.

In der Krise der Massendemokratie kam Hitlers Partei an die Macht. Dafür gab es, wie wir wissen, einige Voraussetzungen wie Arbeitslosigkeit, Inflation, die Lähmung der demokratischen Institutionen, nationale Demütigung. Die großen Krisen nahmen in den anderen Ländern einen an-

> deren Verlauf. In Deutschland siegte Hitler. Das Denken in Strukturen und gemäß einer historischen Logik hat dazu beigetragen, daß die Rolle des Einzelnen in der Geschichte gering veranschlagt wird. Aber die Machtergreifung des Nationalsozialismus wird man so nicht begreifen können. Ohne Hitler kein Nationalsozialismus, und ohne das Wahnsystem Hitlers kein Holocaust.

Wenn es sich wirklich so verhält, wie Safranski schreibt, dass die gesellschaftlichen Verhältnisse in Deutschland die voraussetzenden, aber nicht die auslösenden Faktoren für die menschliche Katastrophe waren, zu der der Nationalsozialismus werden sollte, muss man sich möglicherweise Hitler selbst, seinem Charakter und seiner Persönlichkeit zuwenden, um zu verstehen, was geschehen ist. Tut man es, wird man ein misshandeltes und beschädigtes Kind finden, das außerstande war, nähere Beziehungen zu anderen Menschen aufzubauen. Ein Kind mit Künstlerträumen und einer großen Sehnsucht nach Schönheit, das erst während des Ersten Weltkrieges einen Sinn in seinem Leben fand, in den unpersönlichen Beziehungen und den klaren Zielen, die beim Militär herrschen, im Schatten der Leichenberge des Schützengrabenkriegs, in Verhältnissen, in denen ein Menschenleben austauschbar und nahezu wertlos ist, das darüber hinaus Angst vor Intimität und Sexualität hatte und besessen war von einem merkwürdig heftigen Judenhass. Doch all diese Züge gab es reichlich in der Kultur, deren Teil er war, sowohl einzeln wie auch gebündelt, und selbst wenn es dadurch möglich würde, Hitler zu verstehen, ist es unmöglich, ihn oder die Bewegung, die er gegen Ende der zwanziger Jahre in Deutschland beinahe allein ins Leben rief, dadurch zu erklären.

In der Perspektive des Romans, die die Perspektive des einzelnen Menschen ist, würde sich auch Hitlers Bosheit in dem Leben auflösen, das er lebte, in seinen Jugendlieben verschwinden, seinen Witzen, seiner Furcht und seiner Wut, seinen Sorgen und Sehnsüchten, seiner Pisse und Scheiße, seinem Schlaf und seinen Mahlzeiten, seinem Stolpern und seinen Versprechern, seinen souveränen Reden und seiner Vorliebe für große Autos und süße Kuchen. All dies würde die Bosheit nicht reduzieren, denn seine Taten sind unbestreitbar und endgültig, damit würde nur gesagt werden, dass Hitler ein Mensch war wie du und ich. Jetzt ist er ein Symbol, das heißt eine Abstraktion, und die Judenvernichtung ist auch ein Symbol, und ihre unfassbaren Konsequenzen sind nur hin und wieder durch dieselbe Perspektive zu verstehen, das heißt durch die Perspektive des einzelnen Menschen.

Die Frage, die sich daraus ergibt, jedenfalls stelle ich mir diese Frage, lautet, was fangen wir mit diesem Verständnis an? Warum Hitler vermenschlichen? Warum Treblinka vermenschlichen? Warum das Böse vermenschlichen? Reicht es nicht, wenn wir den Antisemitismus und nazistische Äußerungen verbieten, einwandererfeindliche Kräfte verdammen und ein wachsames Auge auf alle Nationalisten werfen? Was machen wir mit Céline? Er war ein Antisemit. Was machen wir mit Hamsun? Er hat den Nationalsozialismus bewundert und schrieb Hitlers Nachruf. Was machen wir mit Heidegger? Er war Nationalsozialist.

Vor einigen Jahren wurde diese Problemstellung in der norwegischen Öffentlichkeit aktuell, als der Schriftsteller Stig Sæterbakken als künstlerischer Leiter den berüchtigten englischen Historiker David Irving zum Lillehammer-Festival einlud. Irving ist berüchtigt, weil er Zweifel sät, ob der Holocaust tatsächlich stattgefunden hat, in Österreich wurde er dafür zu einer Gefängnisstrafe verurteilt. Das Thema des Festivals in dem Jahr hieß »Wahrheit«. Ich erinnere mich, dass ich die Einladung für eine gute Idee hielt. Aber es stellte sich heraus, dass nur wenige andere meiner Meinung waren, die Einladung führte zu einer ungeheuren Aufregung, die Empörung war enorm, wie so oft, wenn jemand die Moral auf seiner Seite weiß, und es endete damit, dass die Einladung zurückgezogen wurde und Stig Sæterbakken seinen Posten als künstlerischer Leiter abgab.

Aber was war das auch für eine Idee, einem Nazi das Rednerpult zu überlassen?

Stig Sæterbakken war der zweite der vom Bösen faszinierten Schriftsteller, den ich in der Einleitung erwähnte. Er war vom Bösen nicht als Übergriff und Machtmittel fasziniert, sondern eher vom Gegenteil, als einer Form der Grenzüberschreitung. Nicht in der Realität, aber in der Literatur, aus der Erkenntnis heraus, dass die Moral eine soziale Größe ist, und dass das Soziale – abgesehen davon, dass es der Ort der Gemeinschaft und der Solidarität ist – auch der Ort von Bindung, Zwang und Begrenzung ist. In dem Essay *Tre forbud* über *Hedda Gabler* vergleicht Sæterbakken Henrik Ibsens Werk mit dem von August Strindberg. Wo die Welt, die Ibsen beschreibt, extrem wohlgeordnet und geplant ist und jede kleinste Replik und Handlung bis zum Rand mit Sinn gefüllt ist, der immer in ein größeres Ganzes mündet, passiert in Strindbergs Texten das genaue Gegenteil. In ihnen geht nichts auf, der große Zusammenhang, der vielleicht anfangs noch vorhanden ist, wird immer wieder von Einfällen und Gesprächen aufgebrochen, die nirgendwohin führen, von Beschreibungen, die sich nicht zu irgendeiner Einheit fügen, sondern für sich allein auf der Seite oder auf der Bühne stehen. Oder mit Sæterbakkens Worten: »Zeichen und Dinge gehen hier nicht notwendigerweise eine konsistente Beziehung ein, sondern fliegen umher und bilden neue, zufällige Konstellationen, neue Bedeutungen. Der Sinn ist eine labile Sache.«

Was bedeutet es, wenn der Sinn wie bei Strindberg eine labile Sache ist und eine stabile Sache wie bei Ibsen? Bei Ibsen ist das Stabile und Konsistente das Soziale, das eigentlich nichts anderes ist als eine Reihe von Spielregeln, in die der Sinn eingeht. Diejenigen, die sich in diesem Spiel befinden, sehen nicht, dass es sich um ein Spiel handelt, bevor eine Bedrohung von außen dazukommt, und es ist unter anderem diese Bedrohung, die Erkenntnis, dass alles ebenso gut ganz anders hätte sein können, die Ibsens Stücke in Tragödien verwandeln. Die Personen in Ibsens Stücken unterliegen, wie Sæterbakken schrieb, »einem rigiden sozialen und psychologischen Zwang, sie sind gefangen in einem Netz von Bedeutungen, in das sie sich immer mehr verwickeln, je mehr sie daran zerren und sich bemühen, sich zu befreien«.

Wir gehören nicht zu Ibsens bürgerlicher Welt, wir sind freie, moderne Menschen, die denken, was sie wollen, und in einer offenen, freien Gesellschaft leben. Auf jeden Fall denken wir so über uns selbst. Aber die Frage lautet, ob

Ibsens Menschen dies nicht auch taten? Also ob wir nicht auch einem rigiden sozialen und psychologischen Zwang unterliegen, von dem unsere Meinungen lediglich ein Teil sind? Sind unsere Meinungen und Haltungen, selbst die, bei denen wir ganz sicher sind, vielleicht doch willkürlich, also austauschbar? Nein, nein, nein sagen wir, möglicherweise waren die Menschen des 19. Jahrhunderts im Sozialen gefangen, aber wir haben uns davon befreit, und das, was wir meinen, meinen wir wirklich, von ganzem Herzen und ganzer Seele.

Vor einigen Jahren war ich Zuhörer einer Podiumsdiskussion auf einem Literaturfestival. Ich erinnere mich nicht mehr, worüber diskutiert wurde, nur dass ein Text, den der Schriftsteller Henrik Hovland geschrieben hatte, der Ausgangspunkt war. Irgendwann wurde die Frage gestellt, ob an einem bestimmten Punkt Konsens herrsche, und die Diskussionsteilnehmer antworteten nacheinander. Nein, es gibt keinen Konsens, sagte der Erste. Nein, nein, nein, es existiert kein Konsens, sagte der Zweite. Konsens, nein, sagte der Dritte. Der Vierte schüttelte den Kopf, es gebe keinen Konsens. Ich glaubte, meinen Ohren nicht zu trauen. Nie zuvor wurde das Phänomen Konsens für mich besser beleuchtet: Alle bestreiten, dass es ihn gibt.

Außerhalb des Konsenses zu stehen, ist dasselbe, wie außerhalb der Gesellschaft zu stehen, und wenn dies ernsthaft geschieht, hat es nichts Attraktives oder Erstrebenswertes. Man muss nur an Børre Knudsen denken, den Anti-Abtreibungspastor, wie er in der Öffentlichkeit behandelt und lächerlich gemacht wurde, man muss nur an Mullah Krekar denken, den militanten Moslem, man muss nur an Knut Hamsun denken, als er in den Maitagen 1945 nicht nur Adolf Hitlers Nachruf schrieb, sondern ihn mit den Worten einleitete: »Wir neigen unser Haupt.«

Auffallend viele Autoren, über die Stig Sæterbakken schrieb und mit denen er sich offenbar seelenverwandt fühlte, endeten außerhalb des Konsenses; die Liste umfasst außer Céline auch Peter Handke, der Ende der neunziger Jahre in einer Reihe von Artikeln die Serben als Opfer des Balkankrieges beschrieb und 2006 auf Slobodan Milosevics Beerdigung sprach. Damit verwandelte er sich in den Augen der Öffentlichkeit von einem großen europäischen Schriftsteller zu einem politischen Idioten und einer zweifelhaften Gestalt, der nicht länger gefeiert, geschweige denn gelesen werden darf, kann oder soll. In diese Reihe gehören auch Namen wie Thomas Bernhard, Nikandor Teratologen und Samuel Beckett, alles extreme Idiosynkraten und große Neinsager, sie alle haben sich von der Gesellschaft abgewandt, und ihnen allen gemeinsam ist eine übergreifende Erkenntnis in ihren Werken, nämlich die der Willkür von Werten und Moral. Dieser Weg führt direkt in den Nihilismus, der im Nichts endet, in der absoluten Meinungslosigkeit aller Dinge.

Die Frage, die wir uns stellen müssen, ist zunächst, ob diese Einsicht wahr ist, und zum anderen, was wir in diesem Fall damit anfangen. Du sitzt in deinem Reihenhaus außerhalb des Zentrums einer norwegischen Stadt, draußen regnet es, und du fütterst deine Tochter mit einem Löffel, sie schlägt darauf, dass dir der Brei auf den Pullover spritzt, du wischst ihn ein wenig resigniert ab, während deine Freundin ihr Fahrrad den Kiesweg hinaufschiebt an einem dieser unzähligen Tage, die du in einem Dasein erlebt hast, das geprägt ist von relativer Sicherheit: Ihr habt einen festen Arbeitsplatz, Geld genug, gute Freunde, deine Mutter wohnt in der Nähe, so dass ihr zwischendurch auch einmal ausgehen könnt. Ihr seht im Fernsehen die Nachrichten, ihr fahrt im Sommer beinahe jedes Wochenende ins Ferienhaus, und bei den Wahlen bevorzugt ihr meist die Konservativen und Rot-Grün. So sieht das Leben für die meisten von uns aus. Welche Relevanz haben also Célines manische Menschenfeindlichkeit und seine antijüdischen Pamphlete für uns? Welche Relevanz haben Strindbergs enorme Stimmungs- und Sinneswandlungen für uns? Hamsuns Landesverrat, Handkes Serbenverteidigung, Teratologens groteske Gewalt- und Sexfantastereien, Bernhards beinahe wahnsinniger Österreich-Hass, was sollen wir damit? Welche Art Wahrheit findet sich in diesem bizarren Pantheon von Werken, denen gemein ist, dass sie alle zu weit gegangen sind? Ja, warum brauchte Stig Sæterbakken so viel Zeit und Kraft, um ausgerechnet darüber zu schreiben? Weil das gewöhnliche, sichere Leben eine Illusion war, etwas Falsches, ein Schauspiel vor einem Abgrund aus Sinnlosigkeit? Weil Célines Judenhass wahrhaftiger war als zum Beispiel Jens Stoltenbergs Offenheits-, Liebes- und Solidaritätsrede?

So gegeneinander positioniert, das helle und gewöhnliche Leben in einem Reihenhaus gegen die verzerrte, wahnsinnige, unmoralische und nihilistische Literatur, wer würde da mit der Hand auf dem Herzen sagen, dass die Literatur die Wahrheit über das Leben enthält und nicht das Reihenhaus-Leben? Ja, sicher, wir leben in einer Konsensgesellschaft, wir sind uns einig über die grundlegenden Werte, aber warum in aller Welt wollen wir sie herausfordern? Wir sind uns doch einig über sie, weil sie gut sind! Ist diese Ablehnung dessen, was in der Literatur nicht gut ist, was moralisch und ethisch suspekt ist, nicht bloß eine leere Geste, eine Provokation, ein Posieren?

Das Problem dieser Überlegungen ist nicht, dass dabei zwei unvereinbare Größen, Leben und Literatur, gegeneinander ausgespielt werden, sondern dass es sich um etwas Großes und Übergreifendes handelt. Liest man Céline, Bernhard, Handke und Strindberg, kommt man so nah an ein Ich mit seinen eigenen Gedanken, Impulsen, Urteilen und Vorurteilen, dass die ganze begriffliche Wirklichkeit – ob es nun um gut oder böse, richtig oder falsch geht – sich ganz einfach auflöst. Und sie löst sich ganz einfach auf, weil das, womit wir in Kontakt kommen, wenn wir diese Schriftsteller lesen, etwas sehr viel Größeres ist als die Dichotomie gut/schlecht, richtig/falsch, moralisch/unmoralisch. Sie schreiben über das Menschliche, nicht so, wie es sein sollte oder müsste, sondern so, wie es ist, nicht für alle, nicht überall, aber genau hier, für genau diesen Menschen. Um dorthin zu kommen, zur Wahrheit über den einzelnen Menschen, brechen sie mit der Wahrheit für alle anderen – Sæterbakken nannte es in seinem Essay über *Hedda Gabler* einen rigiden sozialen und psychologischen Zwang. Strindbergs widersprüchliche Haltungen und Ansichten werden zu einem Keil, etwas bekommt Risse und bricht auf, es ist die Vorstellung über uns selbst und die Welt, in der wir leben, und etwas anderes erscheint, etwas weitaus Komplexeres und Fließendes, und daher Bedrohliches, denn Geborgenheit bedeutet Stabilität, und das Fließende ist das Instabilste überhaupt.

Es geht mit anderen Worten um Freiheit. Die Verschiebung ist klein, sie vollzieht sich im Alltäglichen, aber die Konsequenzen sind groß, denn sich zu befreien bedeutet, dass Bindungen aufgegeben werden, und man ist niemals nur an irgendetwas gebunden, sondern immer auch an irgendjemanden. Auf dieser Bruchfläche, zwischen der Freiheit des Einzelnen und der Gemeinschaft aller, spielen die Werke der genannten Autoren, und diesen Ort, der auch der Ort ist, wo das Wahre und das Ganze Risse bekommen, sucht Sæterbakken in seinen Essays. All das, wovon wir eigentlich nichts wissen wollen, das Böse, das Eklige, das Hässliche, untersucht er und stellt es auf den Kopf, aus der Erkenntnis heraus, dass es sich um etwas handelt, das wir alle mit uns tragen, etwas, das wir alle in uns haben, nicht als etwas Großes und Schreckliches, aber als etwas Kleines und Wiedererkennbares. Über das Böse schrieb er:

> Es sieht so aus, als ob unsere (Glanz)-Rolle als anständige Mitmenschen und gesetzestreue Staatsbürger uns verbietet, über das Böse anders nachzudenken, als uns davon zu distanzieren. Als wären unsere Betrachtungen vorbestimmt, die Form des Verdammens anzunehmen. So kommt es dazu, dass diese Betrachtungen uns selten oder nie näher an das heranbringen, was für jeden Einzelnen von uns die Möglichkeit einer katastrophalen Ausschweifung, einer Verwüstung, eines Falls repräsentiert. Wir sprechen als Richter, niemals als Gesetzesbrecher.

Alle Katastrophen im Menschlichen beginnen im Kleinen, mit einer kleinen Verschiebung, egal, wie groß die

Konsequenzen sind. Das Massaker von Utøya, um etwas zu erwähnen, was noch immer naheliegend ist, oder Hitler-Deutschland, kann in der Literatur als das verstanden werden, was es in Wahrheit ist: etwas, das innerhalb des Menschlichen liegt, da die Literatur, indem sie frei ist, auch frei von Moral ist, das heißt, frei von Verdammung. Wie Sæterbakken schreibt: »Die Literatur ist ein Ort, wo wir über all dies frei sprechen können.«

Und nicht nur dies, ich will hinzufügen, die Literatur ist der Ort, wo wir all dem auch sehr nahe kommen können. Nicht zufällig habe ich auf die ideologischen Begründungen, *Tim und Struppi* zu zensieren, mit Gleichgültigkeit oder Ironie reagiert, während Anyuru seine persönliche Erfahrung als Individuum beschreibt, die einerseits unmöglich zu reduzieren ist, mir aber andererseits die Möglichkeit des Einfühlens gibt. Dieses Einfühlen oder Einleben steht im Dienste des Guten und ist das Gegenteil von Ideologie, sowohl von Rassismus wie Antirassismus, Feminismus wie Antifeminismus. Sollte dieses Einleben aber im Dienste des Bösen stehen, das heißt, Haltungen ausdrücken, von denen das Wir sich distanziert, wäre es noch immer das Gegenteil von Ideologie. Allein die Literatur hat die Fähigkeit, ganz in die Welt des Einzelnen einzudringen, dorthin, wo der Überbau im Alltag einstürzt. Und diese Fähigkeit ist so unveräußerlich, nicht zuletzt in unserer Kultur, die jeden Tag mit der Ideologieproduktion aller denkbaren Medien gefüllt wird, dass wir es uns nicht leisten können, etwas darin abzulehnen, nicht einmal das, was wir verabscheuen oder am allermeisten fürchten.

DAS UNERSCHÖPFLICH PRÄZISE

JEDES MAL, WENN ICH EIN NEUES BILD SEHE, das mir unmittelbar gefällt und das ich schön finde, werde ich misstrauisch. Es kann unmöglich gut sein, denke ich. Es kann unmöglich Kunst sein. Ich habe das Gefühl, dass diese spontane Freude, diese unmittelbare ästhetische Befriedigung, zu einfach und zu oberflächlich ist, um sie ein richtiges künstlerisches Erlebnis zu nennen. Daraus ließe sich ableiten, dass die Qualität und der Wert von Kunst für mich mit Widerstand verbunden sind. Es ist eine Forderung, das ist einleuchtend, aber warum eine Forderung nach Widerstand? Und woher kommt sie? Ich erlebe es als die innere Forderung einer Instanz, die kritisch gegenüber einfachen Freuden ist, eine innere Kritikerstimme, die davon ausgeht, dass Kunst etwas anderes und Tieferes ist als das, was lediglich eine schlichte Freude bereitet – oder das an sich Schöne. Ja, wenn ich mir ein Bild ansehe, das ich unmittelbar schön finde, ist es, als würde ich zum Schauplatz eines Kampfes zwischen zwei vollkommen unterschiedlichen Haltungen zur Kunst. Die eine, die unmittelbare, hängt mit dem zusammen, was schon immer unmittelbar in mir war, die leicht anrührbaren Gefühle, die mittlerweile meist unter Kontrolle gehalten werden, die aber damals, als ich noch ein Kind war, alles gesteuert haben, und die mir fast unangestrengt und forderungslos anboten, was sie permanent an Eindrücken von der Welt erfassten. Die andere Haltung sieht im Forderungslosen keinen Wert, sondern weist es als oberflächlich, illusorisch und manipulativ zurück. Gut ist nur, was sich nicht unmittelbar erschließt, sondern vom Betrachter einen langwierigen Einsatz fordert, um erlöst zu werden – oder, nicht erlöst, das ist ein falsches Wort, denn ein richtiges Kunstwerk soll nicht erlöst werden, soll nicht aufgehen, es soll betrachterresistent bleiben.

Diese Haltung zur Kunst ist offenbar protestantisch, da ein genuin protestantischer Mensch wie ich, dem der Protestantismus tief in den Knochen sitzt, nur etwas wertschätzen kann, das durch Arbeit entstanden ist. Nur das hat einen Wert, und ich verspüre nichts als Verachtung für alles, was mit leichter Hand gegeben oder genommen wird, all das verbinde ich mit Faulheit, Trägheit, Tagedieberei. In einem Essay über Cindy Sherman habe ich geschrieben, dass Unterhaltung »nichts anderes ist als ein Ort, an dem wir intensive Gefühle entwickeln, die jedoch zu nichts verpflichten« – ganz ohne an diesen Aspekt zu denken: Hier spricht der Protestant, Kunst soll verpflichten, Kunst soll kosten, Kunst ist eine Pflicht.

Aber die Forderung nach Widerstand ist mehr als nur eine verdeckte Forderung nach Arbeit, es gibt mehr als einen Grund, dass ich diese innere Stimme höre, die ein unmittelbar anziehendes Kunstwerk ablehnt. Ein anderer und vielleicht ebenso wichtiger Grund hat mit einem bestimmten Verhaltensmuster der Wirklichkeit gegenüber zu tun, mit dem ich und alle in meiner Generation aufgewachsen sind: kritisch zu denken. Die Dinge und Phänomene sind niemals so, wie sie aussehen, immer verbirgt sich etwas unter ihrer Oberfläche, und ihre eigentliche Wahrheit lässt sich nur erreichen, wenn man sich kritisch zu ihnen verhält. In der Schule haben wir gelernt, der Werbung gegenüber kritisch zu sein und sie zu analysieren, so dass ihre eigentlichen Werte bloßgelegt wurden, dasselbe galt für die politische Rhetorik, und in der Journalistik wird der kritische Autor am meisten gelobt und gepriesen, denn er deckt die eigentliche Wahrheit auf. Die Literaturkritik ist in gleicher Weise kritisch und legt es darauf an, mit literarischer Qualität als der eigentlichen Wahrheit literarische Schwächen, die häufig in Leichtgewonnenem, Blendwerkartigem bestehen, aufdecken zu müssen.

In dieser kritischen Haltung zum Kunstwerk steckt noch eine weitere entscheidende Positionierung, die auch mit der Differenz zwischen dem Widerstandslosen und dem Widerstand Schaffenden zu tun hat: die sozialen Distinktionen, die Kunst schafft. Das leicht Zugängliche ist für alle, für die meisten Menschen, für die Masse, während das Schwierige nur für einige wenige zugänglich ist, für die Elite. Sich ein anspruchsvolles, schwer zugängliches Kunstwerk anzueignen und es wertzuschätzen, heißt gleichzeitig immer auch, auserwählt zu werden.

All dies klingt mit in der Stimme, die ich höre, wenn ich mir ein Kunstwerk ansehe, das mich unmittelbar anspricht. Diese Vorstellung widerspricht der anderen und wahrscheinlich sehr viel älteren Idee, dass die Kunst der Ort des Überflusses und für das Genie der Schaffensprozess leicht ist –, also dem Widerstandslosen als Ideal. Die

Vermutung liegt sicher nahe, dass das Widerstandslose und Verschwenderische in einer Gesellschaft hoch angesehen ist, in der man im Schweiße seines Angesichts arbeiten muss, um zu überleben, während der Widerstand in gleicher Weise in einer Gesellschaft geschätzt wird, in der alles leicht zugänglich ist. In jedem Fall wendet sich die Bildende Kunst erst von der unmittelbaren Abbildung ab, als die Abbildung der Welt durch die Fotografie für jedermann zugänglich wird, und ebenso verhält es sich mit dem Roman: Erst als eine große Zahl von Menschen zu lesen beginnt, und der Film, der von Anfang an ein Massenmedium gewesen ist, die klassischen Erzählstrukturen übernimmt, entsteht die anspruchsvolle erzählerlose oder mit dem Erzähler experimentierende Literatur. Dickens, Dostojewski, Tolstoi sahen keinen Grund, mit der Form zu experimentieren, Woolf, Joyce und Broch taten es.

Bei einem solchen Erklärungsmodell stellt sich die innere kritische Stimme auf die Hinterbeine. Hör auf, sagt sie, dies ist keine Frage der Soziologie oder der Geschichte, sondern der Qualität. Wie kannst du so etwas schreiben, willst du mich im Stich lassen? Weißt du nicht, wie gefährlich das ist? Willst du dich auf meine Kosten und all dessen, was ich über die Welt und die Kunst weiß, dem lallenden Kind hingeben?

Nein, liebe innere Kritikerstimme, ich werde dich nicht aufgeben. Du bist der König der Gedanken, ohne dich und deine Peitsche kommen sie nirgendwohin. Aber es gibt bei der Kunst mehr als nur Gedanken.

»Ist das so? Du denkst an Gefühle, oder?«

»Ja.«

»Aber welche Gefühle? Wo bringen sie dich hin?«

»Zur Freude.«

»Aber was hast du von der Freude? Sie erfüllt dich, du bist glücklich, und dann verschwindet sie wieder, und das war's. Was hast du dabei gelernt?«

»Nichts.«

»Genau. Bist du durch Freude zu irgendeiner Einsicht gelangt?«

»Nein. Zu nichts anderem als zur Freude.«

»Da hast du's. Du freust dich, ein gutes Fußballspiel zu sehen, oder?«

»Ja.«

»Was brauchst du dann die Kunst? Ich meine, wenn Fußball denselben Zweck erfüllt? Du freust dich auch, wenn du Auto fährst, oder? Oder wenn du irgendeinen dummen Popsong hörst?«

»Ja.«

»Dann schlage ich vor, dass du dir Fußball ansiehst, Auto fährst, dumme Popmusik hörst und von Kunst und Literatur die Finger lässt.«

»Aber da ist ein Unterschied.«

»Ich höre?«

»Rilke schreibt irgendwo, dass die Musik ihn erhebt.«

»Hübsch.«

»Nein, nein, es ist mehr. Er schreibt, dass die Musik ihn erhebt und ihn woanders wieder absetzt. Darum geht es, die Kunst setzt uns woanders wieder ab, im Gegensatz zu deinen anderen Beispielen.«

»Okay. Was bedeutet ›woanders‹, und worin besteht der Wert? Kannst du den Wert dieser Erfahrung artikulieren?«

»Nein.«

»Na dann. Wenn du Auto fährst, bringt dein Auto dich auch woandershin.«

Obwohl ich in den letzten Jahren immer wieder die Partei des Kindes ergriffen habe, wenn es um diese Fragen ging, und einen nicht unbeträchtlichen Widerwillen gegen die akademische Vermittlung von Kunst und Literatur entwickelt habe, verliere ich bei diesen inneren Auseinandersetzungen immer, vermutlich, weil ich, alles zusammengenommen, tief in meinem Inneren der Ansicht bin, dass die Qualität in der Kunst etwas Absolutes ist oder etwas beinahe Absolutes: Ein Kriminalroman ist wertlos, ein Roman von D. H. Lawrence zum Beispiel ist wertvoll. Dass die neuen Fernsehserien, die alle sehen und über die alle reden, die neuen Romane sein sollen, wie es so oft heißt, halte ich für idiotisch. Aber warum denke ich eigentlich so? Denn wenn ich eine dieser Serien sehe, werde ich davon aufgesogen und bin voller Gefühle für das, was ich sehe. Lese ich Lawrence, passiert im Prinzip exakt das Gleiche, ich werde aufgesogen und bin voller Gefühle. Mache ich bei Gefühlen Unterschiede, wie es mir mein Freund Geir A. häufig vorwirft? Gefühle, die von Fernsehserien geweckt werden, sind wertlos und volkstümlich, während die Gefühle, die von guten Romanen ausgelöst werden, wertvoll und vornehm sind? Oder besteht ein qualitativer Unterschied zwischen den beiden Medien? Worin besteht er gegebenenfalls? Und welche Rolle spielt das überhaupt? Ist es nicht einfach so, dass man mag, was man mag, und dabei kann man es belassen?

Ein anderer Lawrence, nämlich Durell, schrieb irgendwo in *Alexandria-Quartett*, das Schaffen eines Kunstwerks bestünde darin, sich ein Ziel zu setzen und dann im Schlaf darauf zuzugehen. Genau so ist es, einen Roman zu schreiben, zumindest war es bei mir so, ausgehend von der Formel: je tiefer der Schlaf, desto besser der Roman. Gedanken, Reflexion und Kritik sind nicht nur überschätzte Größen, für kreative Prozesse sind sie regelrecht vernichtend. Dies ist eine absolute Tatsache, und es gibt keinerlei Ausnahme.

Als ich mit Mitte zwanzig durch meinen überentwickelten kritischen Sinn wie gelähmt war, überlegte ich in meiner Verzweiflung, zu einem Hypnotiseur zu gehen, um mich durch Hypnose zum Schreiben bringen zu lassen. Damals hielt ich es für hysterisch und lächerlich, jetzt denke ich, dass es eigentlich gar nicht so dumm war: Schlaf, Bewusstlosigkeit und Gedankenleere sind notwendige Teile aller Schaffensprozesse, manchmal sogar deren Bedingung. Und wenn dies so ist, und ich bin da ganz sicher, dass Schreiben mit Schlafen und Träumen verwandt ist, fällt der Begriff der Qualität von allein weg: Wann haben Sie das letzte Mal jemanden über die Qualität seiner Träume klagen hören?

Allerdings gibt es einen Unterschied der Bewusstlosigkeit, denn es kommt darauf an, wovon man bewusstlos ist. Als ich als Achtzehnjähriger zu schreiben begann, kam ich sehr bald an den Punkt, an dem das Selbst aufhörte und nicht die Gedanken, sondern etwas anderes, Gefühls- und Traumartiges, den Ton angab. Ich kannte diesen Ort gut, für gewöhnlich hielt ich mich dort auf, wenn ich las. Aber das, was ich schrieb, war geprägt von Selbstverständlichkeiten, Banalitäten, Stereotypen und Klischees, ein Jahr auf der Akademie für Schreibkunst machte mich schmerzhaft aufmerksam darauf. Im Unterricht ging es hauptsächlich um Kritik, und ihr entkam ich nicht unbeschädigt, so gnadenlos war sie: Die nächsten zehn Jahre schrieb ich beinahe nichts, obwohl ich es wollte und versuchte. In diesen zehn Jahren las ich viel, studierte an der Universität und schrieb Literaturkritiken. Als die Bewusstlosigkeit sich wieder einfand, war ich siebenundzwanzig; ich schrieb meinen zweiten Roman und debütierte damit 1998. Da war ich von etwas anderem bewusstlos, auf einem höheren Niveau, und der Roman war nicht ganz so banal, obwohl er es auch war.

Ute av verden hieß er und bekam gute wie schlechte Kritiken, alle längst vergessen, abgesehen von einer, die so merkwürdig war, dass ich hin und wieder noch immer an sie denke. Atle Christiansen hatte sie für die Wochenzeitung *Dag og Tid* geschrieben, soweit ich mich entsinne. Das Besondere war, dass es sich um eine Doppelrezension handelte, und zwar im wahrsten Sinne des Wortes: Erst kam eine Besprechung, in der der Kritiker zum Ausdruck brachte, dass ihm der Roman wirklich gefallen hatte, eine kleine Hymne. Eine Woche später, und das ist das Merkwürdige, wurde diese Rezension zurückgezogen, der Rezensent schrieb, er hätte sich geirrt, das Buch sei gar nicht so gut, wie er zunächst geglaubt hatte, sondern eigentlich ziemlich schlecht. Es schien beinahe, als fühlte er sich betrogen, als hätte ihn das Buch dazu verleitet, zu glauben, dass es gut wäre, obwohl es nicht gut war. Er war mit anderen Worten manipuliert worden, er hatte sich vom ersten, oberflächlichen Eindruck verführen lassen, und vielleicht hatte dieser Eindruck seinen kritischen Geist teilweise gelähmt. Dann schien es ihm klar geworden zu sein, allmählich oder plötzlich, dass sich unter dieser

Oberfläche nichts fand, jedenfalls nichts von der Kraft, die der erste Eindruck bei ihm hinterlassen hatte.

Ich kenne dieses Gefühl. Mir geht es jedes Mal so, wenn ich von einem gut gearbeiteten Kriminalroman, einem Film oder einer Fernsehserie aufgesogen werde und hinterher eine bestimmte Art von Leere spüre, die daher rührt, dass der Grad meines Einlebens in die Lektüre oder den Film in keinem Verhältnis zu dem steht, was ich erhalten habe, nämlich nichts.

Inception zum Beispiel ist ein derartiger Film. Alles an ihm ist beeindruckend, und noch Stunden, nachdem ich ihn gesehen hatte, dachte ich an nichts anderes als an die Möglichkeiten, einen solchen Roman zu schreiben oder einen Roman, der das Gleiche bewirkte wie der Film, doch als ich den Film zum zweiten Mal sah, einige Tage später, fiel er komplett durch: Er enthielt nichts als schöne Bilder und eine verlockende Erzählung. Hübsches Einwickelpapier, kein Geschenk.

Dass Atle Christiansen sich von *Ute av verden* betrogen fühlte, hing mit diesem Phänomen zusammen, glaube ich. In einem Roman ist die Geschichte das Verführerische, wenn man will, kann sie sich beim Leser einschmeicheln und ihn oder sie dazu bringen, weiterzulesen, es ist beinahe egal, worum es geht. Das ist keine Kunst, sondern eine Technik. Wenn ein Roman als »breit lesbar« beworben wird, macht er genau dies, die großen, modernistischen Romane tun es nicht. Dass ich diese Technik der Erzählweise anwandte, als ich *Ute av verden* in einem nahezu bewusstlosen Zustand schrieb, ist nicht eigenartig, sondern unlösbar verknüpft mit der Bewusstlosigkeit, denn wenn man nicht denkt, nimmt man, was man hat, was in einem steckt. Und wenn nach der permanenten Lektüre von Kriminalromanen, von Thrillern und Abenteuerromanen, Cowboy- und Detektivgeschichten, von Spionageromanen und Comic-Serien in meiner Kindheit und Jugend etwas in mir steckte, dann waren es die Strukturen und die Techniken dieser Erzählweisen. Einen Protagonisten zum Kühlschrank zu schicken, um ihn nachsehen zu lassen, ob es Milch gibt, ist strukturell nicht anders, als einen Seeräuber auf eine Insel zu schicken, um nachzusehen, ob dort ein Schatz begraben liegt; man liest weiter, um zu erfahren, wie es weitergeht, prinzipiell gesehen bis in alle Ewigkeit, denn das Muster des einen Kriminalromans ist identisch mit dem des anderen, darin sind sich alle gleich.

Lesen und schreiben heißt, sich selbst zu verlieren, und was bleibt, wenn das Selbst verloren ist, ist das Kollektiv. Ich glaube, das Selbst, das Ich, ist nichts anderes als eine bestimmte Form, all die kollektiven Strömungen zu organisieren, mit denen ein Individuum gefüllt ist; nicht unähnlich der Form, in der ein Autor in einem Text hervortritt, der aus Elementen besteht, die allgemein bekannt sind und niemandem gehören, und dessen individuelle Stimme, die stärker oder schwächer sein kann, nur in der Frage des Zusammenführens dieser Elemente besteht. In den Märchen, der kollektiven Form per se, wurden die Geschichten durch Generationen geformt, das Individuelle ist so gut wie nicht mehr vorhanden, die Geschichten werden einem Wir von einem Wir erzählt, und die Sprache dieses Wir ist voll von den kleinsten gemeinsamen Vielfachen der Kultur: Formeln, Klischees und Stereotypen, die so einfach sind, dass selbst ein kleines Kind von ihnen gefesselt wird, ohne dass der Inhalt des Märchens aus diesem Grund kindlich sein muss. Märchen sind absolut widerstandslos und absolut selbstlos erzählt, ebenso wie Sagen, Mythen und viele religiöse Texte, zum Beispiel das Erste Buch Mose. Und genau so verhält es sich mit der heutigen Genreliteratur und nahezu allen Filmen, die produziert werden, sie sind in der gleichen Weise vom kleinsten gemeinsamen Vielfachen der Kultur erfüllt, um so viele Zuschauer wie möglich in die Geschichte mit einzubeziehen.

Die Frage ist daher, warum ein Roman, ein Film oder ein Kunstwerk, das versucht, alle zu erreichen, was an und für sich doch lobenswert ist, als etwas Unwürdiges erlebt wird, wenn man es mag und sich ihm hingibt, während es sich bei Märchen, Sagen, Mythen und dem religiösen Text genau entgegengesetzt verhält? Es ist schwer, sich einen Hebräer vor zweieinhalbtausend Jahren vorzustellen, der sich vom Ersten Buch Mose distanziert, weil es ihm zu breit und zu allgemeinverständlich erzählt ist, oder eine Person aus dem Setestal im 17. Jahrhundert, die das norwegische Mittelalterepos *Draumkvedet* ablehnt, weil es voller Klischees und oberflächlicher Wahrheiten ist.

Könnte es mit der Legitimation des Wir zu tun haben, dass sich in unseren Tagen einige Autoren darauf berufen, mit der Stimme des Wir zu sprechen, die sie aber nur in erzähltechnischer Hinsicht haben, während damals ein genuines, kollektives Wir sprach, das vielleicht, höchstwahrscheinlich sogar, die formende Kraft des Wir war? Oder ist das Wir heute, nach Aufklärung, Industrialisierung und Globalisierung, radikal anders? Hat der nahezu wahnsinnige Bevölkerungszuwachs in den letzten hundert

Jahren und die Massenproduktion von allem das Wir in sein Gegenteil verkehrt: in etwas, worin wir unsere Identität nicht mehr finden, in etwas, in dem unsere Identität verschwindet – ist das Wir also von einem Trost zu einer Bedrohung geworden?

Ich glaube schon, aber nicht bedingungslos, denn wir sind niemand ohne den anderen, und so wird es immer sein, aber in unserer Zeit können wir auch zusammen mit anderen Menschen widerstandslos zu einem Niemand werden, und nach den beiden großen Kriegen des vergangenen Jahrhunderts wissen wir, dass dieser Niemand, der keine persönliche Verantwortung trägt, zu einer gefährlichen Größe werden kann. Widerstand, Kritik, Idiosynkrasie sind nicht nur Fragen der Ästhetik, sondern auch der Ethik.

Die Literatur wusste dies schon lange; dort wurde das Gleiche mit der Romantik zur Bedrohung, sowohl durch die Idee des Genies, das sich von anderen unterscheidet, als auch durch die intensive Beschäftigung mit Schreckensgeschichten, denn was erschreckte die Menschen darin? E. T. A. Hoffmann, der wie wenige andere Zugang zur Tiefe des kollektiven Schreckens hatte, schrieb über Doppelgänger und Automaten, die Menschen so ähnlich waren, dass man sich in sie verliebte. Bram Stoker schrieb über einen Menschen, der nicht sterben konnte und andere Menschen zu seinesgleichen werden ließ; Mary Shelley schrieb über einen Wissenschaftler, der einen Menschen erschuf.

So ist es heute: Je mehr Menschen ein Kunstwerk unmittelbar gefällt, je mehr Leser ein Roman findet, desto schlechter sind das Kunstwerk und der Roman. Aber auch: Je besser ein Kunstwerk und ein Roman sind, desto mehr Widerstand bieten sie, und da dieser Widerstand durch eine intensivere intellektuelle Arbeit überwunden werden kann, werden die Gefühle so gut wie vollständig eliminiert. Gefühle sind in unserer Kultur zum Ausverkauf bestimmt, sie beherrschen Fernsehkanäle, die frei von jeder Reflexion sind, die Kinosäle und die Bestsellerliteratur. Schließen sich diese Größen gegenseitig aus? Alle zu erreichen, sich an alle zu wenden, ist das absolut Höchste für einen Schriftsteller oder Künstler, denn bei Literatur und Kunst geht es nicht um Bücher oder Bilder, sondern um Menschen – und das Menschliche ist für alle da, nicht für einige wenige. Und im Zentrum der menschlichen Existenz stehen Gefühle, mit ihnen begegnen wir der Welt, nicht mit den Gedanken, mit denen verstehen wir sie nur. Und wie wir alle wissen, ist Verständnis relativ, das heißt, es gilt vielleicht jetzt, in der Zeit, die Teil dieses Verständnisses ist, aber nicht in hundert Jahren und schon gar nicht hundertprozentig für alle. Ein Gedankengang, der bei Gefühlen sinnlos ist, denn es ist undenkbar, dass Freude, Wut, Liebe oder Hass nicht mehr da sein sollten, solange es Menschen gibt, und es ist undenkbar, dass diese Gefühle nur bei wenigen zu finden oder auch nur zum Teil wahr sein könnten.

Dennoch: die Scham, wenn ich ein Bild betrachte, das mich mit Gefühlen erfüllt, der Gedanke, dass es nicht schön, dass es keine Kunst sein kann. Sehe ich mir Bilder aus anderen Zeiten an, zum Beispiel aus der Romantik oder dem Barock, ist es eine Tatsache, dass sie einfach, figurativ und voller Gefühle sind und nicht sonderlich schambesetzt: Sie haben einen historischen Wert, sie sind Ausdruck ihrer Zeit. Dass ich sie für wertvoller und relevanter halte als die meisten Bilder unserer eigenen Zeit, gestehe ich ungern, denn es geschieht etwas mit meinem Ich: Die Präferenzen verändern mich in einen halben Odd-Nerdrum-Anhänger und halb Faschistoiden, in meiner Identität schrillt geradezu ein Signal, wenn mich Bilder aus unserer eigenen Zeit so anziehen – was ist das für ein Geräusch, warum dieser Alarm, wovor warnt er? Das Bild zeigt einen Baum auf einer Ebene, was ist daran falsch?

Eine Künstlerin, die sich in diesem Grenzland bewegt, ist die amerikanische Fotografin Sally Mann. Ihre Fotos sind einfach, naturalistisch und sehr, sehr schön. Was sie als Künstlerin rettet und es ermöglicht, ihre Kunst so hoch zu bewerten, auch öffentlich, ohne dass man sein Ansehen riskiert oder verrät, dass man keine besonderen künstlerischen Ansprüche hat, ist die Kontroverse, die ihre Fotoserie mit ihren eigenen Kindern auslöste. Die Fotos wurden in dem Buch *Unmittelbare Familie* veröffentlicht. Damit wurden provokante Größen aktiviert, die mit dem Privaten und der Sexualität von Kindern zu tun haben, und auf diese Weise – indem sie diese Bilder schoss und publizierte – wurde Mann Teil einer Gegenwartsproblematik und damit paradoxerweise zu einer Künstlerin, die man schätzen und für die man sich in jeder Hinsicht einsetzen kann.

Ich selbst liebe ihre Bilder, vor allem die Landschaftsfotos in dem Buch *Deep South*. Im Gegensatz zu den Fotografien von zwei anderen bekannten Fotografinnen ihrer Generation, Francesca Woodman und Cindy Sherman, ist der Appell in Manns Fotos unmittelbar. Sie sind auf eine tiefromantische Weise schön, die Landschaften sind häufig in einen weichen, traumartigen Dunst getaucht und von allem geleert, was man mit unserer Zeit verbinden könnte: Es gibt keine Autos, keine Tankstellen, keine Spielzeugschaufeln, keine mit Plastik umwickelten Heuballen. Nicht ein Mensch ist zu sehen. Nur Bäume, Gras, Pflanzen, Flüsse, Himmel, Sonne, und der eine oder andere Rest einer Mauer oder eines Gebäudes.

Aber ist das im Grunde genommen nicht eine Lüge? Ein nostalgischer Traum von einer Welt statt der realen Welt, eine Flucht vor ihr? Solche Orte, unberührt von der Moderne, gibt es natürlich noch immer, aber sie sind nicht länger repräsentativ.

So ist es, aber ich glaube nicht, dass die Fotos diese Orte repräsentieren sollen, sondern eher unsere Einstellung zu ihnen. Wir leben in einer Welt, in der sich alles verändert, und dies sind Bilder von etwas Unveränderlichem, etwas, das Tausende von Jahren so ausgesehen hat; und das Elegische an diesen Fotos, das Gefühl von Trauer und Dunkelheit, das sie wecken, hat zum Teil mit all den Generationen zu tun, die hier gekommen und gegangen sind, zwischen diesen Bäumen. Für uns sind sie auf die gleiche Weise verloren, wie wir einmal für diejenigen verloren sein werden, die uns nachfolgen, denke ich mir – und das ist eine romantische Perspektive, dadurch entwickelte die Romantik den Begriff des Sublimen. Aber auch die Zeit, die diese Bilder zeigen, die Zeit außerhalb von uns, die nicht-menschliche Zeit, geht allmählich verloren.

Das Spiel mit der Zeit wird zusätzlich noch verkompliziert, da Mann diese Fotos mit uralter Ausrüstung und Technik gemacht hat, auf die gleiche Art und Weise wie die ersten Landschaftsfotografen in den letzten Jahrzehnten des 19. Jahrhunderts, und eben diese Patina des 19. Jahrhunderts, der Zeit Nadars, Flauberts und Balzacs, strahlen diese Bilder aus. Es ist magisch. Zusammen mit der frühen Fotografie kam die Industrialisierung, die in den Fotos dieser Landschaften ebenfalls mitklingt: Was diese nicht-menschliche Zeit einfängt, ist das, was sie menschlich werden und damit verschwinden lässt. Die Ironie ist beinahe orphisch: Er hat sie, aber sobald er sie ansieht, verschwindet sie. Gleichzeitig ist auch diese Zeit verschwunden. Genau das sehen wir auf Manns Fotografien. Und wir wissen, sie sind in unserer Zeit entstanden, und auch das hat seine Spuren hinterlassen: Die alte Technik ist unvollkommen, große Felder von Licht und Schatten sind in die Bilder gesickert, sie entstammen dem Augenblick, in dem das Foto gemacht wurde, sie gehören dem Spiel der Zeit mit den Zufällen, strahlen aber etwas Ruinenhaftes und Vorzeitiges aus, als gäbe es eine antike Qualität selbst im Augenblick.

Das Foto, das ich in *Deep South* am meisten schätze, ist von der technischen Unvollkommenheit des Apparats fast zerstört. Es zeigt einen Hügel, so gut wie ganz schwarz, mit einigen gräulichen, mineralisch aussehenden Mustern hier und da, die zum Licht gehören, nicht zur Landschaft, und, halb über der deutlichen Horizontlinie, wo diese schwarze Landschaft in einen grauschwarzen Himmel übergeht, hängt ein schwarzer Halbkreis, es muss die Sonne sein, die schwarze Sonne, die auf eine schwarze Welt leuchtet.

Die Sequenz, zu der das Foto gehört, heißt *Last Measure*, sämtliche Landschaften sind Schlachtfelder des Amerikanischen Bürgerkriegs. Eine der bekanntesten Fotografien des 19. Jahrhunderts überhaupt stammt von Timothy H. O'Sullivan und zeigt ein solches Schlachtfeld, auf dem viele tote Körper verstreut sind. Dieses Bild ist in allen Schlachtfeldfotos Manns enthalten, die alle die Unschuld anderer Landschaften verloren haben, denn obwohl sie ebenfalls vom Tod in Form von Vergänglichkeit und Verlust handeln, ist dieser Tod der konkrete, physische, körperliche Tod – der ebenfalls abwesend ist und in einem gewissen Sinn also auch tot ist.

Nichts von dem, was ich hier geschrieben habe, abgesehen von der konkreten Beschreibung der schwarzen Landschaft, gibt es in diesen Bildern. Sie entziehen sich der Deutung, so wie sich die Welt der Deutung entzieht, sie sind einfach nur da. Die Sicht der Welt durch die Fotografin kommt in den Fotos zum Ausdruck, aber durch das Bild selbst, das der Betrachter intuitiv durch Gefühle, Empfindungen und Stimmungen versteht, die das Foto weckt. Gerade darin, dass sie nicht sprechen, dass sie wortlos, aber dennoch ausdrucksvoll sind, besteht ihre Anziehungskraft. Wenn ich einen Baum auf diesen Fotos sehe, ist es, als hätte er ein Geheimnis, als enthielte er etwas, das ich nicht kenne, so wie er da mit seinem Mantel aus dichten Blättern steht, wie wogend, flimmernd, leicht und dennoch schwer, und in diesem unterwasserartigen Licht, als ob das Meer durch seine Zweige wogte und nicht der Wind. Der Baum ist ein lebendiges Wesen, das vielleicht schon vierhundert Jahre existiert hat, vielleicht länger. Es ist ein einfacheres Wesen als wir, und wir wissen genau, wie es gebaut ist, was in ihm vorgeht und warum, und dennoch birgt es ein Geheimnis, hat Teil an etwas, von dem wir nichts wissen, denn wir können lediglich die Oberfläche sehen, auch wenn wir alle seine Teile untersuchen, werden sie zur Oberfläche. Oh, was sollen wir mit diesem Wissen anfangen? Zellen und Mitochondrien, Atome und Elektronen, Galaxien am Außenrand des Weltraums, was liefert uns die Kenntnis darüber, wenn das Geheimnis, das nur die Kunst gestalten kann, die Stimme der Bäume und der Gesang des Hügels, dieses eigentliche Mysterium, unteilbar ist?

Das Letzte erscheint vielleicht ein bisschen überspannt, und viele werden darin eine Art verwirrte Religiosität lesen, aber warum schreiben, warum malen, warum fotografieren – oder warum lesen, warum in Galerien oder ins Museum gehen, wenn es nicht um die Suche nach dem Wesentlichen ginge, wo die äußersten Fragen, die sich außerhalb des Menschlichen befinden, betont werden – der Tod, das Leben, das rote Blut in dem grünen Gras?

Sally Manns Fotos in *Deep South* sind definitiv nicht überspannt, sie verweilen in einer ganz eigenen Ruhe, sind dadurch aber eindeutig von einem Mysterium umgeben. Sie sind nostalgisch und suchen die bestimmte Identität und das Besondere eines Ortes, alles Werte, die dort, wo es um Bedeutung geht, nicht länger berücksichtigt werden. Dass die Form und die Symbolik zum Standardrepertoire der Romantik gehören, führt dazu, dass sie gefährlich nah an dem sind, was wir als Kitsch bezeichnen, also den Dingen, die den Formen den Inhalt nehmen, indem sie die Form ohne Rücksicht auf die Umgebung, aus der sie ursprünglich kommt, reproduzieren. Oder sie werden in neue Umgebungen eingearbeitet, und es passiert das, was das Leben eines Kunstwerks ausmacht. Dies ist bei Manns Landschaftsfotografien nicht der Fall, in ihnen sind die Vergangenheit und das Vorzeitige ein Thema in der Gegenwart und für die Gegenwart, die, indem ihr Licht auf der Glasplatte festgehalten wird, gleichzeitig auch Vergangenheit ist.

Wenn ich Sally Manns Fotos betrachte, mit denen sie bekannt wurde, die Fotos ihrer Kinder, kann ich nicht anders, als darin die gleichen Kräfte zu sehen. Nahezu alle Fotos sind außerhalb des Hauses entstanden, entweder auf der Veranda, die sich weder drinnen noch draußen befindet, in der Natur oder Kultur, und irgendwo dazwischen, auf dem Rasen vor dem Haus oder unten am Fluss. Auffallend viele Fotos zeigen die Kinder, vor allem das kleinste Mädchen, schlafend, also in sich verschlossen, wir können nur noch den Körper sehen, dessen starke, aber blinde Nähe. Andere Fotos erfassen die Kinder in Situationen, in denen sie nicht aussehen, als wären sie sich ihrer selbst bewusst oder würden den Fotografen bemerken.

Ich finde, diese Bilder haben viel gemeinsam mit Per Manings Tier-Fotografien, sie erfassen die Nähe eines anderen Geschöpfes und dessen distinkten Charakter, ohne dass in den Augen oder in der Körperhaltung ein Bewusstsein über diesen Charakter zum Ausdruck kommt. Und als sollte diese Gleichheit verstärkt werden oder vielleicht auch, um einen Unterschied zu markieren, gibt es mehrere Fotos von Kindern zusammen mit Tieren – eines der Mädchen posiert im Kleid neben einem toten Hirsch, dessen Kopf halb aus dem Kofferraum eines Autos hängt, der Junge schläft auf der Erde neben einem Hund, der ebenfalls schläft, sie spielen mit einem Hund, der Junge posiert mit zwei abgezogenen Eichhörnchen, die er vor sich hält, das Mädchen macht das Gleiche auf einem anderen Bild mit einem Hermelin. Der Schlaf und das Schläfrige, die Abwesenheit des Bewusstseins über die Welt um sich herum, ist eine Form des Verschwindens, man verschwindet aus der Welt, nähert sich ihr aber gleichzeitig, indem das beinahe Vegetative oder Biologisch-Tierische, das die Kinder mit den Tieren und Bäumen verbindet, hervortritt. Gegenüber dieser Tendenz steht eine andere, weit mehr ins Auge fallende, direkte Thematik, nämlich die vielen Porträts von Kindern, die sich extrem selbstbewusst zeigen und deren eigene Individualität aus ihren Blicken leuchtet oder die beinahe wie Schauspieler oder Models posieren. Das Posieren ist interessant, denn die Kinder nehmen eine Rolle ein und haben sehr häufig etwas Erwachsenes und damit oft auch etwas Sexuelles an sich. Es ist ein starker Kontrast zu der ansonsten vorherrschenden kindlichen Unschuld, aber auch ein Kontrast zu der vorher erwähnten Naturhaftigkeit: Diese Kinderkörper, die aussehen, wie Kinderkörper seit vielleicht mehr als hunderttausend Jahren ausgesehen haben und somit eigentlich zeitlos sind, treten in diesen fotografierten Augenblicken in die Gegenwart ein, indem sie deren Posen wie eine Art kulturelle Körpersprache nachahmen.

Meine Lieblingsbilder von Manns Kindern sind in *Unmittelbare Familie* nicht enthalten, sondern finden sich in dem Buch *The Flesh and The Spirit* und sind im Gegensatz zu den anderen und bekannteren Fotos farbig. Bilder in Schwarzweiß sind immer stilisierter, denn die Welt ist farbig, und entfernt man die Farbe, erhöhen sich die Konzentration und die Solidität des Motivs, ein Baum zum Beispiel wird ein klein bisschen näher an die Idee eines Baumes herangebracht, das heißt, weg von der physischen, konkreten und materiellen Wirklichkeit, in der es keine Ideen gibt. Überführt man diesen Gedanken auf die Literatur, sind in gewissem Sinn alle Romane in Schwarzweiß geschrieben, dadurch, dass die Details streng reguliert sind und niemals ungehemmt fließen dürfen, denn würden sie es tun, wäre der Roman unlesbar, ebenso formlos wie die Welt, die er versucht zu beschreiben oder einzufangen.

In Sally Manns Bilderwelt, die so streng um feste Größen wie Körper, Kultur, Halbnatur und Natur zentriert ist, bringt die Farbe eine Art Freiheit der Interpretation mit sich. Das Kind, das in Schwarzweiß schläft, ist offensichtlich ein schlafendes Kind in einem Kunstwerk, aber das Kind, das in Farbe schläft, schläft in der Realität, zu der sich plötzlich eine Tür öffnet, und das Überzeugende am Schlaf und am Kind wird weniger überzeugend, wird freigesetzt in die Welt.

Vor allem eines dieser Fotos bezieht seine Kraft aus den Farben. Es zeigt einen Jungen, der vielleicht zwölf Jahre alt ist und mit nacktem Oberkörper und Shorts oder Hosen dasteht, es ist unmöglich zu erkennen, denn das Bild wurde an der Hüfte beschnitten. Auch sein Blick ist nicht zu erkennen, da das Gesicht direkt über der Nase beschnitten wurde. Dieser Junge steht vor einer grünen Wand aus Blättern und hat Nasenbluten. Er hat Blut auf den Armen und an den Händen, die er gespreizt vor sich hält, so wie man es macht, wenn man Kind ist und Nasenbluten hat, denn Blut ist klebrig und fremd, und ohnehin sind fast sein ganzer Bauch, sein Kinn und die Nasenlöcher blutverschmiert. Sein Mund steht offen, es lässt sich unmöglich sagen, ob aus Begeisterung über all das Blut oder vor Schreck. Es entsteht eine nicht-symbolische, nicht-posierende, realistische und daher triviale Nähe des Jungen zu dem Hintergrund aus grünen Blättern und dem roten Blut, messerscharf in den Farben, als sollte gesagt werden, es handelt sich nicht um »Blut«, sondern um Blut, eine rote Flüssigkeit, die im Körper aller lebendigen Tiere und Menschen fließt, weder mehr noch weniger.

Das gleiche Verhältnis von Farbe und Schwarzweiß gilt für die zweite bekannte Serie Sally Manns, die Serie mit den toten Körpern, die in allen Phasen der Verwesung fotografiert sind, von der verhältnismäßig frischen Leiche mit leicht verfärbter Haut bis zu dem klaffenden, sauber abgenagten Schädel. Mann machte diese Fotos im Tennessee Forensic Anthropology Center, wo gespendete Körper in den Wald gelegt werden, um die Auflösungsprozesse zu studieren, in erster Linie zum Nutzen der Ermittlungstechnik. Einige der Körper sind bekleidet, andere nackt, einige wurden begraben, einige unter Büsche gelegt, andere ins offene Gelände oder in Gräben mit niedrigem Wasserstand, einige in Plastik gehüllt, so beschreibt es

John B. Ravenal in *The Flesh and The Spirit*. Manns Fotos von diesen Leichen wurden zuerst in dem Buch *What Remains* veröffentlicht, das genau von dem handelt, was der Titel verspricht, es geht darum, was übrig bleibt, wenn der Mensch oder das Tier tot ist, das heißt der physische Körper, und was damit geschieht. Die Bilder sind eher schön als unheimlich, die gleiche Aura von Elegie, Trauer, Dunkelheit und Schönheit der Landschaftsfotos findet sich auch hier, wo der Tod hauptsächlich eine Versöhnung zwischen Mensch und Landschaft darstellt; denn genau das passiert, und das zeigt Mann: wie die Körper mehr und mehr in einer Landschaft versinken, mehr und mehr zu einem Teil von ihr werden; auf diesen Bildern gibt es keinen Unterschied zwischen Zweigen und Knochen, beides ist Materie, oder zwischen Haut und Blättern, Haaren und Gras. Wenn der Schädel, so wie er auf der Erde liegt, aussieht, als würde er schreien, ist es die Erde, die schreit. Die Zeit in diesen Bildern ist die Zeit der Ewigkeit, die Perspektive die des Unabänderlichen, die Stimmung die der Harmonie. In den Farbfotos von diesem Ort, der den unheimlich prosaischen Namen »The Body Farm« trägt, also der Körper- oder Leichenhof, entfalten sich ganz andere Dinge. Eines der Fotos zeigt einen Mann, der in einem schreiend roten Jogginganzug mit einem weißen Logo auf der Brust auf dem Rücken liegt, er trägt Socken, grau wie sein Haar, und er muss gerade hinausgelegt worden sein, denn nur ein schwacher gelblicher Schein der Haut verrät, dass er tot ist. Die Erde, auf der er liegt, ist mit Kies und Blättern bedeckt, ein Stück entfernt, etwa zehn Meter vielleicht, steht ein Zaun, einige blattlose Bäume, deren Kronen beschnitten sind, wachsen dort, und hinter ihnen erkennt man Laternenpfähle aus Metall an einer Straße. Ein winterliches Vormittagslicht mit etwas Sonne an der Straße lässt alles scharf und konkret aussehen. Es ist ein Bild des modernen Todes, eine Leiche, ausgelegt im Wald einer Forschungseinrichtung, und das unmittelbar Realistische daran verhindert jede Harmonie, jede Schönheit, jedes Gefühl von Versöhnung zwischen Körper und Landschaft, Kultur und Natur: Dies ist ein Zusammenstoß. Der Kopf mit den schwarzen Ohren über dem lila Nacken unter einem dünnen Zweig mit grünen Blättern trägt ebenfalls nicht zur Versöhnung zwischen dem Menschlichen und der Vegetation bei, die es umgibt: Es ist unmöglich, sich eine größere Distanz vorzustellen. Und das Foto von dem schwarzen Kopf mit dem weißen Haar, bei dem sämtliche Gesichtszüge halb weggefressen sind von Hunderten weißer kleiner, fetter Maden, die den Kopf halb bedecken, hat ebenfalls nichts Elegisches.

So nebeneinander gestellt, kommt man leicht auf den Gedanken, dass das Letzte, das trostlos Realistische, das Wahre ist, während die poetische Verschönerung das Unwahre ist. Die Farbfotos sind direkt und dokumentarisch, die Schwarzweißfotos verführerisch und einschmeichelnd. So gesehen wären die schönen Landschaftsfotos auch verlogen, wenn man sie Seite an Seite mit Fotografien von zum Beispiel Anders Petersen oder Lars Tunbjörk stellen würde, die beide nach den rauen und unschönen Seiten des Menschlichen und seiner Wirklichkeit suchen. Ihnen gelingt es, die eigentliche Lebenskraft zu gestalten, so wie sie sich ganz konkret in dem Provisorium zeigt, das das

Leben ist. Aber die Wahrheit ist relativ, auch die Wahrheit über das Absolute, das heißt, sie wird von der Perspektive bestimmt: Mann hebt in ihren Bildern den Blick, sie stellt sich außerhalb der Zeit, indem sie das Unveränderliche daran abbildet, und das ist nicht das Leben oder der Tod des Einzelnen, sondern das Leben, wie es sich in allem erhebt und zusammenstürzt, diese Wogen, von denen wir rettungslos mitgespült werden, gesteuert von Gesetzen und Kräften, die wir weder kennen noch verstehen und die wir nur sehen, wenn wir uns außerhalb unserer selbst und unserer Umgebung stellen. Einst war es die Perspektive des Göttlichen, und man könnte den Verdacht hegen, dass sie gerade dafür geschaffen wurde, und seit das Göttliche verschwunden ist, ist es die Perspektive der Kunst. Mit diesem Verständnis von Kunst hat die Generation vor mir gebrochen, für sie war das Erhabene identisch mit dem Elfenbeinturm oder dem Piedestal, also etwas mit Ausblick, das aber gleichzeitig isoliert, zusammenhanglos, individualisiert und rechtsgerichtet war. Aber der Tod ist nicht konservativ, obwohl er unveränderlich ist, und das Schöne ist nicht rechtsgerichtet, und das Soziale, die volkstümliche Herzlichkeit und das Weltnahe, ist nicht der Arbeiterklasse vorbehalten, wie einer der großen norwegischen Schriftsteller dieser Generation, Kjartan Fløgstad, es in seinem Roman *Grense Jakobselv* zu glauben scheint. Darin ist die Distanz nicht existenziell, sondern moralisch: Die Bösen, die Nazis, werden alle wie aus weiter Entfernung geschildert, es gibt nichts Nahes oder Intimes bei ihnen, und sie werden mit Kunst in der Art von Hölderlin, Wagner und Beethoven verbunden, etwas Schönem, Kaltem, Elitärem, wohingegen die Guten, die Sozialisten, lachen, diskutieren und sich auf den Rücken schlagen, während sie brüderlich ihre Mahlzeiten teilen. Das gab es sicher auch, aber garantiert nicht ausschließlich, denn der Nazismus war eine breite, kleinbürgerliche Revolution, antiintellektuell in seiner Grundhaltung und mit einem kleinbürgerlichen Blick auf die Kunst – die moderne, experimentierende Kunst greift Hitler in *Mein Kampf* mit am heftigsten an. Zum nazistischen Kanon gehörten zum einen die klassische Tradition, zum anderen die kleinbürgerlichen, also naturalistischen, figurativen, heimatorientierten oder heroischen Schilderungen von Mensch und Natur, was wir heute als Kitsch bezeichnen würden, die jeder, unabhängig von seinem Hintergrund oder intellektuellen Niveau, verstehen konnte. Dies ist ein weiterer Grund dafür, warum das Schöne und Einfache in unserer Zeit in Misskredit geraten ist. Ich glaube, auch die skeptische Haltung gegenüber gefühlsbetonter Kunst hängt damit zusammen, denn niemals hatten Verführung und Manipulation der Gefühle größere Konsequenzen als damals. Klassisch in dieser Hinsicht ist Adornos Abrechnung mit Heidegger in dem Buch *Jargon der Eigentlichkeit*. Mythen und Sagen, eigentlich alles, wo man »Volk« oder »volkstümlich« voranstellen kann, wurden ebenfalls missbraucht und sind heute diskreditiert.

Dieses Misstrauen ist ein Teil von uns, es sitzt inzwischen im Rückenmark, und ich spüre es nicht nur, wenn mich romantische oder, schlimmer noch, nationalromantische Bilder anziehen, sondern auch, wenn ich Gedichte oder Romane lese, die einen vitalistischen Zug aufweisen. Zuletzt ging es mir mit D. H. Lawrences *Der Regenbo-*

gen so, ich empfand die Nähe zwischen Menschen, Tieren und der Erde als unangenehm, ich mochte es nicht lesen, obwohl ich daran glaube, nicht zuletzt in einem Roman wie diesem, in dem das Gefühlsleben als das Wichtigste im Dasein angesehen und jeder Sinneswechsel als etwas Monumentales dargestellt wird. Wenn ich es erlebe, sehne ich mich danach, frei zu sein, ganz frei in der Kunst, und das ist für mich das Gleiche, wie apolitisch oder amoralisch zu sein, und damit – so erklärt mir meine innere Kritikerstimme sofort – bedenklich. Betrachten wir ein Bild von einem Baum, sind wir sofort in einem Netz von Politik und Moral, Ethik und Soziologie gefangen – denn auch Geschlecht und Klasse spielen eine Rolle –, und versuche ich, mich aus diesem Netz von Distinktionen zu befreien, verfange ich mich nur noch immer mehr darin.

So ist die Kultur. Vermutlich liegt es daran, dass ich mich nach der Natur sehne. Vermutlich liegt es auch daran, dass ich ständig lese und schreibe, denn egal, was ich lese und schreibe, in den besten Momenten ist es mit Selbstüberschreitung verbunden, diesem schlafwandlerischen, nahezu bewusstlosen Zustand, in dem die Gedanken sich selbst denken, freigestellt vom Selbst, aber voller Gefühle, und damit, auf eine negative, oder besser, passive Weise, verbunden mit den Umgebungen – hin und wieder, davon habe ich gelesen, es aber niemals selbst erlebt, ist dieses Gefühl der Verbindung auf das Universum gerichtet, es ist religiöse Ekstase, Gottesempfinden, doch meist wird eine Verbindung zum Wir aufgebaut, zu den anderen in uns, die nur dann in Erscheinung treten können, wenn die kritische Distanz überwunden ist. Wäre es nicht so, würden alle Romane unlesbar sein. Und damit sind wir wieder am Ausgangspunkt angelangt: Je größer die kritische Distanz, desto exklusiver (und unlesbarer) der Roman; je näher das Wir, desto näher der kleinste gemeinsame Nenner, den alle mögen, also der Krimi oder der Unterhaltungsroman, der Feelgood-Roman, der Chicklit-Roman.

Aber wir sind nur wieder an diesem Punkt, weil ich einigen wenigen Spuren folge, die ich in der Einleitung zu diesem Text ausgelegt habe, einigen Prämissen, die das Folgende gesteuert haben. Verlässt man diese Pfade, kann alles ganz anders aussehen. Das leicht Zugängliche, das Einfache und unmittelbar Appellierende muss nicht notwendigerweise bereits beim ersten Blick entleert sein, es muss nicht notwendigerweise mit den Formalisierungen und Wiederholungen eines Genres verbunden sein, denn wir wissen doch, dass die Kunst- und Literaturgeschichte voller Beispiele für Bilder ist, die so einfach und banal sind, dass jeder Mensch, egal über welche ästhetische Kompetenz er verfügt, sich dazu verhalten kann. Und der Roman kann in seinen besten Momenten vereinfachen, ohne zu reduzieren, indem er nicht die Wirklichkeit sucht, also diese dokumentierbare Fülle von Menschen und Ereignissen, deren Gesamtheit unerreichbar und deren Einzelheit nicht repräsentativ ist, sondern das Bild der Wirklichkeit, genauer gesagt das Bild, das zwei Größen kombiniert, das Konkrete und das Unerschöpfliche. Das, was wir möglicherweise das unerschöpflich Präzise nennen können, ist das Ziel und die eigentliche Legitimation jeder Kunst. Das unerschöpflich Präzise ist der weiße Wal in Melvilles Roman, es ist die Verwandlung in einen Käfer in Kafkas Novelle, der menschliche Bär in dem Märchen *Der weiße Bär König Walemon*, der Brudermord im Ersten Buch Mose, das Sanatorium im *Zauberberg*, der Beinahe-Ritter in Cervantes' Roman. Mit anderen Worten, es ist das, was etwas Großes und Undefinierbares in sich versammelt, ohne mit dem Finger darauf zu zeigen, das aber da ist und gleichzeitig auch immer etwas anderes sein kann. Das unerschöpflich Präzise ist immer einfach und immer widerstandslos und leicht verständlich, enthält aber auch immer mehr, als sich auf den ersten Blick zeigt. Der Mythos ist die Urform des unerschöpflich Präzisen, denn ungeachtet der wechselnden Zeiten, ungeachtet der unterschiedlichen Präferenzen von Generationen, gilt der Mythos immer und wird es immer tun, solange es Menschen gibt; gilt er nicht, reden wir nicht mehr vom Menschen, so wie wir ihn verstehen, sondern von etwas anderem.

DORTHIN,
WOHIN DIE ERZÄHLUNG
NICHT KOMMT

DER BERUF DES LITERARISCHEN LEKTORS wird in einer Art Schatten ausgeübt, den der Autorenname wirft. Einige wenige literarische Lektoren treten aus dem Schatten hervor, und sie sind beinahe ebenso berüchtigt wie berühmt, denn diese beiden Größen, »Lektor« und »berühmt«, bilden einen Gegensatz in sich, eigentlich sind sie unvereinbar. Ein Beispiel ist Gordon Lish, der unter anderem der Lektor von Raymond Carver war und »Captain Fiction« genannt wurde, ein anderer ist Maxwell Perkins, Hemingways und Fitzgeralds Lektor, der das Epitheton »The Editor of Genius« bekam. Eine der bekanntesten redaktionellen Aufgaben übernahm Ezra Pound, allerdings nicht als formeller Lektor, sondern in seiner Eigenschaft als Freund, als er schonungslos eine frühe Version von T. S. Eliots *Das wüste Land* durchging und den Text auf die Form zusammenstrich, die wir heute kennen. Gordon Lishs Stil als Lektor war ebenso selbständig und kompromisslos, durch seine redaktionelle Arbeit entstand praktisch der Stil, den wir mit Carver verbinden, dem der Autor allerdings ambivalent gegenüberstand, obwohl er dadurch zweifellos zu seinem Namen als Schriftsteller kam. Dies wurde offensichtlich, als Carvers eigene

Manuskripte nach seinem Tod publiziert wurden; die Geschichten waren in einem ganz anderen Maß opulent, ausschweifend und kaum wiederzuerkennen. Es gab kaum Zweifel, dass der Carver des Lektors besser war als der Carver Carvers, und was muss Carver empfunden haben, als er Preise entgegennahm und man ihn als den neuen großen Namen in der amerikanischen Literatur ehrte? Das Beispiel ist interessant, denn die Arbeit des Lektors bedeutet, Einfluss auszuüben, nicht zum eigenen Besten, auch nicht notwendigerweise zum Besten des Autors, aber zum Besten des Buches, und wenn man der Ansicht ist, dass Lish zu weit ging, dann muss man fragen, in welcher Hinsicht? Das Buch wurde dadurch doch besser. Sollte das verletzte Selbstwertgefühl des Autors wichtiger sein? Ohne Lish wären Carvers Bücher schlechter gewesen, und er wäre ein mittelguter und kein herausragender Schriftsteller. Es stellt sich die Frage, was ein Schriftsteller ist, wo die Grenze zwischen dem Autor, seiner Umgebung und dem Buch verläuft.

Amerika hat eine Tradition von einflussreichen Lektoren, aber das bedeutet nicht, dass die Problemstellung spezifisch amerikanisch ist; ich kenne norwegische Lektoren, die in ihrem Tanz durch die Literatur die Füße ihrer Autoren regelrecht führen und ihnen sagen, zuerst gehst du dahin, dann gehst du dahin und dann dahin. Ich kenne aber auch norwegische Autoren, die am entgegengesetzten Ende der Skala stehen und ihren Lektoren druckreife Manuskripte abliefern und mit einem Verlagswechsel drohen, wenn die Änderungswünsche zu groß sind.

Die Arbeit, die Lish bei Carver ausgeführt hat, ist vielleicht zu extrem, um als Beispiel für die Lektorenrolle zu dienen, allerdings wird durch eine Grenzüberschreitung immer auch die Grenze sichtbar – in diesem Fall zwischen Lektor und Autor, die zusammen mit dem Text eine Art Bermudadreieck bilden, in dessen Umkreis alles, was gesagt und getan wird, spurlos verschwindet. Wäre Lish nicht so weit gegangen, wäre alles, was in Carvers Texten stand, auf Carver zurückgefallen, so wie alle Romane, Erzählungen und Gedichtbände auf den Autor zurückgeführt werden. Um zu verstehen, was in diesem Schatten vorgeht, in diesem erinnerungslosen Halbdunkel, kann vielleicht ein Gedankenexperiment von Nutzen sein: Wie würden die Bücher ohne Lektoren aussehen? In meinem Fall ist es einfach: Es gäbe keine Bücher. Ich wäre nicht Schriftsteller. Das bedeutet nicht, dass mein Lektor meine Bücher schreibt, aber seine Gedanken, sein Verständnis und seine Vorschläge sind unbedingt nötig, um sie schreiben zu können. Diese Gedanken, Vorschläge und dieses Verständnis haben nur mich und meinen Schreibprozess vor Augen; wenn er Lektor für andere Autoren ist, gibt er andere Dinge. Die Arbeit eines Lektors ist daher im Idealfall undefiniert und offen, abhängig von den Forderungen, den Erwartungen, Fähigkeiten und der Integrität der jeweiligen Autoren, sie basiert in erster Linie auf Vertrauen und ist weitaus abhängiger von persönlichen Eigenschaften und menschlichem Verständnis als von formaler literarischer Kompetenz.

Ich erinnere mich, dass ich mit Ende zwanzig bei einer Zeitschrift gearbeitet habe, wir hatten einen etablierten Dichter um einen Text gebeten, um den ich mich kümmern sollte. Ich las das Gedicht und schrieb ihm einen Kommentar, kam mit einigen Änderungsvorschlägen und fragte, ob es möglich sei, noch ein wenig weiter in die eingeschlagene Richtung zu gehen? Die Antwort des Dichters ließ sich in einer einzigen Frage zusammenfassen: »Wer bist du?« Ja, vielleicht gab es darin einen Unterton, durch den man die Frage ein wenig stärker formulieren sollte: »Wer zum Teufel bist du?« Ich kam aus dem Konzept, die Kommentare waren vorsichtig gewesen und durchaus berechtigt, soweit ich sehen konnte. So war ich gewohnt, die Texte meiner schreibenden Freunde zu kommentieren. Dieser Dichter war erfahren und etabliert, er müsste sich doch professioneller gegenüber seinem Text verhalten?

Aber es ging gerade nicht um den Text. Es ging um einen gesichtslosen Kommentar, der ein Gedicht verändern wollte, und ich vermute, dass dies als ein Angriff gewertet wurde. Als wäre mit dem Gedicht etwas nicht in Ordnung und dieser gesichtslose junge männliche Akademiker glaubte, er wüsste, was notwendig ist, um es zu reparieren. Objektiv gesehen war ich der Ansicht, dass der Kommentar im Grunde richtig war, aber es gibt keine Größe »objektiv gesehen« in Verbindung mit dem Schreiben, alles dreht sich um den Autor und den Leser. Hätte ich diesen Dichter ein paar Mal getroffen, und hätten wir einen Eindruck voneinander bekommen, uns vielleicht über unsere literarischen Präferenzen ausgetauscht, wäre mein Kommentar anders aufgenommen worden, wie ich glaube, vielleicht hätte er sogar zu Änderungen geführt; wenn auch nicht unbedingt in die Richtung, die ich mir vorgestellt hatte.

Die Zusammenhänge, in der sich schöpferische Arbeiten vollziehen, sind häufig kompliziert, um es als Understatement zu formulieren – alle, die die norwegische Schriftstellerzunft, wie es so schön heißt, auch nur ein wenig kennen, wissen, dass es sich um einen großen verfilzten Haufen von Neurosen, Widerständen, Zurückweisungen, Schwachheiten, Idiosynkrasien, Psychosen, Alkoholismen, Narzissmen, Depressionen, Hyperaktivitäten, Manien, grandiosen Selbstdarstellungen, fehlendem Selbstvertrauen, Pflichten, fixen Ideen, Chaos und Faulheit handelt –, im Kontext der Arbeit an einem Text ist ein Begriff wie Qualität kein Maßstab, jedenfalls nicht, wenn man sich unter Qualität eine objektive Norm vorstellt. In der Arbeit an einem Text ist Qualität eine dynamische Größe, mehr ein Prozess als ein Niveau, das variiert, je nach dem, wer der Autor und wer der Lektor ist.

Dass Bücher von der Literaturkritik auf eine fast vollkommen gegenteilige Weise wahrgenommen werden, bei der es viel um Messen, Wiegen und Vergleichen mit anderen Büchern geht, kann beinahe schockierend sein, etwas, woran man sich nie gewöhnt. Oft genug ist es so, als ob von zwei verschiedenen Büchern gesprochen wird, dem Buch des Lektors und dem des Kritikers, und für den Autor kann es verwirrend sein: Soll er oder sie auf den Lektor hören, der stets sagt, die Rezensenten wissen nicht, wovon sie reden, sie sind gefühllos und dumm, sie haben ihre eigene Agenda und so weiter, oder auf das Urteil des Kritikers?

Erlend Loe nutzt die Komik, die im Unterschied zwischen der Arbeit des Lektors und des Kritikers liegt, in seinem jüngsten Roman *Vareopptelling*, der damit beginnt, dass ein Lektor eine ältere Dichterin anruft und ihr erzählt, wie gut die Rezensionen sind, aber alles sind mehr oder weniger durchschaubare Euphemismen, um sie gegen die »Wirklichkeit« zu schützen. Und sie begibt sich auf eine Art Kreuzzug, um den Unterschied zu nivellieren, der zwischen ihrem Blick auf das Buch und dem Blick der Rezensenten besteht. Das ist komisch, weil es so wiedererkennbar ist, sowohl die Art und Weise des Lektors, mit schlechten Rezensionen umzugehen, wie auch die Rachegedanken, die ein Schriftsteller entwickeln kann. Selbst ein Autor wie Stig Larsson, der bereits mit seinem ersten Buch Erfolg hatte und schon zu Lebzeiten kanonisiert wurde, verbeißt sich in schlechte Kritiken, kann sie nicht verdrängen und schrieb in dem Gedichtband *Natta de mina* eine groteske Fantasie über einen bekannten Kritiker, der verstümmelt wird. Und Paul Auster, dessen Name weltberühmt ist und bei dem man vermutlich denkt, er bekommt so viel Beifall, dass negative Kritik an ihm abprallt, bringt in seinem Briefwechsel *Von hier nach da* mit John Coetzee viel emotionale Energie auf, um auf James Woods Kritik seiner Bücher im *New Yorker* zu reagieren; nicht mit Argumenten, sondern mit Beschreibungen, wie es sich anfühlt – und es ist, als würde man auf offener Straße von jemandem ausgeraubt.

So ist es, wer ein Buch schreibt, gibt vollkommen ungeschützt etwas von sich preis, um von jemandem beurteilt zu werden, der nichts riskiert. Ein Lektor, der wie ein Kritiker arbeitet, das heißt, der interpretiert oder Qualitätsurteile fällt, und solche Lektoren gibt es, arbeitet schlecht, weil Interpretation und Qualitätsurteile etwas abschließen und verschließen, während die Arbeit eigentlich darin besteht, etwas so lange wie möglich offen zu halten. Denn Literatur ist etwas, das entsteht und allmählich Gestalt annimmt, wobei all ihre Formen vorhanden sind, da es die Formen von vornherein gibt. Und da die Kunst darin besteht, hieran vorbeizukommen und in das Entstehende einzudringen – in das Lebendige, von dem man eigentlich nicht weiß, wo es ist, bevor man es nicht erreicht hat –, können nur diejenigen schreiben, die nicht wissen, wie man schreibt; nur diejenigen, die keinen Roman schreiben können, können einen Roman schreiben. Daraus folgt, dass die Rolle des Lektors auch nicht sein kann, etwas zu wissen, denn in diesen Prozessen ist Wissen Sabotage.

Jetzt sind wir weit von der klassischen Lektorenrolle abgekommen, diesem sechsundfünfzigjährigen Mann in einer Tweedjacke, der sich mit einem Bleistift in der Hand über ein Manuskript beugt, und viel näher an meinem Lektor, der den Bleistift erst zur Hand nimmt, wenn das Erscheinungsdatum festliegt und die Korrektoren bestellt sind. Schwer zu sagen, worin seine Arbeit bis dahin besteht, nur, dass wir sehr viel reden bei der Entstehung eines Romans, und zwar in allen Phasen des Schreibens, lange bevor das erste Wort auf dem Papier steht und nur eine äußerst vage Ahnung existiert, um welchen Ausschnitt der Wirklichkeit es gehen soll, bis zum Erscheinen des Romans und den verschiedenen Möglichkeiten, wie er aufgenommen wird. Es sind endlose, mitunter auch krisenartige Gespräche mit jemandem, der weiß, wie viel investiert wurde und der selbst sehr viel investiert hat.

Aber selbst, wo dies nun seit siebzehn Jahren geschieht und wir in diesem Zeitraum acht Romane veröffentlicht, unzählige Stunden am Telefon, in Konferenzräumen oder Büros geredet haben und mehrere tausend Manuskriptseiten durchgegangen sind, kann ich noch immer nicht sagen, »so arbeitet er« oder »so denkt er«. Natürlich hängt dies mit meiner mangelnden Fähigkeit zusammen, andere Menschen zu sehen, weil ich so sehr mit mir selbst beschäftigt bin und ich mich davon nicht freimachen kann. Aber daran liegt es nicht allein, es hängt auch mit seiner Art zu arbeiten zusammen, bei der es nicht um Distanz geht, nicht um den berühmten Blick von außen, sondern im Gegenteil um Nähe, um den Blick von innen, der schwieriger zu erkennen und zu definieren ist. Steht man über etwas, ist es leicht zu überblicken, und steht man unter etwas, ist es leicht zu überblicken, auch wenn man daneben steht, ist es leicht zu überblicken, schwierig wird es, wenn man mittendrin steht.

Als ich den autobiographischen Romanzyklus *Min kamp* schrieb, fiel es mir besonders schwer, drei Menschen zu gestalten, Stimmen für sie zu finden. Egal, wie sehr ich mich anstrengte, um sie zu hören oder sie zu sehen, ich hörte und sah sie nicht. Ich wusste, wer sie für mich waren, aber es war so gut wie unmöglich, diesem Wissen eine Form zu geben. Es handelte sich um meine Mutter, es handelte sich um meine Frau, und es handelte sich um meinen Lektor. Was hatten diese drei vollkommen unterschiedlichen Menschen gemeinsam, dass sie sich im Schatten meines Selbst befanden? In gewisser Weise waren sie selbstverständlich, mit anderen Worten, sie mussten nicht gesagt werden, sie sprachen für sich selbst. Für einen Schriftsteller ist dies ein interessanter Vorgang: Das Schreiben zielt darauf ab, etwas mit Sprache eine Form zu geben, etwas aufzubauen, das bekannt oder unbekannt sein kann. In der Regel ist dies einfacher, je fremder etwas ist: Eine Kuh, die auf einer armseligen Straße in Indien herumläuft, ist leicht zu beschreiben, während ein Mann, der in seiner Wohnung fernsieht, es nicht ist. Beinahe jede Literatur handelt von Konflikten, die sich aus Unterschieden ergeben, aus dem Unterschiedlichen, das aus dem Gleichförmigen ausbricht und sich erst da erfassen lässt. Das Gleichförmige, das im Gleichförmigen ruht, also in der Harmonie, ist fast unmöglich zu gestalten. Und hier kommen meine Mutter, meine Frau und mein Lektor ins Spiel, denn welche Rolle spielen sie in meinem Leben? Sie geben, und sie verlangen nichts oder nur sehr wenig dafür. Zu sehen, wie sie geben, ohne etwas zu fordern, ist schwer. Ansprüche lassen sich erkennen, aber Anspruchslosigkeit? Es ist nichts, es entwickelt sich nicht in irgendeiner bestimmten Weise, es ist die Abwesenheit von etwas, aber gleichzeitig ist es wesentlich, etwas ganz Grundlegendes in allem Menschlichen.

Wir sehen und reden über das, was sich losreißt, wir sehen und reden aber nicht über das, was hinzukommt. Das gilt im Großen wie im Kleinen. Mein Vater, er nahm mir etwas, mein Bruder, mit ihm konkurrierte ich, es ist leicht, das zu sehen und darüber zu schreiben; meine Mutter, sie gab mir etwas, und es ist schwierig, das zu sehen und darüber zu schreiben. Was gab sie mir? Ich habe Probleme, darauf zu antworten. Mein Lektor, was gibt er mir? Tipps für Bücher, die ich lesen soll? Ja, aber das tun viele. Verständnis für das, womit ich mich beschäftige? Ja, aber das habe ich auch selbst, und wenn sein Verständnis nicht umfassend genug ist, kenne ich viele, die lesen und mir sagen können, was noch fehlt. Inspiration? Ja, sicher, aber die bekomme ich auch, wenn ich irgendein Kunstbuch aufschlage.

All dies ist wichtig, aber es ist nicht das Wesentliche. Das Wesentliche ist ein Gefühl, etwas Vages und Undefinierbares, das vielleicht am besten mit dem Wort Vertrauen umrissen werden kann. Ich habe absolutes Vertrauen zu ihm. Absolut alles, was ich schreibe, sogar den kleinsten Zeitungsartikel, muss er lesen, bevor es irgendwo gedruckt wird. Ich bin absolut abhängig davon, und gleichzeitig nehme ich es als eine Selbstverständlichkeit. Es ist keine Funktion, sie lässt sich nicht ersetzen, es geht nicht um die Rolle des Lektors an sich, es geht um ihn, um ihn als Person. Und genau das ist seine Rolle des Lektors für mich.

*

Mit dem Schreiben verbinden sich viele Vorstellungen. Eine der meistverbreiteten ist, dass es eine einsame Angelegenheit ist, die man allein verrichtet. Das kenne ich nicht. Im Gegenteil, in den ganzen fünfzehn Jahren, in denen ich vom Schreiben lebe, bin ich von der Hilfe anderer abhängig gewesen, um es tun zu können. Als ich den Romanzyklus *Min kamp* schrieb, las ich alles, was ich schrieb, meinem Freund Geir Angell Øygarden vor; jeden Tag rief ich ihn an und las ihm vor, insgesamt beinahe fünftausend Seiten. Warum? Jemand musste sagen, es ist in Ordnung, das war das eine, und jemand musste sagen, was es war, und, nicht zuletzt, was es werden könnte, wie ich weitermachen sollte. Ich brauchte seine Gedanken, die von einem ganz anderen Blickwinkel auf meine stießen, etwas für mich sehr Essenzielles. Seit ich über mich selbst schreibe, habe ich ein verzweifeltes Bedürfnis nach einem Blick von außen, der in diesem Fall nicht nur ein

Blick, sondern eine ganze Weltanschauung war, die ich im Roman zu meiner eigenen werden ließ. Dieses Gespräch war ein Raum, und dieser Raum umfasst alle Bücher, wie ich glaube, entweder deutlich greifbar (wie in diesem Fall) oder weniger greifbar in Form der Literatur, die ein Autor zuvor gelesen hat oder während des Schreibprozesses liest. Obwohl ich darüber nichts wusste, als ich als Achtzehnjähriger zu schreiben begann, errichtete ich dennoch solche Räume; es schien, als würde ein Bedürfnis sie entstehen lassen, wie von allein. Natürlich geschah der eigentliche Schreibakt in Einsamkeit, aber bei allem, was ihn umgab und eigentlich das Wichtigste war, ging es um andere Menschen. Als ich neunzehn war und in Bergen Literaturwissenschaft studierte, lernte ich zum Beispiel Espen Stueland kennen. Er schrieb, ich schrieb, wir wurden Freunde, und alles, was er konnte oder gedacht oder gelesen hatte, teilte er mit mir. Er vermittelte mir die Bücher von Ole Robert Sunde, Tor Ulven, Claude Simon, Gunnar Ekelöf, Ossip Mandelstam, Samuel Beckett, um nur einen Bruchteil der vielen Namen zu nennen, die damals durch die Luft schwirrten. Wir lasen uns gegenseitig unsere Texte vor, und seine Kritik, die ebenso aufrichtig wie hart war, brachte mich dazu, meine Texte umzuschreiben oder zu verwerfen. Doch selbst wenn ich etwas weggeworfen hatte, fühlte ich mich angestachelt, denn durch Espen war ich plötzlich einem Punkt sehr nahe gekommen, wo Literatur wichtig war, vielleicht das Wichtigste, und wo man daher nicht bluffen oder nachlässig sein durfte, nicht halbherzig lesen oder schreiben durfte: Es ging um alles oder nichts. Espen debütierte bald mit dem Gedichtband *sakte dans ut av brennende hus* und zog nach Oslo, veröffentlichte in der literarischen Zeitschrift *Vagant* und teilte auch das mit mir: Er stellte mich den Autoren und Kritikern vor, die er in diesem Zusammenhang kennengelernt hatte. Ich blieb in Bergen und lernte dort schon bald einen anderen Studenten kennen, der schrieb, Tore Renberg. Auch wir wurden Freunde, und alles, was er konnte, gedacht oder gelesen hatte, teilte er mit mir. Tores literarische Vorlieben waren andere als Espens, aber viele Autoren überschnitten sich: Um Tor Ulven kam kein Literaturstudent Anfang der neunziger Jahre herum, auch nicht um Ole Robert Sunde, und Samuel Beckett schien überall zu sein. Aber am meisten war Tore damals von Eldrid Lunden begeistert, den ich nie gelesen hatte, und von Tarjei Vesaas und Sigbjørn Obstfelder. Auch wir lasen uns gegenseitig unsere Texte vor, und im Laufe von verblüffend kurzer Zeit schrieb Tore eine Sammlung von Kurzprosa mit dem Titel *Sovende floke*, zog wie Espen nach Oslo, debütierte und begann kurz darauf, in der Redaktion von *Vagant* zu arbeiten, auch er.

Als all dies passierte, als ich mit Tore oder Espen Kaffee trank, als wir über Literatur, Musik oder Fußball redeten und wir alle drei schrieben und Schriftsteller werden wollten, hatte es nichts zu bedeuten. Keiner von uns wusste, wie es laufen würde, wir wussten ja kaum, womit wir uns eigentlich befassten. Haben wir uns überhaupt mit etwas befasst? Haben wir uns nicht einfach die Zeit vertrieben, indem wir etwas taten, wozu wir Lust hatten? Alles war undefiniert, und dass die Lektüre von Tor Ulven beispielsweise auf einen Einfluss Tor Ulvens auf die Literatur unserer Generation hinweisen würde, der heute unbestritten ist, ahnten wir damals nicht, denn wir waren keine Generation, wir repräsentierten nichts, und das, womit wir uns beschäftigten, blieb unter uns, es hatte kein Publikum, es war ein absurder Gedanke. Alles war klein, der Kaffee lauwarm, draußen regnete es, vielleicht musste ich pinkeln und verkniff es mir aus Höflichkeit. Aber wenn ich darüber schreibe, merke ich, dass etwas entsteht, eine Zeit entfaltet sich, ein Milieu steigt empor, eine Geschichte erscheint. Ja, Espe ist zweiundvierzig und Vater von zwei Kindern, Tore ist einundvierzig und Vater von zwei Kindern, und ich bin vierundvierzig und Vater von drei Kindern, also alles Männer im mittleren Alter, und wir alle haben viele Bücher, Essays und Artikel geschrieben und sind auf einer scheinbar geraden Linie von unseren damaligen Treffen und Gesprächen zu dem geworden, was wir jetzt sind, Autoren der mittleren Generation.

Auf diese Weise lügt die Geschichte immer, sie lässt das Zufällige unübersichtlich werden, vielleicht sogar sinnlos, sie lässt es zu etwas Vorbestimmtem werden, überschaubar und sinnvoll. Die Situationen und Ereignisse, die Menschen und Gespräche waren natürlich real, es ist nicht so, dass über etwas schreiben lügen oder verdrehen heißt, aber indem diese Wirklichkeit niedergeschrieben wird, bekommt sie eine Form, die in ihrem Wesen starr und unveränderlich ist. Sie schließt die Wirklichkeit in einer bestimmten Weise ab, während gerade das Nicht-fest-Abgeschlossene, Unübersichtliche das Wesentliche daran war. Über eine Situation zu schreiben, heißt, etwas von ihrem Potenzial einzulösen, gleichzeitig verschwindet aber all das andere Potenzielle im Schatten des Ungesagten, Ungedachten und Ungeschriebenen, im Tal der verlorenen Möglichkeiten.

Nun ja, da saß ich in Bergen, sechsundzwanzig Jahre alt. Meine zwei besten (und einzigen) Freunde hatten das getan, was ich eigentlich auch tun wollte, sie hatten mit Romanen debütiert und waren nach Oslo gezogen, ins Zentrum des literarischen Lebens in Norwegen. Es war ein Gefühl, als hätten sie mich verlassen, und obwohl sie nicht wissen konnten, wie schwarz vor Neid ich war, ahnten sie es möglicherweise; sie haben es ganz sicher geahnt, denn hier hatten wir die Rolle der schreibenden jungen Menschen geteilt, wir hatten die Ambition geteilt, Schriftsteller zu werden, wir hatten all unsere Leseerlebnisse und Leseerfahrungen geteilt. Und dann war es ihnen gelungen – Tore sogar ausgesprochen gut, er bekam den Preis für das beste Debüt in dem Jahr –, während ich kein Glück gehabt hatte und noch immer allein in Bergen saß. Im Grunde mit nichts, denn im Gegensatz zu Espen und Tore konnte ich nicht schreiben, ich meine, es kam nichts heraus, wenn ich mich vor den Computer setzte, nicht ein Wort, es war ganz leer. Ich dachte, die Ambition zu schreiben, oder der Glaube, dass ich es könnte, wäre ein Selbstbetrug, eine Lebenslüge. Tore hatte es in sich, Espen hatte es in sich, ich hatte es nicht in mir. Also nahm ich mein Studium wieder auf. Im Laufe von einem Jahr belegte ich als Nebenfach Kunstgeschichte und fing im Hauptfach mit Literaturwissenschaft an. Ich wollte über Literatur und ihren Ort schreiben. Dann passierte etwas vollkommen Unerwartetes. Ein Verlagslektor rief an und fragte mich, ob ich mich mit ihm treffen wolle, er hatte eine Erzählung von mir gelesen und würde mit mir gern ein bisschen darüber reden.

Heute ist ein derartiges Vorgehen ungewöhnlich. Damals, Anfang der neunziger Jahre, war es so. Hatte man Ende der achtziger, Anfang der neunziger Jahre schriftstellerische Ambitionen, war die Vorgehensweise folgendermaßen: Man schrieb ein Buch, schickte es einem Verlag und bekam nach ein, zwei Monaten Antwort mit der Post; in aller Regel eine Absage, die sich abstufen ließ: War es eine Standardabsage, war es ein schlechtes Zeichen, denn dann war das Manuskript so schwach, dass man es nicht einmal einer persönlichen Würdigung wert befunden hatte. Kam die Absage mit einem Gutachten, war es ein wenig besser, selbst wenn das Gutachten negativ ausfiel, denn dann war der Verlag zumindest aufmerksam geworden und hatte das Manuskript von einem externen Gutachter lesen und begutachten lassen. Ein solches Gutachten konnte damit enden, dass der Autor vielversprechend sei, dieses Manuskript aber nicht publiziert werden könne, oder, oh, fantastisch!, dass sie es gern noch einmal in einer überarbeiteten Version lesen würden. Da diese Überarbeitung aber allein vorgenommen werden musste, höchstens gestützt auf ein paar vage Ratschläge des Gutachters, endete es häufig mit einer definitiven Absage. Nur sehr selten geschah es, dass ein Manuskript unverändert angenommen wurde; es hieß damals, es komme in einem von hundert Fällen vor.

Aufgrund dieser Distanz zwischen Autor und Verlag, die Rede war von einem Abgrund, ging es häufig darum, die Aufmerksamkeit dieser mysteriösen, unnahbaren Leser auf den ersten Blick zu erregen. Ein guter Titel, eine schöne Schrifttype (wenn ich mich recht entsinne, konnte man damals, vor der Zeit des Computers, ganze Buchstabenbögen kaufen, zum Beispiel in Fraktur, und aufkleben), keine Tippfehler oder Streichungen, ein sorgfältig formulierter Begleitbrief. Ich erinnere mich an Øystein Lønns Rat, als ich auf die Akademie für Schreibkunst ging: Stellt das Beste voran. Egal, wie wenig es mit dem Rest zu tun hat, die besten Seiten zuerst. Es geht darum, gelesen zu werden, damit derjenige, der die Manuskripte im Verlag aussiebt, es nicht einfach zur Seite legt, sondern innehält und weiterlesen will.

Als Antwort auf ein Romanmanuskript, das ich eingeschickt hatte, es muss im Frühjahr 1989 gewesen sein, bekam ich eine Standardantwort von wenigen Zeilen: Sie hätten das Manuskript mit Interesse gelesen, es wäre ganz gut, aber sie wollten es nicht veröffentlichen. Das war nichts gegen Tore, der nicht ohne Stolz erzählte, dass er achtzehn Mal abgelehnt worden war. Aber damals war er neunzehn Jahre alt. Bei seinem Debüt war es anders. Er schickte kein Manuskript an einen Verlag, wie man es hierzulande seit Generationen getan hatte, schon zu Hamsuns Zeiten, nein, der Verlag rief ihn an. Er hatte einige Rezensionen für *Morgenbladet* und in *Vinduet* geschrieben, und eines Vormittags rief ein Mann an und stellte sich als Lektor im Verlag Tiden vor. Er erkundigte sich, ob Tore als Gutachter für ihn arbeiten wolle. Tore war einverstanden, aber nicht ohne zu erwähnen, dass er selbst auch schreiben würde. So etwas hatte sich der Lektor schon gedacht und sagte, dass er gern etwas von Tore lesen würde.

So wurde Tore Autor bei Tiden. Dort sollte er ein Jahr später eine Anthologie mit sogenannten »neuen Stimmen« herausgeben, und er fragte mich, ob ich etwas für ihn hätte. Das hatte ich. Verborgen in einem Romanversuch über ein Sklavenschiff, es war eine reine Abschrift aus einem existierenden Fachbuch, gab es eine Erzählung, die ich Tore schickte und die er publizierte, vielleicht aus Mitleid über die Eifersucht, die er durchaus bemerkte. Es war kein guter Text, aber dennoch führte es dazu, dass mich dieser Lektor ebenfalls anrief, und einige Wochen später saß ich in seinem Büro in der Operapassage und schaute verstohlen auf die Manuskriptstapel, ob mir etwas Bedeutendes auffiel, während er Kaffee für uns holte. Als er wiederkam, unterhielten wir uns ein wenig, meist redete er, dann ging ich. Es war so gut wie nichts dabei herausgekommen, aber es reichte, denn als ich den Verlag verließ, hatte ich das Gefühl, bemerkt worden zu sein.

Oh, dies alles sind heikle Themen. Denn es ist eigentlich unmöglich zu erklären, dass dieses vage Gefühl, bemerkt worden zu sein, glaubwürdig zu sein, dazu führte, dass ich einen Roman begann, und in diesem Roman ging ich weiter, als ich es je zuvor getan hatte. War es sein Verdienst? Sagen wir es so: Hätte er mich nicht zu dem Treffen geladen, hätte ich nicht wieder mit dem Schreiben begonnen, auf jeden Fall nicht auf diese Art. Als ich ihm die Einleitung des Romans schickte, schämte ich mich zutiefst. Jetzt hatte ich ihn enttäuscht und sein Vertrauen missbraucht, jetzt war alles zerstört. Vor allem über eine Episode schämte ich mich. Die Hauptperson ging irgendwann in eine Telefonzelle auf Torgallmenningen in Bergen, und rief sich selbst als Zehnjährigen an. Es war so lächerlich!

Es vergingen einige Wochen, dann rief der Lektor an. Er fand es gut und interessant, vor allem die Episode, in der der Protagonist in seiner eigenen Kindheit anrief, das wäre etwas! Und dann sagte er noch: Henrik wiederholt einen Gedanken, er sagt innerhalb der Welt, außerhalb der Welt, innerhalb der Welt, außerhalb der Welt. Das ist doch fast ein Titel, oder? Außerhalb der Welt?

Zwei wichtige Äußerungen, die beide erlösend waren und den Rest des Schreibens an meinem Roman bestimmten. Die Bewegung von einer Zeit in die andere, oder von einem Ort zum anderen, mit Hilfe einer Metapher, die wie die Telefonzelle häufig ganz konkret ist, durchzieht den ganzen Roman; es ist die Denkweise des Romans, dass alle Zeiten und alle Orte in einem einzigen Bewusstsein versammelt sind. Und der Titel, *Ute av verden*, den er mir geschenkt hatte, steuerte die Thematik in der gleichen Weise.

Als ich den Lektor von Tiden das nächste Mal traf, fragte er, ob ich sofort einen Vertrag unterschreiben oder bis zum Erscheinen warten wollte. Ich war kurz davor, ohnmächtig zu werden. Bis dahin hatte ich dies als eine Art Probe gesehen, als etwas, das mich zu etwas anderem führen würde. Er wollte den Roman also drucken! Erst viele Jahre später erfuhr ich, dass er das Manuskript nie als fertig angesehen hatte; sein Vorschlag zielte darauf ab, mir den Glauben, das Selbstvertrauen und das Gefühl zu geben, dass ein Roman in Reichweite war. So ähnlich verhielt sich auch ein Zeitschriftenredakteur Hunter S. Thompson gegenüber, der nach einer Reportagereise kein Wort zu Papier brachte, er hatte eine totale Schreibblockade, worauf ihn der Redakteur anruft und fragt, ob er nicht ein paar Notizen aufschreiben könne, damit der Redakteur ein Gefühl dafür bekomme, worum es eigentlich geht. Thompson macht es und bekommt ein paar Wochen später den telefonischen Bescheid, dass seine Notizen gerade in Druck gegangen sind. Sie waren zum Eigentlichen geworden. Und das, glaube ich, ist häufig die Art und Weise, wie das Eigentliche erreicht wird. Will man das Eigentliche, verschließt es sich, denn es gibt so viele Erwartungen, so viele Ansprüche und Vorstellungen, dass es beinahe unmöglich ist, es zu forcieren. Aber wenn man sich dessen nicht bewusst ist und glaubt, etwas anderes zu tun, sozusagen, indem man auf das Eigentliche wartet, kann das Eigentliche, das eine Form der Hindernislosigkeit benötigt, entstehen.

*

Eine andere Vorstellung vom Schreiben, die mindestens ebenso verbreitet ist wie die vom einsamen Autor, läuft darauf hinaus, dass Schreiben etwas mit Handwerk zu tun hat. Auch darin erkenne ich mich nicht wieder, auch das erlebe ich vollkommen anders. Dass Schreiben davon handelt, das zu zerlegen und abzutragen, was man kann und gelernt hat, ist für einen Handwerker eine unerhörte Vorstellung, ein Möbelschreiner zum Beispiel kann nicht jedes Mal von vorn beginnen. Das bedeutet nicht, dass ein Möbelschreiner nicht kreativ ist und für alte Probleme keine neuen Lösungen finden kann, ja, ich gehe davon aus, dass ein Möbelschreiner am besten ist, wenn er oder sie nicht denkt, sondern einfach nur arbeitet, ungefähr so wie ein Chauffeur, der am besten ist, wenn die erworbenen Kenntnisse, das Chauffeur-Handwerk, nicht mehr reflektiert, sondern einfach ausgeführt werden. So ist es auch mit Musikern: Die Technik oder das Handwerk beherrscht man so gut, dass das Bewusstsein darüber nicht bewusst ist, und erst dann, wenn es einfach fließt, ist es Kunst. Ein Fußballspieler, der nachdenken muss, wie er den Ball annehmen soll, und der sich fragt, ob er eher nach rechts oder nach links läuft, um an dem gegnerischen Spieler vorbeizukommen, und was er dann auf der anderen Seite machen soll, ob er den Ball nach rechts oder links spielt oder eventuell aufs Tor schießt, ist ein schlechter Fußballer. Gemeinsam ist Musikern, Möbelschreinern, Chauffeuren und Fußballspielern, dass sie die Technik Stunde um Stunde geübt haben, bis sie dem Körper gehört und zu etwas Reflexartigem und Selbstlosem geworden ist, das sich von selbst ergibt. Einen solchen Zustand gibt es auch beim Schreiben, und er ist ebenso erstrebenswert – ich habe einmal ein Interview mit dem britischen Autor Ian McEwan gelesen, er redete über den losgelösten Zustand, in den ihn das Schreiben versetzen könne, und dass diese Losgelöstheit, die nur sehr selten auftritt, der Höhepunkt des Schreibprozesses sei. Aber im Unterschied zu den genannten Aktivitäten gibt es beim Schreiben tatsächlich nichts zu trainieren, keine Techniken, die permanent wiederholt werden könnten, bis sie sitzen – was sollte das auch sein? Ein dramatischer Wendepunkt, auf den man wieder und wieder zuschreibt? Eine bestimmte Art und Weise, ein Gesicht oder eine Persönlichkeit zu beschreiben? Nein, Schreiben lässt sich nicht trainieren, es kann keine Übung sein, nur *the real thing*, das Ding an sich, etwas, das man einfach einmal tut, auf exakt die Art und Weise, die nicht wiederholbar ist, denn sonst ist man nicht länger in dem Ding an sich, sondern in der Wiederholung davon. Beim Schreiben geht es also, mehr als bei etwas anderem, nicht darum zu üben, sondern darum, Fehler zu machen. Fehler machen, es nicht schaffen, sich irren, es nicht hinbekommen, Fehler machen, Fehler machen, Fehler machen – aber nicht, um irgendwann einmal in der Zukunft zum Wesentlichen vorzudringen, das wäre halbherzig, und das Halbherzige ist das Gegenteil des Schreibens, nein, die Fehler müssen mit vollem Risiko gemacht werden, in vollem Ernst, mit vollem Einsatz. Eine schlechte Ballannahme kann bei einem Fußballtraining ärgerlich sein, aber sie tut nicht weh. Ein literarischer Fehler schmerzt, und wenn es nicht so ist, ist es kein Fehler, sondern eine Übung, die zu nichts führt. Mit anderen Worten, um zu schreiben, muss man sich belügen, man muss glauben, dass man *dieses* Mal in etwas vorstößt, egal, wie elend und misslungen es ist. In diesem Prozess ist alles unsicher, alles fließend, und selbst, wenn der losgelöste, leuchtende Zustand sich einstellt, muss das nicht bedeuten, dass das Geschriebene irgendeinen Wert hat oder irgendeine Form der Qualität besitzt – diejenigen, die sich am häufigsten in diesem Zustand befinden, sind trotz allem immer noch die Kinder.

Eigenhändig Fehler zu machen geht eine Weile gut, aber nur bis zu einem gewissen Punkt, denn wenn etwas misslingt, ist es kein Vergnügen, denn es misslingt ernsthaft. Und umgeben von Freunden und Familie, die arbeiten oder studieren, wird es immer schwieriger, das Schreiben zu verteidigen und es als etwas Sinnvolles hochzuhalten, solange es keinerlei Resultate gibt, wie zum Beispiel das Publizieren in einem Verlag. Unter diesen Voraussetzungen mit dem Schreiben zu scheitern, heißt auch, sozial zu scheitern. Alle kennen den Typus, der – häufig ein bisschen geheimnisvoll – erklärt, »ich schreibe«. Gibt es nach zehn Jahren noch irgendjemanden, der glaubt, es hätte irgendeinen Wert? Nach zwanzig Jahren? In jedem Fall glaubt es ihm niemand mehr. Irgendwann ist das Schreiben zu etwas Schmachvollem geworden, beinahe zu einem Stigma. Wenn er weiterschreibt, muss er sich selbst belügen, und das wird immer schwerer werden, bis es ihm klar wird, dass es tatsächlich wahr ist, es *ist* missglückt.

Für einen Autor, der ein Buch herausgebracht hat, verhält es sich im sozialen Umfeld anders. Aber nicht beim eigentlichen Schreiben. Das kann eine Weile ebenso misslingen. Und genau hier kommt der Lektor ins Spiel. Seine Aufgabe ist es, den Autor zu unterstützen, was in vielen Fällen heißt, den Autor zu belügen, zu sagen, das ist richtig gut, mach einfach weiter. Ich unterhielt mich neulich mit einem schwedischen Lektor, der sagte, es sei vielleicht der schwierigste Teil der Arbeit, weil der Autor ja oft einen Verdacht hat, dass es vielleicht nicht gut ist; gleichzeitig will er oder sie aber hören, wie gut gerade dieser Text ist. Der Autor braucht die Lüge und muss den Gedanken überwinden, dass es sich um eine Lüge handelt, er muss sich selbst belügen, um daran zu glauben. Derselbe schwedische Lektor sagt seinen Autoren immer, wenn sie ein Manuskript durchgehen, dass sie sich aufschreiben müssen, was er sagt. Tun sie es nicht, würden sie sich nur an das Negative erinnern. Obwohl er den Text fünfzehn Minuten gelobt und detailliert die Qualität einzelner Passagen hervorgehoben hat, sind die Änderungsvorschläge das Einzige, was hinterher im Bewusstsein der Autoren hängen geblieben ist. Und warum muss etwas geändert werden? Weil es nicht gut genug ist, weil es misslungen ist, weil es fehlerhaft ist.

An diesem Punkt steht alles auf der Kippe. Hier steht alles auf dem Spiel. Denn was ist eigentlich »gut«? In der literarischen Welt geht es viel um das Finden des Originalen, der eigenen Stimme, des bisher Ungesehenen – das sind die Ideale. Dagegen steht der Begriff der Qualität, die Kanonisierungs- und Bewertungsgrundlage. Um das Originale zu erreichen, das Persönliche und Ungesehene, gibt es keine Vergleichsmöglichkeit. Es gibt keinen sicheren Maßstab, um zu sagen, das ist »gut«. Wenn das Buch mit dem Verlagslogo auf dem Rücken vorliegt, ist es ein Qualitätsstempel an sich: Viele Menschen mit gutem literarischen Ruf, die in einer renommierten Institution arbeiten, haben damit gesagt, dass dieses Buch einen Wert hat. Einem Buch einen Stempel zu geben, ist riskant. Es heißt, wenn es einem anderen Buch ähnelt, das anerkannt gut ist, ist es nicht riskant, aber wenn es keinem anderen Buch ähnelt, sondern etwas ganz Eigenes ist, erfordert es Mut, es zu stempeln und herauszubringen. In der Verlagsbranche gibt es viel Feigheit, weil so viel Ansehen zu verlieren ist; ein Lektor, der, sagen wir, für fünf Bücher hintereinander verantwortlich ist, die alle verrissen werden und sich nicht verkaufen, wird an Sicherheit denken, das Bekannte als Norm nehmen und das Riskante ablehnen. Ich schreibe dies nicht, weil ich glaube, dass es viele unentdeckte literarische Genies in Norwegen gibt, die ihre Bücher nicht veröffentlichen können, sondern weil die Qualität eines Lektors so viel mit Mut zu tun hat. Ich weiß von später kanonisierten Manuskripten, die von einem Verlag nach dem anderen abgelehnt wurden, aus dem einfachen Grund, weil sie keinem anderen Buch irgendwie ähnlich waren, also nicht auf der Linie des herrschenden literarischen Ideals lagen, und in letzter Konsequenz erfordert es Mut zur Veröffentlichung. Ich selbst habe als Gutachter mit Manuskripten von Debütanten gearbeitet und weiß, wie unglaublich schwer es sein kann, auf eigene Faust die Qualität zu beurteilen, bevor das Qualitätskriterium, das ein Einband darstellt, vorliegt. Ist es eigentlich gut genug? Was ist gut genug? Und wenn es nicht gut genug ist, gibt es etwas darin, das gut genug werden kann? Ist es richtig gut, gibt es gerade nichts, woran man sich stößt, man ist vollkommen seinem eigenen Urteil überlassen – und ist *das* gut genug?

*

Der Romanzyklus, in den ich das meiste investiert habe und in dem ich das größte Risiko eingegangen bin, ist *Min kamp*. Ich glaube, das ist jedem, der ihn gelesen hat, vollkommen verständlich und einleuchtend. Wie wichtig die Rolle des Verlags für dieses Buch war und welches halsbrecherische Risiko der Verlag auf sich genommen hat, ist nicht ganz leicht zu verstehen. Es liegt in der Natur der Sache, dass der größte Teil der Arbeit des Verlags unkommentiert bleibt und nicht sichtbar wird. Es ging gut mit den Büchern, so viel wissen wir heute, mit diesem Ergebnis scheint das Risiko verschwunden.

Aber wie oft kommt es vor, dass von einem Autor in einem Jahr sechs Romane erscheinen? Ich weiß von Schriftstellern, die unorthodoxe Erscheinungsweisen vorgeschlagen haben, einer wollte zum Beispiel zwei Romane gleichzeitig herausgeben, aber der Verlag hat abgelehnt, das können wir nicht, das geht nicht. Warum? Vielleicht waren sie schwierig zu verkaufen, vielleicht war es schwierig, dafür die staatlichen Fördergelder zu bekommen, vielleicht war es auch einfach nur unüblich, so zu verfahren. Als ich mit meinem Manuskriptstapel von zwölfhundert Seiten in den Verlag Oktober kam und fragte, was wir tun sollten, ob wir daraus ein oder zwei Bücher machen sollten, schlug Verlagschef Geir Berdahl vor, dass wir aus dem Manuskript zwölf Bücher machen, eines pro Monat, ein Jahr lang. Welcher andere Verlag hätte so etwas vorgeschlagen? Es war vollkommen unerhört. Allerdings ging es aus rein praktischen Gründen nicht, aber das Wesentliche des Vorschlags wurde beibehalten, wir wollten es seriell über ein Jahr verteilen, mit drei Büchern im Herbst und drei Büchern im Frühjahr. Ich hätte das vorliegende, zwölfhundert Seiten lange Manuskript aufteilen und es in sechs Romanen mit je zweihundert Seiten erscheinen lassen können. Aber das Format, das sich der Verlag hatte einfallen lassen, dieser hohe Himmel, der sich so plötzlich über dem Buch auftat, führte dazu, dass ich übermütig wurde und vorschlug, das Manuskript nur zu teilen, um dann weitere vier Romane für den Herbst und das Frühjahr zu schreiben, die fortlaufend erscheinen sollten. Ich glaube, sämtliche Verlage der Welt hätten abgelehnt, dieses Risiko können wir nicht eingehen. Was passiert, wenn du eine Schreibblockade bekommst? Oder wenn du krank wirst? Und wenn du es nicht schaffst? Oder nicht schnell genug schreiben kannst?

Mein Lektor äußerte niemals derartige Zweifel. Sein Vertrauen in meine Kapazität schien unendlich zu sein. Und erst dadurch wurde es möglich. Ein Roman von zwei-, dreihundert Seiten braucht gewöhnlich ein Jahr, bis er fertig ist, hin und wieder auch zwei, manchmal sogar drei. Es hängt vom Tempo des Autors ab, seinem Temperament, seiner Erfahrung, dem Stadium seines Lebens als Schreibender. Ich hatte die letzten fünf Jahre damit verbracht, nicht schreiben zu können, und wollte nun einen Roman in drei Monaten schreiben, vier Mal hintereinander. Es wäre nie ohne meinen Lektor gegangen, der dies für eine Selbstverständlichkeit zu halten schien. Und dadurch wurde es auch zu einer Selbstverständlichkeit.

Nun war es ja so, dass der Inhalt ebenfalls problematisch war, denn ich schrieb über mich und über mein Leben, und alle Menschen darin tauchten mit ihrem vollen Namen auf. Ich glaube, die Bücher wären nie erschienen, wäre ich als Debütant mit diesem Manuskript gekommen. Denn es ist nicht nur das Verlagslogo auf dem Buchrücken, das eine Mindestgarantie für Qualität darstellt und den Inhalt zu »Literatur« erklärt, es ist auch der Name des Schriftstellers. Und wäre dieses Manuskript von jemandem geschrieben worden, der nicht einen solchen Autorennamen gehabt hätte, sondern nur seinen eigenen, lasst uns sagen, er hätte Audun Ekre geheißen oder von mir aus Torill Ekely, wäre die Unsicherheit um dieses Projekt, zum Beispiel, wie literarisch es wirklich war, vermutlich zu groß gewesen. Dass ich bereits zwei Romane veröffentlicht hatte, ließ diesen Zweifel zumindest nicht automatisch aufkommen. Es sicherte nicht die Qualität, aber dass es ein bestimmtes literarisches Bewusstsein für den Roman gab, einen literarischen Willen. Aber selbst dann, mit einem Autorennamen als Garantie, war es keine Selbstverständlichkeit, dass dieser Romanzyklus erschien. Er hätte zum Beispiel gegen das Gesetz verstoßen können, gegen das Gesetz der üblen Nachrede, oder weil er die Grenze zur Verletzung der Persönlichkeitsrechte überschritt. Es hätte Prozesse geben, und der Verlag hätte verlieren und zu Schadensersatz verurteilt werden können. Oktober ist ein kleiner Verlag, ein solches Urteil hätte spürbare Konsequenzen gehabt. Vor Erscheinen des ersten Buches ließ der Verlag Juristen das Manuskript durchsehen, aber die Juristen konnten nur sagen, was wahrscheinlich war oder höchstwahrscheinlich, ein Urteil im Falle eines Prozesses konnten sie nicht ausschließen. Aber der Verlag ließ das Buch dennoch erscheinen.

Das letzte Unsicherheitsmoment hatte mit der Qualität zu tun. Der erste Roman befand sich auf einigermaßen sicherem Grund, er hatte einen Anfang, eine Mitte und einen Schluss, und die Handlung war so klassisch, wie sie nur sein kann: Zwei Brüder reisen in ihre Heimat, um ihren Vater zu begraben. An dem Auftakt, den ersten zehn Seiten, hatte ich tatsächlich seit mehreren Jahren gearbeitet, lange bevor das Autobiographische zur Richtschnur wurde; er stand bei mir für Qualität, das heißt, die Sätze waren die höchste Qualität, die ich liefern konnte. Dass das Niveau danach so drastisch sank und sich auf den nächsten hundert Seiten zu einer Art prosaischem Alltagsniveau entwickelte, war beunruhigend, aber solange der Rahmen hielt, der den Roman aussehen ließ wie jeden anderen Roman, ließ sich mit dieser Unruhe umgehen.

Als wir den Roman in einem der Sitzungsräume des Verlags zwei Tage lang redigierten, schlug der Lektor als Erstes vor, die Einleitung zu streichen, weil der Stil so anders war, so feierlich und fertig im Verhältnis zu den folgenden Seiten. Einige Jahre zuvor hatte ich eine Romaneröffnung von Kristine Næss in Manuskriptform gelesen, sie hatte denselben Lektor wie ich, und etwas in ihrer Romanstruktur erinnerte an meine: Ihre Einleitung war wirklich schön und gut geschrieben, stand da wie in Stein gemeißelt, aber der Stil des folgenden Textes wurde verschluckt von dem Alltäglichen und Unreifen, das beschrieben wurde, der Stil wurde rauer, direkter, hässlicher. Als der Roman erschien, war die schöne, stilsichere und vollkommene Einleitung verschwunden. Geblieben war das Niedrige. Und es war viel besser! Nur wenige Autoren schaffen es, mit ihrer Sprache dem Leben so nahezukommen wie Kristine Næss. Sie gehört zu den allerbesten Autoren unserer Generation, und obwohl ich wusste, wie gelungen die Streichung des »Guten« und die Pflege des »Schlechten« sich ausgewirkt hatte und wie relativ der Begriff Qualität war, wie das praktische Beispiel gezeigt hatte, konnte ich dem Vorschlag meines Lektors nicht folgen, die durchgearbeitete, hochmodernistische prosahafte Einleitung zu streichen. Ich bestand darauf, denn genau sie besagte, dass ich ein ordentlicher Schriftsteller war, dass ich tatsächlich schreiben und nicht nur fühlen konnte.

Aber das wirkliche Problem war das zweite Buch. Nachdem es aus einem größeren Zusammenhang herausgenommen und eigentlich der zweite Teil eines Romans war, hatte es keinen Anfang, keine Mitte und keinen Schluss, keine Handlung und keinen Verlauf, nur eine Reihe von Ereignissen und Gedanken, die aufeinander folgten, wobei die Gedanken dem Augenblick gehörten, in dem sie gedacht wurden, und ausdrücken sollten, wie man eigentlich dachte, allein und für sich, im Unterschied zu einem Gedanken, den man anderen mitteilte. Ein Kollege und Freund von mir las das Manuskript und sagte, dass ich es nicht veröffentlichen sollte, das Buch hätte nicht das Niveau dazu. Und dabei wies er ausgerechnet auf die Gedanken hin, zum Beispiel den über Monika Fagerholm, die finnische Autorin, über die ich an einer Stelle im Buch sage, dass sie den Preis des Nordischen Rats gewinnen wird, weil sie eine Frau ist. Er sagte, wenn man so etwas öffentlich sage, senke dies das Niveau. Und er hatte in gewisser Weise recht, strukturell gesehen ist das Buch schwach, manchmal so schwach, dass es durchfällt, man könnte sagen, dass es auf diese Weise dem Leben, so wie es ist, näherkommt, aber das ist kein wirkliches Argument. Wie mein Lehrer Ragnar Hovland einmal an der Akademie für Schreibkunst sagte: Du kannst gern über das Langweilige schreiben, aber du darfst nicht langweilig über das Langweilige schreiben. Übertragen auf dieses Buch: Du kannst gern über das Schwache oder das Dumme schreiben, aber du darfst nicht schwach über das Schwache oder dumm über das Dumme schreiben. Dies ist eine legitime Lesart, und ich las es so und bat um ein hartes und gründliches Lektorat, was der Lektor aber nicht wollte oder nicht für nötig hielt, gerade weil er, im Gegensatz zu mir, die ganze Zeit an dieser Schreibintention festhielt, die das Narrative aufbrach, die Form aufbrach, die das aufbrach, was Literatur zu Literatur werden ließ, um stattdessen in die Richtung zu gehen, in die Kristine Næss gegangen war, in Richtung Leben, egal wie dumm es war.

Ich glaube, dumm zu sein, ist mithin das Schwerste,

das Allerletzte, was man sein will. Die ganze Akademie mit ihrer Tyrannei der Form wurde nur als Schutz vor dieser Angst errichtet, behauptet Geir Angell. Die Angst, sich lächerlich zu machen, gibt es etwas Stärkeres? In der Literatur ist der Schutz vor dieser Angst der gute Satz, die smarte Form, die intelligente Metapher. Wäre es nicht so, würde es nicht so schwer sein, darauf zu verzichten, aber es ist mehr als das, der gute Satz, die smarte Form und die intelligente Metapher repräsentieren auch das Höchste, das, was über dem Autor an sich steht, es repräsentiert in gewissem Sinn das Höchste der Kultur, das Hübsche und Schöne. Warum sich also gegen das Dumme wenden?

In allem, was ich geschrieben habe, gab es eine Infantilität, und von allem, was ich geschrieben habe, war es häufig genau das, was der Lektor hervorhob. Da, da ist etwas, sagt er und zeigt auf etwas Kindliches. Oft zeigt er auch auf Stellen, an denen mein Blick sich verengt hat, hier bittet er mich, einen Schritt zur Seite zu treten und mir anzuschauen, wie es aussieht. Das Infantile, das ist Einfachheit, lange bevor etwas Vernünftiges und Zusammenhängendes sich bildet, während das Lösen der verengenden Knoten das Gegenteil ist, es ist eine Erweiterung der Komplexität. Allein in diesen beiden Hervorhebungen liegt eine Ästhetik, eine Haltung zu dem, was Literatur ist, die für mich zu einem Versuch geworden ist, eine Form der Begrenzung zu überwinden, die in der Sprache liegt und nur von der Sprache überwunden werden kann.

Ein Lektor arbeitet immer mit vielen verschiedenen Autoren, die ganz verschiedene Projekte, Interessen und Stimmen haben, und nicht zuletzt verschiedene Bedürfnisse, aber ich glaube, dass das Schreiben grundsätzlich gesehen dasselbe ist; das, was Schriftsteller voneinander unterscheidet, ist der Zugang dazu, die Hindernisse sind verschieden, und die Aufgabe des Lektors ist es, sie zu identifizieren und zu versuchen, dem Autor Hilfestellung zu geben, um sie zu überwinden. Mitunter ist dafür ein Blick von außen notwendig und eine Korrektur, hin und wieder geht es darum, dem Autor einen diskreten Hinweis zu geben, zum Beispiel, indem man über ein bestimmtes Gedicht oder einen Roman redet, in dem eine mögliche Richtung liegen könnte, etwas Erlösendes, das wachsen kann und zu einer Idee wird, die scheinbar von allein gekommen ist. Und diese Ideen – zum Beispiel die Art, wie D. H. Lawrence Gefühle schildert, als etwas Monumentales und beinahe Materielles, gleichzeitig unendlich Feines und Komplexes – können einem Autor, der behauptet, dass er oder sie leer ist, nichts schreiben kann oder kein Thema hat, die Richtung weisen. Er möchte das Große, und es gelingt nicht, oder, unartikuliert, er weiß nicht, wo es zu finden ist. Lawrence öffnet große Räume, wo es keine Räume gibt, er erschafft sie durch sein Schreiben, erst dadurch sehen wir sie. Dass er sie schafft, bedeutet eben nicht, dass es sie nicht gibt, sondern dass er sie für uns findet. So etwas kann auch mit einer Plastiktüte geschehen, die vom Wind umhergewirbelt wird – ich erinnere mich, dass ich in einem Film einmal eine Plastiktüte gesehen habe, die vom Wind im Kreis herumgewirbelt wurde, es hatte überhaupt nichts mit dem Rest des Films zu tun, aber gerade die Tatsache, dass diese Sequenz ein wenig mehr Zeit und Raum einnahm als erwartet, verlieh ihr ein Eigengewicht und einen Wert, und dass es sich so mit allem verhält, weiß der gute Lektor. So wird Eldrid

Lunden in der Überschrift eines Interviews in *Vagant* zitiert, der einmal zu einem Studenten sagte: Geh nach Hause und schreib über Milch, mein Junge! Durch eine solche Beziehung zwischen Autor und Lektor, in der der eine nimmt und der andere gibt, häufig ohne zu wissen, dass genau dies passiert, wächst langsam die Einsicht, die sich nur so ganz praktisch niederschlägt, also im Schreiben. Nicht in Regeln, aber als eine Art von Verständnis der Konsequenzen, und bei diesem Umgang ist es schwierig, etwas Konkretes auf den Lektor zurückzuführen, denn es verläuft so prozessual, es gibt tausend Fäden, die sich vom Leben in den Text hineinziehen – abgesehen von all dem, was in der Endredaktion geschieht, die wiederum sehr deutlich, aber bedeutend weniger interessant ist: Wenn du diesen Teil weglässt, wird jener Teil stärker, und du, dieser Satz da ist dir nicht besonders gelungen, oder? Und willst du das wirklich sagen, was du dort sagst?

Zu Beginn der 2000er-Jahre aß ich mit zwei schwedischen Verlagslektoren zu Mittag, und sie fragten mich sofort, noch bevor sie sich die Servietten auf den Schoß gelegt und sich Wasser in die Gläser gegossen hatten, nach dem Geheimnis dieses norwegischen Lektors? Was macht er?, wollten sie wissen. Wie bekommt er das hin? Was ist mit ihm?

Sie erkundigten sich danach, weil er mit seinen Autoren einen bemerkenswerten Erfolg hatte. In verblüffend kurzer Zeit hatte er eine ganze Serie von Debütanten veröffentlicht, von denen viele schnell bekannt wurden, es wurde damals als Boom beschrieben. Es schien, als würde sich das Klima der literarischen Öffentlichkeit ändern, als würde es eine andere Aufmerksamkeit für die Literatur und ihren Status geben. Da ich ein Teil davon war, hatte es wohl zur Folge, dass viele denken, ich übertreibe, mythologisiere, werte mich selbst auf, aber wir hatten das Gefühl, als würde etwas passieren und als hätte es etwas mit diesem neuen Lektor zu tun. Inzwischen ist auch dies eine Selbstverständlichkeit, es ist Geschichte, etwas, das damals geschah. Wir wissen, wie es ablief, und nehmen es als gegeben. Aber damals wies nichts darauf hin, dass es zu einem Debütanten-Boom kommen würde, beinahe zu einer ganzen kleinen Generation, die mit der Arbeit eines einzelnen Lektors verbunden war. Damals gab es so gut wie nichts – einige mögliche Namen auf einem Block vielleicht, und vermutlich ein paar Ideen, wie die Lektoren- und die Autorenrollen aussehen könnten. Dass sich aus diesem Nichts so schnell so viel entwickelte, muss daran liegen, dass seine Arbeit in seiner Umgebung eine gewisse Resonanz hatte, dass die Voraussetzungen dafür bereits existierten und dass er eigentlich etwas auslöste, was bereits vorhanden war und auf ihn wartete.

Als er einige Jahre später den Verlag wechselte und für Oktober zu arbeiten begann, folgten ihm so gut wie alle Autoren. Es gibt viele Lektoren in Norwegen, es ist eine Rolle, eine Funktion innerhalb des Verlagsgeschäftes, und es ist verständlich, dass die unsichersten und abhängigsten Autoren, so wie ich, sich nicht vorstellen konnten, den Lektor zu wechseln. Man ist ihn gewohnt, und allein der Gedanke an eine Veränderung bei einer für das Schreiben so grundlegenden Beziehung war erschreckend. Dass ihm damals so gut wie alle folgten, sagt etwas darüber aus, dass er seinen Autoren mehr bot als bloß ein Rollenmodell und seine Arbeit von Bedeutung gewesen sein muss.

Aber was genau tat er?

Den beiden schwedischen Lektoren antwortete ich ein wenig zögerlich, dass ich es nicht genau wüsste. Inzwischen funktioniert es jetzt seit fünfzehn Jahren, und es sagt sich so leicht, dass das Wichtigste eine neue Definition der Lektorenrolle war, vor allem durch den Abbau der großen Distanzen, die mit der Rolle verbunden waren: der Distanz zwischen Verlag und Autor, bei der der Verlag nicht länger eine Festung oder ein Fort war; der Unterschied, ob man draußen oder drinnen war, wurde radikal vermindert. Die Distanz zwischen Autor und Text, bei dem der Fokus eher auf dem Schreibprozess als auf dem Endresultat lag und damit mehr auf dem Autor als auf dem Text. Und schließlich die Distanz zwischen der Beurteilungsinstanz und dem beurteilten Text: nicht von oben, nicht von außen, sondern von innen.

Dies beinhaltet, dass die Rolle nicht länger eindeutig eine Rolle ist, und daher ist diese Beschreibung des Abbaus von Formalitäten, Grenzen, Distanzen und Autoritäten, bei dem es um Strukturen geht, nicht um den Menschen darin, gleichzeitig richtig und falsch. Auch dies ist eines der Probleme der Geschichtsschreibung, dass Menschen zu Repräsentanten, zu Trägern von etwas werden, während sie in der damaligen Situation, als sie handelten, nichts anderes repräsentierten als sich selbst, nur für sich selbst agierten. Etwas zu repräsentieren erfordert Abstand, und in diesem Fall wurde genau diese Distanz aufgehoben, gleichzeitig wird damit natürlich auch etwas repräsentiert, nämlich eine Aufhebung. Das Gleiche geschieht in der Literatur, jedes Buch verdankt sich dem Einsatz des Lebens eines Einzelnen, die Seele eines Einzelnen wird bloßgestellt, aber im selben Augenblick, in dem das Buch erscheint, repräsentiert es ungeachtet dessen eine Tendenz, eine Richtung, und bald, wenn einige Jahre vergangen sind, eine Ideologie, eine Ästhetik, eine Moral, eine Zeit, eine Epoche. So ist es, weil wir einzigartig sind, wir haben dieses einzigartige Gesicht, diese einzigartigen Augen, diese einzigartigen Stimmen, diese einzigartigen Gedanken, aber wir sind auch immer ein Teil einer Gemeinschaft, einer Zeit, einer Kultur – sehen Sie sich eine Fotografie aus dem 19. Jahrhundert an, und Sie sehen vor allem ein Gesicht des 19. Jahrhunderts. Sie haben eine andere Form und einen anderen Ausdruck als unsere Gesichter; lesen Sie ein Tagebuch aus dem 19. Jahrhundert, und Sie lesen vor allem eine Stimme des 19. Jahrhunderts, die Gedanken des 19. Jahrhunderts ausdrückt.

Diese Doppelung, dass wir immer wir selbst und unsere Rolle sind und gleichzeitig unsere Zeit repräsentieren, hat eine andere Parallele in der Arbeit dieses Lektors, seit er ebenfalls Autor ist. Für seine Lektorenrolle war dies entscheidend: Er weiß, was ein Autor benötigt, seit er weiß, was es heißt zu schreiben. Aber der schreibende Lektor ist keine ungeteilt einfache, ungeteilt positive Angelegenheit, denn was ist, wenn dem Autor nicht gefällt, was der Lektor schreibt, wenn er es nicht respektiert, wenn es nicht seiner eigenen literarischen Haltung entspricht: Meint er es ernst, was er zu mir sagt, wenn er selbst etwas schreibt, das so ganz anders ist? Wieder handelt es sich um die Aufhebung einer Grenze und um Offenheit: Alle Lektoren haben eigene Präferenzen, aber nicht alle Lektoren legen sie in voller Offenheit auf den Tisch. Aber was bedeutet das? Es bedeutet, dass der Lektor selbst verletzlich ist, dass er selbst sein Innerstes in die Literatur investiert, und für mich wird es gerade dadurch offensichtlich, dass die Literatur gleichzeitig kollektiv und individuell ist. Das Kollektive wird offenbar im Gespräch über Literatur, wo die Linien kreuz und quer verlaufen, von William Shakespeare bis Cathrine Knudsen, von Peter Dass bis Yngve Pedersen, von Franz Kafka bis Taiye Selasi, von denen man sich Einsichten, Gedanken und Ideen holen kann, und immer auf eine souveräne Art, es schafft Ressourcen, es ist vorhanden, es umgibt uns, es prägt uns – wir befinden uns außerhalb dessen, wir nehmen uns, was wir brauchen, und machen es uns zu eigen. Aber wenn man selbst schreibt, ist es nicht so, da hört die Souveränität auf, da ist man mit etwas allein, und dieses Alleinsein ist das Wesentliche, das innerste Wesen der Literatur, aus dem heraus sie immer entsteht. Wenn ich Bücher meines Lektors lese, sehe ich dieses Innerste, dieses Alleinsein, dieses Ursprüngliche, anders, als wenn ich ihn reden höre. Es ist das Souveräne gegen das Verletzliche, das Sichere gegen das Suchende, das Gespräch über Literatur gegen die Literatur. Oder anders gesagt: Zur Literatur kann man nur allein gehen, aber auch, um allein zu gehen, braucht man Hilfe; auf dieselbe Weise, wie nur der Einzelne alle sehen kann, und auch nur, weil er außerhalb steht, das heißt, indem er allein ist – wozu man ebenfalls immer Hilfe braucht.

Zu schreiben heißt, das Innere zu suchen, einen Ort, wo es das Soziale nicht gibt, man es aber sehen kann, einen Ort, wo Grenzen überschritten und auf diese Weise sichtbar und neu definiert werden. Verfremdung, der Begriff, den die russischen Formalisten prägten, gehört hierher: Die Gewohnheit führt dazu, dass wir ein Ding oder ein Phänomen auf eine bestimmte Weise sehen, beinahe wie ein Vorurteil, bei dem das eigentliche Ding oder das Phänomen, das Einzigartige daran, in der Wiederholung verschwindet: Wir sehen einen »Baum«, wir sehen einen »Mann mit Hund«, wir sehen einen »Campingplatz«. Zu schreiben heißt, sich durch Vorurteile zu schreiben, bis zu der Welt auf der anderen Seite, so wie sie sein könnte, als wir Kinder waren, fantastisch oder erschreckend, aber immer reich und offen, ohne dass sie aus diesem Grund kindlich ist; wie etwas zum ersten Mal gesehen wird, ist wesentlich. Ole Robert Sunde schreibt sich so hinein, durch sein Beharren auf den Eigenwert des Details. Jan Kjærstad macht das, durch sein Suchen nach ständig neuen Eingängen zu der Welt, die uns umgibt. Jon Fosse tut es, durch die Leere, die seine Personen umgibt, deren dunkle Bewegungen oder Repliken beinahe ironisch werden, das heißt, allgemein menschlich. Eldrid Lunden tut es, indem sie zeigt, wie die Sprache und deren Identitäten Mechanismen für Kontrolle und Unfreiheit sein können, die ihre Sprache öffnen und ihr die Möglichkeit der Freiheit geben. Zu schreiben heißt, innerlich nach solchen Orten zu suchen, und dieses Schreiben findet allein statt, aber hebt man den Blick, gibt es rundum einen Kreis von Gesichtern, und hebt man den Blick noch höher, gibt es einen Kreis von Gesichtern nach dem anderen. Es ist die Gesellschaft, es ist die Kultur, es ist die Gegenwart, und die Veränderungen, die darin vorgehen, können nicht auf irgendein Einzelindividuum oder irgendein Einzelereignis zurückgeführt werden, sondern schlagen wie von außen in uns ein, und gleichzeitig strahlen sie auch von uns aus, als hätten wir sowohl eine Innen- wie eine Außenseite, wären Subjekt und Objekt, Individuum und Kollektiv zugleich. Zu meinen Lebzeiten, das heißt in den letzten vierzig Jahren, ging es bei den Veränderungen in der Kultur insbesondere um das Niederreißen von Grenzen. Von den ganz großen, denen zwischen Nationen und Kulturen zum Beispiel, bis zu den kleineren, den Grenzen zwischen den Geschlechtern und den Grenzen zwischen den Generationen, und nicht zuletzt dem vielleicht revolutionärsten Akt, dem Niederreißen der Grenzen, die den Zugang zu Informationen regeln. Nation ist eine Konstruktion, deren Grenzen willkürlich sind und verändert werden können; Geschlecht ist eine Konstruktion, deren Grenzen willkürlich sind und verändert werden können, und im Sozialen hat sich die Distanz zwischen Menschen, die sich noch vor zwei Generationen in höflichen Anredeformen oder dem formalen Spiel ausdrückte, das in den Rollen lag, zum Beispiel dem Vortragenden und dem Studierenden, verringert, sie ist weniger formell geworden. Gleichzeitig haben die ehemaligen staatlichen Institutionen Rundfunk, Telefonwesen, Straßennetz, Gesundheitswesen, Schule und Kindergarten kein Monopol mehr, sondern sind ein Teil des Marktes geworden, wo Geld und Dienste so frei wie möglich fließen, so weit wie möglich in Bewegung sein sollen. Das stärkste Symbol für eine Grenze, Behinderungen und institutionelle Unfreiheit war die Mauer, die 1989 niedergerissen wurde.

Das Interessante an solchen übergeordneten Figuren ist gerade, dass sie sich an allen Arten von Strukturen ablesen lassen, auch an den allerkleinsten, wie man das Lektorat von norwegischen Manuskripten wohl bezeichnen muss. Als der französische Philosoph Gilles Deleuze in den achtziger Jahren über das Rhizom schrieb, eine Figur, die dadurch gekennzeichnet ist, dass sie keine Punkte hat, nur Linien zwischen Punkten, also eine Netzwerkkonstruktion, weder Subjekt noch Objekt, in der die Einheiten dem Zusammenhang, den sie bilden, untergeordnet sind, gab es kein Internet, jedenfalls nicht für die Allgemeinheit; es war daher eine fremde Vorstellung, jedenfalls für mich, als ich es Anfang der neunziger Jahre las. Aber heute, wo sich das Vertikale mehr und mehr ins Horizontale auflöst, wo das Absolute, Monolithische vor dem Fall steht, ist es ein Bild für eine existierende und nicht länger utopische Gedankenwirklichkeit. Aber selbst als ich Deleuze Anfang der neunziger Jahre las, gab es ein Echo in mir, auf eine ganz andere Weise als zum Beispiel bei Immanuel Kants *Kritik der Urteilskraft*. Das war Geschichte, Museum. Deleuze hingegen war lebendig, relevant, er kreist etwas in uns oder für uns ein. Es war Offenheit, Mobilität, Beweglichkeit, Grenzenlosigkeit, Verbindung, Netzwerk, Horizontalität. Heute sind diese neuen Ideale Wirklichkeit, auf die alles in der Gesellschaft ausgerichtet ist, während wir versuchen, das Geschlossene, Einschränkende, Begrenzende, Einengende zu verlassen.

In beinahe allen Texten, die ich geschrieben habe, gibt es eine Sehnsucht nach Grenzen, eine Sehnsucht nach dem Absoluten, etwas Nicht-Relativem und Beständigem. Dementsprechend gibt es einen starken Widerwillen gegen das Grenzenlose, gegen das Gleichgestellte, gegen das Relative. Diese beiden Strömungen weisen aus der Kultur heraus, in die Natur und Religion hinein, darauf richtet sich diese Sehnsucht. Auf den Ort, dem Begrenzten und

Immobilen, weil die Grenze, die er markiert, einen Unterschied aufzeigt, und dieser Unterschied schafft Sinn. Zu schreiben heißt gerade, einen Unterschied zu schaffen, vor allem in dem, was gleich ist: Nur durch das Schreiben kann das Gleiche zu etwas Ungleichem werden, denn dadurch bekommt es eine Form, es wird zu etwas, im Gegensatz zu etwas anderem.

Aber, könnte man einwenden, sind deshalb das Niederreißen von Grenzen, die Aufhebung des Ortes, die Relativierung der Wirklichkeit nicht eine gute Sache? Ist dieser Prozess, dass alles ähnlicher wird, Länder, Geschlechter, Generationen, nicht etwas Fantastisches, etwas, das die Möglichkeit der Freiheit gibt, der Öffnung?

In gewisser Weise, ideell gesehen, ist es so. Aber dass Grenzen aufgehoben werden und alles nivelliert wird, hängt auch mit Geld, Industrie und Kommerzialisierung zusammen. Dieser Essay handelt von der Produktion von Literatur, wobei der springende Punkt darin besteht, dass es sich nicht um eine Produktion im kapitalistischen Sinn handelt, sondern um das Gegenteil, etwas Nicht-Industrielles, Nicht-Stromlinienförmiges, Nicht-Kommerzielles – denn das Wesentliche am Geld ist, dass es für etwas einen Wert setzt und die Welt systematisiert, dass es die eine Größe, das Geld, austauschbar werden lässt gegen eine andere Größe, die Ware. Und genau diese Austauschbarkeit ist es, gegen die Literatur opponiert. Was passiert im Augenblick um uns herum? Die Buchhandlungen werden sich immer ähnlicher, sie haben exakt die gleichen Bücher, und diese Bücher werden sich auch immer ähnlicher, weil sie nach einer Schablone geschrieben werden – die Form aller Krimis, aller Genreliteratur ist die gleiche, sie kann ins Unendliche wiederholt werden, und alle großen Verlage in Norwegen starren, genau wie die großen Buchhandlungen und im Grunde der ganze Rest der Gesellschaft, blind auf die Zahlen, die gerade Gültigkeit haben, und haben die Buchstaben vergessen, die weit weniger gültig sind. Die Zahl »349,50« hat überall dieselbe Bedeutung, ganz gleich, auf welchem Buch sie als Preis gedruckt ist, aber die Buchstabenfolge »Herz« hat keine einheitliche Bedeutung in den verschiedenen Büchern, auf denen sie steht. Wenn ich sehe, dass Frauen und Männer identisch sind, sehe ich eine Nivellierung der Bedeutung, die die Unterschiede schaffen. Wenn ich sehe, dass in Schweden geboren zu werden das Gleiche ist, wie in Somalia geboren zu werden, sehe ich eine Nivellierung der Bedeutung, die die Unterschiede schaffen.

In vielen Texten, die mein Lektor geschrieben hat, gibt es eine relativierende Tendenz, etwas Anti-Monolithisches, Anti-Absolutes und Gleichstellendes, also etwas, das sich gegen alles richtet, wonach sich mein Schreiben sehnt. Der Unterschied ist fundamental und sollte die Zusammenarbeit eigentlich unmöglich werden lassen, oder zumindest schwierig und konfliktreich. So ist es nicht gewesen. Und es ist deshalb nicht so gewesen, weil nicht einmal »das Gleiche« gleich ist; als Ideal entwickelt es sich unterschiedlich, je nachdem, in welcher Umgebung es sich entfaltet. Und nur hier, in einem Text wie diesem, können so verschiedene Elemente wie Buchhandel, Geld, Geschlechteridentität und Schweden und Somalier gleichgestellt, also nebeneinandergestellt werden und somit behaupten, dass sie das Gleiche ausdrücken. In gewissem Sinn ist es auch so, aber nur auf dem übergeordneten, ideologisierten Niveau, nicht in sich selbst. Und auf dieses »in sich selbst«, also das Einzigartige, läuft die Literatur zu. Das Ideal des Offenen, das Deleuze-artig Horizontale ist auf mehreren Ebenen wirksam, von denen eine das Ideologische ist, eine das Kommerzielle und eine das Soziale, wo man es mit Rollen und Institutionen zu tun hat. Und eine der Ebenen ist das Existenzielle, bei dem es um die Vorstellungen von Wirklichkeit geht. Zu schreiben und zu lesen handelt im Grunde von Freiheit, es geht darum, das Offene zu suchen, und dieses Suchen nach Freiheit ist das Fundamentale, nicht das, wovon es sich befreien will – dabei kann es sich um eine Identität handeln, eine Gleichheitsideologie oder um eine Vorstellung über etwas Eigentliches. Oder, wie der Lektor mir vor zwei Tagen am Telefon sagte, als wir über Peter Handkes Bücher sprachen, vielleicht ist es jetzt die Aufgabe der Literatur, dorthin zu gehen, wohin die Erzählung nicht kommt. Mit anderen Worten, dorthin, wo nichts ist, aber alles wird.

Quellenangaben und Literaturhinweise

ZEHN JAHRE
Bisher nicht veröffentlicht.

ALLES, WAS AM HIMMEL IST
Erstveröffentlichung in Thomas Wågströms Buch Alt som e ri Himmelen (Alles, was im Himmel ist), *Pelikanen Forlag, 2012.*

Grünbein, Durs: *Der cartesische Taucher*. Drei Meditationen. Frankfurt am Main: Suhrkamp 2008, S. 57.

AUGEN
Geschrieben 2010, bisher nicht veröffentlicht.

WILLKOMMEN IN DER WIRKLICHKEIT
Veröffentlicht in Dagens Nyheter *und in* Klassekampen, *2012.*

Woodman, Francesca: *On being an angel.* London: Koenig Books 2015.

DER MONOFONE MENSCH

Erschienen in Dagens Nyheter *und in* Samtiden, *2012.*

Arendt, Hannah: *Eichmann in Jerusalem. Ein Bericht von der Banalität des Bösen.* Reinbek bei Hamburg: Rowohlt 1978, S. 188/189.

Flaubert, Gustave: *Die Legende von Saint Julien dem Gastfreundlichen.* In: *Drei Erzählungen.* Frankfurt am Main: S. Fischer 2011, S. 62/63.

Flaubert, Gustave: *Madame Bovary.* München: Deutscher Taschenbuch Verlag 1980, S. 112.

Grossman, Dave: *On Killing – The Psychological Cost of Learning to Kill in War and Society,* Back Bay Books 1996.

Øygarden, Geir Angell: *Bagdad Indigo.* Stavanger: Pelikanen Forlag 2011.

SANDHORNET

Veröffentlicht in dem Buch Til topps i Nordland (Zu den Gipfeln des Nordlands), *herausgegeben von Hilde Sandvik, Press/Nordland Fylkeskommune, 2002.*

DAS AMERIKA DER SEELE

Der Teil zu Mysterien *erschien erstmals in dem Buch* Norsk litterær kanon (Der literarische Kanon Norwegens), *herausgegeben von Stig Sæterbakken und Janike Kampevold Larsen), Cappelen, 2007.*

Hamsun, Knut: *Der Ring schließt sich*. Gesammelte Werke in siebzehn Bänden. Siebzehnter Band. München: Albert Langen/Georg Müller 1936, S. 5.

Hamsun, Knut: *Landstreicher*. München: Paul List Verlag 1949, S. 5–7, 158, 566.

Hamsun, Knut: *Mysterien*. Berlin: List Taschenbuch 2009, S. 5/6, 8, 40/41, 48/49, 63, 93, 105, 142, 147, 151, 163, 191/192, 194, 210, 272/273, 247, 252/253, 286, 288–290.

Hamsun, Knut: *Nach Jahr und Tag*. Gesammelte Werke in siebzehn Bänden. Sechzehnter Band. München: Albert Langen/Georg Müller 1933, S. 463/464.

Heidegger, Martin: *Einführung in die Metaphysik*. Gesamtausgabe. II. Abteilung: Vorlesungen 1923–1944. Band 40. Frankfurt am Main: Vittorio Klostermann 1983.

Ferguson, Robert: *Knut Hamsun. Leben gegen den Strom*. Biographie. München: List 1990, S. 197.

Schulz, Bruno: *Ferdydurke*. In: Gombrowicz, Witold: *Ferdydurke*. München: Carl Hanser 1983, S. 359–370 (S. 362).

AM GRUND DES UNIVERSUMS

Bisher nicht veröffentlicht (einzelne Teile tauchen jedoch in einem Essay über Dante auf in Vagant, *2000).*

Dante Alighieri: *La Commedia/Die göttliche Komödie*: I. Inferno/Hölle. Italienisch/Deutsch. Stuttgart: Reclam 2010, S. 43, 47, 499.

DER SCHWEINEMENSCH

Erschienen im Katalog zur Ausstellung Cindy Sherman – Untitled Horrors *(Oslo, Stockholm, Zürich) und in* Klassekampen, *2013.*

Homer: *Die Odyssee*. Zürich und Müchen: Artemis 1966, S. 172/173, 178.

Die Heilige Schrift des Alten und des Neuen Testaments, Zürich: Verlag der Zürcher Bibel 1942, S. 115, 127.

Sander, August: *Antlitz der Zeit. Sechzig Aufnahmen deutscher Menschen des 20. Jahrhunderts*. München: Schirmer Mosel 2003.

DER BRAUNE SCHWANZ

Veröffentlicht in Victor B. Andersen's Maskinfabrik, *2012.*

Arendt, Hannah: *Vita Aktiva oder Vom tätigen Leben*. München: Piper 2007.

IDIOTEN DES KOSMOS

Ein kleiner Teil des Textes erschien 2013 in The New York Times.

Attali, Jacques: *Blaise Pascal. Biographie eines Genies*. Aus dem Französischen von Hans Peter Schmidt. Stuttgart 2006, Klett-Cotta, S. 325.

Pascal, Blaise: *Gedanken*. Nach der endgültigen Ausgabe übertragen von Wolfgang Rüttenauer, Birsfelden-Basel ohne Jahreszahl, Verlag Schibli-Doppler, S. 148.

Pascal, Blaise: *Gedanken über die Religion und einige andere Gegenstände.* Erster Teil: Gedanken, die sich auf Philosophie, Moral und schöne Wissenschaften beziehen. Betrachtungen über die Mathematik im Allgemeinen. Allgemeine Kenntnis des Menschen. Schwäche des Menschen. Ins Deutsche übertragen von Karl Adolf Blech, zitiert nach: http://www.zeno.org/nid/20009262075, ohne Seitenzahlen.

Sloterdijk, Peter: *Sphären I, Blasen,* Frankfurt a.M. 1998, Suhrkamp Verlag, S. 23, 27, 28.

BIBELHELFER

Veröffentlicht in Samtiden, *2010, und in* Bibelsk *(herausgegeben von Christine Amadou und Anders Aschim), Verbum Forlag 2011.*

Die Bibel. Nach der Übersetzung Martin Luthers, Stuttgart 1985, Deutsche Bibelgesellschaft, S. 3, 6.

Die Zitate zu Christer Åsberg/Bertil Albrektson, *Det nya Gamle testament* (deutsch: *Das neue Alte Testament*) sowie zu Knut Hamsun, *Neue Erde*, und Milan Kundera, *Ein Satz*, wurden übersetzt von Ulrich Sonnenberg.

Karl Ove Knausgård bezieht sich in diesem Essay auf seinen 2007 im Luchterhand Verlag erschienenen Roman *Alles hat seine Zeit.*

GNADE

Geschrieben 2010, bisher nicht veröffentlicht.

DAS FÜR ALLE GLEICHE

Eröffnungsrede zur Ausstellung Self-Portrait, *Museum Louisiana, 2012.*

Genet, Jean: *Rembrandt*. Deutsch von Katharina E. Meyer und Marc Bastet, Gifkendorf 1996, Merlin Verlag, S. 42, 44, 45, 49.

Sloterdijk, Peter: *Sphären I, Blasen*, Frankfurt a.M. 1998, Suhrkamp Verlag, S. 166.

DAS LEBEN IN DER UNENDLICHEN SPHÄRE DER RESIGNATION

Als E-book erschienen im Informations Forlag, Kopenhagen 2013.

Die Bibel. Nach der Übersetzung Martin Luthers, Stuttgart 1985, Deutsche Bibelgesellschaft, S. 23.

Kierkegaard, Sören: *Furcht und Zittern*. In neuer Übertragung und mit Kommentar von Liselotte Richter, Frankfurt am Main 1984, Syndikat, EVA, S. 13, 14, 113.

DIE LITERATUR UND DAS BÖSE

Vortrag in der Volkshochschule Testrup, veröffentlicht in Samtiden *2013.*

Egner, Thorbjørn: *Folk og røvere i Kardemommeby (Leute und Räuber in Kardamomstadt).*

Larsson, Stig: *När det känns att det håller på att ta slut (Wenn man spürt, dass es zu Ende geht).*

Latour, Bruno: *Wir sind nie modern gewesen. Versuch einer symmetrischen Anthropologie.* Aus dem Französischen von Gustav Rosler, Frankfurt a. M. 2008, Suhrkamp Verlag, S. 155 ff.

Sæterbakken, Stig: *Tre forbud (Drei Verbote).*

Safranski, Rüdiger: *Das Böse oder Das Drama der Freiheit,* München, Wien 1997, Carl Hanser Verlag, S. 274 f.

DAS UNERSCHÖPFLICH PRÄZISE

Bisher nicht veröffentlicht.

Adorno, Theodor W.: *Gesammelte Schriften in 20 Bänden, Bd. 6, Negative Dialektik, Jargon der Eigentlichkeit.* Frankfurt a. M. 2003, Suhrkamp Verlag.

Draumkvedet (Das Traumgedicht).

Durrel, Lawrence: *Alexandria-Quartet.* Aus dem Englischen von Maria Carlsson, Gerda von Uslar, Walter Schürenberg; Reinbek 1977, Rowohlt Verlag.

Fløgstad, Kjartan: *Grense Jakobselv (Grenze Jakobsfluss).*

Knausgård, Karl Ove: *Ute av verden (Außerhalb der Welt).* Liegt noch nicht auf Deutsch vor, der Roman wird im Luchterhand Literaturverlag erscheinen.

Lawrence, D. H.: *Der Regenbogen.* Reinbek 1988, Rowohlt Taschenbuch Verlag.

Mann, Sally: *Unmittelbare Familie.* München 1997, Knesebeck Verlag.

dies.: *Deep South*. New York 2005, Bullfinch Press.
dies.: *The Flesh and The Spirit*. David Strauss (Author), John Ravenal (Author), Anne Tucker (Author), Sally Mann (Photographer), Richmond 2010, Aperture/Virginia Museum of Fine Arts.
dies.: *What remains*, Boston 2003, Little, Brown and Company.
Der weiße Bär König Walemon: norwegisches Volksmärchen.

DORTHIN, WO DIE ERZÄHLUNG NICHT KOMMT

Erschienen in Samtiden, *2013*.

Auster, Paul/Coetzee, John: *Von hier nach da*. Aus dem Englischen von Reinhild Böhnke und Werner Schmitz, Frankfurt a.M. 2014, Fischer Taschenbuch Verlag.
Deleuze, Gilles/Guattari, Félix: *Rhizom*. Aus dem Französischen von Dagmar Berger, Clemens-Carl Haerle und Helma Konyen. Berlin 1977, Merve Verlag.
Eliot, T. S.: *Das wüste Land*. Aus dem Englischen von Ernst Robert Curtius, Frankfurt a. M. 1988, Suhrkamp Verlag.
Larsson, Stig: *Natta de mina (Bring die Meinen zu Bett)*.
Loe, Erlend: *Vareopptelling (Inventur)*.
Renberg, Tore: *Sovende floke (Ruhende Wirrniss)*.
Stueland, Espen: *sakte dans ut av brennende hus (Sachter Tanz aus einem brennenden Haus)*.

Die norwegische Originalausgabe erschien 2013 unter dem Titel »Sjelens Amerika. Tekster 1996–2013« im Verlag Oktober, Oslo.

Die Übersetzung wurde von NORLA, Oslo, gefördert.
Der Verlag bedankt sich dafür.

Die Seiten 7 bis 232 wurden von Paul Berf übersetzt.
Die Seiten 233 bis 476 wurden von Ulrich Sonnenberg übersetzt.

FSC
www.fsc.org
MIX
Papier aus verantwortungsvollen Quellen
FSC® C014496

Verlagsgruppe Random House FSC® N001967

1. Auflage

Satz: Uhl + Massopust, Aalen
Druck und Einband: GGP Media GmbH, Pößneck
Schutzumschlaggestaltung: buxdesign/München,
unter Verwendung eines Fotos von © Andreas Eikeseth Nygjerd
Lektorat: Regina Kammerer
Printed in Germany
ISBN 978-3-630-87455-5

www.luchterhand-literaturverlag.de
Bitte besuchen Sie unseren LiteraturBlog
www.transatlantik.de

Karl Ove Knausgård

Das große autobiographische Projekt in sechs Bänden.

Bereits im Luchterhand Literaturverlag erschienen:

Band 1
Sterben · 87351

»Ein Roman über das männliche Ego unserer Zeit.«
Stern

Band 2
Lieben · 87370

»Die intensivste Leseerfahrung seit Jahren … Da steht nämlich alles drin. Unser ganzer Patchworkwahnsinn. Und zugleich die reine Sehnsucht nach dem richtigen Leben. Erst harmlos reingeblättert, dann fünf Tage komplett im Buch verschwunden.«
Alex Rühle, Süddeutsche Zeitung

Band 3
Spielen · 87412

»Es erfordert Mut, ein gewisses Maß an Größenwahn und so etwas wie eine mystische Hingabe ans Schreiben, sich an ein so immenses und jeder Konvention spottendes literarisches Unternehmen zu wagen, wie er es getan hat … Aus Stein gehauen, präzise und kraftvoll. Wirklicher als die Wirklichkeit.«
La Repubblica

Band 4
Leben · 87413

»In den autobiographischen Büchern des norwegischen Schriftstellers passiert nichts Spektakuläres – und doch verfallen ihm die Leser weltweit wie sonst nur Harry Potter.«
Ijoma Mangold, ZEIT

Band 5
Träumen · 87414

»Das autobiographische Bekenntniswerk dieses Norwegers hat inzwischen einen Triumphzug um die ganze Welt angetreten.«
Volker Weidermann, Der Spiegel

Luchterhand
www.luchterhand-verlag.de

Terézia Mora

Nicht sterben

Roman

160 Seiten, gebundenes Buch mit Schutzumschlag,
Luchterhand 87451

Erzählen, um zu überleben

Wenige Monate nachdem Terézia Mora im Herbst 2013 für ihren Roman *»Das Ungeheuer«* mit dem Deutschen Buchpreis ausgezeichnet wurde, hielt sie ihre Frankfurter Poetik-Vorlesungen. Schritt für Schritt erzählte sie, wie sie ihren unvergleichlichen literarischen Kosmos geschaffen hat, erst Erzählungen, dann ihre vielfach ausgezeichneten Romane. Diese Vorlesungen waren ein Ereignis. Wer mehr über Terézia Mora, ihr Werk, über das Schreiben und über die Literatur im Allgemeinen erfahren möchte, kann die in Frankfurt gehaltenen Vorträge jetzt nachlesen.

Jaroslav Rudiš

Vom Ende des Punks in Helsinki

Roman

352 Seiten, Klappenbroschur,
Luchterhand 87431

Man kann nicht ewig Punk sein. Aber was dann?

Ole ist 40, war früher Punk, Frauenheld und erfolgreich mit seiner Band, aber das ist lange her. Heute betreibt er das »Helsinki«, eine kleine, verrauchte Bar in einer namenlosen (ost)deutschen Großstadt. Außer der Bar, ein paar Freunden und seinen Erinnerungen ist ihm wenig geblieben. Als seine Bar geschlossen wird, bricht Ole zu einer Reise nach Tschechien auf. Es wird eine Zeitreise an den dunkelsten Punkt seiner Vergangenheit: 1987 versuchte er als 17-Jähriger mit seiner 16-Jährigen Freundin Nancy über die grüne Grenze in den Westen zu fliehen. Nancy kam dabei ums Leben …

Ein Gesellschaftsroman über die wichtigen Fragen unserer Zeit, hochspannend wie ein Thriller

»Die Sprache ist mitreißend, die Handlung tiefgehend, die Charaktere sind stark gezeichnet. Rudiš ist es einmal mehr gelungen, deutsch-tschechische Kulturgeschichte erlebbar zu machen.«

BÜCHER Magazin

Juli Zeh

Unterleuten

Roman

640 Seiten, gebunden, Luchterhand 87487

»Mit dem Dorf stimmt was nicht. Ganz massiv.«

Manchmal kann die Idylle auch die Hölle sein. Wie das Dorf Unterleuten irgendwo in Brandenburg. Wer nur einen flüchtigen Blick auf das Dorf wirft, ist bezaubert von den altertümlichen Namen der Nachbargemeinden, von den schrulligen Originalen, die den Ort nach der Wende prägen, von der unberührten Natur mit den seltenen Vogelarten. Doch hinter den Fassaden brechen alte Streitigkeiten wieder auf. Und obwohl niemand etwas Böses will, geschieht Schreckliches.

Ein Gesellschaftsroman über die wichtigen Fragen unserer Zeit, hochspannend wie ein Thriller

»Im Grunde ist Juli Zeh genau jene Schriftstellerin, nach der sich alle sehnen.«
Volker Weidermann, Frankfurter Allgemeine Sonntagszeitung